고전소설의 효용과 쓰임

김진영 지음

박문사

고전소설은 작금에도 영상예술로 재현되면서 대중에게 큰 인기를 끌고 있다. 자체의 장르적인 생명은 다했을지라도 그 유전자가 새롭게 부활하여 시공 초월의 반향을 불러일으켰기 때문이다. 마치 충분히 쉬었다가 자신의 존재감을 유감없이 발휘하는 휴화산처럼 숨죽이고 있다가 오늘날의 문학이나 문화예술로 화려하게 부활한 것이다. 지금도 고전소설의 효용과 쓰임이 여전히기 때문에 가능한 일이라 하겠다

사실 우리의 고전소설은 조선후기에 들어서면서 공시적으로 빠르게 확산되었다. 그렇게 확산될 수 있었던 데에는 고전소설이 서사장르의 한계를 넘어 당시의 문화나 예술과 긴밀한 관계를 맺어왔기 때문이다. 이를 감안하면 고전소설의 창작·내용·유통에 따른 효용과 쓰임의 문제를 종합적으로 살피는 것도 유용한 일이 될 수 있다. 이에 이 책에서는 고전소설에 대한 문제를 작품의 창작과 화소의 문제, 작품의 내용과 정체성의 문제, 작품의 유통과 응용의 문제로 나누어 살펴보고자 한다.

제1부 '고전소설의 화소와 효용'에서는 모두 세 편의 글을 실었다. 여기

에서는 고전소설의 창작과 화소의 문제를 양마·가묘·풍류를 중심으로 고찰하였다. 「고전소설과 양마 화소」에서는 한국 이야기문학에 나타난 양마 화소의 전통을 검토한 다음, 그 의미를 통시성이나 장르적 특성을 감안하여 살펴보았다. 「고전소설과 가묘 화소」에서는 소설에 나타나는 가묘 화소를 살핀 후 이 가묘 화소가 조선후기에 들어와서 문제적 인물을 풍자하는 장치로 안착된 사정을 고찰하였다. 그리고 「고전소설과 풍류 화소」에서는 고전소설과 풍속도에 나타나는 풍류 화소를 검토하면서 이 풍류 화소가 조선후기의 대표적인 문화아이콘으로 자리잡게 된 동인을 짚어보았다.

제2부 '고전소설의 내용과 효용'에서는 모두 네 편의 글을 실었다. 여기에서는 고전소설 중 네 작품을 선택해 각각의 특성과 효용을 검토해 보았다. 「용궁부연록의 내용과 장르인식」에서는 이 작품의 문체적 특성, 특히 장르 혼용양상을 다루면서 소설장르의 정체성 문제에 대해 고찰했으며, 「보심록의 내용과 보은권선」에서는 이 작품의 구도와 제작의식을 살피면서 수용미학적인 효용성에 대해 검토해 보았다. 「진대방전의 내용과 윤리선양」에서는 이 작품의 서사적 모순이 결국은 윤리텍스트적 효용을 염두에 둔 결과로 보았으며, 「춘향전의 내용과 소설교육」에서는 이 작품의 다양한 전승방편과 문예적 다면성이 고전소설을 총체적으로 익히는 데 도움이 될 것으로 보았다.

제3부 '고전소설의 유통과 쓰임'에서는 모두 세 편의 글을 실었다. 여기에서는 고전소설의 유통과 쓰임을 생활·생업·교육의 측면에서 검토하였다. 「고전소설의 유통과 생활」에서는 고전소설이 개인이나 집단의 문화생활과 밀접한 관계를 맺으며 유통되었던 사정을 사례를 중심으로 고찰하였으며, 「고전소설의 유통과 생업」에서는 조선후기에 들어와서 고전소

설이 생업이나 산업으로 유통된 실태와 고전소설의 경제적 쓰임에 대해 살펴보았다. 그리고 「고전소설의 유통과 교육」에서는 고전소설이 대중의 문학·예술·문화 등으로 유통된 양상을 종합적으로 검토한 다음, 이를 토대로 고전소설의 효율적인 교육 방안을 모색해 보았다.

이 책은 그간 써온 글을 단행본 체제에 맞게 재편한 것이다. 따라서 일관된 논지로 처음과 끝을 관통하지 못하여 부자연스러운 곳이 없지 않을 것이다. 그래도 이질적인 것이 한데 모여 조화를 이루듯이 가능한 대로 '효용'과 '쓰임'이라는 공통분모에 부합될 수 있도록 각각의 글을 기우고 다듬었다. 욕심을 부려 여러 글을 하나의 모습이 되도록 만들었기 때문에 미진함을 피할 수 없게 되었다. 선학제현들의 질정을 바라마지 않는다.

고민만 하고 있어서는 안 되겠다는 생각에 출판을 결심했지만 세상에 내어놓자니 고민을 더하는 꼴이 되었다. 그래도 지금껏 써온 것을 반성적으로 정리한다는 명분을 내세워 불편한 대로 세상에 내어놓기로 했다. 이렇게라도 모양을 갖출 수 있었던 것은 알게 모르게 많은 분들의 도움을 받았기 때문이다. 특히 거친 글을 읽으면서 문제점을 짚어준 윤보윤 강사와 송주희 조교, 그리고 김홍실 선생과 박빈정 신생에게 고미올 따름이다. 열심히 공부 중인 유학생 장조청 양이 이 책에서 조금이라도 도움을 받았으면 하는 마음이다. 끝으로 어려운 여건 속에서도 흔쾌히 출판을 맡아준 박문사의 윤석현 사장님과 예쁜 모습으로 세상에 나갈 수 있도록 깔끔하게 다듬어 주신 이신 선생님께도 깊은 감사의 말씀을 드린다.

2012년 5월 5일
어은서실(魚隱書室)에서 김진영 삼가 씀

목차

고전소설의
화소와 효용

고전소설과 양마 화소

1. 서론

우리의 이야기문학은 고대문학기에는 건국신화가 우뚝한 지위를 확보하다가 중세로 넘어오면서 전설과 민담으로 분화되고, 중세에서 근대로 이행되는 과정에서 소설이 꽃을 피운다. 이야기문학의 전통과 마찬가지로 고대신화에서 확보된 소재도 전설이나 민담, 그리고 소설로 자연스럽게 계승되어 왔다 이러한 소재는 오랫동안 계승되면서 각각의 장르에 맞게 변용되어 왔다. 따라서 이 소재를 토대로 문학사적 의미를 짚어낼 수도 있다.

이야기문학의 전통을 짚어보는 데 유용한 소재로 이 글에서는 양마(養馬) 화소에 관심을 기울이고자 한다. 양마 화소는 특정한 목적으로 말을 구득하여 일정 기간 사육한 후에 필요한 용도에 맞게 활용하는 것을 말한다. 이러한 양마 화소는 일찍이 「동명신화」에서[1] 비롯되어 「온달」·「설씨녀」[2] 등의 전설, 「박씨전」 등의 소설로 계승되어 왔다.[3] 고대문학 유산

---

1) 주몽의 일대기가 서사적으로 잘 형상화된 이규보의 「동명왕편」을 텍스트로 삼는다.

인 신화에서 비롯된 양마 화소가 중세의 전설을 거쳐 근대지향기의 고전소설에 이르기까지 관습적으로 애용되어 왔음을 알 수 있다. 따라서 양마 화소를 제대로 살피면 이야기문학의 변화를 효과적으로 읽어내는 성과를 거둘 수 있다.

그럼에도 불구하고 그간에는 이 양마 화소에 대하여 특별하게 관심을 기울이지 않은 듯하다. 대체로 말과 관련된 문화 및 신앙에 대해서 거론하거나[4] 한국과 몽고·일본 등의 말 문화와 비교하였을 뿐[5] 문학석인 관점에서 살핀 것은 극히 드물다. 이것은 말이 민속이나 문화적 측면에서 중시된 일면, 문학으로 형상화된 경우가 많지 않기 때문이다. 하지만 양마 화소만은 여러 문학장르에서 지속적으로 활용하여 주목되는 바가 없지 않다.

이에 이 글에서는 각 문학장르에 나타난 양마 화소의 실태와 의미를 점검한 다음, 양마 화소의 문학사적 의미를 짚어보도록 하겠다. 먼저 한국문학과 말의 관계를 살핀 다음, 양마 화소의 존재양상을 신화·전설·소설로 나누어 검토하도록 하겠다. 마지막으로 이들의 동이점과 문학사적 의미를 통시적인 관점에서 조망해 보도록 한다. 이러한 논의가 효과적으

---

2) 「온달」과 「설씨녀」는 각각 『삼국사기』 권제45 열전 제5와 권제48 열전 제8을 텍스트로 삼는다.
3) 「박씨전」은 덕흥서림본 구활자본을 텍스트로 삼는다.
4) 천진기, 「말에 대한 한국인의 관념과 태도」, 안동대민속학연구소 편 『한국민속과 문화연구』, 형설출판사, 1990.
최운식, 「설화에 나타난 말의 성격과 전승집단의 의식」, 『한국설화연구』, 집문당, 1991.
표인주, 「민속현상에 나타난 말(馬)의 상징성」, 『비교민속학』 제9집, 1992, 197~222쪽.
이송란, 「신라의 말신앙과 마구장식」, 『미술사논단』 15호, 2002, 71~106쪽.
5) 정형호, 「몽골·한국의 말(馬)문화 비교 고찰」, 『중앙민속학』 제8호, 중앙대학교 한국문화유산연구소, 1996, 173~216쪽.

로 진척되면, 적어도 양마 화소를 중심으로 한국 이야기문학의 통시적 맥락을 짚어내는 성과를 거두리라 본다.

2. 한국문학과 말의 관계

말을 기록한 초기의 전적은 『삼국지』이다. 이 책에 따르면 부여에는 명마와 기병이 있었으며, 예에는 과하마(果下馬)가 있었다. 그리고 『북사 (北史)』에서는 고구려의 주몽이 과하마를 타고 다녔다고 했다.[6] 그 외에 고구려나 신라의 고분벽화가 전하여 당시인의 말에 대한 인식을 짐작할 수 있다. 대체로 고대인들은 말을 신성한 동물로 인식하고 있었다. 건국신 화 곳곳에서 천마사상이 나타난 것도 바로 그러한 이유 때문이다.[7]

말은 이른 시기부터 다양한 목적에서 활용되었다. 「동명신화」에서처럼 이동수단으로 쓰였는가 하면, 「온달」에서와 같이 전마(戰馬)로도 쓰였 다.[8] 한편으로는 농경이나 제조를 위해 쓰이기도 했고, 고려대까지는 식 용으로도 왕왕 쓰였다. 이렇게 말은 그 자체는 물론 부산물//까지 중요하게 활용되었다. 그러기에 말과 관련된 다양한 민속신앙과 민속놀이가 생겨나 게 된 것이다. 목마나 기마 관련 민속놀이는 물론, 격구 등의 마상희가 이에 해당된다.

위와 같은 전통 때문에 말과 관련된 문학도 생겨날 수 있었다. 하지만 말은 소와는 달라 일반백성이 소유하거나 이용하기가 쉽지 않았다. 문학

---

6) 정형호, 앞의 논문, 177~178쪽.
7) 대표적인 것으로 박혁거세 신화에서 천마사상을 확인할 수 있다. 이 천마로 인하여 박혁거세가 천손강림임이 확인된다.
8) 기마병·기마전과 같은 것도 알고 보면 전쟁용어가 일반화된 것이다.

적으로 다채롭게 형상화되지 못한 이유도 바로 그 때문이라 하겠다.[9] 구비서사류에서 말과 관련된 설화가 몇몇이 전하고, 문헌서사류에서 건국신화나 일부의 장르에서 확인될 따름이다.

먼저 구비서사류에서 주목되는 것으로 '아기장수설화'나 '선녀와 나무꾼', '이성계와 치마대(馳馬臺)' 등을 들 수 있다. '아기장수설화'에서는 아기장수가 장차 역적이 될 것을 두려워한 나머지 그 부모가 아이를 죽인다. 그러자 아기장수를 태우려고 태어난 용마(龍馬)가 슬피 울다가 죽는다. 또 다른 유형에서는 날개 달린 아기장수가 부모에 의해 죽임을 당하면서 콩과 팥을 같이 묻어달라고 말한다. 얼마지 않아 관군이 아기장수를 잡으러 왔을 때 그 부모가 사실대로 아이를 묻었다고 말한다. 관군이 무덤을 파보니 아기장수가 재생하려 하고, 묻었던 콩은 말로, 팥은 군사로 변하고 있었다. '아기장수설화'는 전반적으로 영웅의 출생과 말의 관계를 중시하고 있다. 용마와 날개 달린 아기장수는 천손을, 말과 병사는 휘하의 군사와 흡사하여 건국신화와도 조응된다.[10] '선녀와 나무꾼' 또한 하늘과 땅을 연계하는 매개물로 말이 쓰였다. 하늘에 있던 나무꾼이 지상의 어머니를 만나기 위하여 타고 내려온 것이 바로 천마(天馬)이기 때문이다. 이때의 말도 건국신화의 그것과 상통한다.[11] 그리고 '이성계와 치마대'는 화살보

---

9) 소와 관련된 서사문학은 동서양을 막론하고 금송아지가 대표적이다. 우리의 경우도 금송아지와 관련된 작품이 「금우태자전」·「오색우전」·「금송아지전」·「금독전」 등으로 유통되었다.

10) 장장식, 「아기장수 전설의 의미와 기능」, 『국제어문』 5, 국제어문학회, 1984, 37~54쪽.
김나영, 「고전 서사문학에 나타나는 영웅적 특징과 그 의미-주몽신화, 아기장수전설, 홍길동전을 중심으로」 『돈암어문학』 제13집, 돈암어문학회, 2000, 233~262쪽.

11) 신태수, 「「나무꾼과 선녀」 설화의 신화적 성격」, 『어문학』 제89호, 한국어문학회, 2005, 156~178쪽.

다 빨리 달리는 말을 이성계가 오판하여 죽이고 만다. 이성계는 자신의 잘못을 알고 후회하며 말의 장례를 치러준다. 이와 관련된 설화는 신립·최영 등의 이야기에서도 확인할 수 있어 장수와 빠른 말 화소가 두루 유전되었음을 알 수 있다.[12] 역시 건국신화에서 군사귀족과 말의 관계를 중시한 것과 맥이 닿는다.

문헌서사류에서는 신화류와 전설류, 그리고 소설류에서 그 실태를 짐작할 수 있다. 신화류에서는 부여 금와왕과 관련된 것이 있다. 해부루가 자식이 없어 두루 기원하고 다니다가 연못가의 큰 바위에 치성을 느린다. 그때 말이 바위를 보고 눈물을 흘리기에 그 바위를 확인하여 금와(金蛙)를 얻는다. 박혁거세에서는 육촌장이 서기가 비치는 곳에서 말이 절하는 것을 보고 확인하여 장차 혁거세가 될 알을 궤짝에서 얻는다. 「동명신화」에서는 주몽과 유화가 어렵게 말을 얻어 사육하고, 그것을 자신들의 목적을 위해 적극적으로 활용한다. 금와나 혁거세에서는 말이 앞일을 예견하거나 점지해주는 반면, 「동명신화」에서는 신성한 용마를 현실적으로 이용하는 차이가 있다. 그럴지라도 절대적 존재와 말을 연계시키는 것은 동일하다.

전설류는 몇몇 작품을 통해 알 수 있다. 먼저 김유신과 관련된 설화이다. 김유신과 관련된 설화는 여러모로 상층부의 권위를 드러내고 있다. 그가 15세의 나이에 일상적으로 말을 타고 다니는 것도 그 때문이라 할 수 있다. 김유신은 말을 타고 다니다가 천관(天官)과 사랑에 빠진다. 이를 알게 된 어머니 만명부인이 크게 꾸짖자 다시는 천관에게 가지 않겠다고 다짐했는데, 애마가 자신도 모르는 사이에 천관의 집으로 데리고 간다. 이에 격분한 김유신이 말의 목을 베어버린다.[13] 말과 관련된 전설은 「온

---

12) 고영화, 「전설 교육 시론-치마대 전설을 중심으로」, 『국어국문학』 제150호, 국어국문학회, 2008, 183~206쪽.

달」과 「설씨녀」가 더 있다. 「온달」은 평강공주가 말을 구입하고 그 말을 잘 사육하여 온달이 장수가 되는 디딤돌을 만들며, 「설씨녀」에서는 설씨녀의 아버지 대신 병역에 나가게 된 가실이 자신의 말을 설씨녀에게 주면서 훗일을 위해 키워달라고 말한다. 하지만 「온달」에서와는 달리 이 말은 특별한 용처가 없다.[14]

소설류에서는 「박씨전」을 대표로 들 수 있다. 「박씨전」에서는 박씨의 특출한 능력을 확인하는 방편으로 양마 화소를 활용하거니와 「구운몽」·「옥루몽」과 같은 귀족적 영웅소설에서는 말을 활용한 격구가 부귀영화와 풍류를 즐기는 일환으로 언급된다. 또한 간접적이기는 하지만 「마장전」에서는 말 거간꾼이 등장하며, 다수의 군담영웅소설에서는 장수와 관련하여 말이 등장한다. 하지만 이들은 말이 서사적으로 형상화되지 않아 주목할 만한 대상이 못된다.

이상에서 보는 바와 같이 말은 우리문학의 다수와 관련되어 있다. 이 중에서 주목되는 것이 동일한 패턴으로 반복하여 나타나는 양마 화소이다. 이 양마 화소에서는 특정한 동기로 말을 구득하고, 그 말을 의도한 대로 사육하여 목적한 바를 달성한다. 그래서 그 자체로서도 주요한 화소가 되어 여러 문학장르에서 원용하게 된 것이다. 이 양마 화소 이외에는 말을 단발적으로 취급하여 문학적인 측면에서 크게 주목할 만한 대상은 못된다. 그래서 이 글에서는 양마 화소에 논의의 초점을 모으고자 한다.

---

13) 『삼국사기』 열전 제1~3권 김유신.
14) 이 작품은 양마 화소를 차용했지만 주인공이 영웅적 행위와 무관하기에 그 용처를 찾지 못한 것이라 하겠다.

3. 양마 화소의 존재양상

이 장에서는 양마 화소의 존재양상을 살피되 신화·전설·소설을 고려
하여, 「동명신화」·「온달」·「박씨전」을 대상으로 삼는다. 이들 작품에
나타난 양마 화소를 크게 말의 획득과 사육, 그리고 활용과 결과로 나누어
고찰하고자 한다. 아울러 각 문학장르에 나타난 양마 화소의 특징도 검토
하도록 하겠다.

3.1. 「동명신화」와 양마 화소

우리의 문헌신화는 이주형 건국신화가 주종을 이룬다. 단군이 환웅의
신시에서 아사달로 이주하여 고조선을 건국하고, 동명이 탁리국에서 벗어
나 다른 곳으로 이주하여 부여를 건국한다. 같은 이치로 부여를 떠난 주몽
이 남쪽으로 이주하여 고구려를 세우고, 마찬가지로 온조와 비류도 한강
유역으로 남행하여 백제를 세운다.[15]

우리의 건국신화가 이렇게 이주형인 것은 동이속의 이동과 관련이 깊
다. 동이족이 이동하여 토착민과 통합하는 과정에서 이주신화가 일반화된
것으로 볼 수 있기 때문이다. 실제로 우리의 북방신화에서는 이주와 관련
된 신화소가 중시된다. 그런데 그러한 이주와 관련하여 주목되는 화소가
바로 양마이다. 이는 청동기·철기 등의 앞선 문화를 가진 기마민족이
동쪽으로 이동해 오고, 그들이 중시했던 양마 화소가 신화에 반영된 것으
로 보아야 하겠다.[16] 이 양마 화소를 다룬 대표적인 작품이 바로 「동명신

---

15) 「연오랑세오녀」에서 남녀가 일본으로 건너가 왕과 왕비가 된 것도 이주형 신화가
　　전설로 격하된 것이라 할 수 있다.

화」이다. 「동명신화」에서는 유화와 주몽이 기지를 발휘하여 준마를 얻고, 그 준마로 고구려를 건국하는 토대로 삼는다. 그러한 사정을 제시해 보면 다음과 같다.

태자 대소가 왕에게 "주몽은 신이 내린 용력(勇力)을 가지고 눈길이 비상합니다. 만약 일찍 도모하지 않으면 반드시 후환이 있을 것입니다"라고 아뢴다. 이에 왕이 마구간에 가서 말을 치게 하니 그 뜻을 시험하고자 함이었다. 스스로 생각하니 하늘의 손자가 말을 치는 것이 진실로 부끄러워 가슴을 움켜쥐고 항상 몰래 분을 삭이곤 했다. 사는 것이 죽음만 못하다 생각하고 장차 남쪽으로 가서 나라를 세우고자 하나 어머니가 계시기에 이별마저도 쉽지 않다. 어미가 그 말을 듣고 눈물을 몰래 닦으며 너는 행여 내 생각 말고, 마음도 아파하지 말라고 한다. 그녀는 장사(壯士)가 먼 길을 떠나려면 모름지기 준마에 의탁한다 하고, 마구간에 함께 가서 긴 채찍을 휘두른다. 말들이 모두 달아나는데 붉은 빛을 띤 말 한 마리가 두 장이나 되는 난간을 뛰어넘자 비로소 그 말이 천리마임을 깨닫는다. 몰래 그 말의 혀에 바늘을 찔러놓으니 시고 아파서 먹이를 먹지 못해 며칠이 가지 않아 심히 야위어 형상이 둔마와 다름이 없게 된다. 그 뒤에 왕이 돌아보고 이 말을 주자 비로소 바늘을 빼고 밤낮으로 먹인다. 주몽은 몰래 세 명의 어진 벗을 맺었는데 그 사람들은 지혜가 많았다—그들이 오이·마리·협부 삼인이었다—남으로 가서 엄체수에 이르러—일명 개사수인데 지금의 압록강 동북에 있다—건너려 하였으나 배가 없었다.(太子帶素言於王曰. 朱蒙者. 神勇之士. 瞻視非常 若不早圖. 必有後患. 王令往牧馬, 欲以試厥志 自思天之孫. 厥牧良可恥. 捫心常竊尊. 吾生

---

16) 말과 관련된 신화를 보면, 해부루가 아들이 없어 연못에서 기원할 때 말이 바위를 보고 운다. 바로 그 바위 밑에서 금와를 찾아서 양육한다. 마찬가지로 육촌장이 서기가 비치고 백마가 절하는 곳을 찾아가서 박혁거세가 될 알을 얻는다.

不如死. 意將往南土. 立國入城市. 爲緣慈母在. 離別誠未易. 其母聞此言 潛然
杖淸淚 汝幸勿爲念我 亦常痛痏 士之涉長途 須必馮騄駬 相將往馬閑 卽以長
鞭捶 群馬皆突走 一馬駬色斐 跳過二丈欄 始覺是駿驪 潛以針自舌 酸痛不受
飼 不日形甚瘦 却與駑駘似 爾後王巡觀 予馬此卽是 得之始抽針 日夜屢加餧.
暗結三賢友 其人共多智－烏伊 摩離 陜父等三人－南行至淹滯－－名盖斯水
在今鴨綠東北－欲渡無舟艤 欲渡無舟)

「동명신화」에서는 마구간에서 일하면서 비참하게 생활하던 주몽이 남
쪽으로 가서 나라를 도모하고자 하지만 어머니 유화 때문에 망설인다.
이에 유화가 먼 길을 가기 위해서는 준마가 필요하다며 마구간에 이르러
채찍으로 내리쳐 녹이(騄駬)를 찾아 혀에 바늘을 꽂아둔다. 말이 먹지 못
해 둔마가 되었을 때 왕이 돌아보고 그 말을 주몽에게 하사한다. 주몽이
바늘을 뽑고 밤낮으로 사육하여 준마로 만든 후 마침내 이 말을 타고 남쪽
으로 이주하여 고구려를 건국한다. 위의 내용을 간략하게 도식화하면 다
음과 같다.

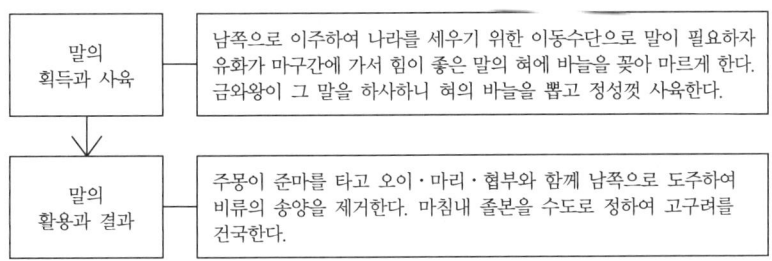

이상에서 보는 바와 같이 「동명신화」에서의 양마 화소는 필수재로 활
용되고 있다. 그래서 말의 획득과 그 말의 활용이 전체 서사에서 당위성을
가지고 있다. 그것은 이 준마가 도주와 건국의 디딤돌로 기능하기 때문이

다. 이는 또한 주몽의 남다른 능력에 부응하도록 준마를 대입시킨 것이기도 하다. 이제 위의 표에서 제시한 내용을 구체적으로 살펴보도록 한다.

먼저 말의 획득과 사육이다. 「동명신화」는 다른 북방신화와 마찬가지로 이주가 수반되는데 그 방법을 말에서 찾고 있다. 주몽이 사냥에서 부여의 일곱 왕자를 능가하는 용력을 보이자, 부여 왕은 주몽의 뜻을 시험하려고 말 기르는 일을 시킨다. 주몽은 자신의 신분과 처지를 생각하며 분개하지만, 어머니 때문에 남쪽으로 도주하는 것을 망설인다. 이때 어머니가 먼 길을 가기 위해서는 말에 의지해야 함을 말하고, 주몽이 준마를 확보할 수 있도록 돕는다. 이 준마는 금와왕의 마목에서 확보한 것이기에 출중할 수밖에 없다. 부여국의 말을 인위적으로 여위게 하여 자신들의 수중에 넣음으로써, 장차 주몽이 왕위에 오를 토대를 마련한다. 그렇게 획득한 말이기에 밤낮으로 먹여 나라를 도모하는 밑천으로 삼는다. 이 부분에서는 말을 독특하게 획득하여 준마로 키워내는 것이 핵심이다. 그러한 일이 가능할 수 있었던 것은 모두 유화의 지혜 때문이다.

다음으로 말의 활용과 그 결과이다. 주몽은 북방의 다른 신화에서처럼 특정 공간으로 이주하여 새로운 나라를 건국한다. 다만 그 상황을 부여군의 추적으로 긴박하게 연출했을 따름이다. 이 긴박한 도주에서 무엇보다 중요한 것이 잘 달리는 천리마이다. 다행이 부여국에서 획득한 말이 훌륭하여 주몽은 문제없이 남쪽으로 도주한다. 따라서 주몽의 도주에 크게 기여하는 것이 바로 기지로 얻은 부여의 준마이다. 이는 왕이 되는 데 말이 일조했음을 의미하는 것이기도 하다.

실제로 주몽은 어렵게 도주하여 수도를 졸본으로 정하고 고구려를 건국한다. 그 과정에서 송양 등의 토착세력을 굴복시켜 나라의 기틀을 확립한다. 이는 앞에서 말을 획득·사육하고, 그것을 활용하여 얻은 결과이기도 하다. 기지로 얻은 말을 타고 도주하여 새로운 나라를 건국한 것이다. 이주형 건국신화에서 양마 화소가 중시되는 이유를 여기에서 찾을 수 있다.

이상에서 보는 바와 같이 「동명신화」에서의 양마 화소는 말을 키워야 하는 동인과 말의 획득과 사육과정, 그리고 핵심인 양마 후의 활용과 그 결과가 서사적인 필연성을 확보하고 있다. 이는 앞에서도 말한 것처럼 기마민족이 동점해 오면서 형성된 말에 대한 사고관념이 신화에 투영된 결과라 할 수 있다.

3.2. 「온달」과 양마 화소

고대신화에서 주요한 소재로 활용되었던 양마 화소는 오랜 서사관습으로 자리 잡는다. 이는 신화를 서사하는 단계를 벗어나 중세의 전설·민담 시대에 들어와서도 여전히 이 양마 화소가 왕성하게 유통되었기 때문이다. 실제로 이규보는 「동명왕편」 서(序)에서 동명왕에 대한 허황된 이야기가 민간에 회자되었음을 말하고 있거니와 『구삼국사』의 내용은 민긴의 이야기보다 더 자세하다고 하였다. 그러면서 몇 번을 더 읽어 그 허탄함이 우리의 신성한 역사임을 알고 「동명왕편」을 편찬한다고 했다.[17] 이를 감안하면 이규보 당시까지도 신화가 이야기문학으로서 주요 향유 대상이었거니와 아울러 양마 화소의 소재적 전통도 계승되었으리라 본다.

중세의 이야기 현장에서 왕성하게 유통되던 신화 속의 양마 화소는 새롭게 창작되는 전설·민담에 영향을 주게 된다. 적어도 문학의 관습상 전대의 주요 소재가 동계 혹은 방계의 이야기에 영향을 끼치는 것은 자연

---

17) 李奎報, 『東國李相國集』, 東明王篇 序.

스러운 일이다. 그래서 전설에서도 신화에서와 마찬가지로 양마 화소가 애용된 것으로 보인다. 이는 신화에 나타난 양마 화소가 그만큼 강한 파생력이 있었음을 의미하는 것이기도 하다. 그러한 실태를 「온달」을[18) 중심으로 살펴보고자 한다.[19)

공주는 금팔찌를 팔아서 농토와 집·노비·우마와 기물 등을 사니 살림살이가 다 갖추어졌다. 처음 말을 살 때 공주가 온달에게 "시정 사람의 말을 사지 말고, 나라의 말 가운데 병들고 여위어 내다파는 것을 택해오면 이후에 그것을 바꾸어보지요"라고 말했다. 온달은 그 말대로 하였다. 공주는 부지런히 말을 길렀으므로 말은 날로 살찌고 건장해졌다. 고구려에서는 항상 3월 3일이면 낙랑의 언덕에 모여 사냥을 하고, 그 날 잡은 멧돼지와 사슴으로 하늘과 산천의 신에게 제사지냈다. 그 날이 되어 왕이 사냥하러 나가자, 여러 신하와 5부의 군사들이 모두 따라 나섰다. 이때에 온달도 그동안 기르던 말을

---

18) 「온달」은 그 성격상 민담과 전설적 특징을 두루 아우르고 있다. 바보온달이 평강공주를 얻어 명장(名將)이 되는 것은 고구려의 미천왕이나 백제의 무왕처럼 민담성을 드러낸다. 하지만 양마 화소를 통해 온달이 장수로 자리잡는 것은 인물전설의 특징이라 하겠고, 마지막에서 화살을 맞고 죽는 것도 전설의 비극성과 관련된다. 특히 자아와 세계의 대립에서 세계가 우위에 선다는 점에서 민담보다는 전설의 특성이 더 강한 것으로 볼 수 있다.

19) 참고로 「설씨녀」의 양마 화소를 인용해 둔다. "그리고 곧 거울을 꺼내어 반을 갈라서 각각 한 조각씩을 나눠 가지며 말하기를, "이것을 신표로 하는 것이니 뒷날에는 마땅히 이를 합치기로 합시다" 하였다. 가실에겐 애마 한 필이 있었는데, 설씨녀에게 말하기를, "이는 천하에 드문 양마(良馬)로 뒷날에 반드시 쓸 데가 있을 것이오. 지금 내가 간 다음에는 기를 사람이 없으니, 청컨대 이 말을 맡아서 길러주시오" 하고 작별한 다음 곧 목적지로 향하였다. …(중략)… 그래서 몰래 마을 사람과 약혼을 해 놓고 잔칫날을 정하고, 그 사람을 맞이하려 하였다. 설씨녀는 이를 굳게 거절하며 도망하려다가 뜻을 이루지 못하고 외양간에 가서 가실이 두고 간 말을 보며 탄식과 함께 눈물을 흘렸다. 이때 마침 가실이 돌아왔으나, 형상은 해골처럼 마르고 옷도 남루하여 집안사람들은 그를 알아보지 못하고 딴 사람이라고 말하였다."

타고 따라갔다. 그는 항상 남보다 빨리 달렸고, 짐승 또한 많이 잡았으므로
따를 자가 없었다. 왕이 그를 불러서 이름을 물어 알고는 놀라며 이상히 여겼
다. 그때 후주의 무제가 군사를 일으켜 요동으로 쳐들어 왔으므로, 왕은 군사
를 거느리고 배산(拜山) 벌판에서 맞서 싸웠다. 온달이 선봉이 되어 날쌔게
적군 수십 명을 베어 죽이니, 여러 군사들이 이 기세를 타고 분격(奮擊)하여
크게 이겼다. 전쟁에서 세운 공을 논함에 모두 온달을 제일이라 했다. 왕은
기뻐 칭찬해 말하기를, "이 사람은 내 사위다" 하고, 예를 갖추어 그를 맞아들
이고 벼슬을 주어 대형(大兄)으로 삼았다.(乃賣金釧, 買得田宅奴婢牛馬器物,
資用完具. 初買馬, 公主語溫達曰 愼勿買市人馬, 須擇國馬病瘦而見放者, 而
後換之. 溫達如其言. 公主養飼甚勤, 馬日肥且壯. 高句麗常以春三月三日, 會
獵樂浪之丘, 以所獲猪鹿, 祭天及山川神. 至其日, 王出獵, 群臣及五部兵士皆
從. 於是, 溫達以所養之馬隨行, 其馳騁, 常在前, 所獲亦多, 他無若者. 王召來,
問姓名, 驚且異之. 時後周武帝出師伐遼東, 王領軍逆戰於拜山(肄山)之野. 溫
達爲先鋒, 疾鬪斬數十餘級, 諸軍乘勝奮擊大克. 及論功, 無不以溫達爲策(第)
一. 王嘉歎之曰 是吾女壻也. 備禮迎之, 賜爵爲大兄)

이상에서 보는 바와 같이 「온달」에서도 양마 화소를 비중있게 다루었
다. 특히 양마 화소 중에 나라의 말을 구입하라고 한 것은 「동명신화」에서
주몽이 국마(國馬)를 얻은 것과 유사하다. 이는 「동명신화」의 양마 화소가
전설에 영향을 끼친 결과라 할 수 있다. 이제 작품에 나타나는 양마 화소를
도식화하면 다음과 같다.

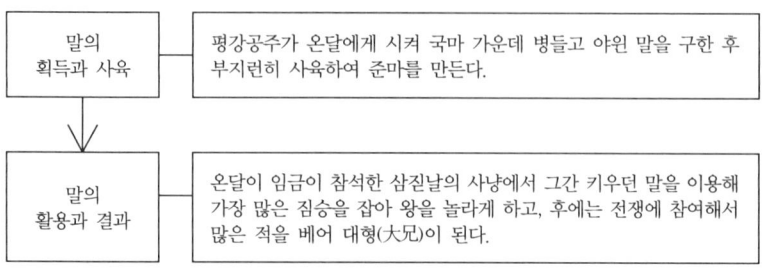

위의 표에서 보는 바와 같이 이 작품에서는 양마 화소가 온달을 성공시키는 핵심이다. 그럴지라도 신화에서처럼 당위적이지는 않다. 신화가 영웅의 활약과 그 결과로 건국이 수반되는 데 반해, 전설은 개인적인 성공이나 실패에 관심을 기울이기 때문이다. 즉 신화가 영웅의 행위를 구체적으로 제시하고, 목적한 바를 좌절 없이 달성하도록 하기에 양마 화소가 서사의 필수재로 활용되지만, 신화에서 격하된 전설에서는 개인의 능력과 성공을 부각하기 위한 방편으로 양마 화소를 관습적으로 활용하여 부수재적(附隨材的)인 성격이 강하다.[20] 이제 항목별로 서사적 특성을 살펴보겠다.

먼저 말의 획득과 사육이다. 평강공주는 궁중에서 가지고 나온 금붙이로 거주할 집이나 세간을 마련하면서 말도 함께 구입한다. 말을 구입하되 시정의 말이 아니라 반드시 국마를 요구한다. 그것도 「동명신화」에서처럼 병들고 야윈 말을 구하고 있다. 이것은 온달이 장차 장수가 될 복선을 마련한 것이기도 하다. 어쨌든 온달이 공주의 말대로 비루먹은 말을 구해 오고, 이 말을 정성껏 사육하여 준마로 만든다. 마치 「동명신화」

---

20) 이와 같은 사정은 「설씨녀」에서 잘 확인된다. 이 작품에서 가실은 설씨녀에게 자신이 키우던 말을 건네면서 훗일에 쓸 것이라고 했지만 그 용처가 따로 없었다. 이는 신화적인 양마 화소가 전설에서 관습적으로 차용했음을 의미하는 것이다.

에서 바늘을 빼고 잘 먹이자 준마가 된 것과 같다. 이처럼 「온달」에서는 신화적 양마 화소를 차용하되 개인의 능력을 부각하는 데 관심을 기울이고 있다.[21)]

다음으로 말의 활용과 그 결과이다. 고구려에서는 매년 3월 3일이면 왕이 참석하는 사냥대회를 열고, 그때 잡은 멧돼지와 사슴으로 천지신명에게 제사를 지낸다. 이 사냥대회에 온달도 참여하여 남다른 능력을 발휘한다. 그는 그간 공주가 잘 사육한 준마를 타고 가장 빠르게 달려 사냥감을 많이 잡는다. 준마 덕분에 바보온달이 날랜 용사가 된 것이다. 이에 왕이 그를 불러 누구인지 묻고, 온달이 자신의 신분을 밝히자 왕이 놀란다.

이 일이 있은 후 머지않아 후주의 무제가 침략함에 왕이 병사를 거느리고 대치한다. 이때 온달이 선봉에 나서서 적들의 목을 베니 사기가 진작된 고구려 병사가 진격하여 대승을 거둔다. 전쟁이 끝나고 논공행상이 이루어질 때 모두 온달이 으뜸이라고 말한다. 이에 왕이 온달이 자신의 사위임을 밝히고 예를 갖춰 그를 맞아들임은 물론 대형의 벼슬까지 내린다. 이렇게 볼 때 온달의 능력과 국가에 대한 충성의 근저에는 공주가 정성껏 키운 말이 자리하고 있다. 하지만 이 작품에 나오는 말은 선설의 속싱싱 온달 개인의 출세 및 성공과 관련될 따름이다.

3.3. 「박씨전」과 양마 화소

소설은 설화와는 달리 다양한 화소가 개입되고 사건전개도 복합적으로 이루어진다. 그래서 소설에서의 양마 화소는 신화나 전설에서보다 분량이

---

21) 신화의 내용을 전설에서 차용한 것은 승전을 입전하면서 불전(佛傳)을 전범으로 삼았던 것과 흡사하다.

나 구성 면에서 상대적으로 소략함을 면치 못한다. 그럼에도 불구하고 이 양마 화소가 신화·전설을 거쳐 소설로 이어지는 서사문학의 사적 전통을 짐작할 수 있게 한다. 소설에 쓰인 양마 화소는 신화는 물론이거니와 전설의 그것보다도 개연성이 덜하다. 즉 양마 화소가 생략될지라도 서사 전개에 문제가 생기지 않는다. 그래서 소설에서의 양마 화소는 서사전개상 잉여재(剩餘材)라 해도 과언이 아니다. 이제 소설에 나타난 양마 화소를 「바씨전」을 중심으로 실펴보도록 하겠다. 해당부분을 들어보면 다음과 같다.

> 박씨 계화로 승샹게 엿쥬오되, "알윌 말숨이 잇다" 하거늘 승샹이 급히 드러가니 박씨 열즈오되 "가산이 넉넉지 못ㅎ온이 셩ㅈ할 도리를 ㅎ오미 됴할 듯ㅎ오이다" ㅎ니 승샹 왈 "빈부ㄴ 또흔 쉬라. 엇지 일역으로 ㅎ리요" 박씨 왈 "ᄂ일 죵노의 계쥬말이 만이 왓실 거시온이 노복을 명ㅎ옵셔 계마 즁 픠렵ㅎ고 비루먹은 미아지를 ㅅ빅 냥만 쥬고 ㅅ오라 ㅎ옵쇼셔" 승샹이 임의 신긔함을 아ㄴ지라 엇지 듯지 안이리오. 급피 왕당에 ᄂ와 노복을 불어 ㅅ빅 냥를 쥬며 이리이리 ㅎ라 ㅎ신대 비본 등이 셔로 말ㅎ여 왈 "ᄃ감게셔 계마 온 쥴을 엇지 아르시며 ᄯᅩ 그 즁의 픠려고 비루먹은 미아지를 ㅅ빅 냥을 주고 ㅅ오라 ㅎ신이 암오케나 기보리라" ㅎ고 ㅅ빅 냥을 가지고 가보니 과연 계마가 만이 왓시되 그 즁의 비루먹ㄴ 미아지 잇거늘 비복 등이 미아지 갑슬 무론ᄃ 마쥬 왈 "갑시 닷 냥이라" ㅎ거늘 노복 왈 "우리 ᄃ감게옵셔 즈근 미아지를 ㅅ오라 ㅎ시기로 ㅅ빅 냥을 쥬노라" 흔ᄃ 마쥬가 앙쳔ᄃ소 왈 "갑시 닷 냥이 ᄎ지 못흔 말을 ㅅ빅 냥이란 말은 엇견 연고뇨?" ㅎ고 구지 ㅅ양ㅎ거늘 죵노 ㅅ람들도 다 우어 왈 "마쥬가 아니 밧ㄴ 돈을 엇지 위력으로 쥬리요" ㅎ거늘 노복 등이 도로혀 무류ㅎ여 복 냥만 쥬고 이빅은 감초와 ᄃ감 젼의

알원다. 대감이 박씨게 드러가 미아지 사온 말은 젼ᄒ신디 박씨 왈 "그 갑시 ᄉᆞᆷ빅 냥이온디 빅 냥만 쥬와ᄊᆞ오니 ᄂᆞ믄 돈을 마져 ᄎᆞ져 마쥬를 쥬옵소셔" 승상이 그 말을 들미 어이업셔 즉시 외당의 나와 노복을 엄문ᄒᆞ신디 과연 이빅 냥은 아니 쥬엇거늘 노복을 ᄭᅮ지져 ᄉᆞᆷ빅 냥을 츈슈ᄒᆞ여쥬고 "미아지를 ᄒᆞᆫ ᄶᅵ ᄡᆞᆯ 셔되, 보리 셔 되, 참ᄭᅦ 셔 되식 먹여 줄 기르라" ᄒᆞ드라. ···(중략)··· 잇쩍 죵노의셔 ᄉᆞ온 미아지 ᄉᆞᆷ년을 길은즉 헌 호말마 되엿는지라. 용의 몸의 범에 머리요, 거름은 츄천의 그름 갓더라. 박씨 상공게 엿ᄌᆞ오디 "모월 모일 되면 ᄒᆞᆼ국의셔 칙ᄉᆞ 나올 거시니 긋쩍 이 말을 ᄉᆞ문 밧 영은문에 미여두면 칙ᄉᆞ 보고 단졍이 ᄉᆞᄌᆞ헐 거시요, 말 갑슬 물을 거시니 호가를 삼만냥이라 ᄒᆞ옵쇼셔" 승상이 그 신긔ᄒᆞᆷ믈 아ᄂᆞ 말갑시 너무 과허믈 념녜ᄒᆞ니 박ᄊᆞ 왈 "이 말이 말이 아니오라 범용의 빗치 못허게 되엿습고 죠션지방은 불과 슈철 이요, ᄃᆡ국은 지방이 슈말니오니 즁국에셔박게 쓸 곳이 업ᄉᆞ오니 갑슨 다소 ᄒᆞ고 쓸 터이오니 가문이 삼만금 젹으니이외다" 승상이 탄복ᄒᆞ고 기다리더니 과연 그쩍를 당ᄒᆞ민 칙ᄉᆞ 오ᄂᆞ 픡문이 잇거날 만죠빅관이 다 연쥬문의 ᄃᆡ후 하고 승상이 ᄯᅩᄒᆞᆫ 노복을 명ᄒᆞ여 "말을 여쥬의 미여두라" ᄒᆞ니 과연 칙ᄉᆞ 연쥬문의 당도ᄒᆞ여 그 말을 보고 놀나 말임ᄌᆞ를 찻거날 승상의 노복이 드러 가 복지ᄒᆞ온디 칙ᄉᆞ 왈 "말 팔여는야?" ᄒᆞᆫ디 노복 왈 "팔여 ᄒᆞ오나 임ᄌᆞ없셔 팔지 못ᄒᆞ연ᄂᆞ이다" 칙ᄉᆞ 우문 왈 "팔여 ᄒᆞ면 갑슨 얼마나 ᄒᆞ뇨?" 노복 왈 "삼만냥이로쇼이다" 칙ᄉᆞ 왈 "말을 본즉 ᄉᆞᆷ만양이 오히려 젹은지라" 장안의 들어와 ᄉᆞᆷ만냥을 쥬니 승상이 박씨를 치ᄉᆞ하고 심긔ᄒᆞᆷ믈 탄복ᄒᆞ더라.[22]

「박씨전」에서는 박씨의 능력, 즉 사리분별력과 미래를 보는 초능력을 확인하는 차원에서 양마 화소가 쓰였다. 이는 박씨의 다양한 능력을 확인

---

22) 이 글에서는 「박씨전」 중에서 가장 고본으로 추정되는 고려대학교 소장본을 텍스트로 하였다.

하는 방법 중의 하나로 양마 화소를 활용한 것이다. 그래서 「심청전」에서 뺑덕어미의 행실 나열이나 「흥부전」에서 놀부의 심술 나열과 흡사하게 되었다. 이를테면 굳이 이 양마 화소를 쓰지 않아도 박씨의 비범한 능력을 보이는 데는 문제가 되지 않는다. 그럼에도 불구하고 이 작품에서 양마 화소를 활용한 것은 박씨를 여성영웅으로 형상화하려는 의도 때문이라 하겠다.[23] 이상의 내용을 도식화하면 다음과 같다.

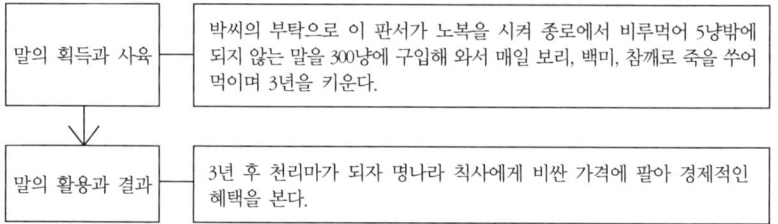

말의 획득과 사육	박씨의 부탁으로 이 판서가 노복을 시켜 종로에서 비루먹어 5냥밖에 되지 않는 말을 300냥에 구입해 와서 매일 보리, 백미, 참깨로 죽을 쑤어 먹이며 3년을 키운다.
말의 활용과 결과	3년 후 천리마가 되자 명나라 칙사에게 비싼 가격에 팔아 경제적인 혜택을 본다.

잘 아는 것처럼 박씨는 비교적 이른 시기의 여성영웅으로 활약한다. 그런데 이러한 여성영웅은 이미 지모신·산신 등 원형적인 신화에서 확인되거니와[24] 후대로 와서는 남성의 영웅상을 여성의 영웅상으로 환치하는 소설이 다수 나타났다. 어쨌든 「박씨전」의 양마 화소는 천손신화인 「동명신화」나 인물전설인 「온달」에 나타난 양마 화소를 차용한 것으로 볼 수 있다. 이는 영웅·군담과 관련하여 남녀주인공을 막론하고 양마 화소가 중요하게 서사되었음을 의미하는 것이기도 하다. 이제 「박씨전」에서 양

---

23) 박씨는 금강산과 관련된 인물로 신화시대의 '선도산성모'·'정견모주'와 같이 지모신·산신과 흡사한 면이 있다. 또한 박씨는 「동명신화」의 유화, 「온달」의 평강공주와 비견되기도 한다.

24) 윤경수, 「「박씨전」의 국조신화적 고찰―도해를 중심으로」, 『반교어문연구』 7, 반교어문학회, 1996, 167~197쪽.
김나영, 「신화적 관점에서 본 「박씨전」 소고」, 『고소설연구』 16, 한국고소설학회, 2003, 199~230쪽.

마 화소가 어떻게 활용되었는지 살펴보도록 한다.

먼저 말의 획득과 사육이다. 「박씨전」에서 말의 획득과 사육은 영웅적 행위를 보이는 박씨의 능력을 확인하기 위한 것이다. 박씨는 시부인 이 판서에게 말을 구입하자고 제안한다. 그런데 그 제안이 파격적이다. 단돈 5냥밖에 나가지 않는 비루먹은 말을 300냥을 주고 구입해 오라고 했기 때문이다. 시부가 의심하다가 며느리의 비범함을 믿고 그 제안에 따른다. 노복을 시켜 말을 구입해 오는데, 그 노복이 마주에게 100냥만 건넨 다음 나머지 돈을 빼돌린다. 박씨가 구입해온 말을 보고 제값을 주고 사오지 않아 쓸모가 없다고 하자, 시부가 노복을 취조해 사실을 알아내어 300냥을 모두 주도록 한다.

다소 황당하게 획득한 말을 사육하는 데도 남다른 면이 있다. 박씨의 말대로 말에게 매일 보리와 쌀, 그리고 참깨로 죽을 쑤어 먹이기 때문이다. 이는 박씨가 구체적인 사육방법을 제안한 것으로, 그렇게 3년을 키워 준마로 만든다. 이는 장차의 일을 도모하기 위함은 물론이거니와 소설적인 궁금증을 자아내는 복선이기도 하다. 특히 신화나 전설과는 달리 황당한 절차에 따라 말을 구입하고 사육하여 관심을 촉발한다.

다음으로 말의 활용과 결과이다. 이제 박씨는 자신이 명한 대로 정성껏 사육한 말을 활용한다. 여전히 박씨는 선견지명을 가지고 다른 사람에게 말의 처분을 명한다. 먼저 특정한 날에 명나라 사신이 서울에 들어오는 것을 알고 그간 사육한 말을 그곳에 몰고 나가서 기다리다가, 명나라 칙사가 가격을 물으면 3만 냥이라고 말하도록 명한다. 박씨의 말대로 실행하니 과연 명나라 칙사로 온 장수가 그 말을 제시한 가격에 구입한다. 명나라 칙사가 그 말을 구입한 것은 천리를 달릴 수 있었기 때문이다.

이 작품에서는 그 활용과 결과가 신화나 전설과 판이하다. 그것은 신화가 건국의 본풀이로, 전설이 개인적인 능력 발양으로 활용된 데 반해, 소설에서는 이미 확보된 박씨의 신통력을 확인하는 방편으로 쓰였기 때문이다. 즉 앞의 두 장르에서는 양마 화소 자체가 서사전개의 기축을 이루는 반면, 소설에서는 서사전개와는 무관하게 주인공의 초능력을 확인하는 부수장치로 활용되었다. 이는 소설이 성행하던 조선후기에 상품경제·화폐경제가 일반화되면서 양마의 목적이 치부(致富)의 수단으로 쓰인 때문이기도 하다. 그렇지만 비루먹은 말이 결국은 천리마라는 점, 양마 화소와 관련된 인물이 영웅적 행위를 보인다는 점에서 신화나 전설의 양마 화소를 계승·변화시킨 것으로 볼 수 있다.

4. 양마 화소의 장르별 동이점과 효용

양마 화소는 이미 살펴본 것처럼 신화·전설·소설 등에서 두루 활용되었다. 그런데 각 장르에 내재된 양마 화소는 공통점이 있는 한편, 차이점 또한 분명하다. 같은 점은 신화의 양마 화소를 통시적으로 계승한 때문이겠고, 차이점은 장르적 특성에 맞게 변용한 결과라 할 수 있다. 따라서 같은 점과 다른 점을 검토하면 적어도 양마 화소를 기준으로 이야기문학의 전통과 장르적 속성을 확인하는 성과를 거두리라 본다.

각 장르에 나타나는 양마 화소는 나름대로 동이점을 가지고 있다. 물론 이 동이점은 각 장르의 특성을 살피는 데 도움이 된다. 공통점에서는 이야기문학의 관습화된 작화방식을 이해할 수 있고, 차이점을 통해서는 각 장르의 서사적 특성을 파악할 수 있기 때문이다. 그러한 사정을 몇 가지로 나누어 살펴보면 다음과 같다.

첫째, 야위거나 비루먹은 말을 구득한다는 점이다. 모든 장르에서 공통된 것 중의 하나가 야윈 둔마의 구득이다. 먼저 「동명신화」에서는 좋은 말을 얻기 위한 방편으로 준마의 혀에 바늘을 꽂아 마르게 한 다음, 금와왕에게 그 말을 하사받는다. 이것은 본래부터 야윈 말을 구한 것이 아니라 준마임을 알고 의도적으로 마르게 했다는 점에서 득마(得馬)를 위한 지략이라 할 수 있다. 결과야 마른 말을 얻었지만, 실상은 정반대라 할 수 있다. 더욱이 나라의 준마를 구하여 주몽이 장차 고구려왕이 될 복선을 마련했다. 어쨌든 목적한 바를 달성하기 위하여 말을 야위게 하였고, 그 야윈 말을 획득하여 밤낮으로 먹인 결과 건강한 준마가 되어 주몽이 그 말을 타고 남쪽으로 도주할 수 있었다.

「온달」에서도 시정의 말을 마다하고 나라에서 내다파는 병들고 야윈 말을 구한다. 즉 평강공주가 온달에게 명하여 병들어 파는 말을 구해와 밤낮으로 사육하여 좋은 말로 바꾼다. 물론 이 준마는 온달이 장수가 되는 디딤돌이 된다. 그런데 이렇게 병들거나 야윈 말을 구하는 것은 신화의 그것을 염두에 둔 결과라 할 수 있다. 이미 신화에서 야윈 밀 구득 화소가 있었기에, 전설에서도 병들고 야윈 말을 찾은 것이라 할 수 있다. 더욱이 「동명신화」에서 국가의 마구간에서 말을 구한 것처럼 전설에서도 나라에서 내다파는 병든 말을 구해오라고 하여 양자의 친연성이 더 부각된다. 이는 고대의 신화에 내재되어 있던 양마 화소가 전설로 계승된 때문이라 할 수 있다.

소설에서도 사정은 매한가지이다. 「박씨전」에서 박씨는 시부(媤父)인 이 승상에게 부탁하기를 여러 마리의 말 중에서 제일 못난 말을 구해오되 당시의 시세보다 수십 배에 달하는 값을 지불하라고 한다. 못생긴 말일지라도 장차의 효용을 생각하여 제값을 치른 것이다. 실제로 이 못생긴 말을 지성껏 사육하여 투자금 300냥의 백 배인 3만 냥에 명나라 칙사에게 판매한다. 이렇게 소설에서도 굳이 제일 못생긴 말을 구하는 것은 신화·전설에서 지속되었던 전통 때문이라 하겠다. 나아가 그 말이 천리마라고 한 것은 신화나 전설에서처럼 준마를 염두에 둔 것이기도 하다. 이렇게 야윈 말 구득 화소는 이야기문학의 작화에서 관습화된 것으로 이해할 수 있다. 이는 양마 화소가 이야기문학의 전통을 살피는 데 그만큼 효용성이 있음을 뜻하는 것이기도 하다.

둘째, 양마에서 여성이 공통적으로 조력한다는 점이다. 각 장르 공히 여성이 양마와 관련하여 비중있는 역할을 다하고 있다. 먼저 「동명신화」에서는 유화가 준마를 구하는 데 도움을 줌은 물론 양마과정에서도 일정한 역할을 맡는다. 실제로 유화는 주몽이 남쪽으로 내려가 새로운 나라를 건국하려면 좋은 말이 필요하다면서 주몽과 함께 마목(馬牧)에 도착하여 채찍을 휘두른다. 이때 두 장이 넘는 울을 뛰어넘는 준마를 확인하고 지략을 써서 그 말을 주몽이 얻을 수 있도록 돕는다. 이로써 유화는 지모신·곡신의 자격으로 주몽이 나라를 건국하는 데 일조하게 되는 것이다.

「온달」에서도 여성인 평강공주가 양마와 관련이 깊다. 그녀는 자신이 가지고 나온 금붙이를 팔아 살림세간을 마련하면서 말도 함께 구입한다. 말을 구입할 때는 마치 유화가 했던 것처럼 구입방법에 대해 구체적으로 알려준다. 비루먹은 말을 구해오되 국가에서 내다파는 것이어야 한다고 말한다. 창자 병든 말이 준마가 될 수 있음을 평강공주가 예견한 것이다. 그 결과 유화가 아들을 왕으로 만든 것처럼 평강공주도 남편 온달이 장수가 되도록 조력한다. 그래서 기능만 놓고 보면 유화와 평강공주가 다를 것이 없다.

「박씨전」에서도 여성인물인 박씨가 양마에 많은 영향을 끼친다. 박씨는 시가의 성재(成財)를 위하여 비루먹은 말을 구해오도록 한다. 그런 다음 이 말을 특수한 방법으로 사육하여 천리마로 만든다. 박씨가 양마한 것도 유화나 평강처럼 자신이 아니라 남편이나 시가를 위한 것이다. 그런 점에서 박씨는 산신·지모신의 성격을 갖는 유화와 유사한 면이 없지 않다. 이렇게 세 장르 공히 양마에서 여성인물이 조력자로 등장한다. 이는 이미 신화에서 신격을 확보한 유화가 양마와 긴밀하게 관련되었고, 그러한 작화전통이 전설이나 소설로 계승된 때문이라 할 수 있다. 따라서 양마 화소는 이야기문학의 전통이나 작화기법을 살필 때 그 효용성이 돋보이는 모티프라 할 만하다.

셋째, 양마의 활용과 목적이 다르다는 점이다. 세 장르 모두에서 양마를 활용하되 그 목적은 각 장르에 맞게 변용되었다. 이는 이야기문학이 전통을 확보하는 일면, 장르적 분화를 겪으면서 변용된 것이라 할 수 있다. 따라서 그 변화된 모습을 통해 문학장르의 특징을 읽어낼 수도 있다. 먼저 신화에서는 집단문학적 특성에 맞게 그 목적이 명기되어 있다. 특히 건국의 내력을 밝히는 본풀이적 성격 때문에 그 목석성이 명료힐 수밖에 없다. 요체는 주몽이 남쪽으로 내려가 나라를 세우려면 먼 길을 가야 하는데, 그 이동수단으로 말이 필요하다고 했다. 이는 주몽이 자신을 적대시하는 부여의 왕이나 왕자를 벗어나기 위해서도 긴요한 것이다. 그래서 신화에서는 양마의 당위성이 분명할 뿐만 아니라 그 결과 또한 집단적·민족적일 수밖에 없다. 더욱이 이 양마 화소가 있어야 서사전개의 긴밀성까지 담보된다.

전설에서는 그 활용과 목적이 집단보다는 개인에 집중되어 있다. 즉 인물전설의 성격상 거대담론보다는 개인의 능력을 고양하고, 그에 따른 결과를 중요하게 다루었다. 평강이 온달을 찾아와 함께 살기를 청하고, 이어서 팔찌를 팔아 말을 구해 키우는 것이 신화와는 달리 미천한 온달을 훌륭한 장수로 만들기 위함이다. 그래서 개인적인 능력의 발휘와 성공을 위해 양마 화소가 활용되었음을 알 수 있다. 개인적인 차원일지라도 양마 화소가 서사전개에서 중요한 인자임을 알 수 있다. 신화에서처럼 당위적이지는 않지만, 온달이 장수가 될 개연성을 양마 화소를 통해 마련하기 때문이다.[25]

소설에서는 양마 화소가 상당히 속화되어 있다. 실제로 소설에서는 개인적인 성공은 물론, 물질적인 충족을 위해서 양마 화소가 활용된다. 이는 근대 지향기의 사회상이 양마 화소에 반영된 결과이기도 하다. 박씨는 경제적인 목적을 위하여 시아버지인 이 승상에게 비루먹은 말을 구해오라고 한다. 그러한 말을 어렵게 구해서 특이한 방법으로 3년간 사육하여 준마로 만든다. 이어서 그 말을 사신으로 온 명나라의 칙사에게 비싼 값에 팔아 목적했던 경제적 이익을 성취한다. 이는 양마 화소가 해당 인물의 선견지명을 확인할 뿐이라서 신화나 전설의 그것과는 변별된다. 따라서 여기에서의 양마 화소는 사건전개상 필수재이기보다는 판소리에서 장면의 확대처럼 주인공의 능력을 강조하는 부수재라 할 수 있다. 실제로 이 작품에서는 다양한 방법으로 박씨의 능력을 확인하고 있어서, 이 양마 화소를 삭제해도 사건전개상 문제가 없다.

이상에서 보는 바와 같이 신화에서는 집단의 건국을, 전설에서는 개인의 성공을, 소설에서는 가정의 혜택을 중심에 두고 양마 화소를 활용하고 있다. 이렇게 동질의 양마 화소를 활용하면서도 그 목적과 결과가 판이한

---

25) 이것은 이 전설이 남성영웅소설의 그것처럼 온달의 무용과 출세를 다루었기 때문이다. 그렇지 않은 「설씨녀」의 양마 화소는 사족과 같게 되었다.

것은 각 문학의 장르적 속성 때문이라 할 수 있다. 따라서 양마 화소는 문학장르의 특성을 이해하는 데 도움이 되는 인자라 할 만하다.

5. 결론

이상으로 한국문학에 나타나는 양마 화소를 살펴보았다. 먼저 한국문학과 말의 관계를 개괄적으로 조망한 다음, 이어서 양마 화소의 존재양상을 신화·전설·소설을 감안하여 「동명신화」·「온달」·「박씨전」을 중심으로 고찰하였다. 마지막으로 각 장르에 나타나는 양마 화소의 동이점을 들면서 문학적인 효용성을 살펴보았다. 지금까지 논의한 것을 결론삼아 요약하면 다음과 같다.

첫째, 우리 문학작품 중 말을 다룬 사례를 살펴보았다. 구비서사류에서는 '아기장수설화', '선녀와 나무꾼', '이성계와 치마대(馳馬臺)' 같은 작품을 고찰해 보았다. '아기장수설화'는 여러모로 건국신화류와 유사한 면이 있다. 아기의 뛰어난 능력, 아기에 호응한 용마, 아기의 어깨에 돋은 날개 등이 영웅의 출생 및 천손강림과 관계되기 때문이다. '선녀와 나무꾼'에서의 말은 하늘과 땅을 연계하는 매개체로 기능하여 천마사상을 엿볼 수 있다. 마지막 '이성계와 치마대' 설화는 다른 장수에게서도 확인되는 것으로 군사적 영웅담과 관련이 깊다. 문헌서사류는 신화류·전설류·소설류 등으로 나누어 살필 수 있다. 신화류는 금와와 혁거세, 그리고 주몽이 대표적이며, 전설류는 「김유신」이나 「온달」 등을 들 수 있다. 소설류는 일부에서 말을 언급하는 정도로 쓰였는데, 「박씨전」에서만은 말이 신화·전설에서와 같이 활용되었다. 대체로 한국문학에서는 말을 활용하되 서사전개의 부수물일 따름이다. 그런데 양마 화소에서만은 특별한 목적을 가지고 말을 구득·활용하고, 그 결과 또한 명시된다는 점에서 소재적 특성이 돋보인다.

둘째, 양마 화소의 존재양상을 살펴보았다. 신화·전설·소설의 장르를 감안하여 「동명신화」·「온달」·「박씨전」을 대상으로 고찰하였다. 각각에 대하여 말의 획득과 사육, 밀의 활용과 결과로 나누어 검토하였다. 「동명신화」에서는 유화와 주몽이 기지를 발휘하여 금와왕의 마목에서 말을 취한다. 그 말을 밤낮으로 사육하여 준마가 되었을 때 목적한 바를 위해 활용한다. 그 결과 주몽은 개사수까지 문제없이 도주할 수 있었고, 이것이 장차 고구려를 건국하는 디딤돌이 된다. 「온달」의 양마 화소는 「동명신화」의 그것과 유사한 면이 없지 않다. 특히 말을 획득하고 사육하는 것이 유사하다. 실제로 이 작품에서는 국가에서 내다파는 병들고 야윈 말을 구하기 때문에 신화에서의 방법을 준용한 것으로 볼 수 있다. 또한 이 말을 활용함으로써 온달의 무용이 돋보임은 물론, 충성심까지 확인되어 고구려를 대표하는 장수가 된다. 「박씨전」에서도 비루먹은 말을 고가에 구입하여 3년간 정성껏 사육한다. 그런데 이 말을 직접 활용하지 않고, 명나라 칙사에게 높은 가격에 판매하여 경제적 혜택을 얻는다. 모두 박씨의 선견지명에 의한 것임은 물론이다. 이처럼 세 작품은 유사한 양마 화소를 활용하면서도 장르의 속성에 맞게 변용되었다.

셋째, 문학의 각 장르에 나타나는 양마 화소는 나름의 동이점을 가지며 문학적으로 기능한다. 공통점은 모두 비루먹은 말을 구하거나 조력자로 여성이 등장한다는 점이다. 그리고 차이점으로는 말의 활용방법이나 결과가 다르다는 점이다. 공통점에서 비루먹은 말을 구하는 것은 신화에서 먼저 확인된다. 신화에서 준마를 얻기 위하여 의도적으로 말을 마르게 하는데, 이러한 전통이 전설이나 소설로 계승된 것으로 볼 수 있다. 이는 신화의 이야기 관습이 전설·소설로까지 이어진 것이라 할 수 있다. 조력자로 여성이 등장하는 것은 지모신·농신의 성격을 갖는 유화가 주몽을 돕는 것처럼, 평강이 온달을, 박씨가 이시백과 시부를 돕고 있다. 이는 원형적인 신화소가 건국신화의 형상화에 영향을 끼치고, 이 신화가 전설·소설의 작화에 개입한 것으로 볼 수 있다. 한편 활용과 결과에 차이가 생기게 된 것은 각 장르의 특성 때문이라 하겠다. 신화에서는 말이 남쪽으로 도주하는 수단이고, 그 결과가 민족적 대사인 건국으로 나타났다. 이는 본풀이적 신화에서 일반적인 것이다. 이에 반해 전설은 개인적인 능력이나 성공을 다루는 것이라서 그 활용도 온달의 능력 부각이 핵심이며, 결과 또한 온달의 개인적인 성공과 출세이다. 소설에서는 건강한 준마가 되자 명나라 칙사에게 거금에 판매하여 금전적인 이득을 취한다. 즉 결과가 경제적 혜택인데, 이는 소설이 향유되던 조선후기의 사회상이 반영된 결과라 하겠다. 이렇게 보았을 때 양마 화소는 이야기의 내적 구성이나 통시적 변이를 가늠케 하는 유용한 인자라 할 만하다.

고전소설과 가묘 화소

1. 서론

이 글은 고전소설에 나타난 가묘(假墓) 화소(話素)의[1] 전승양상을 검토한 다음, 서사적 기능과 문학사적 의미를 고찰하는 것이 주목적이다. 즉 서사문학에서 죽음을 어떻게 형상화하고 있는지 통시적 관점에서 조망한 다음, 조선후기 고전소설에 나타난 가묘 화소의 문학적 기능과 의미를 살펴보고자 한다.

고전소설에서는 죽음에 대한 문제를 다양한 관점에서 주목하였다. 그 중에서 죽음의 문제를 희화적(戲畵的)으로 그리면서 서사전개의 극적 반전을 도모한 것이 바로 가묘 화소이다. 특히 고전소설의 가묘 화소는 설화나 전기에서 다루는 죽음과 변별되어 주목되는 바가 크다. 실제로 기존 서사에서는 죽음을 관념적으로 다룬 반면, 고전소설에 나타난 가묘 화소

---

1) 이 글의 가묘 화소는 특정인물을 속이기 위한 거짓무덤을 말한다. 즉 이야기문학에서 서사장치로 활용하기 위해 설정된 거짓무덤을 가묘 화소로 보았다. 그래서 추후의 매장지로 활용하기 위해 일시적으로 가묘를 조성한 치표(置標)와는 차이가 있다.

에서는 극적 반전 장치로 활용되어 왔다. 그런 점에서 가묘 화소는 죽음에 대한 진지한 접근보다는 문제가 되는 인물을 풍자·시정하는 장치로 종종 애용되어 왔음을 알 수 있다.

가묘 화소가 통시성을 확보하고 각 시대마다 나름대로 특징이 있음에도 불구하고 이에 대한 논의는 쉽게 찾아볼 수 없다. 특히 시대사상이나 사회현상을 담지하면서 문학장치로 활용되었음에도 불구하고 크게 주목받지를 못했다. 다만 고전소설에 나타난 죽음을 살피면서 간접적으로 언급하는 정도일 따름이다.[2] 이때에도 죽음에 대한 문제를 사상적으로 거론할 뿐 서사기법에 착안한 것은 아니다.[3]

이에 이 글에서는 가묘 화소의 전승과 그 의미를 다양한 관점에서 고찰하고자 한다. 먼저 가묘 화소의 형성배경을 서사문학의 통공시적인 맥락을 고려하여 파악한 다음, 존재양상과 문학적 기능을 고찰하도록 하겠다. 이어서 가묘 화소가 갖는 의미를 전승사적인 관점에서 살펴보고자 한다. 이와 같은 논의가 제대로 진척되면 한국서사문학사에서 죽음을 문학기재로 어떻게 다루어 왔는지 확인할 수 있으리라 본다.

---

2) 박태상, 「『삼국사기』에 나타난 죽음의 제 양상-신라본기 및 열전을 중심으로」, 연세어문학 제12집, 연세대학교 국어국문학과, 1979, 151~186쪽.
  이태옥, 「고소설에서의 죽음의 意味」, 『국어국문학연구논집』 제19·20합집, 건국대학교국어국문학연구회, 1995, 309~332쪽.
  이현수·김수중, 「한국 고전소설에 나타난 죽음의 연구」, 『인문과학연구』 13, 조선대학교 인문과학연구원, 1991, 1~22쪽.
  박영희, 「고전소설에 나타난 죽음인식」, 『이화어문논집』 13, 이화어문학회, 1994, 387~404쪽.
3) 정하영, 「한국고소설에 나타난 죽음 인식」, 『고전서사문학에 나타난 삶과 죽음』, 보고사, 2010, 11~31쪽.

2. 가묘 화소의 전승배경

가묘는 말 그대로 거짓 무덤을 뜻한다. 이 가묘 화소를 고전소설에서 서사기재로 활용하게 된 것은 이야기문학에서 죽음을 다루는 전통이 오래이기 때문이다. 따라서 가묘 화소는 전통의 계승이면서 그것의 심미적(審美的) 변용물이라 할 수 있다.[4] 이를 감안하여 여기에서는 가묘 화소의 전승배경을 통공시적인 측면에서 찾아보고자 한다. 통시적으로는 죽음을 다룬 서사문학의 실태를 사적으로 짚어보고, 공시적으로는 가묘 화소가 조선후기에 나타나게 된 사정을 확인해 보도록 한다.

첫째, 통시적인 측면에서의 전승배경이다. 죽음은 인간에게 있어 영원한 공포이자 경외의 대상이다. 그래서 어느 시기나 죽음에 대한 관심이 문학으로 형상화되곤 하였다. 일찍이 설화나 전기에서 죽음을 문학적으로 다루어 왔거니와 고전소설에 이르러서는 관심의 영역이 더 확장되어 나타났다. 특히 주목되는 것은 전기에서 죽음을 문학의 형상화 기법으로 종종 애용해 왔다는 점이다. 전기에서는 원통한 죽음으로 원귀가 된 여성이 남성을 찾아와 미진한 사랑을 성취하곤 한다. 이때의 죽음은 사별이 아니라 이승에서 이루지 못한 꿈을 완결하는 통로라 할 수 있다. 이는 초월계를 통해 지극히 현실적인 문제를 다룬 것이기도 하다. 잘 아는 「최치원」이 그러하고, 이를 계승한 『금오신화』의 「이생규장전」・「만복사저포기」・「취유부벽정기」 등이 모두 동일하다. 이들 작품에서는 작중 여성인물들이 모두 원통하게 죽어 원귀로 떠돌게 된다. 그래서 이들을 위한 특별한 배려가 필요했고, 그 배려의 일환이 현실로 불러와 문제를 해결해 주는

---

4) 죽음을 서사적으로 변용한 것이 가묘 화소인데, 이 가묘 화소가 다양한 서사미를 구현한다는 점에서 심미성의 기재라 할 만하다.

것으로 나타났다.

실제로 여성인물의 죽음을 다룬 전기에서는 독특한 구성 기법을 보이고 있다. 먼저 여성인물이 죽을 수밖에 없는 현실적인 상황을 제시하고, 그에 상응하여 남성인물이 여성을 흠모하도록 만든다. 이어서 죽은 여성인물을 남성인물이 만나 현세에서의 미진했던 사랑을 완결한다. 이는 가상세계를 설정하여 현실의 문제를 해결한 것으로 볼 수 있다. 그렇게 해서 일시적으로나마 남녀인물 모두 미신했던 사랑을 해결하지만 원초적인 문제가 해소된 것은 아니다. 여전히 그들 사이에는 화합할 수 없는 죽음이라는 세계가 가로놓여 있기 때문이다. 그래서 가상세계에서의 만남이 마무리된 다음에는 현실에서의 문제점이 더욱 선명해질 수밖에 없다. 이러한 사정을 표로 보이면 다음과 같다.

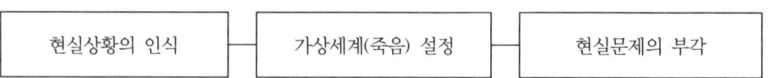

전기에서의 죽음은 이처럼 현실에서의 비극적 상황을 일시적으로나마 해소하는 장치라 할 수 있다. 죽음이 현실의 문제를 다소나마 해소할지라도 궁극적으로는 주연인물 모두가 세계와 조화를 이루지 못한다. 죽음을 통해 소원한 바를 성취할지라도 그것은 일시적인 것에 지나지 않아 진정한 행복 추구와는 거리가 있다. 오히려 여주인공이 사라짐으로써 폭력분리에 따른 더 큰 충격이 주인공을 실의에 빠뜨리거나 세상을 외면하도록 만든다. 이는 불행에 기초한 전기의 속성을 잘 드러내는 것이기도 하다. 실제로 「최치원」에서 두 여인과 헤어진 최치원의 생애는 세상과의 통합된 행복 추구와는 거리가 있다. 그리고 「이생규장전」의 이생도 원귀인 김여인과 헤어진 후에 병을 얻어 죽고, 「만복사저포기」의 양생도 원귀와 헤어

진 다음 지리산으로 들어가 세상과 절연(絕緣)한다. 물론 「취유부벽정기」
의 홍생도 기자(箕子)의 공수와 헤어진 후 세상에 대한 미련을 버린다.
모두 세계와의 대결에서 자아가 패배하거나 좌절함으로써 비극성을 갖게
되었다. 이러한 특성은 전설이 전기를 넘어 본격 소설로 이행하면서 나타
난 징표라 할 수 있다.

　문제는 이들 작품 모두 죽음이 서사의 중추라는 점이다. 죽음을 통해
현실적인 난관을 극복하고자 했기 때문이다. 이렇게 전기에서 죽음을 문
학적으로 형상화하는 전통을 살려 고전소설에서 가묘 화소를 서사기재로
활용한 것으로 보인다. 오래 전부터 죽음이 주요인물의 소망성취 기재로
활용되어 조선후기의 고전소설에서도 작품형상화 장치로 죽음, 즉 가묘
화소를 활용한 것이라 하겠다. 다만 조선후기의 가묘 화소에는 근대를
지향하는 시대상황이 반영되어 기법 면에서 전기와 많은 차이를 보일 따
름이다. 조선후기에 들어와서 민중의식이 고양되었지만, 그에 부응하지
못하는 문제적 인물을 풍자·기롱하는 기법으로 죽음을 활용한 것이라
할 수 있다.

　둘째, 공시적인 관점에서의 전승배경이다. 고전소설에서 죽음을 문학
기재로 활용한 것은 이미 『금오신화』에서 확인된다. 하지만 죽음을 극
적·희화적으로 다룬 것은 조선후기에 들어와서이다. 「구운몽」에서 가묘
화소를 활용하여 사건의 극적 반전을 도모하였거니와 「오유란전」 및 「강
릉매화타령」 등에서도 특정 인물을 희화적으로 풍자했기 때문이다. 이렇
게 조선후기에 들어와서 가묘 화소가 사건의 극적 반전이나 특정인물을
풍자하는 기법으로 종종 활용된 것은 그만한 사정이 있었기 때문이다.

　잘 아는 것처럼 조선후기에 들어오면 고전소설의 창작기법에 획기적인
변화가 생긴다. 조선전기의 전설적 징표가 사라지고, 서정적인 성향도 많

이 줄어들며, 결말에서 자아의 좌절보다는 세계와의 통합이 일반화된다. 특히 주목되는 것은 작자층에서 소설을 허구로 인식하고 다양한 기법을 동원하며 작품을 형상화했다는 점이다.[5] 사건을 치밀하게 조직하여 독자로 하여금 다양한 서사적 쾌감을 맛보도록 배려한 것이다. 조선후기에 들어와서 서사기법이 발달한 것은 소설작자들이 문학적 전통을 다양하게 섭렵하면서 창작기법을 고도화한 때문이기도 하다. 그러한 것은 이미 「홍길동전」에서 나타나기 시작하여 「구운몽」에서 증폭된 뒤[6] 연암소설이나 판소리계 소설에 와서 만개한다. 이러한 변화의 과정에서 가묘 화소와 같은 극적 기재가 활용된 것으로 볼 수 있다.

조선후기는 전란으로 일신할 기회가 있었음은 물론, 다양한 외래문화가 유입되어 사상이나 문화계에 꾸준히 변화를 촉구했다. 조선후기의 민중 또한 알게 모르게 변화의 기운에서 자유로울 수 없었고, 그것이 민중의 예술이나 문화를 창출하는 동인이 되었다.[7] 조선후기를 근대지향기로 보는 것도 바로 이러한 사정 때문이다. 시대변화가 이러하자 고전소설도 상층에 대한 하층의 도전과 저항이 작품을 형상화하는 동력으로 작용하게 되었다.[8] 유교적인 허례에 익숙한 유학자들을 비판·조롱하면서 긴장과 함께 다양한 쾌감을 맛본 것이다.[9] 그 중의 하나가 가묘 화소를 활용하여

---

5) 이는 이미 허균이나 김만중의 문학관에서 확인되는 점이다.(김일렬, 『고전소설 신론』, 새문사, 2010)

6) 「구운몽」은 우리의 소설사를 다변화하는 기폭제와 같다. 장편에 다양한 인생역정은 물론, 동원 가능한 서사기법과 유형을 총화(總和)하였기 때문이다.

7) 판소리 창본에 나타난 양면성이 그러한 사정을 말하거니와 고전소설에서 형상화된 주제도 알고 보면 민중의식을 대변하는 것이 많다.

8) 이러한 사정은 연행문학인 탈춤이나 인형극에서도 마찬가지이다. 탈춤이나 인형극도 양반이나 노장을 비판하면서 생명력을 얻었기 때문이다.(조동일, 『한국문학통사』 3, 지식산업사, 2007, 597~599쪽)

9) 19세기에 들어오면서 양반들의 가식을 풍자하는 작품이 양산된다. 박지원의 한문

가식적인 인물을 풍자·조롱하는 것으로 나타났다. 이는 기득권층이 유교적인 전통과 윤리적인 엄정함을 탈피하고 희화적·민중적으로 격하되기를 바란 것이기도 하다.

3. 가묘 화소의 존재양상과 지향의식

서사미를 구현하는 장치로 가묘 화소가 종종 활용되어, 서사기법적인 측면에서 가묘 화소에 대해 주목할 필요가 있다. 여기에서는 고전소설에 나타난 가묘 화소의 양상과 지향의식을 검토해 보도록 한다. 다만 작품에서 차지하는 가묘 화소의 비중을 감안하여 「구운몽」10)·「오유란전」11)·「강릉매화타령」12) 순으로 살펴보도록 하겠다.

3.1. 「구운몽」에서의 존재양상과 지향의식

3.1.1. 존재양상

「구운몽」에서는 가묘 화소가 인물의 희화(戲畵)는 물론, 흥취를 고조하는 장치로 활용되었다. 가묘 화소가 양소유를 곤란한 지경에 빠뜨리는 일면, 사건이 마무리되는 지점에서 극적인 희열을 맛보도록 했기 때문이다. 이는 「구운몽」이 귀족영웅의 일대기를 과시적으로 부각한 결과라 할 수 있다. 이 작품에 나타난 가묘 화소를 개조식으로 정리하면 다음과 같다.

단편은 물론, 판소리계 소설의 다수에서 그러한 사정을 확인할 수 있다.
10) 정규복·진경환 역주, 「구운몽」, 고려대학교민족문화연구소, 1996, 333~541쪽.
11) 작자미상, 「오유란전」, 국립도서관본.
12) 김진영 외, 『실창판소리사설집』, 박이정, 2004, 205~223쪽.

① 양소유가 과거를 보기 위하여 경사에 도착한 후 두련사를 만나 정경패의 인물됨을 듣는다.

② 양소유는 정경패의 인물됨을 확인하기 위하여 여장하고 거문고를 탄다는 명분하에 정경패와 대화한다.

③ 양소유가 봉황곡을 탄주하니 정경패가 그가 여장으로 자신을 알아보기 위해 왔음을 알고 분통해 한다.

④ 양소유가 마침내 과거에 급제하고 정사도의 집 후원에서 무료하게 지낸다.

⑤ 정사도 부처와 정경패 등이 양소유의 무료함을 달래주기 위하여 가춘운에게 그를 모시도록 하되 지난날의 속임을 설욕하고자 한다.

⑥ 정십삼(鄭十三)이 양소유와 함께 성남의 절경지를 찾아 술을 마시는데 마침 계곡에 복숭아꽃이 떠내려 오자 양소유가 위에 무릉도원이 있을 것이라고 말한다.

⑦ 이때 정십삼의 시비가 찾아와 집안의 급한 사정을 알려 돌아가고, 양소유 홀로 깊은 산속으로 들어가니 그가 찾아옴을 알리는 시가 떠내려 온다.

⑧ 더 올라가서 청의여동의 안내로 선녀를 만나는데, 그녀는 자신과 양소유가 천상에서부터 인연이 있었지만 득죄로 적강했음을 말하고 운우지정을 나눈 뒤 서로 시를 지어주고 헤어진다.

⑨ 며칠 후 정십삼이 다시 한 번 자각봉 찾기를 청하여 함께 깊은 숲으로 들어가 술을 마시다가 오래된 장여랑의 무덤을 발견하고는 술과 시로 위로하던 중 정십삼이 양소유가 선녀에게 써준 시를 찾아내니 그녀를 다시 만날 수 있기를 빌면서 돌아온다.

⑩ 화원에서 선녀를 생각할 때 인기척이 있어 찾아가니 장여랑이 찾아와 전보다 더 사랑하게 되고, 이후로 매일 만나 정을 나눈다.

⑪ 양소유가 매일 정여랑만을 만나고 지낼 때 정십삼이 데리고 온 두진인이

양소유가 많은 복록을 타고 났지만 귀신이 붙어 머지않아 죽을 것이라고
말한다.

⑫ 그들이 돌아가면서 양소유의 머리와 처소에 부적을 두고 가는 바람에
정여랑이 더 이상 방으로 들어오지 못하고 영별을 고한 후 사라진다.

⑬ 양소유가 정여랑이 더 이상 오지 못함은 정십삼 때문이라 생각하고 원망
하던 차에 정사도 부부가 그를 초대하여 술을 마시며 얼굴이 초췌해진
것을 걱정한다.

⑭ 정십삼이 삼시 후에 참식하여 그간 양소유가 귀신과 사랑했던 사실을
모두 알리니 양소유가 어쩔 수 없이 정사도에게 그간의 모든 사정을
말한다.

⑮ 정사도가 이 말을 듣고, 낮이지만 자신이 도술로 귀신을 부르겠다며 먼지
떨이를 흔들고 말하니 병풍 뒤의 정여랑이 웃으며 나온다.

⑯ 양소유가 깜짝 놀라자 그간의 사정을 모두 말하면서 그 귀신이 집안의
가춘운이라 말하고 모든 사람이 한바탕 웃는다.

⑰ 전란으로 헤어졌을 때 난양공주가 정경패를 궁으로 불러 손위의 영양공주
로 삼고, 양소유가 전란을 평정하고 돌아오자 황제를 비롯한 모든 인물이
정경패가 죽은 것으로 꾸미고 영양과 난양을 결혼시킨다.

⑱ 영양공주가 정경패임을 알게 된 양소유가 칭병하며 죽을 것처럼 행동하다
가 그것 또한 속임수라고 말하며 한바탕 즐긴다.

위에서 보는 바와 같이 「구운몽」에서는 양소유의 속임에 대한 복수 차
원에서 가묘 화소를 활용하고 있다. 이 작품에서의 가묘 화소는 만남과
헤어짐을 반복하는 과정에서 주인공이 극적 희열을 맛보도록 한 것이다.
이는 주제를 고양하는 것이기도 하지만, 다양한 서사기법을 동원하여 즐
김을 강화한 측면도 없지 않다. 그래서 가묘 화소가 현실 문제에 집중되기

보다는 낭만적인 분위기를 연출하여 극적 상황을 강조하는 수단으로 활용
된 것이라 하겠다. 이제 「구운몽」에서 가묘 화소를 활용하게 된 사정을
동인·과정·결과로 나누어 살펴보도록 한다.

첫째, 가묘 화소를 쓰게 된 동인이다. 이 작품에서는 가묘 화소를 쓰게
된 동인이 양소유가 지난날 여장(女裝)하고 정경패를 염탐한 데서 비롯되
었다. 실제로 이 작품에서의 가묘 화소는 정경패가 양소유에게 속은 것을
희화적으로 복수하는 곳에서 쓰인다.13) 문제는 복수의 당위성이 부족하
다는 점이다. 그러기에 정경패의 부모는 양소유가 속인 것이 문제가 되지
않음을 주장하거니와 오히려 전고(典故)를 들어 양소유가 여장한 것에 대
해 당위성을 말하고 있다. 그럼에도 불구하고 정경패 및 가춘운이 가묘
화소를 통해 양소유를 속이는 것은 비판의 목적보다는 동락(同樂)을 조성
하기 위한 것이라 하겠다. 이는 귀족적 이상소설에서 즐거움을 극적으로
고조하는 수단으로 가묘 화소를 활용한 것이라 할 수 있다.

둘째, 가묘 화소를 활용하는 과정이다. 양소유가 장원급제하고 정사도
의 집으로 돌아와 정경패와 혼약한다. 이에 정경패가 지난날의 수치를
설원하고자 가족 모두와 상의하여 시비 가춘운을 선녀처럼 꾸며 양소유를
속인다. 양소유가 적적하던 차에 성남의 명승지인 자각봉을 찾아가 선녀
를 만나 사랑을 나눈다. 물론 이때의 선녀는 가춘운이 가장한 것이다. 선
녀와 헤어진 뒤 후원에서 그녀만을 생각할 때 정십삼이 찾아와 다시 한
번 성남의 자각봉을 가자고 청한다. 기쁜 마음으로 동행하여 숲속에서
술을 마시다가 장여랑의 무덤에서 자신이 선녀에게 써준 글귀를 발견한
다. 그래서 지난번 사랑했던 선녀가 장여랑의 원귀(寃鬼)라고 굳게 믿는

---

13) 송주희, 「고전소설에 나타난 속이기의 서사기법적 연구」, 충남대학교 대학원 석사
논문, 2008.

다. 그녀를 다시 만날 것을 염원하니 그날 밤에 장여랑의 원귀가 찾아오고, 양소유는 그녀를 설득하여 방 안으로 들여 지난번보다 더 사랑한다. 이런 날이 지속될 때 장십삼이 데리고 온 두진인이 양소유에게 귀신이 붙어 얼마 살지 못한다며 몰래 부적을 두고 떠난다. 장여랑이 부적으로 인해 찾아오지 못한다며 영별(永別)을 고한 후 사라지니 양소유가 큰 충격에 빠진다.

정사도가 양소유를 위해 주연(酒宴)을 마련하고 초췌해진 이유를 물으니 정십삼이 찾아와 그간 귀신과 사랑한 일을 말한다. 이에 양소유가 모든 일을 밝히니 정사도가 자신이 귀신을 부를 수 있다며 병풍 뒤의 장여랑을 불러낸다. 양소유가 깜짝 놀랄 때 장여랑은 자신이 바로 가춘운이라고 밝힌다.

후에 정경패는 영양공주가 되고, 가춘운은 그녀를 모시는 궁인이 되는데, 전란에 참여했던 양소유는 이러한 사정을 모르고 귀환한다. 이에 정경패는 물론 황궁의 모든 인물이 정경패가 죽었다고 양소유에게 거짓으로 고한다. 슬픔에 잠긴 양소유는 어쩔 수 없이 영양 및 난양공주를 부인으로 맞는다. 마침내 영양공주가 정경패로 확인되자 양소유는 속은 것에 대한 복수의 차원에서 병으로 죽을 것처럼 가장하여 부인들을 속인다. 속고 속이는 과정이 끝난 다음에 등장인물 모두가 즐거운 한때를 보낸다.

셋째, 가묘 화소를 활용한 결과이다. 정경패는 두 번에 걸쳐 거짓 죽음으로 양소유를 속이고 있다. 하나는 시비 가춘운을 시켜 장여랑의 원귀처럼 행동하도록 한 것이고, 또 다른 하나는 자신이 죽은 것처럼 가장하여 양소유를 슬픔 속으로 몰아넣은 것이다. 그런데 양소유 또한 그러한 일이 모두 속임수임을 알고는 역시 속임수로 맞대응한다. 영양공주·난양공주·가춘운·진채봉이 하는 말을 통해 영양공주가 정경패임을 알고 칭병하며 금세 죽을 것처럼 가장한다. 이에 두 공주는 물론 궁인들이 다급하게 간병할 때 그 또한 속임수임을 드러내어 화락(和樂)한 시간을 보낸다. 이렇게 볼 때 가묘 화소의 활용 결과는 귀족적·낭만적인 화락(和樂)이라 할 수 있다.

3.1.2. 지향의식

이 작품은 주인공인 양소유를 중심으로 다양한 속임수가 반복된다. 그러한 속임 중에 가장 충격적인 것이 세속과 절연하는 죽음이다. 특히 가묘 화소의 활용은 폭력분리와 결합의 반복은 물론, 세계와 자아의 계속된 대결을 유도해 극적 긴장감을 조성한다.

실제로 양소유가 가춘운이 가장한 장여랑을 조우하는 것은 만남, 즉 결합을 의미한다. 이때에는 양소유가 자신이 뜻한 바를 다양한 측면에서 성취함으로써 행복과 기쁨이 지속된다. 하지만 장여랑이 더 이상 만날 수 없음을 고하고 떠나는 것은 폭력분리의 상황이라 하겠다. 더욱이 영별을 고한 후 사라졌기에 그 충격은 더할 수밖에 없다. 실제로 이 일로 양소유는 제대로 먹지도 못하고 후원에서 외롭게 지내며 소일할 뿐이다. 가묘 화소를 활용한 목적 중의 하나가 바로 여기에 있었다. 그러다가 정사도의 주연에서 장여랑이 다시 등장함으로써 극적 반전이 일어난다. 극한의 슬픔에서 환희의 만남으로 반전된 것이다. 더욱이 장여랑이라고 생각했던 그 여인이 가춘운으로 확인되자 만남의 기쁨이 배가된다. 가묘 화소를 통한 이합은 양소유가 전란을 평정하고 돌아왔을 때도 지속된다. 이때에는 정경패가 죽은 것으로 가장하여 양소유를 슬픔으로 몰아가다가, 그것이 모두 거짓임을 알려 기쁨이 배가되도록 했다.

「구운몽」은 이처럼 만남과 헤어짐을 반복하는 장치로 가묘 화소를 활용하였다. 가묘 화소를 활용하여 만남에서 오는 행복과 헤어짐에서 오는 불행을 반복한 것이다. 그런데 「구운몽」의 가묘 화소에서 다룬 죽음은 전기의 그것과는 성격이 판이하다. 전기에서의 죽음은 주인공을 파멸로 몰아가는 비극으로 종결되는 반면에 「구운몽」에서는 죽음이 비극보다는 더 큰 즐거움을 유도하는 장치이기 때문이다. 따라서 「구운몽」의 다양한 서사미 중에서 가묘 화소는 희극미를 극대화하는 장치라 할 수 있다. 그렇게 하는 것이 귀족의 부귀영화를 한껏 부각한 내부액자의 전반적인 정취와도 상통할 수 있다. 이런 점에서 이 작품에 나타난 가묘 화소의 지향의식은 귀족취향적인 동락(同樂)의 고취라 할 수 있다.

3.2. 「오유란전」에서의 존재양상과 지향의식

3.2.1. 존재양상
「오유란전」의 가묘 화소에서는 주인공의 위선을 풍자·비판한 후 그를 중세질서 속으로 재편(再編)시키는 것이라 할 수 있다. 특히 이 가묘 화소가 주인공의 성격이나 인생을 획기적으로 변환시켜 주목되는 바가 크다. 이는 작품의 특성이나 사건전개의 추동(推動)이 이 가묘 화소에 있음을 의미하는 것이기도 하다. 그래서 이 작품에서는 가묘 화소의 서사적 비중이 그만큼 클 수밖에 없다. 해당되는 내용을 개조식으로 정리하면 다음과 같다.

① 김 재상과 이 재상이 아들 하나씩을 두어 형제처럼 공부시키니 김생은 장원급제로 평양감사가 되고, 이생은 진사 급제하여 김생의 임지에 동행한다.

② 김 감사가 이생을 위해 각 고을의 관장과 기생을 불러 주연을 마련하지만, 이생이 불평하며 자리를 뜨자 잔치에 참여한 사람들이 모두 빈정댄다.

③ 감사가 그러한 이생을 훼절하도록 기생 오유란에게 명하니, 오유란이 빨래하는 여염집 과부처럼 가장하여 이생을 매혹시킨 후 매일 밤 그를 찾아가 운우지정을 나눈다.

④ 이때 감사가 하인을 시켜 친부가 위독하다는 내용의 편지를 이생에게 전달하고, 이생은 오유란을 생각하면서도 김 감사의 앞이라 어쩔 수 없이 한양으로 떠난다.

⑤ 이생이 도중에 건장한 노복을 만나 친부가 회복되었음을 듣고, 급히 말머리를 돌려 10여 일 만에 평양 근교에 이르러 오유란의 무덤을 발견한다.

⑥ 이생은 급히 술과 과일을 마련하고 제문을 지어 오유란에 대한 애틋한 정을 토로하고 평양감영으로 돌아와 전전반측(輾轉反側)하니 오유란 귀신이 찾아와 지난날보다 더 사랑한다.

⑦ 이생은 혼령이 되어서라도 오유란을 영원히 사랑하겠다고 다짐하고, 오유란은 이런 이생을 죽은 것처럼 꾸며 이방의 따귀를 때리거나 이방의 집에서 먹을 것을 가지고 와 귀신임을 증명한다.

⑧ 오유란은 이생에게 발가벗은 몸으로 감사에게 찾아가 포식하자면서 자신이 이방에게 했던 것처럼 감사에게 행동할 것을 종용한다.

⑨ 이생이 주저하다가 감사 앞에 나서자 감사가 담뱃대로 이생의 배를 찌르며 행색이 왜 그런지 묻는다.

⑩ 이생이 지금까지의 모든 것이 속임수임을 알고 부끄러움을 이기지 못해 다음날 급히 한양으로 가서 과거를 위해 진력한다.

⑪ 마침내 암행어사를 제수받은 이생이 평양감영에 이르러 봉고(封庫)하고 상하관리를 잡아들이지만, 김 감사가 전후 사정을 말하여 용서하고, 마찬가지로 오유란도 옛 정을 생각하여 풀어준다.

이상에서 보듯이 이 작품은 가묘 화소가 작품을 구성하는 핵심 인자라 할 수 있다. 이 가묘 화소를 기점으로 사건이 풍자·해학으로 반전될 뿐만 아니라, 남주인공의 심리변화도 이끌어내기 때문이다. 하지만 이 작품에서는 가묘 화소를 활용하여 문제적 인물을 풍자한 다음, 그가 공식적인 과정을 거쳐 평양도 어사가 되도록 하여 기존 질서에 순응하는 보수성을 드러내고 있다. 그래서 체제를 고수하는 수준에서 주인공의 행복을 그리는 귀족적 영웅소설의 그것과 유사한 면이 없지 않다. 이를 감안할 때 이 작품에 쓰인 가묘 화소는 기발함에도 불구하고 과거 회귀적인 한계를 드러내고 있다. 이는 한문 식자층에게 전승되었던 이 작품의 사정이 반영된 결과라 하겠다. 이제 가묘 화소를 쓰게 된 동인과 과정, 그리고 결과를 살펴보도록 한다.

첫째, 가묘 화소를 쓰게 된 동인이다. 이 작품에서 가묘 화소를 쓰게 된 동인은 바로 이생의 성격이다. 그는 선비로서 남다른 지조가 있는 것처럼 행동한다. 친구인 김 감사가 자신을 위해 마련해준 주연(酒宴)도 그래서 못마땅하게 생각한다. 그는 특히 주연에 기생이 대동한 것을 크게 문제 삼는다. 고결한 선비로서 오로지 忠盟을 따르고 과거에 급제히여 배운 바를 실천하는 것을 이상으로 생각했기 때문이다. 그러한 그에게 기생이니 주연이니 하는 것이 달가울 리가 없다. 그의 그러한 행동에 잔치에 참여한 사람들 모두가 문제를 제기한다. 이생의 성격이나 가치관을 개조해야 할 필요성이 대두된 것이다. 평양감사를 비롯하여 모든 인물이 가묘 화소를 통해 이생을 속이는 것도 바로 그 때문이다.

둘째, 가묘 화소의 실행과정이다. 오유란은 감사의 명을 받고 이생을 속이기로 결심한다. 그래서 수절과부로 가장하여 이생이 볼 수 있는 곳을 찾아가서 빨래를 한다. 그 모습에 반한 이생이 찾아와 통성명하고, 그녀를 이끌고 가서 사랑에 빠진다. 그 사랑이 한동안 지속되자 감사는 하인을 부려 이생에게 한양본가의 아버지가 위독한 것처럼 알리면서 이생이 한양에 다녀올 수 있도록 편의를 제공한다. 감사와 함께 있어서 이생은 오유란에게 이별을 고하지도 못하고 떠난다. 이생이 개성을 지날 때쯤 한 사내가 찾아와 이생의 신분을 묻고 편지를 전한다. 본가의 아버지가 쾌차하여 올 필요가 없으니 과거공부에 매진하라는 내용이다. 이에 급히 평양으로 말머리를 돌려 달리지만 10여 일 만에 평양 근교에 이른다. 평양 근교의 숲에서 무덤을 발견하는데, 초동들이 오유란의 것임을 확인해 준다. 슬픔에 잠긴 이생은 급히 제사를 지내면서 제문을 통해 비통한 마음을 드러낸다. 이제 하릴없이 감영으로 돌아와 감사를 만나고 선화당으로 물러나 괴로워한다.

그날 밤 오유란 귀신이 찾아와 낮에 자신을 위해 제사를 지내준 것에 대해 감사한다. 이생은 그녀를 반겨 맞으며 안으로 들여 사랑하니 전과 다를 것이 없었다. 이에 이생이 그녀에게 매일 찾아올 것을 당부하고 변함없이 즐거운 나날을 보낸다. 이제 이생은 자신도 귀신이 되어 오유란을 자유롭게 만나기를 소망한다. 이에 오유란이 건장한 청년들을 동원하여 이생이 죽은 것처럼 꾸미고, 살아있는 이생을 두고 귀신이라고 말한다. 오유란은 귀신인 자신들은 다른 사람들에게 보이지도, 들리지도 않는다며 이생에게 자유롭게 행동하라고 권한다. 그러한 사정을 오유란이 이방의 집을 찾아가 확인하고, 이를 신빙한 이생이 감사 앞에서 벌거벗고 기이하게 행동한다. 이때 감사가 자신을 가리키며 우스꽝스러운 행색을 묻자, 이생이 모든 것이 속임수임을 알고 창피해 한다. 가묘 화소가 이생의 위선을 만천하에 폭로하는 장치로 쓰인 것이다.

셋째, 가묘 화소를 통한 풍자의 결과이다. 감사와 오유란에게 속은 이생은 참괴(慙愧)한 마음에 이튿날 바로 한양본댁으로 돌아가 감사와 오유란에게 복수를 다짐하며 과업에 매진한다. 그 결과 평안도 어사를 제수받아 평양감영에 이른다. 속인 것을 분풀이할 생각에 봉고(封庫)하고 관리를 잡아들여 치죄하려 한다. 이때 감사가 찾아와 전후 내막을 말하니 용서하고, 역시 오유란도 잡아왔다가 지난날의 정을 생각하여 풀어준다. 이처럼 이 작품에서 쓰인 가묘 화소는 이생의 위선을 폭로·시정하고, 그가 과공에 매진하여 기존의 질서 속으로 재편될 수 있도록 한다. 이는 이 작품이 한문본으로 상층부의 독서물로 애용된 데에서 그러한 동인을 찾을 수 있겠다. 어쨌든 이 작품의 가묘 화소는 위선적인 인물을 개오시켜 기존 질서에 순응케 했다는 점에서 중세질서 회복을 염두에 둔 것이라 할 수 있다.

3.2.2. 지향의식

이 작품에서는 가묘 화소가 작품형상화에서 절대적인 형향을 끼친다. 가묘 화소를 통해 행불행을 반복하다가 주인공을 대오 각성시키기 때문이다. 즉 가묘 화소를 통해 주인공과 상대인물의 이합을 다루면서 슬픔과 기쁨을 반복하다가 마침내 주인공을 개오시켜 봉선석인 질서에 순응하도록 했다.

이 작품에서 이생은 도덕군자인 양 행동하며 자신을 위한 주연마저 못마땅하게 생각한다. 그래서 모든 사람에게 지탄받음은 물론 세상과 떨어져 외롭게 보낸다. 이때 감사가 오유란에게 명하여 그를 유혹하도록 한다. 오래지 않아 오유란의 속임에 넘어간 이생은 오유란을 생각하다가 상사병에 걸리고 만다. 선비로 의연하게 지내다가 일시에 체통이 무너지면서 큰 결핍을 맛보게 된다. 문제는 오유란을 사랑하는 마음이 크면 클수록 애정에 대한 결핍도 그만큼 증대된다는 점이다. 그러다가 오유란에게 고

백하고 그녀가 마지못해 응하면서 결핍이 일시에 충족의 단계로 진척된
다. 이 충족된 만남에서 이생은 그간 경원시해 왔던 사랑을 탐닉하면서
행복을 맛본다. 이 시간이 한동안 지속되다가 위조된 한양본가의 편지
때문에 오유란과 분리된다. 이 분리는 천륜을 따라야 하는 이생에게는
피할 수 없는 것이기에 큰 슬픔이 아닐 수 없다. 아버지의 병환이 걱정되는
일면, 오유란과의 이별에서 오는 고통도 그만큼 크기 때문이다. 그래도
이 분리는 갔다 오면 해결되는 것이기에 회복이 불가능한 것은 아니다.

　문제는 아버지가 쾌차했다는 편지를 받고 평양으로 돌아오다가 평양
근교의 숲에서 오유란의 무덤을 통해 그녀와 영별하는 충격이다. 이제
다시 볼 수 없는 상황이기에 이때는 주인공이 크게 좌절하고, 슬픔도 그만
큼 증폭되어 나타난다. 그런 중에도 오유란을 생각하며 제문을 지어 제사
를 지낸 후 감영의 선화당에서 슬픔을 달랜다. 이날 저녁 오유란의 귀신이
찾아와 두 사람은 생사를 초월한 사랑을 나눈다. 영별한 것으로 알았던
오유란을 귀신으로 다시 만나 생시나 다름없는 기쁨을 누린다. 그러던
중 오유란이 시킨 대로 사또 앞에 나가서 발가벗고 행동하다가 큰 낭패를
본다. 위신을 중시했던 이생에게 있어 벌거벗겨진 채로 대중 앞에 나선
것은 큰 모욕이 아닐 수 없다. 그야말로 자아 이외의 모든 세계가 주인공을
배척한 것이라 할 수 있다. 그래서 모든 것을 뒤로 하고 도망치듯이 그곳을
빠져 나온다. 위선이 여지없이 폭로되면서 다시 폭력분리의 상태에 놓여
이생은 고난의 시간을 보낸다. 하지만 한양에 도착한 이생은 과공에 힘써
평양도 어사를 제수받는다. 이제 이생과 감사 및 오유란과의 관계가 역전
되어 이생은 상대를 복수할 수도 있고 포용할 수도 있다. 이는 이생이
기존질서에 순응하면서 승자로 복귀했음을 뜻하는 것이기도 하다. 따라
서 이 작품의 가묘 화소는 기득권층을 비판하는 일면, 여전히 기존질서의

굴레에서 벗어나지 못하는 사정을 드러낸 것이라 하겠다.

3.3. 「강릉매화타령」에서의 존재양상과 지향의식

3.3.1. 존재양상

「강릉매화타령」은[14] 골생원의 무의도식, 정체성 망각 등을 가묘 화소
를 통해 통렬하게 풍자·비판한 작품이다. 이 작품은 판소리로 불리던
것이라서 해학이나 풍자, 그리고 비속화 경향이 매우 강하다. 이는 소시민
화되어 가던 당시의 민중의식이 작품에 그대로 투영된 결과이기도 하다.
그런 점에서 보수회귀적인 성향을 보였던 「오유란전」보다는 진보성이 강
한 작품이라 할 수 있다. 내용을 개조식으로 정리하면 다음과 같다.

① 강릉부의 책방(冊房) 골생원이 그곳의 매화에 빠져 세월을 보낼 때 상경하
   여 과거에 응시하라는 서울 본가의 편지가 도착한다.
② 골생원은 동행을 요구하는 매화를 두고 상경하여 부친을 비롯한 일가친척
   을 만난 다음, 과상에 나가 매화를 그리는 내용을 썼다가 시관에게 배척당
   한다.
③ 골생원이 하릴없어 매화의 선물을 준비하여 아침 일찍 강릉을 향해 출발
   하고, 강릉사또는 가묘를 만든 다음 매화가 죽은 것으로 가장한다.
④ 골생원이 대관령을 내려오다 매화의 무덤을 보고 대성통곡하며, 사또는
   매화의 유언대로 큰길가에 무덤을 썼다고 말한다.

---

14) 「강릉매화타령」은 「골생원전」으로 불리기도 한다. 이 글에서는 「골생원전」을 참
고하면서 강릉매화타령을 텍스트로 삼았다. 두 작품이 변별되는 점도 있지만 가묘
화소의 활용은 동일하다.(김석배, 「「골생원전」 연구」, 『고소설연구』 제14집, 한국
고소설학회, 2002, 127~151쪽)

⑤ 책방에 돌아온 골생원이 매화를 그리워하다가 제물을 마련하여 제사를 지내고, 화공을 불러 매화를 그려 껴안고 입을 맞춘다.

⑥ 이날 밤 사또의 분부대로 매화가 귀신으로 분장하여 책방을 찾아가니 골생원이 반기며 사랑한다.

⑦ 사또가 매화에게 골생원을 발가벗겨 경포대로 유인할 것을 명한 다음에 통인을 시켜 골생원의 상투 위에 부적을 붙이도록 한다.

⑧ 매화가 부적 때문에 책방에 들어갈 수 없어 저승으로 간다고 사라졌다가, 이튿날 다시 찾아와서 골생원이 죽었다며 함께 저승으로 가자고 권하면서 인간의 유표인 의복을 모두 벗게 하고 동아줄로 허리를 묶어 경포대로 끌고 간다.

⑨ 사또의 엄명으로 모든 사람들이 골생원이 보이지 않는 것처럼 행동하는 가운데, 골생원은 자신의 상여가 나가자 신세를 한탄한 후 제사상의 음식을 실컷 먹고 양지바른 곳에 앉아 쉰다.

⑩ 매화가 골생원에게 풍악에 맞추어 춤추자고 권하니 골생원이 매화의 춤에 맞추어 대무(對舞)하다가 사또가 담뱃불로 지지자 깜짝 놀라며 모든 것이 속임수임을 깨닫는다.

이 작품은 판소리로 불리던 창본적 성격 때문에 「오유란전」보다 가묘 화소에 나타난 비판적 성격이 더 강하다. 「오유란전」이 한문본 독서물로 수용된 것과는 달리 이 작품은 연행텍스트였다는 점에서 그러한 특징을 갖게 된 것이라 하겠다. 그런 점에서 이 작품은 근대지향기인 조선후기의 사회상을 적절히 반영한 것으로 볼 수 있다. 이제 가묘 화소를 쓰게 된 동인·과정·결과를 살펴본다.

첫째, 가묘 화소를 쓰게 된 동인이다. 이 작품에서는 골생원이 자신의 본분을 망각하여 가묘 화소를 쓰게 된다. 즉 균형감각을 잃은 채 기생 매화에게 빠진 문제를 시정하기 위하여 가묘 화소를 활용한 것이다. 실제로 골생원은 강릉부사의 비서 일을 맡아보던 책방이다. 하지만 본직에 충실하기보다는 기생 매화에게 매혹되어 나날을 보낼 따름이다. 더욱이 서울 본가에서 과거를 보라고 불렀지만, 시험지에 매화를 그리는 내용을 기록하여 시관이 답안지를 버리는 상황까지 벌어진다. 공과 사는 물론 선비로서의 지조나 절개 등을 모두 백안시하여 그를 시정할 필요성이 생겼고, 그것이 가묘 화소를 쓰게 된 동인이었다.

둘째, 가묘 화소를 시행하는 과정이다. 골생원이 정체성을 찾지 못한 채 여색에 빠져 있기 때문에 그를 시정하기 위하여 강릉부사와 매화를 비롯한 모든 인물이 모의하여 골생원을 속인다. 즉 골생원이 과거를 보기 위해 서울로 갔을 때 매화가 죽은 것처럼 꾸미고, 거짓무덤을 골생원이 돌아오는 길목에 만든다. 과거에 낙방한 골생원이 매화의 선물을 사서 급히 돌아오다가 한 무덤을 발견하고 그 무덤의 주인이 매화임을 알고 대성통곡한다. 급히 부내(府內)로 돌아와 사또를 잠시 만난 다음 제물을 마련하여 제사를 지낸다. 이어 화공(畵工)이 그린 매화 그림을 끌어안고 그리워할 때 매화의 원귀가 찾아와 사랑을 나눈다. 이때 통인이 골생원의 머리에 부적을 묶어두자 매화가 책방에 들어갈 수 없다면서 저승으로 사라진다. 다음날 매화가 다시 나타나 골생원도 죽어서 그 혼령을 저승으로 끌고 가야 한다며 발가벗긴 채 포승줄로 묶어 경포대로 끌고 간다. 경포대에 이르니 상여꾼들이 자신의 상여를 매고 나가자 슬픔에 빠져든다. 이어 사또가 자신을 위해 진설한 음식을 실컷 먹고, 풍악에 따라 매화와 함께 춤을 춘다. 이때 사또가 담뱃불로 지지자 지금까지의 일이 모두 속임수임을 깨닫는다.

셋째, 가묘 화소를 통한 풍자의 결과이다. 이 작품에서는 후일담이라고 할 만한 것이 따로 없다. 가묘 화소가 끝난 다음 「구운몽」에서는 행복한 회합(會合)이, 「오유란전」에서는 가치관의 시정과 출사(出仕)가 서사되지만, 「강릉매화타령」에서는 골생원이 살아있음을 인식시킨 다음 작품이 마무리된다. 다만 주색을 경계해야 한다는 서술자의 말이 첨기(添記)되었을 따름이다. 이는 민중적 성격이 강한 판소리 창본으로 유통된 데에서 그 원인을 찾을 수 있다. 민중은 자신들의 바람을 문학에 투영하여 현실과는 상반된 이상세계를 구현하곤 하였다. 「춘향전」의 인간해방, 「흥부전」의 경제적 인간, 「심청전」의 비속화 등이 모두 그러하다. 마찬가지로 「강릉매화타령」에서도 상층부의 비속성을 부각함으로써, 그들도 자신들과 다름없음을 확인하고자 하였다. 그러기에 풍자와 조롱으로 작품을 급전직하 마무리한 것이라 할 수 있다. 풍자와 조롱 이후의 상황을 독자들에게 맡김으로써 인간평등에 대한 문제를 묵시적으로 제기한 것으로 이해할 수 있다. 이는 한문본으로 전승되던 「오유란전」이 굳이 사족처럼 후일담을 만들어 남주인공을 중세질서와 이념에 맞게 개오시키는 것과는 큰 차이가 있다. 아무래도 「강릉매화타령」의 이와 같은 모습은 조선후기의 근대지향 의식과 맥을 같이 하는 것이라 하겠다.

3.3.2. 지향의식

이 작품에서는 가묘 화소를 통해 골생원이 소중하게 생각하는 것을 앗아간다. 그러자 골생원의 결핍과 불행이 가중되고, 제3자는 그 상황을 웃음으로 대하게 된다. 이는 문제적인 인간을 시정하기 위한 장치로 가묘 화소가 활용되었기 때문이다. 그래서 이 작품도 기묘 화소를 활용한 독특한 이합이 서사미학을 구축하고 있다. 구체적으로 보면 강릉에 머물던 골생원은 매화와 만나 행복한 나날을 보낸다. 자신이 사랑하고 원하는 매화이기에 항상 붙어있는 것 자체가 큰 행복감을 안겨준다. 하지만 과거 때문에 둘은 어쩔 수 없이 이별하게 된다. 천륜인 아버지의 명을 거역할 수 없어 매화와 잠시 헤어지는 것이다. 이때는 불행과 슬픔이 따르지만, 추후에 다시 만나면 미진한 것은 얼마든지 만회할 수 있다. 하지만 그가 한양을 다녀오다가 맞닥뜨린 매화의 죽음은 극복하지 못할 충격이요 좌절이다. 극한의 슬픔과 비극을 자아내는 분리가 그를 엄습하기 때문이다. 그래서 이제는 대항할 수 없는 세계를 향해 원망 이외에는 마땅한 대안을 찾을 길이 없다.

절체절명의 상황에서 매화귀신이 찾아와 극적으로 해후한다. 비록 인간은 아니지만, 인간과 다름이 없는 매화를 만나 충족된 행복을 맛본다. 극한의 슬픔에서 극락(極樂)의 기쁨이 찾아와 골생원의 행복은 더할 나위가 없다. 죽음으로 헤어졌던 사람이 귀신으로 화하여 찾아왔지만 행복감은 오히려 가중된다. 문제는 이것이 잠시의 행복에 지나지 않는다는 점이다. 골생원이 부적을 소지했다는 이유로 매화가 영원한 이별을 알리고 저승으로 떠났기 때문이다. 그래서 다시 폭력분리에서 오는 좌절과 슬픔에 빠져든다. 그러한 비극도 잠시뿐 매화귀신이 다음날 다시 찾아와 골생원 자신도 이미 죽어 혼령이 되었다며 함께 저승으로 가자고 권한다. 이때는 비록 자신이 죽었을지라도 매화와 함께 있어 행복할 수 있다. 더욱이 자신을 위로하기 위해 진설한 음식을 양껏 먹거나 매화와 함께 풍악에 맞추어 춤을 추는 행복을 맛보기도 한다. 이럴 즈음 사또가 담뱃불로 지져 그간의 모든 일이 속임수임을 알게 된다. 이때의 자아는 세계로부터 고립되는 비운을 맛본다. 자신을 제외한 모든 사람이 가담한 거대한 속임수에 빠져 자신의 위신이 여지없이 무너짐은 물론, 치부를 드러내고 갖은 추태를 부린 것이 참괴(慙愧)스러울 따름이다. 그래서 이때의 골생원은 세계와 통합할 수 없는 극도의 고립상태에 놓이게 된다.

이처럼 이 작품도 만남과 헤어짐을 증폭하는 가묘 화소가 서사미를 효과적으로 구현하고 있다. 이 작품은 주인공인 골생원이 소중하게 생각하는 것을 앗은 다음, 그가 보이는 행태를 관조함으로써 서사미가 실현되도록 했다. 상층부의 문제적 인간이 그릇된 행태를 반복케 하고, 다수의 인물이 그 행태를 관조하면서 쾌감을 느끼도록 한 것이다. 그래서 이 작품은 풍자미를 기반으로 작품이 형상화되었음을 알 수 있다. 문제는 그러한 모든 것이 가묘 화소를 통해 가능할 수 있었다는 점이다. 따라서 가묘 화소를 가장 적극적으로 활용하면서 근대지향 의식을 보인 작품이 「강릉 매화타령」이라 할 수 있다.

4. 가묘 화소의 문학적 효용

가묘 화소는 긍정적이든 부정적이든 간에 죽음과 관련될 수밖에 없다. 그런데 이 죽음을 통해 남녀 간의 애정을 곡진하게 다룬 장르가 바로 전기라는 점이다. 전기에서는 초월적인 세계를 동원하여 역설적이게도 지극히 현실적인 문제를 첨예하게 다루었다. 「최치원」을 필두로 「이생규장전」・「만복사저포기」・「취유부벽정기」 등이 그러한 사정을 잘 말해 준다.

위의 전기에서는 죽은 여인의 원귀가 등장하여 현실의 재인(才人)과 만나 사랑을 성취한다. 원통하게 죽은 사람은 저승에 가지 못하고 원귀가 되어 구천을 떠돈다는 유교의 귀신관이 반영된 결과이다.15) 「최치원」의

---

15) 정규식, 「조선 초기 귀신론의 공론적 성격-김시습의 귀신론을 중심으로」, 『동남어

두 여인, 「이생규장전」의 최씨녀, 「만복사저포기」의 여인 등이 억울하게 죽어 이승에 미련을 갖는 것도 바로 그 때문이다. 마침내 이 여인들은 지상의 기남자를 만나 미진했던 이승에서의 회포를 풀고 명수(冥壽)가 되어 저승으로 떠난다. 따라서 죽은 여인을 현실로 불러와 이야기를 형상화하는 전통은 이미 전기에서 확립되어 있었음을 알 수 있다. 전기에서 확보된 죽은 여인과 산 남성의 사랑은 고전소설의 신성담론(神聖談論)에서 보편적으로 자리잡는다. 이는 문식층의 선용물(善用物)이었던 전기의 전통이 고전소설로 계승된 것이라 하겠다. 즉 서사기법으로서의 죽음이 전기를 넘어 다른 유형의 소설로 전이된 것이라 할 수 있다.

「구운몽」에는 가묘 화소의 원형이라 할 만한 것이 첫째 부인을 만나는 대목에 들어 있다. 하지만 「구운몽」의 가묘 화소는 전기의 그것처럼 비중이 크지는 않다. 전기가 단일한 사건을 집중적으로 다루는 반면, 「구운몽」은 귀족적 영웅의 일대기를 복합적으로 서사했기 때문이다. 「구운몽」의 가묘 화소는 귀족소설의 성격상 주인공을 속여 훼절하기보다는 동락(同樂)의 장치로 중시하였다. 귀족적인 회합과 화목을 강조하는 장치로 가묘 화소를 활용한 것이다. 어쨌든 이 작품의 가묘 화소는 전기의 명혼담(冥婚談)을 서사기법으로 교묘하게 재활용했을 뿐만 아니라, 후대의 소설에 그 전통을 넘겨주어 사적인 측면에서 주목된다 하겠다.

「오유란전」에서는 「구운몽」에서와 마찬가지로 가묘 화소를 활용하되 전체서사에서 차지하는 비중이 상당히 높다. 가묘 화소를 통해 위선적인 이생의 실태를 적나라하게 고발함은 물론, 속임을 당한 이생을 개오시켜

문논집」, 제28집, 동남어문학회, 2009.
윤승준, 「金時習의 鬼神論과 『金鰲新話』-「南炎浮洲志」의 분석을 중심으로」, 『국문학논집』 14, 단국대학교, 1994, 253~281쪽.

고관이 되도록 했기 때문이다. 그래서 이 작품에서는 가묘 화소의 비중이 「구운몽」보다 크게 확대될 수밖에 없었다. 「구운몽」의 경우 장편에다 등장인물이 많아서 서사기법이 아주 다양하다. 그래서 가묘 화소는 다양한 서사기법의 하나에 지나지 않는다. 반면에 「오유란전」에서는 이생에 대한 문제제기와 대오각성 등을 모두 가묘 화소로 형상화하고 있다. 따라서 도입이나 종결부는 마치 내부액자의 가묘 화소를 뒷받침하는 양방액자와 흡사하게 되었다. 실제로 이 작품에서는 가묘 화소가 사건의 추진이나 인물의 형상화, 그리고 주제의 구현에 이르기까지 절대적인 영향을 끼친다. 이는 「구운몽」에서 단순히 오락적인 장치로 이입되었던 가묘 화소가 조선후기로 오면서 비판의식을 부각하는 장치로 안착했음을 의미하는 것이기도 하다. 그럴지라도 「오유란전」에서의 비판의식은 중세질서를 고수하는 선에서 가능할 따름이다.

　「강릉매화타령」은 문제가 되는 인물을 조롱하면서 작품이 마무리된다. 즉 「오유란전」처럼 후일담이라고 할 만한 것도 없이 급전직하로 작품이 종결된다. 따라서 이 작품의 가묘 화소는 평등의식을 지향했던 당시 민중의식이 반영된 것으로 볼 수 있다. 풍자를 통한 비속화로 상층부를 끌어내려 상호 동등한 의식을 드러내면서 작품을 종결했기 때문이다. 이는 기발한 속임에도 불구하고 궁극적으로는 기존의 질서에 예속된 「오유란전」과 많은 차이가 있다. 이 작품의 경우 민중예술인 판소리를 통해 대중적으로 향유되어 그와 같은 특성을 구유한 것으로 볼 수 있다. 이는 집단보다는 개인을, 윤리보다는 물질을, 관념보다는 실상을 중시했던 당시의 민중의식이 이 작품에 투영된 결과이기도 하다. 그래서 이 작품의 가묘 화소는 「오유란전」의 그것보다 풍자성이 더 강할 수밖에 없다. 「오유란전」이 문제적 인물을 비판하다가 작품의 말미에 가서 그를 포용하는 데 반해, 「강릉매화타령」에서는 문제적 인물을 비판·훼절하면서 작품이 마무리기 때문이다.

이렇게 보았을 때 죽음을 다룬 전기의 전통을 변용하여 「구운몽」에서 원형적인 가묘 화소로 활용하고, 이 「구운몽」의 가묘 화소에 변화를 주어 「오유란전」과 「강릉매화타령」의 가묘 화소로 발전한 것이라 할 수 있다. 「구운몽」에서는 희극성을 고양하는 장치로 가묘 화소를 활용하여 문제인물에 대한 풍자의식이 없지만, 가묘 화소의 비중이 높아진 「오유란전」에서는 문제적 인물을 풍자·조롱하되 궁극적으로는 그를 개오시켜 기존 질서에 편입되도록 하였다. 「강릉매화타령」은 가묘 화소가 가장 적극적으로 활용되면서 문제인물인 골생원의 행태를 통렬하게 풍자·훼절한다. 그래서 가묘 화소를 더 적극적으로 활용할수록 풍자의식이 강화됨을 알 수 있다. 이는 가묘 화소가 전기를 거쳐 「구운몽」에 와서 서사기법으로 자리잡은 다음, 조선 말기에 와서 사회 또는 문제인물을 부각하는 장치로 안착했음을 의미하는 것이기도 하다. 이처럼 가묘 화소는 작품내적인 효용뿐만 아니라 소설사의 통시성을 가늠하는 지표라는 점에서도 그 효용을 생각해볼 수 있다.

5. 결론

지금까지 가묘 화소의 전승양상과 문학적 기능에 대해 살펴보았다. 먼저 가묘 화소의 전승배경을 통공시적인 측면에서 검토한 다음, 가묘 화소의 존재양상과 문학적 기능을 고찰하였다. 이를 토대로 가묘 화소의 문학

사적 의의에 대하여 살펴보았다. 지금까지 논의한 것을 결론삼아 요약·
정리하면 다음과 같다.

첫째, 가묘 화소의 전승배경이다. 가묘 화소는 죽음을 문학장치로 활용
한 것을 말한다. 통시적인 관점에서 볼 때 고전소설의 가묘 화소는 기존
문학에 나타난 죽음을 계승한 것으로 볼 수 있다. 그 중에서도 설화에서
고전소설로 이행하는 데 결정적 역할을 담당한 전기의 서사기법이 고전소
설의 가묘 화소로 계승된 것으로 볼 수 있다. 공시적으로는 조선후기에
들어 사상적인 변화는 물론 문화적인 변혁을 맞으면서 대중문학인 소설의
발달과 서사기법의 고도화를 들 수 있다. 즉 소설유통의 일반화와 서사기
법의 다변화가 기존문학에서 다룬 죽음을 시대상황에 맞게 개변하여 풍자
·비판의 장치로 활용한 것이라 하겠다.

둘째, 가묘 화소의 존재양상이다. 가묘 화소는 다양한 소설유형의 수렴
뿐만 소설기법을 다변화한 「구운몽」에서 처음 확인된다. 「구운몽」의 가
묘 화소는 첫째 부인을 만나는 대목에서 구사된다. 즉 정경패가 가춘운을
원귀(冤鬼)로 꾸며 양소유를 속인 다음 동락(同樂)하기 위해 가묘 화소를
활용했다. 「구운몽」의 가묘 화소를 계승한 「오유란전」에서는 문제적 인
물인 이생의 위선을 풍자하기 위하여 기생 오유란이 원귀가 되어 속였다.
그리고 「강릉매화타령」에서는 기생 매화에게 매혹되어 정체성을 잃고 헤
매는 골생원의 문제를 가묘 화소를 활용하여 풍자·비판하고 있다. 이들
중 「구운몽」의 가묘 화소는 전체서사의 일부분에 해당되고, 「오유란전」은
도입과 종결부의 일부를 제외한 전개부 모두가 가묘 화소이다. 그리고
「강릉매화타령」은 도입부의 일부를 제외하고 나머지 모두가 가묘 화소로
작품을 형상화하였다. 그래서 풍자성이 강화될수록 가묘 화소의 비중이
커짐을 알 수 있다.

셋째, 가묘 화소의 서사적 기능과 지향의식이다. 고전소설은 크든 작든 간에 만남과 헤어짐의 문제를 다룬다. 이는 자아와 세계의 대결과도 밀접하게 관련된다. 가묘 화소는 고전소설의 이합양상을 파격적으로 그리면서 자아와 세계의 대립을 핍진하게 부각한다. 잘 아는 것처럼 이 만남과 헤어짐에서 가장 충격적인 것이 죽음이다. 그런데 가묘 화소는 이러한 죽음을 문학적으로 활용하면서 문제가 있는 주인공에게 충격을 가하고, 그에서 파생되는 언행을 부각하여 서사미를 구현하고 있다. 즉 가묘 화소를 통해 불행과 기쁨을 교차하다가 의도한 주제를 부각한다. 그러한 주제는 작자가 의도한 바에 따라 희극미를 구현하거나 중세질서를 강조하거나 근대성을 지향하기도 한다.

넷째, 가묘 화소의 문학적 효용이다. 가묘 화소는 전기 등에서 죽음을 서사한 전통을 계승한 것이다. 이는 전기가 고전소설의 태두를 장식했을 뿐만 아니라 초기소설의 상당수가 전기적 요소를 다수 답습한 것에서 짐작할 수 있다. 다만 전기에서와는 달리 조선후기의 고전소설에서는 그 죽음을 희화한 가묘 화소를 애용하여 주목된다. 비교적 이른 시기의 작품인 「구운몽」에서는 가묘 화소가 서사의 일부분으로 활용되면서 극적 흥취를 고조한 반면, 「오유란전」에서는 작품의 중반부를 장식하면서 문제적 인물을 풍자·개오시켰고, 「강릉매화타령」에서는 작품의 도입부를 제외한 모든 사건을 가묘 화소로 형상화하면서 문제적 인물을 강하게 풍자·훼절했다. 또한 이 가묘 화소는 소설의 유형적 특성을 적절히 부각하면서 통시성까지 담보되어 주목되는 바가 크다. 이렇게 가묘 화소는 서사성을 고양하는 장치로 활용되거나 문학사를 이해하는 지표로 쓰일 수 있어 작품 내외적인 측면에서 그 효용이 남다름을 알 수 있다.

고전소설과 풍류 화소

1. 서론

자연의 한정적(閑情的) 흥취에 문학적 안목이 가미되고, 여기에 음악과 주색이 곁들여진 상황을 흔히 풍류라고 말한다. 그런데 고전소설은 당시의 사회현상을 복합적으로 이입·활용하여 자연스럽게 풍류 화소도 다양하게 담아 놓았다. 이를 감안하면 고전소설의 내용 중에서 풍류 화소를 찾아 서사적 기능을 살피거나 타 장르와의 친연성 등을 탐색하는 것도 유용하리라 본다.

고전소설 중에서도 풍류 화소와 밀접한 관계를 맺는 유형은 귀족적 이상소설이다. 귀족적 이상소설은 서민적 이상소설과 사뭇 다른 가치 지향을 보인다. 서민적 이상소설이 양반과 동등한 처우를 소망했다면, 귀족적 이상소설은 양반의 포부나 이상을 극대화했기 때문이다. 서민적 이상소설이 상하평등을 지향했다면, 귀족적 이상소설은 차별화된 이상향을 구현하고자 했다. 따라서 귀족적 이상소설이 시음(詩吟)·취락(醉樂)·자연친화(自然親和)와 관련된 풍류 화소를 주요하게 서사한 반면, 서민적 이상소설은 자신들을 수탈하는 관리들의 부정상을 그리기 위해 관변 풍류를 일부 활용했을 따름이다. 이를 감안할 때 조선후기 지식층의 문화적 안목이나 의식지향을 파악하기 위한 한 방편으로 귀족적 이상소설에 나타나는 풍류 화소를 집중적으로 살펴볼 필요가 있다. 나아가 이러한 풍류 화소를 타 장르와 비교·검토함으로써, 조선후기의 문화나 예술의 경향을 읽어낼 수 있으리라 본다.

지금까지 고전소설과 풍류 화소, 나아가 풍속도와 관련된 논의는 미미한 실정이다. 먼저 고전소설과 풍류 화소에 대한 논의는 거의 찾아볼 수가 없다. 다만 동아시아 미학의 기반을 찾고자 풍류양상을 살핀 논의가 있는가 하면,[1] 음악을 논의하는 자리에서 풍류와 연관지어 고찰한 경우가 있을 따름이다.[2] 문학과 관련해서는 주로 시가 쪽에서 일부 진척되었고,[3] 한시회(漢詩會)나 누정문학(樓亭文學)을 논의하는 자리에서 곁가지로 풍류를 언급하였다.[4] 산문과 관련해서는 야담의 골계적인 작품을 묶어서 풍류라는 이름으로 간행하거나[5] 역대 인물의 행적을 모아 놓고 풍류와

---

1) 민주식, 「동양미학의 기초개념으로서의 풍류」, 『민족문화논총』, 15, 영남대학교 민족문화연구소, 1994, 179~221쪽.
　신은경, 『풍류-동아시아 미학의 근원』, 보고사, 2006, 15~94쪽.
2) 정현석 편저, 성무경, 역주, 『교방가요』, 보고사, 2002.
　한흥섭, 『우리 음악의 멋 풍류도』, 책세상, 2006.
3) 문학과 풍류에 대한 것은 자연시나 산수문학을 논의한 것에서 찾을 수 있다. 주요한 것을 들어보면 다음과 같다.
　최진원, 『국문학과 자연』, 성균관대학교 출판부, 1977.
　손오규, 『조선조 산수문학』, 부산대학교 출판부, 1994.
　최미정, 「조선 초·중기 여성화자 국문시가와 풍류」, 『어문학』제64, 한국어문학회, 1998, 371~400쪽.
4) 성범중, 『한문학 속에 남아있는 울산지역의 풍광과 풍류』, UUP, 2005.
　최욱철, 『역사속의 미를 찾아 떠나는 여행 관동팔경』, 강원미래문화연구소, 2007.
5) 태을출판사편집부 편, 『한국인의 풍류』, 태을출판사, 2001.
　구　활, 『바람에 부치는 편지』, 눈빛, 2007.

연결시키기도 하였다.[6] 그런가 하면 미술의 산수화나 전통 건축물 등을 풍류와 연결시켜 이해한 경우도 있다.[7] 이로 볼 때 풍류에 대해 학술적인 관점에서 접근한 것은 일부에 지나지 않는다. 특히 문학과 풍류에 대한 본격적인 논의는 자연시와 풍속을 다루는 과정에서 있었을 뿐, 산문과 풍류에 대해서는 본격적으로 다루지 못한 것이 사실이다. 판소리의 미학을 이해하기 위한 방편으로 풍속도를 일부 활용하거나,[8] 고전서사문학과 전통회화의 유사성을 거론했을 정도이다.[9] 여기에 소설작품에 나타나는 구성인자로써 미술의 서사적 기능을 살핀 논의가 일부 있다.[10] 이와 같은 논의는 이 글에서 의도하는 바 조선후기 지식층이 견지했던 삶의 방향이나 문화적 경향을 파악하는 것과는 일정한 거리가 있다.

이에 이 글에서는 고전소설 중 귀족적 이상소설에 나타난 풍류와 풍속도의 동질성을 확인한 다음, 이들이 조선후기 지식층의 의식을 어떻게 형상화했는지 파악해 보고자 한다. 먼저 귀족적 이상소설에서 풍류상황이 다수 연출될 수밖에 없었던 동인을 살펴보고, 이어서 귀족적 이상소설에 나타나는 풍류를 「구운몽」과 「옥루몽」을 들어 확인해 보도록 하겠다. 그런 다음 이러한 풍류상황이 조선후기 풍속도와 어떠한 상관성을 갖는지 검토하면서 그 의미를 찾아보도록 하겠다.

신정일, 『풍류-옛사람과 나누는 술한잔』, 한얼미디어, 2007.
6) 황원갑, 『한국의 풍류사』, 청아출판사, 2000.
   이문영, 『야유와 풍자로 조선을 뒤흔든 4대 풍류꾼』, 정민, 2005.
7) 국사편찬위원회 편, 『그림에게 물은 사대부의 생활과 풍류』, 두산동아, 2007.
8) 김종철, 「판소리의 미학적 기반」, 『구비문학연구』 4집, 한국구비문학회, 1997, 455~487쪽.
9) 김현주, 『고전문학과 전통회화의 상동구조』, 보고사, 2007.
10) 김진영, 『고전소설과 예술』, 박이정, 1999.

2. 고전소설과 풍류 화소의 관계

풍류에 대하여 국어사전에서는 "우리 민속음악을 예스럽게 일컫는 말", "속된 일을 떠나 풍치있고 멋스럽게 노는 일"이라고 정의하고 있다. 문제는 이 정의가 풍류에 대해 포괄적·추상적으로 다루어 명료하지 못하다는 점이다. 따라서 사전적인 정의에서 그 외연을 확장하여 풍류에 대해 더 구체적으로 살펴볼 필요가 있다. 그간 풍류에 대하여 논자들이 정의한 바를 정리하면, 풍류는 "운치가 있는 일", "아취(雅趣)가 있는 일", "음풍농월하는 시가", "자연·인생·예술이 혼연일체가 된 삼매경" 등으로 보고 있다. 논자에 따라 풍류에 대해 자의적으로 정의를 내렸는데, 그만큼 풍류가 생활에서 광범위하게 쓰였기 때문이다. 그래서 풍류의 개념이나 정의를 내리기가 쉽지 않을 뿐만 아니라, 그것을 이론으로 정립해서 문학의 분석틀로 활용하기가 용이하지 않다. 그럴지라도 기왕의 정의를 토대로 풍류에 대해 정리하면, 풍류의 시간은 공식적인 기념일이나 개인적인 정회에 따라 열리고, 풍류의 장소는 자연적인 배경을 토대로 누정이나 별서가 중심을 이룬다. 풍류의 주체는 문예적·오락적 욕구를 충족하고자 했던 식견있는 인물이며, 풍류의 대상은 자연적인 것에서 예술·유락적인 것까지 다양하다. 풍류의 내용은 시(詩)·서(書)·화(畵)·음(音)은 물론 주색(酒色)까지 포함된다. 풍류는 이처럼 각 방면과 연계되기에 그 범주를 특정하기가 쉽지 않다. 풍류가 그만큼 일상적인 용어처럼 쓰이고, 나아가 그것을 적용하는 분야가 광범위하여 특정 사항만을 강조할 수 없기 때문이다.

문제는 이와 같은 풍류 화소가 고전소설에 다양하게 이입되어 작품의 형상화나 작자의식의 표출에 일조한다는 점이다. 특히 귀족적 이상소설에 서는 천상인이나 명문거족 출신의 주인공이 과거에 급제한 후 대원수가 되어 오랑캐의 반란을 평정하고, 그러는 과정에서 다양한 여성인물과 결 연한 다음, 태평성대가 열리자 주인공이 왕이나 재상으로 봉해져 기왕에 결연한 여성들과 풍류로 세월을 보내게 된다. 이는 당시 사대부의 이상을 반영한 것으로, 현실에서 구현하지 못한 것을 소설에서나마 흐드러지게 펼쳐 보인 것이라 할 수 있다.

그들이 주로 향유했던 전원 풍류를 보면 자신만의 별서(別墅)에서 연회 를 즐기거나 각종 누정에서 여성인물들과 어울려 문재(文才)로써 흥취를 돋우거나 음악과 술로 유락적(遊樂的) 분위기를 만끽하는 것이다. 이는 귀족적 이상소설에서 보편적인 것이기에 그만큼 작품의 형상화나 작가의 식을 탐색하는 데도 도움이 된다. 특히 사대부들의 삶에 대한 태도와 그들 이 이상으로 여겼던 세계관을 파악하는 데 유용하다.

귀족적 이상소설의 대표적인 작품으로 「구운몽」·「육미당기」·「옥루 몽」·「임호은전」·「계상국전」 등을 들 수 있다. 이들은 모두 풍류상황이 주연인물과 밀접하게 관련되어 있다. 먼저 「구운몽」은 적강한 양소유가 국가에 큰 공훈을 세우고 그 대가로 승상부와 취미궁에서 제 처첩을 대동 하면서 풍류로 나날을 보낸다. 「육미당기」는 탐색주지(探索主旨)나 형제 간의 우애 등을 다루면서도 주인공인 김소선이 여섯 처첩을 거느리며 누 리는 부귀와 풍류가 「구운몽」의 그것과 유사하다. 「옥루몽」에서는 문창 성이 적강하여 양창곡으로 살면서 출장입상 후에 그간 결연한 여인과 함 께 부귀영화를 누린다. 특히 작품의 중후반부에 등장하는 상춘원이나 취 성동에서는 주연인물이 대부분 풍류로 일관한다. 「임호은전」에서는 두우 성(斗牛星)이 적강하여 임호은으로 살면서 큰 공훈을 세우고, 연왕에 봉해져 여섯 처첩을 거느리며 사대부의 이상적인 삶을 영위한다. 「계상국전」
에서는 문곡성(文曲星)이 월중선녀(月中仙女)를 희롱하다 적강하여 계월
선으로 살면서 전쟁에서 큰 공훈을 세운 뒤 천상에서 함께 적강한 아홉
처첩과 부귀와 풍류로 세월을 보낸다.

이상에서 보는 바와 같이 귀족적 이상소설에서는 천상인이나 사대부
출신의 주인공이 어려움을 무릅쓰고 과거에 급제한 다음, 국가적인 위난
이 닥쳤을 때 모든 문제를 해결한다. 특히 간신의 모반이나 변방 오랑캐의
반란을 평정하는 데 혁혁한 공훈을 세운다. 그러는 과정에서 사대부가의
딸이나 정절을 지키는 기녀를 만나 결연한다. 사대부가의 여성은 추후에
부인으로, 기녀는 첩으로 들이는 것이 일반적이다. 이렇게 제 처첩을 동반
한 가운데 공훈에 대한 대가로 부귀영화를 누린다. 그러한 부귀영화를
극단적으로 보이는 방편으로 풍류를 다양하게 연출해 놓았다. 이와 같은
사정을 표로 간략하게 보이면 다음과 같다.

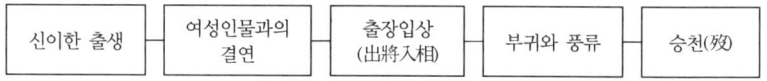

이상의 표에서 보는 바와 같이 귀족적 이상소설은 다양한 사건을 복합
적으로 그릴지라도 궁극에는 부귀와 풍류를 지향한다. 주인공은 국가의
위난을 구제하고, 제상이나 왕의 자리에 올라 선정을 베푼다. 그러한 행위
가 동인이 되어 주인공에게 경제적·사회적인 지위가 주어지고, 이를 토
대로 풍류를 한껏 즐기게 된다. 따라서 귀족적 이상소설은 조선후기 사대
부들이 선망했던 이상을 작품에서나마 충족되게 그린 것이라 할 수 있다.
이는 작가의식을 반영한 것이면서 동시에 당시 사대부의 집단적인 소망을
작품으로 표출한 것이기도 하다.

3. 풍류 화소의 실태와 기능

귀족적 이상소설의 풍류 화소는 그 나름의 의미를 가지고 있다.[11] 다만 그것이 다양한 범위에 걸쳐 나타나기 때문에 특화하기가 쉽지 않을 따름 이다. 여기에서는 미시적인 논의는 유보하고 큰 틀에서 풍류 화소가 작품 형상화와 어떤 관계가 있는지 「구운몽」과 「옥루몽」을 중심으로 살펴보도 록 한다. 먼저 「구운몽」의 경개를 정리하면 다음과 같다.

① 성진이 팔선녀와 희롱하다가 적강하여 양소유로 태어난다.
② 양소유가 15세가 되어 과것길에 올라 한 누각에서 양류사를 부르다가 진채봉과 결연한다.
③ 전란이 일어나 양소유는 남전산의 한 도사에게 의탁해 거문고와 퉁소를 익힌다.
④ 양소유는 이듬해 과거를 위해 경사로 향하던 중 낙양의 한 누각에서 벌어 지는 시연회(詩宴會)에 참여한다.
⑤ 양소유가 이 시연회에서 시를 짓고 계섬월이 읊는다.
⑥ 경사에 도착하여 여장하고 정경패를 만나 거문고로 인물됨을 확인한다.
⑦ 양소유가 과거에 급제하자 정경패가 지난번의 속임을 설욕하기 위해 가춘 운을 시켜 신선놀음을 펼친다.

---

11) 고전소설은 장르의 속성상 다양한 풍류가 이입·기능하고 있다. 하지만 풍류상황 이 작품의 형상화에 기여하는 것은 대중적인 연행을 보인 작품이나 양반사대부 중심으로 창작·향유된 작품이 주류를 이룬다. 실제로 「홍길동전」과 같은 서민적 이상소설이나, 현실비판을 다룬 박지원의 한문단편에서는 풍류와 관련된 것을 찾 기 어렵다. 또한 영웅소설에서도 민중적 영웅을 다룬 작품에서는 풍류가 거의 나타 나지 않는 반면, 귀족적 영웅소설에서는 작품의 형상화에서 풍류가 주요하게 작용 한다.

⑧ 이때 하북에서 반란이 일어나자 양소유가 출전하여 승전을 거둔 후 돌아와 한림원에서 지낸다.

⑨ 양소유가 한림원에서 완월(玩月)할 때 난양공주의 퉁소소리에 맞춰 양소유가 백퉁소로 화답하자 학이 내려와 춤추니 황제가 양소유를 부마로 내정한다.

⑩ 이때 토번이 반란을 일으키자 양소유가 출전하여 평정하고 심요연과 백릉파를 만난다.

⑪ 양소유와 혼약했던 정경패는 영양공주가 되어 난양공주 · 진채봉 · 가춘운과 함께 궁궐에서 지낸다.

⑫ 토번을 평정하고 돌아온 양소유는 난양 · 영양공주와 혼인한다.

⑬ 양소유가 고향의 노모를 모시고 돌아와 성대하게 연회를 열고, 여기에 계섬월과 적경홍도 찾아온다.

⑭ 이후 양소유가 관장하는 승상부의 창기를 계섬월과 적경홍이 각각 400명씩 맡아 지도하니 가무가 일취월장한다.

⑮ 이때 난양의 오라비인 월왕이 자신의 기생과 양소유의 미인들이 재주를 겨루자고 제안한다.

⑯ 마침내 두 사람의 창기들이 꽃밭처럼 다 모인 후 양소유와 월왕이 말타기와 활쏘기를 하고, 황제가 내린 시제에 따라 시를 짓는다.

⑰ 풍류가 낭자한 가운데 제 미인을 불러 재주를 겨루니 적경홍이 말타기와 활쏘기를, 심요연이 검무를, 백릉파가 비파를 통해 연회를 압도한다.

⑱ 2처 6첩이 결의형제하여 우의가 남다른데 각기 자식을 낳아 출중하게 키워 혼례시킨다.

⑲ 양소유가 치사하기를 원하니 황제가 성남 40리의 취미궁을 하사하고, 양소유는 각 누정을 처첩에게 나누어준다.

⑳ 승상이 두 부인과 육 낭자를 데리고 물가에 가서 달을 희롱하고, 산에

들어가 음악과 거문고로 소일하다가 꿈에서 깨어 성진과 팔선녀로 돌아간다.

이상은 「구운몽」을 요약한 것이다. 보는 바와 같이 「구운몽」은 성진이 적강하여 양소유로 살면서 세속적인 욕망을 달성한다. 먼저 출사와 출전으로 혁혁한 공훈을 세워 승상이 되고, 이후부터는 그간 결연했던 여성들과 승상부와 취미궁에서 풍류로 세월을 보낸다. 따라서 작품의 종반부는 부귀영화와 함께 다양한 풍류생활이 중심을 이룬다.

다음은 「옥루몽」의 경개를 보도록 한다.

① 문창성이 백옥루에서 옥녀·홍란·천요·제천선녀·도화선과 문란하게 지내다가 모두 적강한다.

② 문창성은 양창곡으로 살면서 16세에 과거를 보고자 황성으로 향한다.

③ 출행 중 소주자사가 주최한 압강정의 시연회에 참석해 문재(文才)를 통해 강남홍과 결연한다.

④ 양창곡이 황성으로 떠나자 강남홍은 윤자사의 딸 윤소저에게 의탁하여 지내지만, 소주자사의 강권에 못 이겨 전당호의 뱃놀이에 참가한다.

⑤ 협박에 못 이긴 강남홍이 한스러운 자신의 심사를 거문고에 담아 표출하고 투신하니 손삼랑이 구해 백운동에서 기거하게 된다.

⑥ 창곡이 과거 급제 후 금의환향하여 부모를 모시고 황성으로 가서 윤소저와 혼인하나 황각로의 늑혼을 거절하다 정배된다.

⑦ 유배지에서 비파와 옥소를 통해 벽성선과 결연하지만 황제의 부름을 받아 이별한다.

⑧ 양창곡은 황소저와 결혼한 후 반란을 일으킨 남만을 정벌하기 위해 출정하다가 옥소를 통해 벽성선을 만나 자신의 집으로 갈 것을 당부한다.

⑨ 남만왕 정벌에 나선 양창곡이 적장으로 참전한 강남홍을 옥적으로 대적하다 상봉한다.

⑩ 강남홍이 귀순하여 양창곡의 장수와 함께 남만왕을 공격하니 남만왕이 축융의 딸과 일지련으로 대적하지만, 두 여인이 양창곡에게 귀의한다.

⑪ 한편 황소저와 위부인은 벽성선을 끝없이 모함하여 양창곡 집에서 축출한다.

⑫ 양창곡은 강남홍과 함께 홍도국왕의 반란을 평정하고 돌아오는 길에 축출된 벽성선을 만난다.

⑬ 양창곡은 연왕으로, 강남홍은 난성후로 정해져 태평성대를 누리는데, 간신 로균과 동홍이 음률로 황제를 미혹하니 양창곡이 직간하다가 정배된다.

⑭ 로균과 동홍이 황제를 풍류와 봉선(逢仙)놀이로 미혹케 할 때, 벽성선이 각종 기악곡을 연주하여 황제를 개오시킨다.

⑮ 이때 북흉노가 침입하자 로균을 도독으로 파견하지만, 그가 북흉노에게 투항하니 양창곡과 강남홍이 출전하여 평정한다.

⑯ 북흉노의 침입을 평정한 후 황제가 주선하여 벽성선을 축출한 황소저와 위부인을 정배시키지만, 벽성선의 간청으로 개과천선한 그들을 구해 온다.

⑰ 양씨부의 상춘원에서 가솔이 모두 모여 꽃놀이를 할 때 일지련이 비파를, 벽성선이 거문고를, 강남홍이 옥적을 연주하며 화락해 한다.

⑱ 양창곡이 중향각에서 잔치를 배설하고 일지련과 성혼하고, 이어서 매화원에서는 강남홍·벽성선·일지련 등이 결의형제를 맺은 후 각기 자신의 당(堂)과 누(樓)에서 거처한다.

⑲ 황제가 연춘전에서 잔치를 배설하고 진왕과 양창곡의 제기(諸妓)가 풍류를 경쟁하는데 양창곡의 기생들이 노래와 춤, 악기 연주에서 승리하고,

꾁귀비와 강남홍이 노래와 검술을 자랑한다.

⑳ 양창곡이 상춘원에서 제랑(諸娘)과 더불어 국화주를 마실 때 진왕이 찾아
와 여흥을 즐긴다.

㉑ 양창곡이 치사하고 취성동에 이르러 제랑에게 별원을 지급하고, 강남홍
의 거문고와 벽성선의 옥적으로 풍류를 즐긴다.

㉒ 하루는 양창곡과 윤부인이 완월정에서 옥적을 불며 유흥을 즐기니 자운
루에서 탄금하던 강남홍과 벽성선 등이 찾아와 함께 즐긴다.

㉓ 나음날 양창곡이 제랑과 원월정에 이르니 진왕이 치사하고 찾아와 통소
와 함께 노래로 흥겨운 한때를 보낸다.

㉔ 이어서 양창곡과 진왕이 제랑의 별원을 돌아보면서 거문고·비파·노래
로 즐거운 시간을 보낸다.

㉕ 이튿날 강남홍·벽성선·반귀비 등이 신선처럼 가장하여 자개봉을 답
산(踏山)하던 양창곡과 진왕을 속이고 모두 함께 각종 기악곡을 통해
즐긴다.

㉖ 진왕이 입조한 후 양창곡은 제랑을 거느리고 답산하다가 대승사에서 벽
성선의 생부를 만나고, 귀가하여 풍류로 시간을 보낸다.

㉗ 이후 양창곡의 아들 장성·인성·기성 등이 아버지처럼 공훈을 세우고
풍류를 즐기는 가운데, 한 보살이 지금까지의 일이 모두 꿈이라고 말한다.

「옥루몽」은 천상의 문창성이 양창곡으로 적강하여 출사와 유배를 겪는
과정에서 다양한 여성인물과 결연한다. 마침내 양창곡이 변방 오랑캐의
반란을 평정하고, 그 공훈에 따라 연왕으로 봉해진다. 출사에 따른 영웅화
가 마무리되자 그에게 전폭적인 보상이 주어지는데, 이 보상의 방편이
바로 풍류와 밀접한 관계가 있다. 양창곡은 상춘원과 연춘전 등에서 제
기녀와 함께 놀이·시회(詩會)·노래와 춤으로 생활한다. 나아가 취성동

에 이르러서는 제 첩과 함께 음악과 술로 생활하는 가운데 별서연이 이루어짐은 물론, 봉선놀이나 답산(踏山)으로 소일한다. 따라서 작품의 중후반부터 풍류 화소가 서사의 핵심을 이루고 있다. 이와 같은 풍류 화소가 작품의 형상화와 어떤 관계를 맺고 있는지 인물·사건·주제의 측면에서 두 작품을 차례로 살펴본다.

3.1. 인물 형상화를 위한 풍류 화소

고전소설은 주요인물을 특출하게 형상화한다. 이를 위해 그들을 천상적 존재나 명문거족의 자제로 등장시키는 것이 일반적이다. 문제는 이처럼 뛰어난 인물에 풍류 화소를 대입시켜 그 인격을 한층 격상시켜 놓았다는 점이다. 특히 시회나 연회에서 음악이나 시문 등의 풍류 화소를 통해 출중한 인격체로 형상화하고 있다.

3.1.1. 구운몽

「구운몽」에서는 주요인물이 모두 시문이나 음악·기예가 출중하다. 이는 대부분의 인물이 풍류와 밀접하게 관련되며 자신의 특성을 드러내기 때문이다. 먼저 양소유는 한 누각에서 자신이 지은 양류사를 읊음으로써 진채봉과 결연한다. 이 양류사를 지은 것은 양창곡의 문재를 드러내는 것임은 물론, 그 노래를 듣고 잠에서 깨어 아름다움을 보이는 진채봉의 안목도 확인된다. 이는 전기소설에서 삽입시를 통해 남녀주인공이 결연하는 것처럼, 두 인물이 남다른 식견으로 결연하되, 아취(雅趣)의 분위기를 조성해서 양 인물의 출중함을 부각한 것이라 하겠다. 또한 양소유는 경사로 가던 중 낙양의 한 누각에서 벌어지는 시연회(詩宴會)에 참석해 자신의 문재를 드러낸다. 그런데 이 시의 뛰어남을 계섬월이 알고 읊조려 모든 사람에게 칭송받도록 한다. 홍청대는 분위기 속에서 두 인물을 결연시키는 매개물로 시문을 활용한 것이다. 양소유는 이 시를 통해 뛰어난 문식(文識)이 확인되고, 그것을 알고 읊조린 계섬월 또한 남다른 식견이 부각된다. 그렇게 해서 두 인물이 결연해야 할 당위성이 마련된 것이다.

　남전산에서 배운 거문고와 퉁소로 양소유의 인품을 부각하기도 한다. 양소유는 경사에 도착해 정경패의 인물됨을 알고 여장개착(女裝改着)하여 그녀의 집으로 찾아간다. 그는 거문고를 탄다는 명분으로 정경패와 함께 다양한 음악에 대해 악론(樂論)을 펼친다. 즉 양소유가 거문고를 탄주하면 그 의미를 정경패가 말함으로써, 자연스럽게 음악을 통해 양 인물의 특징이 부각되도록 하였다. 이는 거문고를 탄주하며 운치와 예악을 구현했던 양창곡의 특수성과 그것을 적절하게 평가하는 정경패의 남다른 품성을 강조한 것이다. 양소유는 퉁소를 통해서도 그 인품이 그려진다. 양소유가 한림원에서 완월하고 있을 때 난양공주가 퉁소를 분다. 이때 양소유가 화답하니 하늘에서 백학이 내려와 춤을 춘다. 이는 두 사람이 천정배필임을 상징함과 동시에 천상인불임을 확인해 주는 것이다. 그민큼 선풍적(仙風的)인 운치를 배경으로 두 인물의 뛰어난 자질을 드러냈다.

　「구운몽」은 이렇게 인물을 형상화함에 있어서 시재나 음악을 적절히 활용하고 있다. 남다른 능력을 보이기 위해서는 특수한 소재가 필요한데, 그것을 문학과 음악에서 찾은 것이다. 시재는 사대부에게 있어서는 필수적인 것이거니와 그러한 능력을 인정받아야 목적한 바를 달성할 수 있었다. 그래서 양소유의 시재를 한껏 드러내 그의 출중함을 강조하면서 두 여성인물과 결연하도록 한 것이다. 하지만 풍류군자·도덕군자가 되기 위해서는 음악에 대한 조예도 남달라야 한다. 그래서 나머지 두 여인과 결연할 때에는 음악으로 인물됨을 확인하고 있다. 이렇게 아취나 운치의 풍류 화소를 통해 주요인물의 남다른 품성을 강조한 것이다. 물론 이러한 사정은 문면에 부각되지는 않았지만 적경홍·심요연·백릉파도 유사하다. 후반의 전원풍류를 즐기는 곳에서 적경홍이 승상부의 창기 400명을 지도하거니와 심요연과 백릉파도 검무와 비파로 남다른 능력을 보이기 때문이다. 따라서 이들 또한 선풍적인 인물로 양소유와 짝을 이룰 만한 능력이 구유되었음을 알 수 있다.

3.1.2. 옥루몽

「옥루몽」의 인물형상화에서도 시재와 음악을 활용한 풍류상황이 주요하게 기능한다. 하지만 「구운몽」과는 달리 처와 첩을 엄격히 구분하여 첩과의 관계에서만 시재·음악을 통해 인물을 그리고 있다.[12] 먼저 양창곡은 과거를 보기 위해 황성을 향하던 중 소주자사가 개최한 시연회(詩宴會)에 참석한다. 여기서 그는 뛰어난 문재를 드러내어 강남홍에게 인정받는다. 강남홍은 그의 문재가 뛰어나 소주자사 일행에게 위해받을 것을 걱정해 그 자리에서 피하도록 한다. 이는 시문에 대한 강남홍의 안목을 부각한 것이기도 하다. 양창곡의 선풍·도가적인 인물됨은 음악을 통해서도 확인된다. 그는 황각로의 늑혼을 거절하다가 정배되는데, 그 정배지에서 옥소를 통해 벽성선과 결연한다. 천혜의 자연환경이 선풍을 자아내는 가운데 옥소가 은은하게 들려와 벽성선을 만나고, 자신도 옥소로 화답하며 인연을 맺는다. 날이 갈수록 두 사람의 인연은 깊어져 완월과 음악으로 시간을 보낸다. 이는 전원풍류를 즐기는 것과 흡사하다.

---

12) 김진영, 「음악의 서사적 기능과 그 의미-「구운몽」과 「옥루몽」을 중심으로」, 『우리말글』 29, 우리말글학회, 2003, 247~268쪽.

이에 반해 유락적인 풍류 화소를 통해 부정적 인물을 형상화하기도 한다. 양창곡의 복귀와 남만의 정벌로 태평성대가 지속되자 황제는 간신인 로균과 동홍을 앞세워 정사를 뒤로 한 채 풍류만 일삼는다. 황제가 이른바 음악(淫樂)에 심취하여 백성이 도탄에 빠지고, 변방에 오랑캐가 침범하는 상황까지 벌어진다. 이는 음악을 오용하여 황제의 성정을 흐린 탓이다. 따라서 그러한 음악을 주도한 로균과 동홍의 부정적 인간상이 드러난다. 동일한 풍류라도 그것을 어떠한 마음으로 향유하느냐에 따라 인물형상화가 판이해짐을 알 수 있다. 심성 수양을 위한 아취를 강조하면 선악(善樂)이 될 수 있지만, 마음을 혼미케 하는 것은 음악(淫樂)이 되는 것이다.

로균과 동홍이 황제를 미혹하면서 벌이는 문제가 날로 더해 이제는 봉선(逢仙)놀이로 진전된다. 음악을 통해 선계에 들어가고자 하여 그 폐해가 자심해진 것이다. 이때 음률을 안다는 이유로 벽성선이 로균에게 잡혀와 각종 악기를 탄주한다. 벽성선은 그곳에 황제가 암행함을 알고 악곡을 연주할 때마다 로균과 그 악곡에 대해 악론(樂論)을 펼친다. 즉 전통적인 예악을 연주하면서 그 악곡이 갖는 의미를 확인하여 로균의 잘못을 드러낸다. 이에 황제가 실정을 인성하고 장차 벅싱신을 위해했던 황소져를 정배하기에 이른다. 이는 음악을 통해 로균의 간사한 성품을 드러내는 일면, 벽성선의 위국충절을 확인하는 것이기도 하다.

「옥루몽」에 등장하는 다른 인물들도 모두 시문과 음악에 특출한 재능을 보인다. 이는 작품의 후반부에서 양창곡과 연왕의 제랑(諸娘)이 시재를 드러냄은 물론, 노래를 부르거나 악기를 탄주하는 것에서 확인된다. 시재나 음악으로 인물의 성품이나 재능을 자연스럽게 드러낸 것이다.

3.2. 결연과 한정강화를 위한 풍류 화소

고전소설은 만남과 헤어짐이 반복되면서 서사역량을 제고한다. 만남의 충족과 이별의 고통, 그리고 재결합의 행복을 통해 문예미를 구현한다. 「구운몽」과 「옥루몽」도 양소유와 양창곡을 중심으로 여성인물들의 만남과 헤어짐을 다루다가 결국에는 모든 인물이 풍류를 즐기는 것으로 마무리된다. 따라서 풍류가 두 작품의 사건구성에서도 적잖게 영향을 끼친다.

3.2.1. 구운몽

「구운몽」은 조선조 사대부의 이상적인 삶을 구현해 놓았다. 이상적인 삶을 구현하기 위해 풍류 화소로 주요인물의 결연을 유도하고 있다. 풍류 화소가 그만큼 남녀결연에서 의미 있는 요소로 내재되어 있음을 알 수 있다. 그렇게 만난 인물들은 다소의 어려움을 겪다가 마침내는 모두 모여 전원에서 동락하며 행복한 삶을 영위한다.

양소유는 한 누각에서 양류사를 지어 읊다가 그 능력에 매료된 진채봉과 결연한다. 이는 누각을 중심으로 한 개인적인 풍류가 두 인물의 결연을 유도한 것이다. 그런가 하면 낙양의 한 누각에서는 시연회에 참여하여 문재를 드러내고, 그 시가 매개가 되어 계섬월과 결연한다. 이는 고상한 시연회의 풍류를 통해 재주가 뛰어난 계섬월을 첩으로 들인 것이다. 양소유가 정경패를 만나는 것도 당시에 풍류로 인식됐던 음악을 통하여 가능하였다. 그는 정경패의 인물됨을 듣고, 그를 확인하기 위해 여장하고 찾아가 기악곡으로 그녀의 인품을 파악한다. 따라서 양 인물을 매개한 것은 거문고 탄주와 음악곡이라 할 수 있다. 이어서 양소유는 북적(北狄)을 토벌하고 돌아와 한림원에서 통소소리에 화답하다가 난양공주와 인연을 맺는다. 이는 천상인인 두 인물이 선풍적으로 결연하도록 한 것이다. 그 외 인물인 적경홍·백릉파도 전원에서 풍류를 즐길 때 찾아와 평생지기가 된다. 이처럼 이 작품은 주요인물의 결연에서 시연회나 음악이 중요하게 기능한다. 특히 음악을 자주 활용한 것은 주요인물의 만남이 범상치 않음을 드러낸 것이면서 동시에 사대부의 풍류의식을 반영한 것이기도 하다.

「구운몽」에서는 주요인물의 결연뿐만 아니라 한정적 정취를 강조하기 위해서도 풍류를 활용한다. 이는 출사하여 큰 공훈을 세운 양소유에게 그에 상응한 혜택이 주어지는 것이다. 그런데 그러한 보답이 풍류를 통해 극대화되고 있다는 점이다. 작품의 중반부까지는 주요인물이 결연하고, 이어서 전란과 평정을 통해 보상받을 당위성을 마련한 다음, 보상의 대가로 다양한 처첩과 기생을 동반한 풍류가 이어지도록 했다. 양소유는 북적의 반란을 평정하고 두 부인과 결혼한다. 계속해서 승상부를 중심으로 전원생활이 지속되면서 제랑과 함께 풍류로 소일한다. 먼저 월왕이 찾아와 미인들이 재주를 겨루도록 하는데, 계섬월·적경홍·심요연·백릉파 등이 각종 악기를 연주하고, 노래와 춤을 추며, 시연회를 열어 시재를 드러낸다. 따라서 승상부에서의 생활은 환로에 있으면서도 야연회와 같은 풍류를 즐기는 것이라 하겠다. 나아가 양창곡이 치사하니 황제는 40리의 취미궁을 하사하여 전원에서 갖은 부귀영화를 맛보도록 한다. 양소유는 취미궁에서 각 누정을 처첩에게 나누어 거처하도록 하면서 음악으로 풍류를 즐긴다. 이상적인 전원풍경에다 절세미인을 대동하고 음악과 시주(詩酒)로 나날을 보낸다. 이는 앞에서 양소유가 전란을 평정하고 승상으로서 치민에 남다른 능력을 보였기 때문에 주어진 것이다. 그러기에 가용한 방편을 모두 동원하여 풍류를 즐기는 것으로 공훈에 보답하고 있다. 전반부의 서사가 인물 만나기와 국가에 대한 충절의 발현이었다면, 후반부는 그에 대한 보상으로 흡족한 풍류를 맛보도록 한 것이다. 그래서 서사의 측면에서 보면 앞부분보다 후반부가 극적 긴장감이 덜할 수밖에 없다. 하지만 작가가 의도한 사대부의 이상적인 삶은 바로 이 뒷부분에 놓여 있다고 할 수 있다.

3.2.2. 옥루몽

「옥루몽」은 「구운몽」보다도 기연을 조성하거나 한정적인 풍류를 부각하는 데 풍류 화소를 더 중시하고 있다. 이 작품에서는 시연회(詩宴會)의 흥청댐 속에서 인물의 결연을 조성하기도 하고, 운치와 아취를 강조하면서 기연을 만들기도 한다. 그런가 하면 출사와 공훈에 따른 보상이 「구운몽」보다 한층 강화되어 풍류 화소의 양상도 다채롭다.

「옥루몽」은 양창곡이 모두 다섯 처첩을 두지만 첩인 강남홍과 벽성선을 만나는 데서 결연서사의 묘미를 확인할 수 있다. 먼저 양창곡은 여주인공 강남홍과 만남 및 헤어짐을 반복한다. 양소유는 소주의 압강정 연회에서 강남홍을 처음 만난다. 여기에서 양창곡은 빼어난 시를 짓고, 그것을 알아본 강남홍이 그를 유인해 결연한다. 처음의 만남이 있은 지 얼마 지나지 않아 강남홍은 백운동에 들어가 음률과 병법을 익히고, 양창곡은 과거에 급제하지만 황각로 때문에 정배된다. 정배지에서는 옥소를 통해 벽성선과 결연한다. 시문을 통해 강남홍을 만났다면, 벽성선과의 결연은 음악을 통해 가능했다. 벽성선과의 운치있는 만남도 잠시뿐 황제의 부름으로 상경한다. 이때 남만이 침범하니 양창곡이 대원수로 출정하여 대적하는데, 적장으로 참전한 강남홍이 옥소를 통해 병사들의 사기를 저하시킨다. 이에 양창곡이 자신의 옥소를 이용해 병사들의 사기를 다시 진작시킨다. 그러는 중에 강남홍이 양창곡을 알아보고 귀순한다. 음악이 매개가 되어 두 인물이 극적으로 재봉(再逢)한 것이다. 양창곡이 반란을 평정하고 돌아오는 길에 통소를 부는데, 이 소리를 듣고 황소저에게 출척당한 벽성선이 찾아와 극적으로 재봉한다. 정배지에서 함께 즐겼던 음악이 기연을 가능케 한 것이다. 양창곡이 상경한 후 잠시 태평시대가 열리지만 간신(奸臣)이 음악으로 황제를 미혹케 한다. 이때 음률을 잘 안다는 이유로 벽성선이 잡혀와 그곳에 암행한 황제를 알아본다. 이에 벽성선이 황제를 풍간(諷諫)하여 개오시킨다. 이렇게 주요인물의 만남에서 시연회나 음악이 중시된다. 이는 문식이나 예술적 안목을 전제로 주요인물의 특별한 인연을 강조한 때문이라 하겠다.

「옥루몽」은 후반부의 상당 부분에서 풍류 화소가 중첩되어 있다. 작자의 관점에서는 당시 사대부의 이상을 양껏 표출한 것이지만 독자의 입장에서는 극적 긴장감을 맛보는 데 일정한 한계가 있다. 어쨌든 이러한 풍류는 양창곡이 남북 오랑캐를 평정하고, 고관으로서 백성들을 잘 돌본 것에 대한 보상인 셈이다. 이는 사대부들이 소망했던 출장입상 및 가문현달과도 관련이 깊다. 먼저 양창곡은 전란이 평정된 다음 처와 첩 등 모든 가솔이 모여 화락하게 지낸다. 상춘원의 나앙한 누정을 처첩들이 나누어 기치하도록 하고, 각 누각과 정자를 찾아 음악과 기예로 소일한다. 전원의 흥취와 음악의 운치를 가미시켜 이상적인 풍류를 구현한 것이다. 여기에 황제가 연춘전에서 잔치를 배설하여 진왕과 양창곡의 여성들이 재주를 겨루도록 하고, 이어서 진왕이 첩과 기생을 대동하고 상춘원에 찾아와 노래와 음악, 시주(詩酒)로 소일한다. 이는 앞서의 긴장된 서사와는 달리 상당히 이완된 기술에 그친 감이 없지 않다. 출사와 공훈에서 보상받을 개연성을 마련하고 후반부에서 여유와 흥취를 강조하여 서술한 결과이다.

3.3. 작가의식 표출을 위한 풍류 화소

조선 초기 훈구파가 정계에서 확고한 위치를 점유하자 사림파는 자의 반 타의 반으로 자연에 한거하면서 강호가도를 주창하거나 강호한정을 내세우곤 하였다. 그렇지만 사림파가 정계에 진출하면서 사화가 잇따르고, 마침내는 사림파에 의한 당쟁이 이어지자 일부의 사대부는 출사를 멀리하고 자연에 은거하면서 심성을 수양하거나 후학양성에 힘을 쏟았다. 물론 상당수의 사대부는 출사하여 권력과 명예를 누린 다음에 자신이 소유한 전원으로 돌아와 한가롭게 지내는 것을 이상으로 삼았다.[13] 그러한 사정을 조선후기 음악이나 문학·미술 등에서 확인할 수 있다. 음악은 노래와 표리관계를 갖기 때문에 시조·가사와 함께 풍류의 주요 대상이었으며, 미술은 선경적(仙境的)인 자연을 배경으로 연회나 탄주를 유의미하게 다루었다. 그래서 사대부들은 출사해서는 환유풍류(宦遊風流)를, 치사하고는 전원풍류(田園風流)를 즐기는 것이 일반적이었다. 이와 같은 사정을 잘 구현한 작품이 바로 「구운몽」과 「옥루몽」이다.

3.3.1. 구운몽

「구운몽」에서는 양소유가 당시 사대부들의 관행대로 과거에 응시하기 위해 출행한다. 그 과정에서 다수의 여성인물을 만난 후 장원급제한다. 이때 하북에서 반란이 일어나자 양소유가 출정하여 진압한다. 경사로 돌아와 한림원에서 기거하면서 궁중의 연회를 즐기곤 하는데, 다시 토번이 반란을 일으키자 역시 양소유가 출정하여 평정한다. 이제 양소유가 승상

<hr>

13) 조동일, 『한국문학통사』 2, 지식산업사, 2005, 243~245쪽.

이 되어 노모를 모시고 큰 잔치를 연다. 이렇게 하여 양소유는 출장입상(出將入相)을 완성한다. 과거를 통해 세상에 나가고, 원수로 출정하여 전란을 평정하고, 이어서 승상이 되어 일인지하만인지상의 자리에 올랐다. 이는 당시 사대부들이 산림에 은거하면서 소망했던 이상이기도 하다. 이렇게 목적한 바를 달성했기 때문에 그에게 전폭적인 보상이 주어진다. 그 보상이 바로 풍류를 즐기는 여유로운 삶이다. 그래서 치사하기 전에 승상부를 중심으로 다양한 풍류가 배치된다. 이는 넓은 범주에서 환유풍류(宦遊風流)의 한 유형이라 할 만하다. 먼저 양소유는 승상부의 기생 800명의 재예를 육성하여 장차 풍류의 토대로 삼고, 나아가 제 첩의 출중한 미모와 재능으로 풍류를 실현한다. 이때 난양공주의 오라비가 기생과 첩을 데리고 찾아와 양소유의 여인들과 재주를 겨루고, 황제가 시제를 내려 시회를 열기도 한다. 또한 기생과 제 첩이 음악·놀이·춤으로 연회의 흥취를 고조시킨다.

조정에서 환유풍류와 함께 세월을 보내던 양소유는 황제에게 물러날 것을 주청한다. 이에 황제는 양소유에게 성의 남쪽에 40리의 취미궁을 하사한다. 양소유는 이곳에 와서 각 처첩에게 누와 당을 배분·거처하게 한 후 풍류를 일삼아 지내고, 자식들은 모두 성장하여 자신의 뒤를 잇는다. 이렇게 극단의 부귀영화, 최상의 풍류로 세월을 보내다가 꿈에서 깨어난다.

위와 같은 점을 생각할 때 적어도 작자는 사대부의 이상을 염두에 두고, 그것을 증폭해서 표출한 것이라 할 수 있다. 이는 당시의 역사적 상황을 반영하되, 부귀나 풍류를 극대화한 것은 사대부들의 이상적인 세계를 구현한 때문이라 하겠다.

3.3.2. 옥루몽

「옥루몽」은 귀족적·향락적 의취를 「구운몽」에서보다 더 강조하고 있다. 이 작품은 「구운몽」에서 비중이 작은 인물을 삭제하고, 강남홍·벽성선을 중심으로 풍류상황을 증폭해 놓았다. 또한 악인형 인물인 황소저·로균 등을 개입시켜 양창곡의 출사와 환로생활에서 극적 긴장감을 맛보도록 하였다. 그래야만 후반부에서 양창곡에게 주어지는 부귀영화와 전원풍류가 당위성을 확보할 수 있기 때문이다.

양창곡은 출사과정에서 주요인물인 강남홍·벽성선과 결연하고, 환로생활에서는 갈등을 조장하는 황각로 때문에 어려움을 겪는다. 그러한 환경에서도 남만의 두 차례 반란을 정벌함은 물론, 북흉노의 침입으로 위난에 처한 황제를 구하기도 한다. 양창곡과 강남홍의 공훈으로 나라가 태평해지자 이들에게 보상이 전폭적으로 주어진다. 먼저 양창곡과 두 명의 부인, 세 명의 첩이 하나가 되어 상춘원에서 음악과 노래·시주로 세월을 보낸다. 상춘원의 다양한 누정을 처첩에게 나누어주고, 각 누정에서 풍류와 노래로 소일한다. 여기에 기생이 동원되어 여흥을 고취시켜 전원풍류의 전형을 형상화해 놓았다. 더욱이 집단적인 야연회(野宴會)가 이루어지는가 하면, 진왕이 자신의 첩과 기생을 대동하고 찾아와 여성들의 재주를 겨루기도 하여 풍류상을 극대화하였다.

작품의 후반부에서는 다른 작품에서 확인하기 어려울 정도로 장황하게 풍류를 구현해 놓았다. 이것은 작자의 창작의식과도 깊이 관련된다. 앞에서 지적한 대로 조선후기의 사대부들은 환로에 나가 공훈을 세우고, 돌아와서 자연을 벗삼아 유유자적하는 것이 삶의 이상이었다. 그런데 조선초기와는 달리 조선후기는 양반이 급격히 늘면서 출사와 환로생활이 쉽지 않았음은 물론이거니와 몰락양반이 사회적 지위를 부지하기 위하여 고민하는 상황이 벌어졌다. 그래서 현실에서 이루지 못한 자신들의 소망을 문학작품에 과장적으로 표출한 것으로 볼 수 있다. 이 작품의 작가로 보는 남영로의 경우 몇 차례의 과거응시에도 불구하고 급제하지 못하여 고향에서 은거하였다. 따라서 자신의 사정과 상반되는 이상을 작품 속에 과장적으로 투영한 것으로 볼 수 있다. 이렇게 당시의 이상을 작품에 투영했다는 점에서, 이 작품은 풍류적인 회화·음악·문학과 통섭될 수 있는 자질을 확보한 것으로 볼 수 있다.

4. 풍류 화소와 풍속도의 관계

소설은 당시의 사회상황을 적절히 반영하는 대표적인 장르 중의 하나이다. 그래서 소설의 내용을 통해 당시의 사상이나 문화적 특성을 이해할 수 있다. 특히 고전소설은 조선후기 사회의 다양한 특성을 총체적으로 수렴하면서 각 계층에 맞게 향유되어 왔다. 그 중 귀족적 이상소설은 지식층이나 사대부의 문화를 용해하면서 그 나름의 특성과 의미를 갖게 되었다. 그런데 귀족적 이상소설의 대부분이 동일한 구조를 반복·애용한다는 점이다. 이는 당시의 사대부들이 희구했던 세계를 집중적으로 구현한 때문이라 하겠다. 주목되는 구조를 보면 뼈대 있는 집안의 자제가 남다른 노력으로 과거에 급제하고, 자신의 능력을 한껏 발휘하여 전쟁에서 대승을 거둔다. 그로 인해 승상이나 왕에 봉해져 명예와 권력, 그리고 경제적으로 충족된다. 이른바 출장입상으로 남부러울 것이 없는 지위에 오르는 것이다. 이는 조선조 사대부들이 갈망했던 바 핵심이다. 입신하여 가문을 현달시키는 것이 사대부가 해야 할 으뜸의 덕목이기 때문이다. 그래서 귀족적 이상소설은 현실적으로 충족된 사대부들의 모습을 담은 것일 수도 있고, 현실에서 이룰 수 없는 이상세계를 소설에서나마 구현한 것일 수도 있다.

문제는 출장입상을 이룬 다음에 그에 대한 보답으로 주인공에게 다수의 처첩이 주어짐은 물론, 은퇴해서는 제 처첩과 함께 전원풍류를 즐기도록 마무리했다는 점이다. 그것도 서사적 긴장감이 떨어지는 단순 나열식으로 전원풍류를 장황하게 설파해 놓았다. 노래와 탄주는 기본이요, 유람과 연회가 반복적으로 그려진다. 서사성의 측면에서 볼 때 부귀공명을 누렸다는 말과 함께 급전직하로 마무리해도 좋을 것을 굳이 풍류를 장황하게 반복한 것은 그 나름의 의미를 담고자 했기 때문이다. 즉 사대부들이 국가적인 차원에서 큰 공훈을 세우고, 궁극적으로는 전원에 돌아와 안분지족하는 모습을 담은 까닭이라 하겠다.

귀족적 이상소설에서는 사대부들의 이상적인 삶을 주요하게 다루었기 때문에 작품 곳곳에서 풍류 화소가 자리잡고 있다. 사건의 전개나 위기부에서 결연이나 문제해결의 수단으로 풍류 화소가 활용되는가 하면, 작품의 종결부에서는 주인공의 득의한 상태를 풍류 화소를 통해 장황하게 보여주기도 한다. 따라서 작가의식이나 지식층의 지향세계를 파악하기 위해서는 풍류 화소에 관심을 기울일 필요가 있다. 어쨌든 귀족적 이상소설의 주인공은 선풍적(仙風的) 인물로 음악적 조예가 깊거나 문재가 남다르며, 신기(神技)로서 전쟁

[그림1] 布衣風流(김홍도)

[그림2] 易安窩壽席詩會圖(鄭榥)

을 종결한다. 실제로 귀족적 이상소설의 주인공은 그림1)에서처럼 스스로 악기를 탄주하면서 심신을 수련할 뿐만 아니라, 그 음악을 활용하여 기이한 만남을 조성하기도 한다. 그런가 하면 음악을 각종 연회에서 탄주하여 풍류를 즐기는 근간으로 삼기도 한다. 「구운몽」의 양소유가 주요 배필을 만날 수 있었던 것도 거문고와 퉁소를 자유자재로 다루는 능력 때문이며, 「옥루몽」의 양창곡도 퉁소를 통해 여성인물을 만나게 된다. 그리고 이들의 문재(文才)가 남다르기 때문에 여성인물과 조우하기도 한다. 양소유의 경우 자작시를 읊다가 정경패를 만남은 물론, 그림2)와 같은 시연회를 통해 계섬월을 만난다. 「옥루몽」에서 양창곡이 여주인공인 강남홍을 만난 것도 압강정의 시연회에서 문재를 드러냈기 때문이다. 이렇게 귀족적 이상소설의 주연 인물들은 풍류의 근간인 음악과 시재(詩才)가 남다르다. 그러한 재주를 통해 다양한 사건을 이끌다가 마침내는 작품의 종결부에서 스스로의 재주로 풍류상황을 연출한다. 따라서 사건전개의 곳곳에 배치된 풍류 화소는 인물의 결연이나 사건의 매개로 중시된다.

　귀족적 이상소설에 나타나는 풍류 화소의 핵심은 바로 작품의 종결부에 있다. 이곳의 풍류는 출장입상에 대한 대가로 주어지는 것이기에 그야말로 풍류를 위한 풍류가 핵심을 이룬다. 앞에서 구사된 풍류가 사건전개의 방편으로 활용된 것이라면, 이곳의 풍류는 모든 긴장이 해소되고 심리적으로 이완된 상태에서 즐기기 위한 것이라 하겠다. 그래서 이 풍류는 아주 다양하면서도 장황하게 펼쳐진다. 큰 틀에서 전원풍류·줄풍류에다, 다양한 문재를 드러내거나 재기를 자랑하면서 놀이까지 벌어진다. 가용한 방편을 모두 동원하여 지극히 즐거운 상황을 멋

[그림3] 부벽루연회도(김홍도)

[그림4] 雙劍對舞(신윤복)

스럽게 그리고 있다. 「구운몽」에서는 양소유가 과거급제 후 국가적으로 큰 공훈을 세운다. 이 때문에 양소유는 승상이 되어 선정함은 물론 승상부에서 기생 800여 명과 처첩을 거느리고 풍류로 나날을 보낸다. 이는 그림3)과 같이 집단적인 풍류이면서 관변풍류의 일면을 보이는 것이기도 하다. 승상부라는 특정 공간에서 다수의 인물이 가담한 가운데 여흥을 즐기기 때문이다. 또한 풍류가 단순히 시화음(詩畵音)에 머무르지 않고 다양한 놀이와 연희를 곁들이기도 한다. 제 기녀들이 그림4)에서처럼 활쏘기나 말타기·검무 등을 자랑하기 때문이다. 또한 황제의 주선으로 시연회를 열고 참가한 각 인물이 문재를 드러내기도 한다. 이는 상당수의 풍류가

동적인 데 반해 이 시회는 아연회(雅
宴會)의 성격을 가지고 있다. 이는
조선조 사대부들의 음풍농월을 반영
한 것이라 할 수 있다. 실제로 이들
은 선풍적인 인물로 운치와 여유를
갖는 신선과 같이 처신하기도 했다.
마치 그림5)의 동유도와 같이 자신
들만의 특별한 세계를 구현하고자
한 것이다. 이는 사대부들이 풍류를
즐기는 대표적인 방식이기도 했다.
마침내는 취미궁에서 제 처첩과 풍
류를 즐기는 가운데, 양소유가 답산
하면서 음악을 연주하다가 꿈에서

[그림5] 白社同遊圖(정수영)

[그림6] 年少踏靑

깨어난다. 마치 그림6)에서처럼 산수를 유람하고, 신선의 세계와 같은 자
연 속에서 음악을 연주하다가 본래의 모습으로 돌아온 것이다. 이는 사
대부들의 이상적인 삶을 운지와 풍류가 있는 별세게로 표출한 것이라
하겠다.

「옥루몽」의 양창곡도 출사와 공훈을 세우고, 상춘원과 취성동에서 풍
류로 나날을 보낸다. 이 작품은 「구운몽」에서보다 더 다채롭게 풍류상황
을 그렸을 뿐만 아니라 서사분량도 훨씬 더 많다. 이는 작자가 작품 후반부
의 풍류에다 큰 비중을 두었기 때문이다. 전란이 평정된 다음 양창곡은
제 기녀를 데리고 상춘원에 거처하면서 꽃놀이와 음악으로 소일하는데,
마치 그림7)에서와 같이 기녀출신인 첩들과 풍류를 즐긴다. 특히 이 작품
에서는 상당한 분량을 양창곡의 제기(諸妓)와 진왕의 기생들이 경합하면

서 풍류상황을 극대화한다. 서사의 대부분이 기생을 대동한 채 음악을 연주하는 것으로 채워지고 있다. 그래서 그림7)과 같은 풍류가 상당부분 차지하지만 그 상황이 좀 더 아취 쪽에 기울어져 있을 따름이다. 이러는

[그림7] 舟遊淸江(신윤복)

과정에 자연스럽게 답산이나 답청이 동반되고 자연을 벗하면서 신선을 자청하기도 한다. 그림8) 및 그림9)와 같은 상황으로 풍류를 한껏 고양해 놓은 것도 바로 이 때문이다. 이처럼 「옥루몽」은 양창곡과 기녀들이 충족

[그림8] 群賢圖(김홍도)

된 상황에서 여흥과 풍류로 소일하는 상황을 과장적으로 표출하고 있다. 이는 당시 사대부들의 이상적인 삶을 소설 속에서나마 실감나게 구현한 때문이라 할 수 있다.

　이상에서 보는 바와 같이 귀족적

[그림9] 野宴圖(김홍도)

이상소설은 대부분의 작품이 남성 중심으로 형상화되어 있다. 아무래도 조선후기 사대부들이 소망했던 세계를 작품에다 전폭적으로 담은 결과라 할 수 있다. 이는 의도된 작화이기에 창작의식의 일단을 드러내는 것이기도 하다.

5. 풍류 화소의 문화적 효용

앞에서 본 것처럼 조선후기의 풍류상황을 소설과 미술에서 동일하게 다루었다. 소설에서는 풍류상황을 서사장르의 특성에 맞게 역동적으로 다룬 반면, 미술에서는 한정된 범주 내에서 정태적으로 그리고 있다. 그럴지라도 두 장르에서 동일한 대상을 의미있게 다루었다는 점에서 조선후기의 문화, 특히 지식층의 문화에 대한 인식을 읽을 수 있다. 더욱이 귀족적 이상소설이 상층부의 소망스러운 생활상을 그렸다는 점에서 풍속도의 풍류상황과 밀접하게 관련됨은 물론, 그들을 통해 조선후기 상층부의 문화에 대한 지향의식을 파악할 수도 있다. 이를 몇 가지로 나누어 살피면 다음과 같다.

첫째, 상층부의 문화에서는 문재(詩才)를 중시하였다. 조선후기에는 대중문화가 크게 발양되었지만, 지식층에서는 여전히 귀족적인 풍류를 중시하였다. 중인이나 상민 중에서도 부를 축적하여 문화계에 일정하게 영향을 주었지만, 이들 또한 상층부의 문화를 동경하며 따르고자 했다. 조선조 사대부에게 있어서 제술(製述) 능력은 출세를 위해 필수적인 것이었다. 그러한 능력은 하층민들과는 변별되는 것으로, 그 자체로서 상층문화의 기본 조건인 셈이었다. 앞에서 「구운몽」과 「옥루몽」의 주요 인물이 모두 제술 능력, 특히 시작(詩作)에 남다른 능력을 보인 것도 상층문화의 단면이라 하겠거니와 풍속도의 시연회도 알고 보면 제술 능력을 바탕으로 한 것이다. 대부분의 민중이 문자해독력이 없었던 시기임을 감안하면, 제술이나 시작이 상층문화의 근간이요 변별요소임을 알 수 있다. 그와 같은 사정이 소설의 주요 인물이나 풍속도로 부각된 것이라 하겠다. 따라서 소설이나 풍속도 모두 당시 상층부의 문화에 대한 인식을 반영한 것으로 볼 수 있다. 이는 풍류 화소가 조선후기 문화양상을 효과적으로 읽어내는 데 유용한 지표임을 말하는 것이기도 하다.

둘째, 상층부의 문화에서는 악기의 탄주를 중시하였다. 음악은 어느 사회를 막론하고 필요했다. 특히 중세에 접어들면서 예악이 치민과 교화를 위해 중시되었다. 이러한 의식 때문에 상층부에서는 알게 모르게 관현이나 줄풍류를 중시하는 경향이 나타났다. 「구운몽」에서 양소유가 거문고와 퉁소를 잘 연주했거니와 「옥루몽」에서도 양창곡이 퉁소를 잘 불었다. 이는 풍속도의 인물들이 거문고 등을 대동하고 자연을 찾은 것과 상통하는 바가 있다. 조선후기 문화의 한 경향이 음악과 더불은 생활이라는 점을 짐작할 수 있는 대목이다. 비록 악기를 완벽하게 연주하지 못할지라도 지음(知音)의 경지에 이르는 것은 중요한 사항 중에 하나였다. 그렇기 때문에 이들이 소설이나 풍속도의 주요한 소재로 선택받을 수 있었던 것이다. 이는 음악을 활용한 풍류 화소가 작품 내적 효용은 물론이거니와 문화사적인 측면에서도 주목되는 바라 하겠다.

셋째, 상층부의 문화에서는 자연경관이 중시되었다. 조선조 사대부는 벼슬에 나가서는 선정을, 물러나서는 심성을 수양하고자 하였다. 심성수양을 위해서는 변함없는 자연을 본받을 필요가 있었다. 실제로 사림파의 상당수는 본원적인 의지처를 지리산에 두기도 하였다. 「구운몽」에서도 전원으로 돌아와 자연을 벗하며 지냈거니와 「옥루몽」에서는 자연과 산을 찾으며 풍류를 즐기곤 하였다. 풍속도에서도 기암절벽이나 계곡을 찾아 자연과 일치된 모습을 부각하였다. 이러한 곳을 찾아 음악과 시주로 호연지기를 키우거나 내면의 심성을 닦고자 한 것이다. 이는 도학적인 관점에서 자신을 성찰했던 당시 사대부의 문화를 소설이나 풍속도에서 관심을 기울인 것이라 할 수 있다. 전원생활을 부각한 풍류 화소가 장르를 넘나들며 활용된 것은 이 화소가 그만큼 당시 문화의 지표로 중시되었음을 의미하는 것이다.

넷째, 상층부의 문화에서는 기녀나 첩을 대동한 풍류가 중시되었다. 조선조는 일부일처였지만 다첩제를 허용하였다. 따라서 축첩이 사회적으로 용인되어 기녀를 첩으로 들이는 것도 가능하였다. 귀족적 이상소설에서 사대부가 5~9명의 처첩을 거느리는 것도 제도적으로 이상할 것이 없었다. 「구운몽」과 「옥루몽」에서는 특별한 경우라서 남주인공이 2처 6첩, 2처 3첩을 두고 풍류생활을 즐겼다. 그래서 사대부가 기녀를 동반하고 답청(踏靑)이나 뱃놀이하는 풍속도도 「구운몽」이나 「옥루몽」의 그것과 크게 다를 것이 없다. 상층부의 이와 같은 문화가 소설이나 풍속도의 좋은 소재가 되었음은 물론이다. 따라서 소설과 풍속도에서 여성을 동반한 놀이는 당시 문화의 일단을 보이는 것이라 해도 좋겠다. 이는 유락적인 풍류 화소가 문학이나 미술 모두에서 중요한 인자였음을 의미하는 것이라 하겠다.

6. 결론

이상으로 고전소설에 나타난 풍류 화소를 문학이나 문화적인 관점에서 살펴보았다. 먼저 고전소설과 풍류 화소의 관계를 살핀 다음, 풍류 화소의 실태와 기능을 귀족적 이상소설인 「구운몽」과 「옥루몽」을 중심으로 살펴보았다. 이어서 풍류 화소와 풍속도의 관계를 조망한 다음, 풍류 화소의 문화적 효용에 대하여 검토해 보았다. 지금까지 살핀 것을 결론삼아 요약하면 다음과 같다.

첫째, 고전소설과 풍류 화소의 상관성에 대해 고찰하였다. 고전소설 특히 귀족적 이상소설은 궁극적으로 남성들의 이상적인 풍류상을 제시해 놓았다. 이는 출장입상하여 누리는 부귀영화를 풍류 화소로 다루었기 때문이다. 따라서 경중의 차이는 있을지언정 귀족적 이상소설은 풍류 화소가 나타날 수밖에 없다. 이것은 당시 사대부들의 현실적인 이상이기도 했다. 그러한 소망을 소설에다 전폭적·과장적으로 담다 보니 풍류 화소가 다양하게 동원된 것이다.

둘째, 풍류 화소의 실태와 기능을 살펴보았다. 풍류 화소는 인물의 형상화에서 주목되는 바가 크다. 주인공들이 대부분 문학적인 재능과 음악적인 능력을 겸비하여 만남의 과정이 풍류 화소와 관련되기 때문이다. 이를테면 남주인공과 여주인공의 만남을 주선하는 것이 음악이나 문학을 매개로 하여 자연스럽게 시음(詩音)과 관련된 풍류 화소가 중시된다. 그 과정에서 남녀주인공 모두 남다른 식견과 능력이 부각됨은 물론 출중한 외모까지 확인된다. 이는 풍류 화소로 등장인물의 특성을 드러낸 것이라 할 수 있다. 또한 이 풍류 화소는 한정(閑情)을 강화하는 데도 유용하다. 출장입상으로 나라에 충성한 주인공에게 전폭적인 혜택이 주어지는데, 결연을 맺은 여성들과 함께 생활할 수 있는 별원의 지급이 그것이라 하겠다. 그래서 주인공은 별원에서 많은 여성을 거느리고 시음과 답산(踏山)으로 나날을 보낸다. 자연을 벗하며 여유로운 삶을 한껏 고양하되 풍류 화소가 그 수단으로 동원된 것이다. 또한 풍류 화소를 통해 당시 사대부들의 이상향을 과장적으로 부각하기도 하였다. 사대부들은 출사에 따른 보국충성과 물러난 후의 전원생활을 중시하였다. 그러한 것을 강조적으로 드러낸 것이 바로 풍류 화소다. 물론 이것은 사대부들의 이상향을 한껏 고양했다는 점에서 소설의 제작의식과도 상통하는 바가 있다.

셋째, 풍류 화소와 풍속도의 관계를 조망해 보았다. 고전소설에서 쓰인 풍류 화소는 당시의 사대부들이 이상으로 생각했던 것이라서 문화예술과 연동될 수밖에 없다. 특히 조선후기의 풍류 상황을 잘 담아 놓은 풍속도에서 고전소설과 연동될 만한 풍류 화소를 다수 확인할 수 있다. 우선 풍속도에서 주목되는 것이 고전소설에서 일반적인 관현풍류나 벼슬길에서 누리는 환유풍류, 그리고 전원에서 보내는 별서연이나 시연 풍류이다. 이는 사대부들이 누렸던 풍류 세계를 하나는 문학에서 극대화한 일면, 다른 하나는 시각예술인 미술에서 다룬 것이라 할 수 있다. 두 양식에서 같은 풍류 상황을 다룬 것은 조선후기의 사대부들이 그러한 풍류 화소를 즐기는 한편, 그렇게 되기를 간절히 소망한 때문이기도 하겠다.

넷째, 풍류 화소의 문화적 효용에 대하여 살펴보았다. 고전소설에 나타나는 풍류 화소를 통해 당시 사대부들이 지향했던 삶에 대한 의식을 읽어낼 수 있다. 먼저 이들은 문재(文才)를 무엇보다 중시했다. 이는 사대부가 해야 할 필수 덕목이면서 출사를 위해서도 필수불가결한 것이었다. 또한 이들은 악기의 탄주를 중요하게 생각했다. 그것은 음악이 예악으로 중시될 뿐만 아니라 남성들이 심신을 수양하거나 유흥을 고취할 때 긴요했기 때문이다. 그런가 하면 자연경관이 빼어난 전원생활을 소중하게 여겼다. 이는 출사해서 세운 공훈에 대한 대가로 전원에서 여유로운 삶을 소망한 사정이 반영된 것이라 할 수 있다. 마지막으로 이들은 기녀나 첩을 동반한 답청(踏靑) 놀이를 중시하였다. 이는 전원풍류와 상통하는 일면 남성 중심의 가족제도와도 무관하지 않다.

고전소설의
내용과 효용

「용궁부연록」의 내용과 장르인식

1. 서론

이 글에서는 「용궁부연록」의 장르혼용[1] 실태를 파악하고, 그것이 이 작품의 문학적 특성이나 문학사적 위상을 부각하는 요소임을 확인하고자 한다. 「용궁부연록」은 주인공이 용왕의 초청을 받아 상량문을 지어주고 극진히 대접받은 다음에 현실계로 복귀하는 내용이다. 현실에서 꿈을 이루지 못한 자아가 가상세계에서나마 자신의 뜻을 한껏 발휘하도록 하여, 김시습 자신의 처지를 우회적으로 표출한 것으로 볼 수 있다. 그래서인지 이 작품에 대한 논의는 다양한 측면에서 이루어져 왔다. 구우(瞿佑)의 『전등신화(前燈新話)』 소재 「수궁경회록(水宮慶會錄)」과의 비교 연구에서부터[2] 김시습의 처지와 견준 논의까지 다양하다.[3] 이는 창작 문제에 대한

---

1) 장르혼용은 시가장르와 서사 및 극장르, 그리고 교술장르가 섞여 쓰이는 것을 말한다. 그 중에서 명시적으로 섞어 쓰는 것을 차용적인 혼용이라 할 수 있고, 무의식적으로 섞어 쓰는 것을 관습적인 혼용이라 할 수 있다. 이 글에서는 후자에 초점을 두고 논지를 전개하였다.

2) 유시환, 「『금오신화』와 『전등신화』의 대비고-「수궁경회록」과 「용궁부연록」을 중심으로」, 동국대학교 대학원 석사논문, 1984.

것으로 한국소설의 형성과도 밀접하게 관련된다. 그런가 하면 작품 자체를 분석하면서 그 특징을 파악함은 물론,[4] 후대소설과의 관계를 확인하기도 하였다.[5] 이것은 이 작품을 위시한『금오신화』의 소설사적 의의를 다룬 것이기도 하다.

이 작품은 이단아ㆍ방랑자ㆍ소외자로 평생을 산 김시습의 의식이 적절히 반영되었기 때문에 여러모로 주목할 필요가 있다. 더욱이 이 작품은 초기소설의 징표를 여러 측면에서 확인할 수 있어 중국소설과의 관계나 우리소설의 정착ㆍ전개에 대한 문제를 해명하는 데도 도움이 된다. 특히 이 작품이 보이는 장르혼용 양상을 잘 살피면 우리소설의 형성문제를 독창적인 관점에서 검토하는 성과를 거두리라 본다.[6] 실제로 이 작품에 영

　　장혜옥, 「『金鰲新話』와『伽婢子』의 비교 연구」, 성균관대학교 대학원 석사논문, 2007.

3) 민영복, 「매월당 김시습의 작품과 그 생애-『금오신화』를 중심으로」, 『중국어문학논집』 15, 1963, 41~55쪽.
　　한영환, 「『금오신화』의 비교문학적 연구」, 경희대학교 대학원 박사학위논문, 1984.
　　박성진, 「『금오신화』의 방외적 특성 연구」, 강원대학교 대학원 석사논문, 2008.

4) 전성운, 「「용궁부연록」의 연회와 서사 전개」, 『語文硏究』 60, 어문연구학회, 2009, 171~196쪽.
　　안창수, 「「용궁부연록」의 작품세계와 의미」, 『한국문학논총』 53집, 한국문학회, 2009, 65~99쪽.
　　임성래, 「한국문학에 나타난 모험의 의미」, 『대중서사연구』 23호, 대중서사학회, 2010, 7~31쪽.
　　임치균, 「「용궁부연록」의 환상 체험 연구」, 『정신문화연구』, 124호, 한국학중앙연구원, 2011, 7~26쪽.

5) 최재우, 「「최생우진기」의 특성 연구-「용궁부연록」ㆍ「수궁경회록」과의 비교를 중심으로」, 『연세학술논집』, 연세대학교, 2000.
　　이민정, 「조선 초 전기소설의 출현과 소설사적 의의-『금오신화』를 중심으로」, 『동국어문학』, 12, 동국어문학회, 2000, 387~417쪽.
　　문범두, 「「최생우진기」의 구조와 의미」, 『어문학』 72, 한국어문학회, 2001, 121~144쪽.

6) 이 작품의 문체적 특성에 대하여 이미 전성운이 언급한 바 있다.(전성운, 「문체적 측면에서 본『금오신화』의 지향과 의미」, 『어문논집』 제57집, 민족어문학회, 2008,

향을 주었다고 보는『전등신화』의 「수궁경회록」에서는 장르혼용이 없기
에 이것이 이 작품의 창신성을 밝히는 재료가 될 수 있다. 이는 「수궁경회
록」에서 영향을 받았을지라도 우리의 독창적인 문학장르가 혼용되면서
이 작품이 형성되었음을 의미하는 것이다.

　이에 「용궁부연록」의 장르혼용 양상과 그 의미를 몇 가지 측면에서 검
토해 보도록 한다. 먼저 소설의 문예적 특성상 장르혼용을 유발할 수밖에
없었던 사정을 개괄한 다음, 이 작품의 장르혼용 양상을 교술장르를 중심
으로 살펴보도록 한다. 이어서 장르혼용이 갖는 의미를 비교문학적인 관
점에서 검토함으로써 이 작품이 갖는 문학사적 위상을 확인해 보도록 하
겠다. 이와 같은 논의가 합리적으로 진행되면 한국소설이 안착되는 과정
에서 어떠한 요소가 중시되었는지 파악할 수 있으리라 본다.

2. 고전소설의 문예적 속성

　소설은 다양한 상황을 플롯의 인과로 엮기 때문에 이웃한 장르를 활용
하는 경우가 적지 많다. 하지만 활용의 정도에 따라 이웃장르를 차용하는
경우와 서사과정에서 이웃장르의 특장을 수렴한 경우로 나누어볼 수 있
다. 전자가 작자가 의도적으로 이웃장르를 소설의 구성인자로 원용·배치
한 것이라면, 후자는 장르적인 관습이 서사에 개입된 것으로 볼 수 있다.[7]

　41~68쪽)

　7) 물론 양자를 명확하게 구분하는 것은 어려울 수 있다. 차용의 경우 작자가 의도한
　　것이 분명하지만, 서사과정에서 다른 장르가 개입된 것은 의도적일 수도 있고 그렇
　　지 않을 수도 있기 때문이다. 다만 여기에서는 명시적으로 드러내지 않으면서 다른
　　장르를 원용한 것에 대하여 관습적인 장르혼용으로 다루고자 한다.

따라서 후자의 경우 소설장르가 완비되어가는 과정에서 더 빈발할 수 있겠다. 이제 위의 내용을 개략적으로 살핀 다음, 「용궁부연록」의 사정은 어떠한지 알아보도록 한다.

첫째, 의도적인 차용이다. 이는 서사전개에서 사건을 추진하고, 등장인물의 심경을 드러내기 위하여 작자가 의도적으로 인접장르를 차용한 것이라 하겠다. 그 중 문예문의 차용이 일반적이지만, 작품의 사정에 따라서는 실용문도 왕왕 활용된다.

먼저 문예문의 차용이다. 문예문의 차용에서는 시가가 절대적인 위치를 차지한다. 우리말 노래가 차용되기도 하지만, 초기소설에서는 한시가 대부분을 차지하고 있다. 서정장르인 한시가 차용되어 서사의 한 방편으로 쓰이게 된 데에는 변문이나 전기의 영향을 받은 것으로 볼 수 있다.[8] 특히 전기의 경우 문식층에서 자신들의 문학적 능력을 부각하는 방편으로 애용되어 왔거니와 그것을 파한을 위해 활용하기도 했다. 더욱이 전기에서는 시작(詩作) 능력이 뛰어남을 보이기 위하여 매 상황마다 시를 지어 서사장르인 소설에 서정장르가 만연하게 되었다. 이는 한국과 중국을 막론하고 전기소설에서 보편적인 것이다.[9] 그래서 시가장르의 차용은 작가의 입장을 부각하면서 사건전개의 인자로 활용한 면이 없지 않다. 그럴지라도 지나친 서정장르의 차용은 소설적 인과를 이완시키는 문제를 야기할수도 있다. 삽입시가가 인과적인 논리를 중시하는 소설의 사건전개를 저해하는 경우가 종종 있기 때문이다.[10]

---

8) 김진영, 「불교서사의 작화방식과 전기소설의 상관성(1)」, 어문연구학회, 2007, 93~124쪽.
9) 중국 전기의 경우 당대에 시가장르가 성행하면서 생성되었을 것으로 보기도 한다. (김학주, 『중국문학사』, 신아사, 1997)
10) 실제로 일부 전기소설은 등장인물의 주요한 행위마다 삽입가요를 배치하여 논리적

다음으로 실용문을 다수 차용하고 있다는 점이다. 소설은 당시 사회의 제반사항이 구성인자로 활용된다. 소설이 있을 법한 세계를 리얼하게 그리기 때문에 이는 피할 수 없는 일이라 하겠다. 그래서 우리 주변에서 필요로 하는 각종 실용문이 사건전개의 상황에 맞게 차용되곤 한다. 가장 자주 활용되는 것이 서간이다. 서간은 장거리 소통장치가 마땅치 않았던 조선시대에 아주 중요할 수밖에 없었다. 그래서 소설에서의 서간도 인물을 조우케 하거나 인과를 강화하는 장치로 중시되곤 하였다. 실제로 이 서간은 문안(問安)에서부터 애경사에 따른 제반 문제를 다루어 서사구성의 주요인자라 할 만하다. 정치적인 목적에서 쓰이는 교서와 상소문 또한 소설에서 자주 활용되는 실용문이다. 실제로 고전소설이 생산·유통된 조선시대는 유교적인 통치 질서를 따랐기에 왕의 교서와 신하들의 상소문이 빈발할 수밖에 없다. 그런데 고전소설의 다수가 주인공의 성공을 다루는 과정에서 왕을 중심으로 한 조정이 의미 있게 부각되어, 이러한 교서와 상소문이 왕왕 활용될 수밖에 없었다. 뿐만 아니라 유교적인 봉제사를 중시했던 당시의 사정이 반영되어 축문이나 제문 등이 소설 속에 반영되기도 하였다. 축문은 비교적 격식적인 글일 수 있지만 제문의 경우는 주인공의 심정을 드러내거나 작자의식을 고양하는 장치로 얼마든지 활용될 수 있었다. 소설은 이러한 실용문을 차용하면서 전체 서사를 구축하였다. 이는 소설의 장르개방적인 특성 때문이기도 하지만, 다양한 글을 소설 한 편에 담으려는 작자의식 또한 작용한 결과이기도 하다.

둘째, 관습적인 혼용이다. 소설은 비교적 늦은 시기의 서사물이다. 잘

인 소설읽기에 방해가 되는 경우가 없지 않다. 더욱이 사건과 긴밀하지 않은 시가를 배치하여 산만한 느낌마저 들 때도 있다. 이는 작자가 소설 속에다 시작능력(詩作能力)을 과대하게 보이면서 나타난 것이라 하겠다.

아는 것처럼 희곡이나 설화는 고대의 유산이기에 시기적으로 소설보다
크게 상회한다. 그래서 소설은 불가불 전대 장르의 특장을 받아들일 수밖
에 없었다. 뿐만 아니라 교술장르도 소설이 성행하기 이전에 다양하게
유통되어 소설문체에 영향을 주었다.[11] 잘 아는 것처럼 소설은 서사문체
를 지향하게 된다. 그런데 일부의 소설은 서사문체만을 고수하지 않고
이웃한 장르의 문체를 부지불식간에 활용하는 경우가 많다. 여기에서는
그러한 실태를 극·설화·교술로 나누어 살펴보도록 한다.

먼저 극장르와 소설의 혼용을 들 수 있다. 극문학은 고대의 문화유산으
로 그 시원이 아주 오래이다. 그래서 극에서 쓰던 문체적 특장을 소설에서
자연스럽게 받아들여 소설문체로 정립시켰다.[12] 설명적인 지문이 극의
지시문과 큰 차이를 보이지 않음은 물론이거니와 희곡의 핵심인 대사가
소설에서 리얼리티를 살리는 장치로 자리잡았다. 이는 선후문제보다는
대상을 다루는 방식의 유사성에서 그 원인을 찾을 수 있겠다. 실제로 극문
학에서 일반화된 서술방식과 고전소설의 서사방식이 크게 변별되는 것은
아니다. 차이가 있다면 극문학장르의 대사나 지시문이 공연을 전제로 한
것이라서 현장 응용적인 동태성(動態性)이 강한 반면, 고전소설의 대화나
지문은 읽기 위한 것이기에 화석화된 정태성(情態性)에 더 편중되었을 따
름이다. 하지만 상황을 조성하고, 특정 상황에서 인물들이 대화로 사건을
추진하는 것은 양자 모두 공통적이다. 어쨌든 고전소설의 지시문이나 대

---

11) 비교적 이른 시기의 교술장르로 고려 중후기의 가전체나 경기체가를 들 수 있다.
    이들은 소설장르가 성행하기 이전에 유통되었기 때문에 이들이 소설의 창작에 영
    향을 주는 것은 아주 당연한 일이라 하겠다.
12) 극과 소설은 시기적으로 상당히 떨어져 있다. 극은 제천의식에서 유래되어 고대문
    학에서부터 성행하였지만, 소설은 광의의 관점에서 보더라도 나말여초(羅末麗初)
    를 넘지 못하기 때문이다. 그래서 극장르의 특성을 소설이 답습한 것은 아주 자연
    스러운 일이라 하겠다.

화는 전통적인 극문학장르의 그것과 상호 영향을 주고받으면서 서사적 전통을 확립한 것으로 볼 수 있다. 그러기에 소설 속에 극문학장르와 견줄 만한 문체나 화소가 다수 개입된 것으로 볼 수 있다.[13]

　다음으로 설화와 고전소설의 장르혼용이다. 고전소설은 기왕의 서사를 인과적으로 형상화한 작품이 많다. 설화계 소설 상당수가 이에 해당될 수 있다. 그러는 과정에서 신화적인 특장이 고전소설의 주요화소로 편입되기도 하였고, 전설적인 징후를 작품의 곳곳에 남기기도 하였다. 뿐만 아니라 민담의 초월적인 사건이 그로테스크 리얼리티를 내세우며 작품을 장식하기도 한다. 우선 신화의 경우 고전소설의 다양한 장르에서 혼용을 보이고 있다. 이를테면 영웅소설, 군담소설 등 환상성을 다룬 작품에서 신화적인 특장이 반영되어 장르혼용을 보이고 있다. 이들 소설에서는 신화에서와 마찬가지로 삼대담을 구비하였는가 하면, 천-지-천을 바탕으로 인간세는 물론 천상계의 문제까지 다루고 있다. 그런가 하면 비극적인 내용을 다룬 전기의 경우에는 전설적인 징후가 남다르다. 전기소설의 다수는 정도의 차이는 있을지언정 전설에서와 마찬가지로 비극적인 결말을 보이고 있다. 특히 초기소설인 『금오신화』의 모든 작품은 자아가 세계에 패배하여 비극으로 귀결되고 만다. 이는 모두 전설적인 요소를 소설에서 준용한 때문이라 하겠다. 이와 같은 전설적 요소는 인물의 일대기를 다루는 작품에서 많은데, 이는 인물전설의 서사방식을 소설에서 준용한 결과라 할 수 있다. 그런가 하면 환상적인 작품에서는 자아가 세계보다 우위에 선 민담적인 징표를 확인할 수 있다.[14] 전기소설은 물론, 동물을 다룬 우

---

13) 송주희, 「고전소설에 나타난 속이기의 서사기법적 연구」, 충남대학교 대학원 석사 논문, 2007.

14) 윤보윤, 「재생서사에 나타난 초월적 조력자의 비교 연구-불교서사와 고전소설을 중심으로」, 충남대학교 대학원 석사논문, 2006.

화소설 등에서도 민담적인 요소를 두루 확인할 수 있기 때문이다.

설화는 내용뿐만 아니라 서사방식, 즉 표현문체에 있어서도 소설과 긴밀한 관계를 유지하고 있다. 속문학·대중문학을 대표하는 고전소설이 민간문학인 설화의 문체, 이를테면 구어적 표현을 답습하는 것은 아주 자연스러운 일이다. 그래서 대상을 형상화하는 방법상의 차이는 있을지언정 설화나 소설은 근원적으로 닮은꼴을 가지고 있다. 이는 고전소설이 설화의 특징을 자연스럽게 수렴하여 장르혼용이 이루어졌음을 뜻하는 것이기도 하다.

마지막으로 교술장르와 소설의 혼용을 들 수 있다. 교술은 서정·서사·극으로 수렴할 수 없는 문예문을 두루 포섭하는 장르라 하겠다. 즉 자아의 세계화를 다룬 다수의 장르가 이에 해당될 수 있다. 이에는 가전체·몽유록·경기체가·악장·가사·창가·일기·기행·수필 등 아주 다양한 글이 해당된다. 그 중에서 고전소설과 장르혼용을 보이는 대표적인 교술장르는 가전체와 몽유록이라 하겠다. 가전체와 몽유록 모두 자아가 세계를 경험하는 과정을 서술하였기 때문에 이계(異界) 체험의 소설에서 준용하기에 용이했기 때문이다. 이를 감안하여 여기에서는 위 두 장르에 한해서 검토하기로 한다.

가전체는 특정한 사물이나 동식물에 우탁하여 작자가 목적한 바를 표출하는 문학양식이다. 이러한 가전체는 이미 고려중후기에 신진사대부나 구귀족, 그리고 선승에 의해 창작·향유되어 왔다. 이들 가전은 특정한 사물에 의탁하되, 해당 사물의 특성을 다양한 측면에서 조망함으로써 현학적인 내용이 되곤 하였다. 특히 전고(典故)를 들면서 해당 사물에 대한 정보를 독자에게 알려주기 때문에 교술(教述)장르적인 속성이 강화될 수밖에 없었다. 이러한 가전체가 고려중후기를 거쳐 조선조 임제(林悌)의

「수성지(愁城誌)」, 정태제(鄭泰齊)의 「천군연의(天君演義)」, 유본학(柳本學)의 「오원전(烏圓傳)」, 송세림(宋世琳)의 「주장군전(朱將軍傳)」, 변영만(卞榮晩)의 「시새전(施賽傳)」 등으로 그 전통을 잇고 있다.

문제는 사물의 특성이나 전고를 나열하면서 문학적으로 형상화하는 가전의 기법을 고전소설의 작자들이 원용했다는 점이다. 꿈을 소재로 한 작품이나 저승을 편력하는 작품, 새로운 세계를 소개하는 작품에서 특별한 대상을 호한한 지식을 통해 드러내는 일면, 그것을 독자에게 알려주기 위해 노력했기 때문이다. 그야말로 교술(敎述)을 위한 글쓰기를 소설에서 드러낸 것이다. 이 부분에서는 사건의 추진이 잠시 중단된 채 특정 사항을 현학적으로 나열할 따름이다.[15] 그래서 자연스럽게 서사적인 글쓰기와 교술적인 글쓰기가 한 작품에 병치될 수밖에 없었다.

몽유록은 꿈을 통해 특정한 세계, 즉 수중·지하·천상 등의 가상공간은 물론, 지상의 특정 공간에 들어가서 다양한 체험을 거친 다음 현실로 귀환하는 담론이다. 이 몽유록은 그 근원이 『삼국유사』의 설화에까지 소급될 수 있거니와 고려대의 작품을 거쳐 조선조에 와서 성행한 것으로 볼 수 있다. 그런데 몽유록은 자아가 특성세계에 들어가서 새롭게 체험힌 것을 기술한다는 점에서 교술장르의 특성을 드러낸다 하겠다. 반면에 주인공의 행적에 따라 벌어지는 일을 술회한다는 점에서는 서사장르적인 성격 또한 확인할 수 있다. 이로 볼 때 몽유록은 서사적 교술이라 할 수 있어 장르에 대한 논란이 없지 않다. 하지만 앞에서 다룬 가전체처럼 특정

---

15) 물론 설명적 서사에서는 사건전개가 잠시 유보될 수 있지만 이 또한 다음 사건을 전제한 것이라 할 수 있다. 심지어 설명적 묘사도 특정 상황을 강조하거나 암시하기 위한 것이라 하겠다. 그래서 이러한 설명도 사실은 다음 사건을 염두에 둔 것이라 할 수 있다. 하지만 교술은 마치 판소리의 '부분의 확장'과 같이 사건과는 무관하게 특정사항을 장황하게 나열하는 특성이 있다.

상황, 특히 가상의 경험을 술회한다는 점에서는 교술장르적인 특성이 강하다 하겠다. 이러한 몽유록의 문체를 고전소설에서 왕왕 써서 주목된다. 이는 몽유록이 교술성뿐만 아니라 서사성을 겸비하여 더 그러할 수 있었다. 장르적인 유사성 때문에 큰 부담없이 혼용한 것으로 이해할 수 있다. 고전소설 중 「남염부주지」·「용궁부연록」과 같은 이계(異界) 편력담, 「목련전」·「당태종전」·「제마무전」과 같은 저승 편력담 등에서 몽유록과 같은 교술이 두루 활용된 것이다. 이 또한 고전소설과 교술장르의 혼용이라 할 수 있다.

3. 「용궁부연록」의 장르 양상

『금오신화』에 실린 다섯 편의 작품은 우리소설의 기틀을 다졌다는 점에서 주목할 만하다. 그 중 「용궁부연록」은 구우의 『전등신화』 소재 「수궁경회록」을 토대로 창작하였을지라도 어느 정도 독창성을 확보한 것으로 보인다. 그것은 이 작품이 「수궁경회록」과는 변별되는 장르적 특성을 구비하고 있기 때문이다. 후술하겠지만 이 작품은 「수궁경회록」보다 상당히 부연되었다. 이는 모두 우리 문학장르와의 혼용 때문에 가능했던 것이다. 이에 본 장에서는 이 작품의 특성이라 할 만한 것으로 장르혼용 양상을 살펴보도록 한다. 다만 작자의 의도하에 차용된 시가장르에 대한 것은 유보하고, 관습적인 글쓰기에서 파생되었을 것으로 보이는 교술장르와의 혼용을 살펴보도록 한다.

3.1. 가전체와의 혼용

앞에서도 말한 바와 같이 가전체는 특정한 사물이나 동식물에 가탁하여 뜻한 바를 형상화하는 문예양식이다. 그런데 특정한 사물이나 동식물에 가탁하기 위해서는 그것들에 대한 주밀한 관찰이 전제되어야 하고, 그 관찰한 바를 다양하게 서술할 만한 능력이 있어야 한다.[16] 그래서 가전체는 부득불 가르치고 술회하는 교술장르의 특성을 드러낼 수밖에 없었다. 그런데 「용궁부연록」의 작품에서도 그러한 내용을 확인할 수 있다는 점이다. 사건이 잠시 주춤하면서 다음 행위를 주도할 인물에 대해 현학적으로 서술한 것이 그에 해당된다. 해당 부분을 보면 다음과 같다.

"저는 바위틈에 숨어사는 선비요. 모래 구멍에 사는 한가한 사람입니다. 팔월에 바람이 맑으면 동해 바닷가에 가서 벼 까끄라기를 실어 나르고, 구월 하늘에 구름이 흩어지면 남정성(南井星)의 곁에서 빛을 머금기도 하였지요. 속은 누렇고 겉은 둥글며, 단단한 갑옷을 입고 날카로운 창을 가졌지요. 늘 손발이 잘려서 솥에 들어갔으며, 비록 정수리를 갈리면서도 사람을 이롭게 하였습니다. 맛과 풍류로 장사들의 얼굴을 기쁘게 하였으며, 곽색(郭索)한 꼴로 부인들에게 웃음을 주기도 하였지요. 조나라 왕윤은 물속에서 저를 미워하였지만, 전곤은 지방에 나가 있으면서도 저를 생각하였습니다. 제가 죽어서는 필이부의 손에 들어갔지만, 한진공의 붓에 의해서 초상이 이루어졌습니다. 오늘 이러한 마당을 만나 놀게 되었으망니, 마땅히 다리를 틀어 춤을 추어 보겠습니다."("僕巖中隱士, 沙穴幽人, 八月風淸, 輪芒東海之濱, 九天雲

---

16) 우리의 경우 가전체가 고려 중기에 나타난 것은 향리나 중소 지주 출신의 신진사대부들이 사물에 대한 이해는 물론, 글 쓰는 능력을 겸비하여 나타난 것으로 보고 있다.(조동일, 『한국문학통사』 2, 지식산업사, 2007)

散,含光南井之傍, 中黃外圓, 被堅執銳. 常支解以入鼎, 縱摩頂而利人. 滋味風
流, 可解壯士之顔, 形摸郭索, 終貽婦人之笑. 趙倫雖惡於水中, 錢昆常思於外
郡, 死入畢吏部之手, 神依韓晉公之筆. 且逢場而作戱, 宜弄脚以周旋.", 『金鰲
新話』, 「龍宮赴宴錄」)

이것은 한생이 용궁에 들어가서 상량문을 지어 용왕에게 크게 칭찬받
고, 미인과 무동들이 축하공연을 펼치는 대목이다. 먼저 수중의 게가 여흥
을 돋우기 위하여 신명난 놀이를 펼치는데, 공연하기 전에 그 게에 대해
자세하게 서술하고 있다. 이 부분은 사건전개보다는 게에 대한 특성을
전고(典故)를 들어 설명한 것이라 할 수 있다. 그래서 앞에서도 말한 바와
같이 서사보다는 교술성이 강화되어 있음을 알 수 있다. 이와 같은 면모는
일찍이 이윤보의 「무장공자전(無腸公子傳)」을 거쳐 조선 중기 권필의 가
전체 작품 「곽색전(郭索傳)」에서도 확인된다. 이처럼 이 작품은 교술적인
내용을 수용하여 장형화를 지향한 면이 없지 않다. 다음의 내용도 교술적
특성을 보이고 있다.

춤이 끝나자 또 한 사람이 나섰는데, 자칭 현(玄)선생이라고 하였다. 꼬리
를 끌며 목을 빼고 기운을 뽐내다가, 눈을 부릅뜨고 앞으로 나와서 말하였다.
"저는 시초(蓍草) 그늘에 숨어 지내는 자요, 연잎에서 놀던 사람입니다. 낙수
(洛水)에서 등에다 글을 지고 나와 이미 하나라 우임금의 공로를 나타내었으
며, 맑은 강물에서 그물에 잡혔지만 일찍이 송나라 원군(元君)의 계책을 이루
어 주었습니다. 비록 배를 갈라서 사람을 이롭게 해주기는 하였지만, 껍질
벗기는 것은 견뎌 내기가 어렵습니다. 두공에 산을 새기고 동자기둥에 마름
을 그렸으니, 껍질은 노나라 장공이 소중히 여겼습니다. 돌 같은 내장에다가

검은 갑옷까지 입었으니, 내 가슴에서는 장사의 기상이 나옵니다. 노오는 바다 위에서 나를 걸터앉았으며, 모보는 강 가운데서 나를 놓아주었습니다. 살아서는 세상을 기쁘게 하는 보배가 되고, 죽어서는 좋은 길을 예언하는 보물이 되었습니다. 이제 입을 벌리고 노래를 불러 천년 장륙의 회포를 풀어 보이려 합니다."(戲畢, 又有一人, 自稱玄先生, 曳尾延頸, 吐氣凝眸, 進而告曰: "僕著叢隱者, 蓮葉遊人, 洛水負文, 已旌夏禹之功, 淸江被網, 曾著元君之策. 縱刳腸以利人, 恐脫殼之難堪. 山節藻梲, 殼爲臧公之珍, 石腸玄甲, 胸吐壯士之氣. 盧放睰我於海上, 毛寶放我於江中. 生爲嘉世之珍, 死作靈道之寶. 宜張口而呵呻, 聊以舒千年藏六之胸懷."『金鰲新話』, 「龍宮赴宴錄」)

위의 내용은 게의 공연이 끝난 다음 거북이 등장하여 춤을 추기 전 거북에 대해 전고를 들어 서술한 것이다. 이 부분도 사건전개와는 무관하게 특정 사항, 즉 거북에 대한 전고를 들면서 호한한 지식을 나열하고 있다. 그래서 서사성보다는 교술성이 강화되었음을 알 수 있다. 물론 인물묘사와 관련될 수 있다는 점에서 서사적 교술의 특성을 보인다 하겠다. 이 내용이 교술성과 관련되어 있음을 상기하기 위하여 고려대의 가전체 중 「청강사자현부전(淸江使者玄夫傳)」을 제시해 보면 다음과 같다.

현부는 어떤 사람인지 알 수 없다. 어떤 이는 말하기를, "그의 선조는 신인(神人)이었다. 형제가 15명이었는데, 모두 체구가 크고 힘이 대단하여, 하늘이 명하여 바다 가운데 있는 다섯 개의 산을 붙들게 하였다. 그러나 자손들은 덩치도 작아지고 힘이 센 자도 없었으며, 다만 점을 치는 것으로 직업을 삼았다. 터가 좋고 나쁜 것을 보아 거주지가 일정하지 않았으므로 그의 출신지와 계보도 자세히 알 수 없다. 먼 조상은 문갑(文甲)인데 요임금 시대에 낙수가에서 은거해 살았다. 임금이 그의 훌륭함을 듣고 흰 옥을 가지고 그를 초빙했는데, 문갑이 이상한 그림을 등에 지고 와서 바쳐 임금이 그를 가상히 여겨 낙수후(洛水侯)에 봉했다. 증조부는 하늘의 사자라고 하면서 자기의 이름은 말하지 않았는데, 홍범구주(洪範九疇)를 지고 와서 백우에게 전해 준 사람이다. 할아버지는 백약인데, 하나라 때 곤오에서 옹난을과 함께 힘을 다해 솥을 주조(鑄造)한 공로가 있다. 아버지는 중광으로 나면서부터 왼쪽 옆구리에 '달의 아들 중광이다. 나를 얻는 사람은 서민의 경우 제후(諸侯)가 될 것이며, 제후일 경우 천자(天子)가 된다'고 하여 중광을 이름으로 삼았다. 현부는 더 침착하고 속이 깊었다. 그의 어머니가 요광성이 품에 들어오는 꿈을 꾸고 아기를 잉태했다. 처음 낳았을 때 관상쟁이가 "등은 웅크리고 있는 산언덕과 같고, 무늬는 나열한 성좌를 이루었으니 반드시 신성하게 될 인물이로다"고 했다.(玄夫不知何許人也 或曰其先神人也 兄弟十五人 皆體巨絶有力焉 天帝所命扶五山海中者是已 玄中記曰鼈巨龜也 至子孫形寢小 亦無以力聞者 唯以卜筮爲業 相地之利害 不常厥居 故其鄕里世系 不得詳焉 遠祖文甲 堯時隱居洛濱 帝聞其賢 聘以白璧 文甲負奇圖來獻 帝嘉之 因封洛水侯 曾祖自言上帝使者 不言其名 擔洪範九疇 授伯禹者是也 祖白若 夏后時鑄鼎於昆吾 與翁難乙致力有功 父重光 生而有文在左脅 曰月子重光 得我者 匹夫爲諸侯 諸侯爲帝王 因採其文名之 玄夫尤沈邃 其母夢瑤光星入懷 因而有娠始生 相者曰 背法盤丘 文成列宿 必神聖之相乎, 李奎報, 「淸江使者玄夫傳」)

위의 내용은 현부의 가계(家系)를 정리하되, 궁극적으로는 현부의 성품을 드러낸 것이라 할 수 있다. 현부가 훌륭한 인품을 가질 수밖에 없었던 내력을 밝힌 것이라 하겠다. 문제는 「청강사자현부전」의 내용이나 「용궁부연록」의 교술 부분이 큰 차이를 보이지 않는다는 점이다. 이는 「용궁부연록」에서 당시에 유전되는 교술장르의 장처를 받아들여 야기된 일이라 할 수 있다. 요컨대 고려대의 가전체 작품과 「용궁부연록」의 교술 부분이 상부하는 것은 양자가 공통점이 있음을 의미하는 바라 하겠고, 그렇기 때문에 가전체가 자아의 세계화를 보이는 교술장르라고 한다면 그와 유사성을 보이는 「용궁부연록」의 거북에 대한 인물묘사도 교술과 관련될 수밖에 없다 하겠다.

3.2. 몽유록과의 혼용

몽유록은 꿈을 통해 미지의 세계를 편력하는 것이 핵심이다. 이 편력의 독특한 체험을 현학적으로 서술하면서 작자의 처지나 현실문제를 부각하곤 한다. 특히 특정한 공간의 편력과 편력과정에서 체험한 내용을 서술한 것은 교술적인 성격이 강할 수밖에 없다.[17] 「용궁부연록」에서도 그러한 내용을 찾아볼 수 있다.

> 용왕이 감사하여 말하길 "마땅히 금석에 새겨 우리 집의 보배로 삼겠습니다." 한생이 절하고 감사드린 뒤에 앞으로 나아가 용왕에게 아뢰었다. "용궁의 좋은 일들은 이미 다 보았습니다. 그런데 웅장한 건물과 넓은 강토도 둘러볼 수가 있겠습니까?" 용왕이 말하였다. "좋습니다." 한생이 용왕의 허락을 받고 문 밖에 나와서 눈을 크게 뜨고 바라보았는데, 오색구름이 주위에 둘려 있는 것만 보여서 동서를 분별할 수 없었다. 용왕이 구름을 불어 없애는 자에게 명하여 구름을 쓸어버리게 하자, 한 사람이 궁전 뜰에서 입을 오므리며 한 번에 불어 버렸다. 그러자 하늘이 환하게 밝아졌는데, 산과 바위 벼랑도

---

17) 물론 「용궁부연록」과 몽유록의 관계를 다룬 논의가 없지 않다.(장덕순, 「夢遊錄小考」, 『동방학지』 4, 연세대학교동방학연구소, 1958, 131~148쪽)

없고 다만 넓은 세계가 바둑판처럼 보였는데 수십 리나 되었다. 아름다운 꽃과 나무가 그 가운데 줄지어 심어져 있었고, 바닥에는 금모래가 깔려 있었다. 둘레는 금성으로 쌓아졌으며, 그 행랑과 뜰에는 모두 푸른 유리벽돌을 펴고 깔아서 빛과 그림자가 서로 비치었다. 용왕이 두 사람에게 명하여 한생을 이끌고 구경시키도록 하였다. 한 누각에 이르렀는데, 그 이름을 조원지루(朝元之樓)라고 하였다. 이 누각은 순전히 파리로 이루어졌고 진주와 구슬로 장식하였으며, 황금색과 푸른색으로 아로새겨졌다. 그 위에 오르자 마치 허공을 밟는 것 같았으며, 그 층이 열이나 되었다. 한생이 그 위층까지 다 올라가려고 하자 사자가 말하였다. "여기는 용왕께서 신력(神力)으로 혼자만 오르실 뿐이고, 저희들도 또한 다 둘러보지를 못하였습니다." 이 누각의 위층이 구름 위에 솟아 있으므로 보통 사람이 올라 갈 수 없었다. 한생이 칠층까지 올라갔다가 내려와 또 한 누각에 이르렀는데, 그 이름은 능허지각(凌虛之閣)이었다. 한생이 물었다. "이 누각은 무엇 하는 곳입니까?" 답하기를, "이 누각은 용왕께서 하늘에 조회하실 때에 그 의장(儀仗)을 갖추고 의관을 손질하는 곳입니다." 한생이 청하였다. "그 의장을 보고 싶습니다." 사자가 한생을 인도하여 한 곳에 이르렀더니 한 물건이 있었는데, 마치 둥근 거울과 같았다. 그런데 번쩍번쩍 빛나서 눈이 어지러워 제대로 살펴볼 수가 없었다. 한생이 말하였다. "이것은 무슨 물건입니까?" 답하기를, "전모(電母)의 거울이지요." 또 북이 있었는데, 크고 작은 것이 서로 어울렸다. 한생이 이를 치려고 하자 사자가 말리면서 말하였다. "이 북을 한번 친다면 온갖 물건이 모두 진동하게 됩니다. 이것은 뇌공의 북입니다." 또 한 물건이 있었는데 풀무 같았다. 한생이 흔들어 보려고 하자 사자가 다시 말리면서 말하였다. "만약 한번 흔든다면 산의 바위가 다 무너지며 큰 나무들도 다 뽑히게 됩니다. 이것은 바람을 일게 하는 풀무랍니다." 또 한 물건이 있었는데 빗자루처럼 생겼고, 그 옆에는 물항아리가 있었다. 한생이 물을 뿌려 보려고 하자 사자가 또 말리면서 말하였다. "물을 한번 뿌리면 홍수가 나서, 산이 잠기고 언덕까지 물이 오르게 된답니다." 한생이 말하였다. "그렇다면 어찌 구름을 불어 내는 기구는 두지 않습니까?" 답하기를, "구름은 용왕의 신력으로 되는 것이요. 기계가 움직여서 만들어 내는 것이 아니랍니다." …(중략)… 생이 말하길 "그만 돌아가겠습니다." 사자가 말하였다. "그러시지요." 한생이 돌아오려고 하였더니 그 문들이 겹겹이 막혀서 어디로 가야 할지 알 수가 없었다. 그래서 사자에게 부탁하여 앞에서 인도하게 하였다. 한생이 본래 있던 자리로 돌아와서 용왕에게 감사 드렸다.(神王謝曰:"當勒之金石, 以爲弊居之寶." 生拜謝, 進而告曰:"龍宮勝事, 已盡見之矣. 且宮室之廣, 疆域之壯, 可周覽不?" 神王曰:"可". 生受命, 出戶盱衡, 但見綵雲繚繞, 不辨東西. 神王命吹雲者掃之. 有一人, 於殿庭, 蹙口一吹, 天宇晃朗, 無山石巖崖, 但見世界平闊, 如碁局, 可數十里, 瓊花琪樹, 列植其中, 布以金沙, 繚以金塘, 其廊廡庭除, 皆鋪碧琉璃塼, 光影相涵. 神王命二人, 指揮觀覽, 行到一樓, 名曰朝元之樓, 純是玻瓈所成, 飾以珠玉, 錯以金碧, 登之若凌虛焉. 其層十級. 生欲盡登, 使者曰:"神王以神力自登, 僕等亦不能盡覽矣." 蓋上級, 與雲霄幷, 非塵凡可及. 生登七層而下. 又到一閣, 名曰凌虛之閣. 生問曰:"此閣何用?" 曰:"此神王朝天之時, 整其儀仗, 飾其衣冠之處." 生請曰:"願觀儀仗." 使者, 引至一處, 有一物, 如圓鏡, 燁燁有光, 眩目不可諦視. 生曰:"此何物也?" 曰:"電母之鏡." 又有鼓, 大小相稱. 生欲擊之, 使者止之曰:"若一擊, 則百物皆震, 卽雷公之鼓也." 又有一物, 如橐籥. 生欲搖之, 使者復止之曰:"若一搖, 則山石盡崩, 大木斯拔, 卽哨風之橐也." 又有一物, 如拂箒, 而水甕在邊. 生欲灑之, 使者又止之曰:"若一灑, 洪水滂沱, 懷山襄陵." 生曰:"然則何乃不置噓雲之器?" 曰:"雲則神王, 神力所化, 非機括可做." …(中略)… 生曰:"欲還." 使者曰:"唯." 生將還, 其門戶重重, 迷不知其所之, 命使者而先導焉. 生到本座, 致謝於王. 『金鰲新話』, 「龍宮赴宴錄」)

이상에서 보는 바와 같이 용궁을 편력하는 내용이 주를 이루고 있다. 즉 한생이 사자와 더불어 용궁의 누각을 찾아서 번개·천둥·바람·비가 생성되는 사정을 알게 된다. 그래서 자아가 미지의 공간에 들어가 체험하면서 세계화되는 교술장르의 특성을 잘 보이고 있다. 실제로 한생은 용궁의 각처를 돌아다니면서 잘 알지 못하는 것에 대하여 사자에게 물어 호기심을 해소하고 있다. 한생의 그러한 행위는 궁극적으로 용궁의 세계를 이해하는 방편이면서 독자들에게 용궁의 다양한 모습을 알려주는 역할까지 맡고 있다. 그래서 이 부분의 글쓰기는 자연스럽게 몽유록적인 글쓰기, 즉 교술적인 글쓰기가 되어 「용궁부연록」의 장르혼용을 잘 보인다 하겠다.

4. 「용궁부연록」의 장르 양상과 문학적 효용

「용궁부연록」은 전기소설로서 현실과 괴리를 보이는 한생이 용궁에서나마 자신의 능력을 한껏 발휘한 작품이라 하겠다. 그러한 내용을 효과적으로 다루기 위해 상당수는 서사기법에 의존하지만, 용궁연(龍宮宴)의 즐김을 배가하거나 용궁의 면모를 편력하는 부분에서는 가전체나 몽유록의 교술장르를 활용하고 있다. 이를 전제하면서 이곳에서는 장르혼용이 갖는 의미를 비교문학적인 측면과 「용궁부연록」의 독창성 문제로 나누어 살펴보도록 한다.

4.1. 「수궁경회록」과의 관계

일부에서는 「수궁경회록」이 「용궁부연록」에 절대적인 영향을 끼친 것으로 보기도 한다. 일부의 공간변화와 등장인물의 과소(寡少)를 제외하면 대부분의 구도가 상당한 유사성을 보이는 것도 사실이다.[18] 그래서 중국 학자들은 「용궁부연록」을 「수궁경회록」의 모방작으로 폄하하기도 한다. 하지만 장르혼용을 전제하고 살피면 「용궁부연록」을 단지 「수궁경회록」의 모방작으로 치부하는 것은 문제가 있어 보인다.[19] 실제로 장르혼용을 살피면 「용궁부연록」의 한국문학적 특성 내지 독창성이 잘 부각될 수도 있다.

사실 앞에서 본 바와 같이 교술로 서술한 게와 거북의 공연부분은 「수궁경회록」에서는 확인할 수 없다. 그래서 「수궁경회록」은 「용궁부연록」에 비해 내용이 상당히 단출하다. 이를 위해 「수궁경회록」의 해당 부분을 인용해 본다.

두 차례의 춤이 끝나자 좋은 악어가죽으로 만든 북을 치며 용을 새긴 옥피리를 불어 풍악이 어우러지고 술잔과 산가지가 뒤섞여 있었다. 이에 동해·서해·북해의 세 용왕이 뿔로 만든 술잔을 받들어 선문 앞에 올리며 "우리들은 멀리 궁벽한 곳에 살아 일찍이 예의범절에 대하여 들은 바가 없었는데,

---

18) 문사(文士)를 수궁(水宮)에 초빙하여 상량문을 짓도록 한 것, 신인(神人)들이 동참하여 문재(文才)를 칭찬하거나 찬양한 것, 미인(美人)이나 가동(歌童)을 동원하여 노래와 춤으로 수궁연(水宮宴)을 개최한 것, 용왕에게 선물을 받아 돌아온 것, 돌아와서 부귀공명에 뜻을 두지 않고 자취를 감추는 것 등이 공통점이라 하겠다.

19) 「수궁경회록」의 서사적인 글쓰기와는 달리 교술적인 글쓰기가 가미되어 「용궁부연록」만의 특성을 갖게 되었다. 이는 우리의 이웃장르를 수렴함으로써 중국소설과 차별성을 확보한 것이라 할 수 있다.

오늘 뜻밖에 낙성식에 참여하여 이렇게 성대한 의식을 보게 되고, 또 이 자리에서 대군자(大君子)까지 만나보게 되었으니 더 한층 영광입니다. 원컨대 그대는 시 한 수를 지어 이 좋은 모임을 기록해 용궁수부(龍宮水府)에 길이길이 전하게 하면 또한 좋은 일일 것입니다. 되시겠습니까?' 하고 청하니 선문이 감히 사양하지 못하고 곧 '수궁경회시(水宮慶會詩)' 20운을 지어드렸다. …(중략)… 선문이 시를 지어 올리니 자리에 앉았던 사람들이 매우 기뻐하였다. 얼마 후 해는 함지(咸池)로 넘어가고 달은 동산에 떠올랐다. 모였던 세 바다의 용들이 크게 취하여 비틀거리며 부축하고 나와 각기 자기나라로 돌아가는데 수레와 말들이 모여 늘어서는 소리가 그칠 줄을 몰랐다.(二舞旣畢, 然後擊靈鼉之鼓, 吹玉龍之笛, 衆樂畢陳, 觥籌交錯. 於是東西北三神, 共捧一觥, 致善文前曰:"吾等僻處遐陬, 不聞典禮 今日之會, 獲覩盛儀, 而又幸遇大君子在座, 光彩倍增. 願爲一詩以記之, 使流傳於龍宮水府, 仰亦一勝事也. 不知可乎. 善文不敢辭, 遂獻水宮慶會詩二十韻 …(中略)… 詩進, 座間大悅. 已而, 日落咸池, 月生東谷, 諸神大醉, 傾扶而出, 各歸其國. 車馬騈闐之聲, 猶逾時不絶. 『剪燈新話』, 「水宮慶會錄」)

이상에서 보는 바와 같이 이 부분이 아주 간명하게 처리되었다. 하지만 「용궁부연록」에서는 이 부분이 장황하게 서술되어 있다. 실제로 「용궁부연록」에서는 가동(歌童)들의 노래와 춤이 끝난 다음에 용왕이 시를 지어 읊고, 용왕의 지시로 게와 거북이 등장하여 각기 노래와 춤으로 장기를 보인다. 물론 그 뒤에 도깨비와 산속의 괴물, 그리고 강하의 군장들이 놀면서 시를 지어 부르기도 한다. 그런 다음 한생이 20운의 시를 지어 칭찬받으면서 용궁연(龍宮宴)을 마무리하고 있다. 특히 게와 거북이 공연한 것은 용궁연의 분위기를 한껏 강화한 것인데, 이는 「수궁경회록」에서는 나타나지 않는다. 「수궁경회록」은 단지 미인과 가동의 노래와 춤이 끝난 다음, 여선문이 20운의 시를 짓고, 참석한 사람들이 모두 칭찬하며 수궁연(水宮宴)을 마무리하기 때문이다. 그래서 「용궁부연록」이 「수궁경회록」보다 상당히 부연되었음을 알 수 있다. 이는 「수궁경회록」의 미비점을 「용궁부연록」이 보완한 것으로 볼 수도 있다. 문제는 그러한 보완장치가 서사적인 글쓰기보다는 현학적인 교술로 처리하였다는 점이다. 이는 김시습이 「수궁경회록」을 참고하면서도 우리의 문학장르를 적절히 원용하여 「용궁부연록」을 창작한 때문이라 할 수 있다. 실제로 「수궁경회록」의 경우 전기적인 글쓰기, 즉 서사적인 글쓰기에 초점이 놓였다면, 「용궁부연록」은 서사적인 글쓰기와 교술적인 글쓰기가 병행되었음을 알 수 있다. 따라서 장르혼용의 실태를 통해 「용궁부연록」의 독창성의 일단도 확인해볼 수 있다.

「용궁부연록」은 몽유록적인 글쓰기에서도 「수궁경회록」과 변별된다. 「수궁경회록」은 마지막 부분, 즉 종결 부분을 아주 간명하게 처리하면서 사건을 마무리하고 있다. 이는 서사적인 글쓰기에서 흔히 있는 일이다. 하지만 「용궁부연록」에서는 마지막 용궁편력(龍宮遍歷)을 비교적 장황하게 처리하여 교술적인 특성이 강화되어 있다. 이를 확인하기 위하여 「용궁부연록」의 편력부분에 해당하는 내용을 「수궁경회록」에서 인용해 보면 다음과 같다.

다음날 광리왕은 선문에게 감사함을 표하기 이하여 특별히 잔치를 베풀었다. 잔치가 끝나자 왕은 청옥반(靑玉盤) 위에 야광주(夜光珠) 열 개와 통천서(通天犀) 두 개를 가져와 상량문을 지어준 수고에 보답하였다. 그리고 두 명의 사신을 시켜 선문의 고을(潮洲)까지 전송하게 했다.(明日, 廣利特設一

宴以謝善文. 宴罷, 以玻瓈盤盛照夜之珠十, 通天犀二, 爲潤筆之資. 復命二使
送之還郡. 『剪燈新話』,「水宮慶會錄」)

이상에서 보는 바와 같이 여선문이 수궁연을 마치고 광리왕에게 선물
을 받고 바로 귀환하는 것으로 처리하였다. 하지만「용궁부연록」에서는
용궁연의 말미에 용왕의 허락을 받고 사자와 함께 용궁의 주요 누각을
돌아보면서 새롭게 경험한 것을 비교적 장황하게 나열하고 있다.[20] 말하
자면 한생이 체험한 세계를 서술하여 자아의 세계화를 구체적으로 보이고
있다. 이는 몽유록적인 교술로 가상공간의 특별함을 강조적으로 술회한
것이라 할 수 있다. 이러한 장르혼용으로「용궁부연록」은「수궁경회록」
보다 장형을 지향할 수 있었거니와「수궁경회록」과는 변별되는 특장을
갖게 된 것으로 볼 수 있다.

4.2.「용궁부연록」의 창의성 문제

「용궁부연록」은 한생의 특출한 문재(文才)를 가상공간을 통해 확인하
는 것이다. 이는 현실에서 능력을 알아주지 않아 불편해진 심기를 우의적
으로 드러낸 것이기도 하다. 문제는 이와 같은 사정이 구우가 지은「수궁
경회록」도 마찬가지라는 점이다. 구우도 뛰어난 문재(文才)에 비해 관료
로 크게 진출하지 못했고, 그러한 불만이 작품에 투영된 것으로 볼 수
있기 때문이다. 김시습도 어려서부터 영민하여 훗일을 기약할 수 있었지
만 왕위를 찬탈한 세조와의 반목으로 출사(出仕)에 실패하고 만다. 그러한
자신의 처지를 우의적으로 드러낸 것이「용궁부연록」이라 할 수 있다.

---

20) 앞의 인용문 참조.

이렇게 볼 때 양자는 창작 동인에서 공통점이 있었거니와 실제로 전반적인 구도도 대동소이한 면이 없지 않다. 그래서 피상적으로만 대하면「용궁부연록」은「수궁경회록」의 모방작이라고 치부할 수도 있다. 하지만 세부적인 사항에 주목하면「용궁부연록」은「수궁경회록」보다 문학성이 다채롭게 구비되었음을 알 수 있다.

「용궁부연록」은 등장인물의 증가뿐만 아니라,「수궁경회록」에는 없는 화소가 대폭 강화되었다. 그리고 삽입가요의 수도 늘어나 감상거리도 다변화되었음은 물론, 상량문을 쓰고 난 다음의 여흥, 즉 용궁연의 즐김도 훨씬 강화되었다. 이는「용궁부연록」이「수궁경회록」의 단순 모방작이 아님을 반증하는 요소라 하겠다.

「용궁부연록」이「수궁경회록」의 모방작을 넘어 참신성을 확보하는 데 크게 기여한 것이 바로 장르혼용이라 할 수 있다. 잘 아는 것처럼「수궁경회록」은 소설답게 아주 간결하면서도 속도감 있게 사건을 처리하고 있다. 즉 서사문체로 사건전개의 과정을 간명하게 다루었다. 하지만「용궁부연록」에서는 그러한 서사적인 글쓰기는 물론이거니와 교술을 다수 활용하고 있다. 특히 앞에서 말한 새로운 인물의 능상과 활약, 새로운 세계의 편력 등을 다루는 곳에서 가전체적 교술과 몽유록적 교술이 두루 쓰이면서 분량이 크게 늘어났다. 이는 단순히 양적인 팽창에 그치는 것이 아니라「용궁부연록」이 중국 전기와의 변별성을 담보하는 것이라 할 수 있다. 「용궁부연록」이 한국문학으로 거듭 날 수 있도록 한 것이 바로 장르혼용이라는 점이다. 따라서 장르혼용은 우리 초기소설의 특징을 살피거나 한국소설의 독창성을 검토하는 요소로 주목할 만하다 하겠다.

5. 결론

지금까지 「용궁부연록」의 장르혼용 양상을 살피고 그 의미를 비교문학적인 관점에서 검토해 보았다. 먼저 소설의 문예적 속성과 장르혼용의 관계를 개략적으로 검토한 다음, 「용궁부연록」의 장르혼용 양상을 가전체와 몽유록을 중심으로 검토해 보았다. 이를 바탕으로 「용궁부연록」의 장르혼용이 갖는 의미를 비교문학적인 측면에서 살펴보았다. 이상의 논의를 요약하는 것으로 결론을 삼고자 한다.

첫째, 소설의 장르속성과 장르혼용에 대해 검토하였다. 고전소설은 다양한 글을 포용하는 개방성이 돋보인다. 그래서 고전소설 작가는 의도적이든 무의식적이든 간에 이웃한 장르를 활용하여 작품을 형상화하곤 하였다. 의도적으로 인접장르를 활용하는 경우에는 문예문과 실용문이 대표적이다. 문예문 중에서는 시가장르가 가장 빈번하게 차용되며, 실용문은 당시에 쓰이던 대부분의 장르가 활용되었다. 그 중에서 주요한 것으로 서간·교서·상소문·제문 등을 들 수 있다. 무의식적으로 인접장르를 활용하는 것은 극이나 설화, 그리고 교술 등을 들 수 있다. 극이나 설화는 이야기라는 공통점 때문에, 그리고 교술은 대상에 대한 다양한 서술이라는 점에서 소설에서 두루 쓴 듯하다. 이들은 작자가 의도하고 쓰는 경우도 있지만, 문학적인 관습 때문에 소설에서 자주 쓰인 것으로 볼 수 있다. 이는 무의식중에 일어나는 장르혼용이라 할 수 있겠다.

둘째, 「용궁부연록」의 장르혼용 양상을 살펴보았다. 「용궁부연록」은 초기의 전기소설로 장르혼용을 보이는 것이 당연하다. 이는 『전등신화』소재 「수궁경회록」을 참조하면서도 우리문학의 저변이 관습적으로 활용된 때문이라 할 수 있다. 대표적인 것이 바로 가전체와 몽유록과 같은 교술장르를 활용한 것이다. 가전체는 이미 고려중후기에 다양하게 창작·유통되었거니와 그러한 전통이 「용궁부연록」에 반영된 것으로 볼 수 있다. 마찬가지로 몽유록도 꿈을 소재로 이계체험을 다룬다는 점에서 자아의 세계화를 구현한 교술장르라 할 수 있는데, 이와 같은 것이 「용궁부연록」의 말미를 장식하고 있다. 이처럼 이 작품은 당시의 인접장르를 알게 모르게 작품형상화에 활용하여 서사장르와 교술장르가 혼용될 수밖에 없었다.

셋째, 「용궁부연록」의 장르혼용이 갖는 의미를 고찰하였다. 이 작품이 교술장르의 특징을 반영한 것은 그 나름의 의미를 가지고 있다. 실제로 교술장르의 특성이 중국의 「수궁경회록」에서는 보이지 않아 이 작품만의 독창성이라 할 수 있다. 비록 소설장르에 대한 개념이 미비하여 이웃한 장르를 두루 포섭했을지라도 그것이 중국 작품의 범주를 벗어나 독창성을 확보하는 인자로 가능한 것만은 틀림없다. 그런 점에서 이 작품에 나타난 장르혼용은 원작의 범주를 벗어나 새로운 작품을 모색한 결과라 하겠다. 그러기에 장르혼용은 이 작품의 녹창성을 대변하는 요소로 해석해도 좋겠다.

「보심록」의 내용과 보은권선

1. 서론

이 글은 「보심록(報心錄)」의[1] 계통별 문학적 양상을 검토한 후 그 구조적 특성을 인물과 사건을 중심으로 파악하고, 이를 토대로 이 작품의 형상화 방식과 문학적 가치를 살피는 것이 주목적이다. 「보심록」은 작자와 창작년도가 명확하지 않지만, 이 작품과 관련된 화소(話素)를 중국의 『춘추(春秋)』·『사기(史記)』에서 찾을 수 있을 뿐만 아니라, 그 변화된 내용이 원대의 잡극, 명대의 전기(傳奇), 청대의 지방희 등으로 유전되기도 하였다.[2] 그러던 것이 『사기』의 '조세가(趙世家)'와 잡극본 「조씨고아(趙氏孤兒)」가 명대의 『동주열국지(東周列國志)』에 편입되고, 이 『동주열국지』가 19세기에 한국으로 유입되어 한문소설 「조무전(趙武傳)」과[3] 국문

---

1) 이 글에서는 김기동·전규태 편, 『보심록 영영전』, 서문당, 1984를 주 텍스트로 하면서, 김영철, 『보심록』, 한국문화사, 1995를 참조하였다. 두 텍스트는 내용상의 차이가 거의 없다. 다만 후자는 북한에서 간행한 「조선고전문학선집」 40을 영인한 것이다.

2) 김정규, 『중국희곡총론』, 명지대학교 출판부, 2000, 267~271쪽.

3) 이대형, 「조무 이야기의 변이」, 『열상고전연구』 16, 열상고전연구회, 2002, 237~261쪽.

소설 「보심록(報心錄)」·「금낭이산(錦囊二山)」·「명사십리(明沙十里)」 등
으로 변개되었다. 따라서 「보심록」은 19세기를 경유하여 20세기에 이르러
대중적으로 확산된 작품이라 할 수 있다.

「보심록」의 원화(原話)는 중국에서 비롯되어 한국·일본 등 동아시아
각처로 확산되었을 뿐만 아니라, 이미 18세기에 서양에 전해져 번역 및
공연되기도 하였다.[4] 원화가 이렇게 광범위하게 유통되었기 때문에 「보
심록」에 대해서도 다양한 관점에서 조망할 필요가 있지만, 그간의 논의는
주로 우애 및 보은 소설적인 측면에서 다루어 왔을 뿐이다. 이 작품에
대한 주요 논의를 보면 화소의 근원을 중국 '조무 이야기'에 두고 그 계통
문제를 살폈는가 하면,[5] 이 작품에 나타나는 보은화소에 주목하여 근원설
화를 추정하기도 하였다.[6] 또한 우정주제 윤리소설의 관점에서 「숙녀지
기」와 함께 작품의 내용을 고찰하기도 했으며,[7] 이 작품의 구조와 갈등양
상, 그리고 다른 작품과의 관계까지 종합적으로 접근한 논의도 있다.[8]
이와 같은 논의를 통하여 이 작품의 위상이 어느 정도 드러날 수 있었지만,
정작 이 작품을 제작하면서 관심을 기울였던 핵심 원리나 형상화 방식을
등한시한 느낌이 없지 않다. 그것도 「보심록」이 중국의 작품과는 판이하
게 짜였음에도 불구하고 구조나 제작의식에 대한 접근은 찾기가 쉽지

---

4) 楊世祥, 『中國戲曲簡史』, 文化藝術出版社, 1989, 135~137쪽.
5) 이대형, 「19세기 한문소설 「趙武傳」의 연원과 특성」, 『동방고전문학연구』 1, 태학
　사, 1999, 173~197쪽.
　　　　, 「조무 이야기의 변이」, 『열상고전연구』 16, 열상고전연구회, 2002, 237~261쪽.
6) 김영만, 「「보심록」에 수용된 보은설화 연구」, 『한국문학논총』 제13집, 한국문학회,
　1992, 185~210쪽.
7) 김응환, 「우정주제 윤리소설의 연구-「보심록」·「숙녀지기」를 중심으로」, 『한국학
　논집』 24권, 한양대학교 한국학연구소, 1994, 137~175쪽.
8) 박경화, 「「보심록」 연구」, 한국교원대학교 대학원 석사논문, 2006.

않다.

따라서 이 글에서는 「보심록」9) 계열의 다양한 작품들을 계통별로 유형화한 다음 각 유형별로 문학적 양상을 개괄하고, 이어서 이 작품만이 갖는 구조적인 특징이 무엇인지 파악해 보도록 하겠다. 다음으로 이 구조적 특성이 어떠한 요소와 어울려 작품을 형상화했는지 검토하여 이 작품이 갖는 문학적 가치나 소설사적 위상을 짚어보도록 한다.

2. 「보심록」의 계통과 유형

「보심록」과 관련된 이야기는 중국에서 다양하게 전개되었다. 이것이 한국에 유입되어 기본적인 이야기 구조에다 다양한 요소를 첨입하여 새로운 텍스트로 재창출된 것이다. 따라서 「보심록」의 구조를 살피기 위해서는 이와 동계 작품의 구조나 특질을 짚어볼 필요가 있다. 그렇게 해야만 「보심록」의 정체성이 확립되어 이후의 논의가 설득력을 가질 수 있기 때문이다. 이에 각 유형별로 문학적 양상을 개괄하여 논의의 조석으로 삼고자 한다.

다만 그 유형을 크게 세 가지로 나누어 살펴보고자 한다. 『춘추』의10) 단편적인 이야기와 여기에 몇 가지 요소가 첨입되어 전양식으로 찬집된

---

9) 이 글에서는 「보심록」을 대상으로 살펴보고자 한다. 「금낭이산」・「명사십리」도 「보심록」과 서사구조의 측면에서 큰 차이가 없다. 「금낭이산」과 같은 경우는 '일명 보심록'이라고 밝혀 놓기도 하였다. 다만 「금낭이산」은 일본의 가정소설(신소설)에서처럼 지문과 대화를 구분해 놓았고, 「명사십리」는 「보심록」의 양자기・양세충・증문효・화익삼과 대응되는 인물을 장연수・장경문・진평중・윤관옥 등으로 개명했을 따름이다.

10) 『춘추』 10권, 성공상(成公上), 학민문화사, 1990.

『사기』의 '조세가'를11) 묶어 제1유형으로 삼고, 『사기』의 내용에 문학적 윤색이 가미된 원대의 「조씨고아」와12) 명대에 찬집된 『동주열국지』의13) '서동지란(胥童之亂)·조씨부흥(趙氏復興)',14) 그리고 중국의 다양한 지방희와 경극 「수고구고(搜孤救孤)」, 한국의 한문본인 「조무전(趙武傳)」을15) 묶어 제2유형으로 삼고자 한다.16) 이어서 한국에서 유통된 「보심록」·「금낭이산」17)·「명사십리」18) 등의 국문소설을 제3유형으로 묶도록 하겠다. 이렇게 나눈 이유는 제1유형이 문학적인 관점에서 보았을 때 초기 서사의 특징을 보일 뿐만 아니라 후대의 이본과도 일정한 변별력이 확보되어 있기 때문이며, 제2유형은 중국과 한국을 막론하고 도안가와 적대관계에 있던 조삭의 생사여부에 따라 나눈 것이다.19) 실제로 조삭의 생사에

---

11) 사마천, 『사기』 권43, 제13 '조세가(趙世家)', 중화서국. 이후 '조세가'로 부르기로 한다.

12) 이 글에서 참고한 텍스트는 동청(棟靑), 「조씨고아(趙氏孤兒)」(『중국고대고전비극연환화집(中國十代古典悲劇連環畵集)』, 인민미술출판사)임을 밝힌다.

13) 『동주열국지』가 원대의 잡극본을 수용했을지라도 여전히 『사기』의 내용에 경도되어 있다. 역사서라는 인식에서 「조씨고아」에서 보이는 변이태를 삭제한 것이다. 이 글에서 참고한 텍스트는 김구용 역, 『동주열국지(東周列國志)』 6, 솔, 2001임을 밝힌다.

14) 이후 '조씨부흥(趙氏復興)'으로 부르기로 한다.

15) 참고한 텍스트는 『동방고전문학연구』 1, 태학사, 1999에 부록으로 실린 것이다.

16) 「조무전」은 조삭이 죽었을지라도 군담을 개입시켜 영웅소설·군담소설적인 특성을 드러낸다. 그것도 자식이 부모의 원수를 갚는다는 점에서는 「권익중전」과 흡사하다. 엄밀히 말하면 「조무전」은 2유형과 3유형의 중간적 존재이다. 다만 조삭의 생사문제로 유형을 나누었기 때문에 2유형으로 분류하였을 따름이다.

17) 참고한 텍스트는 인천대학교 민족문화연구소 편, 『구활자본 고소설전집』 18, 은하출판사, 1984이다.

18) 참고한 텍스트는 인천대학교 민족문화연구소 편, 『구활자본 고소설전집』 20, 은하출판사, 1984이다.

19) 한국과 중국 작품을 막론하고 인물명이 다양하게 변화하였다. 그렇지만 중국작품에서는 주동인물과 반동인물이 조삭과 도안가로, 한국에서는 양세충과 동필적으로 보는 것이 타당하다. 물론 인물명이 다양하게 바뀌었을지라도 이들이 작품에서

따라 작품 후반부의 이야기가 판이해진다. 대부분의 중국 작품은 조삭이 죽음으로써, 일부 내용이 개변되었을지라도[20] 정영과 공손저구의 의리에 초점을 맞추고 있다. 따라서 조삭이 죽고 공손저구와 정영의 의리를 집중적으로 부각한 것을 모아 제2유형으로 설정하였다. 이에 반해 제3유형은 조삭에 해당하는 인물이 죽지 않음으로써 후반부의 내용이 상당히 부연된 것이다. 「보심록」계열의 국문소설이 대표적인데, 이들은 주요 인물이 죽지 않고 활약하여 다양한 이화(異話)가 첨입되었다. 그만큼 작품의 개변이 확장되었기에 이를 제3유형으로 묶었다. 이제 각 유형별로 대표적인 삭품을 들어 문학적 양상을 살펴보도록 하겠다.

제1유형에 해당하는 대표작은 『사기』 권43의 '조세가'로 볼 수 있다. 물론 이와 관련된 기록으로 『춘추』 '성공(成公)' 상에 '주살대부조동조괄(晋殺大夫趙同趙括)'과 이에 대한 협주세자가 있다.[21] 그 내용은 장희의 참소로 조씨가문이 참살(斬殺)되었지만, 조무는 어머니가 공궁(公宮)으로 피신해 유복자로 태어나고, 후에 한궐(韓厥)이 이 사실을 진후(晉侯)에게 간해 조무가 가문을 다시 이었다는 것이다. 이 원화는 장희의 참소로 조씨가가 몰살당하지만, 조무만이 낭궁에서 유복자로 태어나 후에 한궐의 도움으로 누명을 벗고 원상 복귀된다는 사실만을 기록했다. 그래서 적대자의 역할도 치밀하지 못할 뿐만 아니라, 설원(雪冤)하는 데도 그다지 극적

___
기능하는 것에는 큰 차이가 없다.

20) 정영의 아들이 죽는 상황을 구체적으로 그리거나, 조무가 원수인 도안가의 양자로 들거나, 정영 부인의 역할이 확장되어 나타나거나, 아이가 자라서 그림을 통해 도안가의 실상을 파악하는 등 부분적인 화소가 첨입되었다.

21) 晋趙莊姬, 爲趙嬰之亡, 故譖之于晉侯曰 原屛將爲亂, 欒郤爲徵 六月晉討趙同·趙括. 武從姬氏, 畜于公宮(趙武莊姬之子). 以其田與祁奚(祁奚晉大夫). 韓厥言於晉侯曰 成季之勳, 宣孟之忠(宣孟趙盾), 以無後, 爲善者, 其懼矣. 三代之令王, 皆數百年, 保天之祿, 夫豈無辟王 賴前哲以免也(辟邪也). 周書曰 不敢侮鰥寡 所以明德也. 乃立武, 而反其田焉.

긴장감을 갖지 못한다. 다만『사기』의 '조세가'에 와서 기군상(紀君祥)이 지은 원잡극 「조씨고아」 및 『동주열국지』의 '조씨부흥'과 유사한 줄거리를 확보하게 된다. 이를 감안하여 『사기』의 '조세가'를 제1유형의 대표적인 작품으로 내세워 화소별로 내용을 살펴보도록 한다.

① 조삭(趙朔)이 진성공(晉成公)의 손위 누이를 부인으로 삼지만, 대부 도안가(屠岸賈)가 조씨(趙氏)를 주살(誅滅)하려고 한다.

② 도안가가 영공의 총애를 받다가, 경공 대에 이르러 영공을 시해한 역적을 처벌한다는 빌미로 조순(趙盾)을 연루시키고, 그의 아들 조삭(趙朔)을 주멸해야 한다고 말한다.

③ 한궐(韓厥)이 부당함을 강변하지만, 도안가가 경공의 윤허도 없이 조씨가를 주멸하려 하니 한궐이 조삭에게 도주하라고 알리나 조삭은 한궐에게 조씨가문의 제사가 끊이지 않게 해달라고 부탁할 따름이다.

④ 도안가는 여러 장군들과 조씨가를 공격하여 조삭(趙朔)·조동(趙同)·조괄(趙括) 등 그 일족을 멸하지만, 임신 중이던 그의 아내만은 경공의 궁으로 숨어든다.

⑤ 부인이 입궁한 지 얼마 되지 않아 아들을 낳자 도안가가 그를 죽이려고 궁중을 수색하니 정영과 공손저구가 아이를 구하기 위해 상의한다.

⑥ 약속한 대로 공손저구가 다른 아이를 데리고 산속에 숨자, 정영이 거짓으로 여러 장군들에게 조씨고아가 숨은 곳을 알려주고, 장수들이 공손저구를 찾아 공격하니 그는 거짓으로 정영의 배신을 맹비난하다가 아이와 함께 죽고, 정영은 조씨고아를 빼내 산속에 숨어 15년을 지낸다.

⑦ 진경공(晉景公)이 병을 앓자 점복자가 대업(大業)의 후예가 순조롭지 못하여 재앙이 생겼다고 말하고, 한궐은 조씨가문이 대대로 공을 세웠지만 군왕이 종족을 멸하여 제사를 이을 수 없다고 말한다.

⑧ 경공이 조씨가문의 후손이 있는지 묻자 한궐이 조씨고아의 존재를 알려 그를 궁에 숨기고, 문병차 찾아온 여러 장수들은 조씨 일족을 멸한 것이 도안가가 군주의 명을 사칭하여 저질렀다고 말한다.

⑨ 이에 경공이 조무(趙武)와 정영을 불러 여러 장수들에게 소개하고, 정영·조무 등이 도안가를 공격하여 그 종족을 주멸하게 한 후 조씨의 옛 전읍 (田邑)을 조무에게 하사한다.

⑩ 조무가 성인이 되자, 정영은 자신이 지금껏 살아온 것은 조씨의 가업을 잇기 위함이라고 말한 후 조삭과 공손저구에게 이 사실을 알려야 한다며 자살한다.

⑪ 조무는 3년 동안 재쇠(齋衰)를 입었으며, 대대로 제사가 끊이지 않게 하였다.

전체적으로『춘추』의 내용보다 체계를 잘 갖추고 있다. 먼저 적대자인 도안가가 악역으로 확정되어 조삭을 죽임은 물론, 그 아들 조무를 죽이기 위해서 치밀하게 행동한다. 그리고 친구인 정영과 문객인 공손저구가 등장하여 위기에 처한 조무를 극적으로 살려낸다. 그것도 자신들의 희생을 감수하면서까지 구출하도록 하여 그들의 의로운 행위를 부각했다. 또한 적대자인 도안가를 주살함으로써 악에 대한 응징도 분명히 했다. 이와 같은 내용은『춘추』에서 확인할 수 없는 것으로, 문학적인 면에서 그만큼 증폭되었음을 알 수 있다. 특히 정영과 공손저구의 행위가 중추를 이루도록 하여 보은을 심각하게 형상화해 놓았다. 이 내용에 일부를 보완하거나 각색하여 원대의「조씨고아」및『동주열국지』의 '조씨부흥'으로 이어진다.

제2유형에서는『동주열국지』의 59회 '조씨부흥'을 대표로 내세워 문학적인 양상을 살펴보도록 한다. 이 찬저에 앞서 13세기 후반 기군상이 지은 「조씨고아」가 원잡극본으로 유통되었다. 따라서 『동주열국지』의 '조씨부흥'은 『사기』의 '조세가'에 잡극본 「조씨고아」가 반영된 것으로, 역사와 문학이 조응하여 그 편폭이 확장된 것이다. 그리고 명청대나 현재에도 공연되는 희곡 또한 기본적인 구조가 '조씨부흥'과 큰 차이를 보이지 않는다. 기본적인 구조에 일부의 내용을 부연하거나 첨삭했을지라도 정영과 공손저구에게 여전히 초점을 맞추었기 때문이다. 물론 조삭이 죽었다는 점에서는 한국의 「조무전」도 동궤에 속한다고 할 수 있다. '조씨부흥'의 내용을 요약하면 다음과 같다.[22]

① 조천이 폭군 진영공을 시해한 후 진성공이 등극하지만 조씨가문이 여전히 위세를 떨치는데, 조천은 조순(趙盾)에게 조씨가를 적대시했던 도안가 (屠岸賈)를 제거하자고 제의한다.

② 조순과 진성공(晉成公)이 세상을 떠나고 진경공(晉景公)이 등극한 후 그가 정사에 관심을 두지 않을 때 도안가가 신임을 얻어 조씨 집안을 제거하기로 하고, 진경공에게 지난번 양산(梁山)이 이유 없이 무너져 황하를 가로막은 일은 진영공을 시해한 조순의 죄를 묻지 않았기 때문이라고 아뢰어 마침내 진경공이 조씨 집안을 모두 죽이라고 명한다.

③ 한궐(韓厥)은 조순에게 은혜를 입은 사람으로, 조순의 무고를 알기에 조순의 아들 조삭(趙朔)에게 도주하라고 하지만, 조삭은 임금의 명령을 거역할 수 없다면서 부인의 복중 아이를 부탁할 따름이다.

④ 조삭은 진성공의 딸인 부인 장희(莊姬)에게 딸을 낳으면 문(文)으로, 아들을 낳으면 무(武)로 이름을 지으라 하고, 정영(程嬰)에게 장희를 궁중으로

---

22) 『동주열국지』 제59회, '서동지란 · 조씨부흥(胥童之亂 · 趙氏復興)'.

데려다 줄 것을 부탁한다.

⑤ 다음날 도안가는 조씨 집안에 쳐들어와 모두 죽이지만 임신 중인 장희가 보이지 않자 진경공에게 아뢰어 그녀가 아들을 낳으면 죽이라고 허락받는다.

⑥ 장희가 궁중에 와서 아들을 낳고는 딸을 낳았다고 소문을 퍼뜨리지만 도안가가 믿지 않고 궁중을 수색한다.

⑦ 장희가 정영과 공손저구에게 무(武)라고 쓴 헝겊을 보내오니 아들이 태어났음을 알고 그를 구하기 위해 계획을 세운다.

⑧ 계획대로 공손저구가 정영의 아들을 조무로 가장하여 수양산에 숨고, 정영이 거짓으로 밀고하여 공손저구와 정영의 아들이 죽지만, 그 사이 한궐이 가짜 의원을 보내 '무(武)'자가 적힌 헝겊을 신표로 아이를 빼내 정영에게 건네고, 정영은 아이와 함께 우산에서 15년을 숨어 지낸다.

⑩ 진경공이 죽자 진려공(晉厲公)에 이어 진도공(晉悼公)이 임금의 자리에 올라 한궐을 중군원수에 제수하니, 한궐이 진도공에게 도안가의 모함과 조무의 존재를 알린다.

⑪ 조씨가 억울하게 몰살당한 것을 알고 있던 진도공은 한궐에게 명하여 조무를 데려와 숨겨두고 병이 나서 조회에 나갈 수 없다고 전한다.

⑫ 도안가를 비롯한 대신들이 문안차 찾아오니 진도공이 죽은 조쇠와 조순의 공로를 생각하다가 병이 났다고 말하자 신하들이 이미 지난 일이고 그 후손이 없다고 한다.

⑬ 진도공이 숨겨두었던 조무를 불러내고, 한궐이 조무가 조삭의 유복자라고 밝히자 도안가가 주저앉아 머리만 조아릴 따름이다.

⑭ 도안가는 즉시 끌려 나가 죽임을 당하고, 조무는 아버지 조삭의 묘에 절을 올리며 원수 갚은 것을 아뢴다.

⑮ 조무가 성인이 되자 정영은 자신이 지금까지 살아온 것은 조씨가의 원수

를 갚기 위함이라고 말한 다음, 공손저구를 찾아가 이 사실을 알리겠다며 자결한다.

⑯ 조무가 이 소식을 듣고 은혜에 보답하기 위해 부모와 같이 3년상을 치른다.

『사기』 '조세가'보다 더 윤색되어 전체적으로 짜임새가 돋보인다. 이는 잡극본을 일부 원용하면서 나타난 특성으로 보아도 좋겠다. 먼저 조씨가문을 주살할 때 진경공의 윤허문제가 변이되었다. '조세가'에서는 경공의 윤허도 없이 도안가가 임금의 명을 사칭하여 장수들에게 도안가 집안을 몰살하도록 지시한다. 그런데 '조씨부흥'에서는 경공의 윤허를 받은 후 조씨가를 주살함은 물론, 조무를 죽이는 문제도 허락을 받고 실행한다. 따라서 전반적으로 인과성을 강화하면서 작화했음을 알 수 있다. 다음으로 조무를 대신해서 죽는 아이의 출처문제이다. '조세가'에서는 조무를 대신하여 죽는 아이가 특정되지 않았다. 그런데 '조씨부흥'에 와서는 그 아이가 조삭의 친구인 정영의 아들로 특정하고 있다. 친구를 위하여 자신의 아들을 희생시킨다는 점에서 비극성이 더 고양될 만하다. 또한 '조세가'에는 없던 조무의 작명과 관련된 내용이 첨기되기도 하였다. 즉 조삭이 딸을 낳으면 '문(文)'으로, 아들을 낳으면 '무(武)'로 짓도록 부인과 약속하는 장면이 첨입되었다. 이는 뒤에 궁중에서 아이를 구조할 때 '무(武)'자를 활용하기 위한 방편이기도 하다. 그리고 '조세가'에서는 조무가 정영과 함께 도안가를 공격하지만, '조씨부흥'에서는 그러한 모습을 보이지 않고 곧바로 도안가를 처형하는 것으로 마무리 지었다. 이처럼 '조씨부흥'은 전반적으로 정영과 공손저구의 의절을 높이 평가하는 방향으로 작화되었다. 물론 이러한 작화방향은 기군상의 잡극본 「조씨고아」나 후대의 희곡 「팔의

도」·「팔의기」와도 큰 차이를 보이지 않는다. 지금까지 공연되는 경극
「수고구고」도 정영과 공손저구의 의로운 행위에 초점을 맞추고 있다.

제3유형은 중국의 원화를 토대로 한국 고전소설의 작화원리를 준수하
여 대폭적인 변개를 거친 작품군이다. 「보심록」을 비롯한 「명사십리」·
「금낭이산」 등이 이에 해당된다. 이들은 19세기 말에서 20세기 초에 일반
적이었던 국문소설의 작화방식을 충실히 따랐다. 중심 화소를 중국의 이
야기에서 원용했을 뿐, 그것을 문예적으로 형상화하는 데는 전통적인 서
사기법을 준용한 것이다. 특히 중국의 희곡과는 달리 인과법칙을 비중
있게 형상화해 놓았음은 물론, 한국적인 삽화도 다수 개입시켜 장형화를
이루었다. 「보심록」의 내용을 정리하면 다음과 같다.

① 승상 양자기가 친자인 양세충과 양자로 들인 친구의 두 아들 증문효·화
   익삼을 양육하여 세 명 모두 동자과에 급제시킨다.
② 양승상은 17세인 화익삼과 증문효를 결혼시켰지만, 양세충은 나이가 어려
   자신의 생일잔치에서 왕상서와 혼약만 하는데, 그날 선물로 들어온 두
   마리의 물고기를 꿈속에서 용왕이 부탁한 대로 방생한다
③ 북적(北狄)의 침략을 간계로 방비한 동필적은 대장군이 되어 막강한 권력
   을 휘두르다가 양세충과 혼약한 왕상서의 딸을 배우자로 맞이하고자 하
   니 어머니와 왕소저가 완강히 거절하여 보복을 다짐한다.
④ 몇 년이 지난 후 양세충이 왕소저와 결혼하고, 화익삼을 통해 아버지가
   유신에게 꿔준 삼천 냥을 받아오라 하는데, 화익삼은 그 돈을 받아 돌아오
   는 길에 증소저가 아버지의 빚 삼천 냥을 갚지 못하고 투신하려 하자
   채권자인 장지걸에게 대신 갚아주고 돌아온다.
⑤ 이때 증문효의 병세가 악화되자 양세충이 남방으로 약을 구하러 갔다가

덕음령 고개에서 기갈로 죽어가던 사람을 구명한 후 돌아와 증문효에게 할고(割股)하여 인양탕을 만들어 먹이니 병이 완치된다.

⑥ 양세충이 동필적을 크게 쓰는 문제를 제기하는데, 동필적이 조학, 형주자사 주개와 함께 반란을 도모하다가 사세가 불리하자 양세충에게 누명을 씌워 정배되도록 한다.

⑦ 양세충이 유배를 떠나 적벽강을 건널 때 동필적이 심복 구돌평을 자객으로 보내 그를 죽이려 하고, 구돌평은 양세충이 자신을 살려준 은인임을 알고 목숨을 보전해 주면서 양세충의 문적을 가져간다.

⑧ 동필적과 조학이 문적에서 왕부인의 이별시를 보고 글자를 조작하여 왕부인 또한 역심을 품은 것으로 꾸며 그녀도 황옥(皇獄)에 갇히도록 만든다.

⑨ 왕부인이 몇 삭 만에 아들을 낳지만, 동필적이 아이를 죽이려고 하여 화익삼과 증문효가 의녀를 통해 아이를 몰래 빼낸 후 증문효의 아들과 바꾼다.

⑩ 증문효의 아들을 양세충의 아들처럼 가장하여 화익삼이 데리고 가서 숨고, 이를 증문효가 거짓 밀고하여 화익삼과 증문효의 아들이 잡혀 죽게 되었을 때 구돌평이 증문효의 아들이 양세충의 아들인 줄 알고 살려주니 그들은 남방으로 표착해서 최참판 댁의 증소저에게 의탁하고, 이러한 사정을 알게 된 증문효는 양세충의 아들과 화익삼의 아들을 숨겨서 키운다.

⑪ 이때 양세충은 복건성으로 표류하여 지난날 아버지의 은혜를 입었던 유신의 저택에서 기거하고, 왕부인은 구돌평과 용녀의 도움으로 탈출하여 최참판댁에서 은거한다.

⑫ 최참판이 생일을 맞아 가난을 구제할 때 장지걸이 찾아와 구걸하니, 증소저가 그를 알아보고 모욕을 주어 걸자(乞者)에도 낄 수 없도록 하고, 왕부인은 증소저를 매개로 화익삼을 극적으로 만나 그간의 사정을 알게 된다.

⑬ 한편 증문효는 양세충의 아들을 두성, 화익삼의 아들을 시발이라 이름짓고 황옥산에 들어가 기거하면서 한 도사에게 두 아이의 문무(文武)를 부

탁한다.

⑭ 동필적이 만행을 일삼다 병권을 빼앗기자 남방에서 군사를 일으키고, 황제가 다급하여 친정(親征)하지만 위기에 처하는데, 이때 양두성과 화시발이 출정하여 큰 공훈을 세운다.

⑮ 동필적이 파총산의 몽각대사를 스승으로 모셔 대적하니 양세충이 류도명으로 개명하고 참전하여 접전을 벌이다가 적장 구돌평을 잡아와 그를 통해 양두성이 자신의 친자임을 확인한다.

⑯ 화시발이 동필적의 본기지에서 그의 아우 동필배의 목을 베고, 양두성이 동필적을 추적하여 사로잡는다.

⑰ 화시발이 강변에서 아버지를 위한 제사를 지낼 때 인근에 있던 화익삼이 그것을 구경 왔다가 모든 사람이 극적으로 재회하고, 화익삼은 왕부인의 사정을 이야기해 준다.

⑱ 양세충과 화익삼, 그리고 두 아들이 최참판댁 왕부인을 찾아가 극적으로 만나지만, 그곳에 기거하던 증문효의 아들 증천명은 황성에 이르러 과거에서 장원급제한 후 아버지를 상봉한다.

⑲ 모든 인물이 만나 그간 도움을 준 사람에게 사례하고, 각기 높은 벼슬에 올라 부귀영화가 끝이 없지만 구돌평만은 사직하고 산속에서 살다가 동필적의 잔당에게 죽임을 당한다.

제3유형은 조삭에 해당하는 양세충이 죽지 않고 끝까지 활약한다는 점에서 앞에서 다룬 두 유형과는 큰 차이를 보인다. 그가 죽지 않음으로써 작품의 서사전개가 획기적으로 변하게 되고, 후반부의 기봉담(奇逢談)이나 군담(軍談)이 틈입될 개연성이 마련되었기 때문이다. 특히 제3유형은 인과구조를 치밀하게 안배하여 1·2유형에서 부족했던 논리를 보완하였다. 이는 희곡문학과 소설장르의 차이점이라고 이해해도 좋을 것 같다.

또한 이 작품은 인물관계를 새롭게 설정했기 때문에 변화의 폭도 그만큼 확대될 수 있었다. 인물 간의 선행과 보은이 중첩되도록 하면서 그 속에서 군담이나 기봉담을 의미 있게 다루어 장편을 지향하게 된 것이다. 이는 읽기 위한 소설로 개편하면서 나타난 특성으로 보아도 좋겠다.

3. 「보심록」의 구조와 특징

　「보심록」은 앞에서 개략적으로 본 바와 같이 인물의 관계 맺기를 통해 독특한 구조를 갖게 되었다. 즉 주요인물이 조건 없는 선행을 베풀고, 그 것이 선인(善因)이 되어 반드시 보은 받는 구조를 취함으로써 전반적으로 인과담(因果談)을 구비하고 있다. 특히 원전에서는 죽었던 양세충이 살아 남으로써, 그를 중심으로 한 인과관계가 복잡하게 얽히며 작품이 형상화 되도록 하였다. 여기에서는 이 작품의 구조적 특성을 분명히 하는 인물의 관계 맺기를 검토한 다음, 이들이 벌이는 사건을 중심으로 구조적인 특성 을 살펴보도록 한다.

3.1. 인물의 관계 맺기

　「보심록」은 선인형 인물의 선행과 그에 따른 보응으로 사건을 추진하 고 있다. 선인형 인물들이 조건 없는 선업을 쌓고, 궁극적으로는 그에 대 한 보응으로 역경을 헤치고 소구한 바의 목적을 달성하도록 한 것이다. 이에 반해 악인형 인물은 오로지 악행만을 일삼으면서 선인형 인물과 맞

서도록 했거니와 선인형과 악인형 인물 사이를 왕래하며 선행과 악행을
벌이며 사건전개에 묘미를 더해주는 인물도 등장한다. 여기에서는 인물의
관계 맺기와 그에 따른 행위 및 결과를 구체적으로 확인해 보도록 한다.

3.1.1. 양자기의 관계 맺기

양자기는 승상에 있으면서 가정은 물론 사회적으로 다양한 선행을 실
천한 인물이다. 그는 늦은 나이에 아들 양세충을 낳은 후 유리걸식하던
친구의 두 아들 증문효와 화익삼을 데려와 친자와 동일하게 양육하여 동
자과에 급제시킨다. 양자기는 이들이 성장하자 화익삼과 증문효를 먼저
혼례시키고, 양세충은 어린 관계로 왕상서의 딸과 혼약만 한 채 생을 마감
한다. 그런데 혼약하는 날 선물로 들어온 물고기 두 마리를 전날 밤 꿈에
용왕이 말한 대로 방생하고, 또한 절친하게 지내던 친구 유신이 경제적인
어려움을 겪자 흔쾌히 삼천 냥을 빌려주기도 한다.

양자기가 쌓은 선행은 자식들에게 선업이 되어 돌아온다. 먼저 친자처
럼 키운 증문효와 화익삼은 소년등과하여 즐거움을 주기도 하지만, 무엇
보다 위기에 처한 양세중의 아내와 그 아들을 구하는 데 앞장선다. 그들은
양세충의 부인이 동필적과 조학의 모함으로 투옥되었을 때 그녀를 구하기
위해 헌신하며, 또한 황옥(皇獄)에서 몰래 낳은 양세충의 아들을 화익삼의
아들과 바꿔 살려낸다. 양자기가 그들을 자식처럼 키웠던 선인(善因)이
작용하여 며느리와 손자를 무사히 구하는 선과(善報)로 돌아온 것이다.

다음으로 경제적인 어려움을 겪던 친구를 도와준 선인은 귀양 간 아들
이 안정적으로 생활하는 선과가 된다. 즉 동필적의 모함으로 정배된 양세
충이 아버지의 도움으로 재기(再起)한 유신의 집에서 아이들을 훈육하며
지내게 된다. 친구를 흔쾌히 도왔던 선행이 아들의 귀양살이를 돕는 선과

로 돌아온 것이다. 이어서 생일연(生日宴) 때 물고기를 방생한 선행은 그의 며느리가 황옥에서 탈출하여 남방으로 무사히 도주할 수 있도록 돕는다. 며느리가 황옥에서 탈출하여 양자강에 도착했지만 배가 없어 추병(追兵)에게 잡힐 상황에 놓이자 지난날 살려준 물고기, 즉 용녀가 그녀를 순식간에 구조할 뿐만 아니라 거소(居所)도 안내해 준다. 시부(媤父)의 선행이 며느리의 구출이라는 선보로 돌아온 것이다.

3.1.2. 양세충의 관계 맺기

양세충은 이 작품의 주인공으로 등장하여 사건전개의 중추를 이룬다. 그는 증문효가 큰 병으로 사경을 헤매자, 남방으로 도사를 찾아가 인육(人肉)만이 구환할 길임을 알고 덕음령 고개를 넘는다. 그곳에서 기갈로 죽어가는 구돌평을 발견하고, 음식을 주어 살려냄은 물론 노자까지 손에 쥐어준다. 그 은혜에 감격한 구돌평이 신분을 묻지만 양세충은 마상객(馬上客)이라고 말한 뒤 헤어진다.[23] 집으로 돌아온 뒤에는 스스로 할고(割股)하여 증문효에게 인양탕을 만들어 먹여 병을 완쾌시킨다.[24]

양세충의 구명행위(救命行爲)는 자신이나 자식에게 선과(善果)로 돌아온다. 먼저 구돌평은 새 생명을 얻은 뒤 양세충에게 다양하게 보은한다. 그는 양세충이 귀양 갈 때 주인인 동필적의 명령으로 그를 죽이고자 했지만, 그가 바로 자신을 구해준 은인임을 알고 살려준다. 또한 그는 왕부인

---

23) 이는 조무(趙武)의 할아버지와 관련된 내용을 활용한 듯하다. 조무의 할아버지 조순(趙盾)은 일찍이 뽕나무 아래에서 굶주려 쓰러진 사람에게 먹을 것을 주어 살려준 적이 있다. 이로 인해 조순이 위험에 처하자 그 사람이 구해주어 도망칠 수 있었다.(진세가(陳世家) 39권)

24) 이는 행실도류에 나오는 화소이기도 하지만, 불교서사에서 더 일반적이다. 즉 『삼국유사』의 '향득사지할고공친'이나 『석가여래십지수행기』의 「수천제태자전」, 『월인석보』의 「인욕태자전」과 흡사하다.

이 황옥(皇獄)을 탈출하여 월장(越牆)할 수 있도록 돕기도 한다. 더욱이 양세충의 아들을 죽이라는 명령을 받고도 살려주는가 하면, 전장(戰場)에서 포로로 잡혀와 양세충에게 그간의 사정을 밝혀 부자가 상봉하는 매개역을 맡기도 한다. 양세충이 구돌평을 구한 것이 선인(善因)이 되어 자신과 가족이 위험에 처할 때마다 도움을 받는 선과로 보응된 것이다.

증문효는 병으로 사경을 헤맬 때 양세충의 할고(割股)로 살아났다. 그래서 그는 양세충의 일에 솔선하여 도움을 준다. 그 중의 핵심이 바로 양세충의 아들을 구해 양육하는 것이다. 그는 양세충의 아들을 구하기 위해 자신의 아들을 죽도록 만든 다음, 화익삼의 아들과 양세충의 아들을 숨겨 양육한다. 그것도 두 아이를 도사에게 의뢰하여 국가의 위난을 구하는 핵심 인물로 키운다. 양세충의 할고를 통한 희생적인 선업이 아들의 생명을 보전함은 물론, 훌륭한 인재로 성장시키는 선보(善報)로 돌아온 것이다.[25]

3.1.3. 화익삼의 관계 맺기

화익삼은 행색이나 용모가 남다른 데가 있어 양자기가 앙사로 들어와 양세충과 형제처럼 지낸 인물이다. 화익삼은 가사를 관장하던 양세충의 부탁을 받고 지난날 유신에게 빌려준 삼천 냥을 받아오기로 한다. 남방에서 어렵게 유신을 찾아 돈을 받고 양자강에 이르렀을 때 증소저라는 여인이 울면서 자결하려 하고 유모는 옆에서 말리고 있다. 그녀가 죽고자 한 것은 자신의 아버지가 대상(大商) 장지걸에게 천 냥을 빌린 후 갚지 못하

---

[25] 증문효는 중국 작품에서 정영에 해당하는 인물이다. 중국 작품에서는 아이를 숨겨 키우는 것이 더 어렵다고 밝히고 있다. 따라서 양세충이 증문효를 위해 할고(割股)하고, 그 보은으로 증문효가 양세충의 아들을 양육하게 만든 것이다.

고 죽자, 장지걸이 변리까지 합하여 삼천 냥을 갚던지 아니면 자신과 혼례를 올리자고 강권했기 때문이다. 이에 화익삼이 자신이 가지고 있던 삼천 냥을 장지걸에게 갚고, 그 증서를 받아 증소저에게 전하고 돌아온다. 이로 인해 증소저는 죽음에서 벗어나 안정되게 노모를 모신다.

화익삼이 증소저를 구명한 선행은 자신의 은둔생활을 돕는 선보(善報)로 돌아온다. 화익삼이 양세충의 아들을 살리기 위해 증문효의 아들과 함께 죽게 되었을 때 구돌평이 구명해 주되 널빤지에 묶어 물에 띄운다. 널빤지에 묶인 그들은 하염없이 떠내려가다가 최참판댁의 증소저에게 구조되어 그곳에서 은거한다. 물론 이곳에서 증문효의 아들을 문제없이 양육한다. 이처럼 사경을 헤매다 구조되거나 은둔생활이 가능했던 것은 그가 베푼 선행 때문이라 할 수 있다.

3.1.4. 동필적·조학·조간의 관계 맺기

동필적과 조학·조간은 서로 간에 악연으로 관계를 맺는다. 동필적은 산적으로 활동하다가 북흉노의 침입으로 황제가 민병(民兵)을 모집할 때 세상에 나왔다. 그는 먼저 북흉노를 정벌한다는 명분으로 안문에 이르러 주개를 사주하여 안문태수를 죽이고, 그 병사와 자신의 무리를 이끌고 북흉노를 정벌한다. 그 공로로 통주지부를 제수받고 주개는 안문태수에 봉해진다. 이후 동필적은 자신의 문객인 조학과 함께 내관(內官)인 조간을 뇌물로 유혹하여 대장군에 봉해진다. 대장군에 봉해지자 양세충과 혼약한 왕소저에게 늑혼(勒婚)을 요구하다 거절되니 복수를 다짐한다. 동필적은 주개를 현혹시켜 역모를 도모하다가 사세(事勢)가 불리하자 몰래 주개를 죽인 후 그것을 양세충의 행위로 가장한다. 이 일로 양세충은 귀양가고, 그의 부인 왕씨도 동필적과 조학이 역심을 가졌다고 모함하여 황옥에 간힌다. 이후 동필적은 병권을 장악하고 악행을 자행하다 조간과 조학에게 마저 원망의 대상이 된다. 조간과 조학의 발고로 병권을 빼앗긴 동필적은 남방에서 군사를 일으켜 반란을 획책한다.

조학과 조간은 동필적을 도와 악행의 조연으로 등장한다. 조학은 동필적의 문객으로 악행을 획책하는 책사이다. 그는 동필적이 통주지부를 제수받은 이래 조간과의 친분을 이용해 황제를 미혹시켜 양세충이 정배되도록 만든다. 또한 동필적의 모반을 조장하고 왕부인의 편지를 위조하여 그녀가 수인(囚人)이 되도록 만든다. 조간은 동필적의 많은 뇌물에 넘어가 측근에서 황제를 미혹케 함은 물론, 양세충의 충언을 궤변으로 치부하여 끝내 그가 정배되도록 만든다.

악인형 인물의 악행은 철저하게 악과(惡果)를 낳는다. 동필적은 악행을 주도한 인물로서 남방에서 반란을 일으켜 사직을 위태롭게 하다가 양두성과 화시발, 그리고 양세충의 총공세로 사로잡힌다. 조학과 조간은 동필적의 악행을 조장한 인물로 그 죄상이 중하여 악과를 면치 못한다. 그래서 원수가 된 양두성이 이들을 잡아들여 국문한 후 능지처참하고 삼대를 멸한다. 갖은 악인(惡因)으로 자신은 물론 삼대의 멸화(滅禍)를 벗치 못하는 악보(惡報)를 입게 된다.

3.1.5. 구돌평의 관계 맺기

선악혼합형 인물로 등장하면서도 사건전개에서 큰 비중을 차지하는 인물이 구돌평이다. 그는 동필적과 함께한 도적질로 관군에 잡혀 고생하다 도주한다. 그가 덕음령(德陰嶺)에서 사경을 헤맬 때 양세충의 도움으로 살아난다. 그 후 동필적이 대장군이 되자 그의 심복이 되어 악행을 자행한다. 하지만 양세충이 자신을 살려준 은인임을 알고는 그를 살려주는가 하면, 양세충의 부인이 황옥에 갇혔을 때 몰래 도주시키기도 한다. 또한 증문효의 아들과 화익삼이 죽게 되었을 때도 그 아이가 양세충의 아들이라고 생각하여 살려준다. 동필적이 반란을 일으켰을 때는 적장으로 활약하다 잡혀와 양세충과 그 아들이 상봉하는 중개자로 기능한다. 이처럼 구돌평은 애초에는 악인형으로 등장하여 주개를 죽이는 등 만행을 저질렀지만, 자신의 은인인 양세충에게만은 다양한 방법으로 조력하는 인물이다.

구돌평은 선행을 한 일면, 간신 동필적을 주인으로 섬기면서 악행을 저질렀기 때문에 선악에 따른 결과가 명확하다. 즉 선행에 대한 보답으로 한때는 높은 벼슬에 오르지만, 악행의 결과로 산속에서 생활하다 동필적의 잔당에게 죽임을 당한다. 그래서 구돌평은 선과(善果)와 악과(惡果)가 함께 수반되는 인물이다.

이상에서 보는 바와 같이 이 작품은 선인선과 악인악과를 염두에 두고 인물관계를 치밀하게 설정했음을 알 수 있다. 특히 선인형 인물들의 선인과 그에 따른 선과가 작품 전체 구도에서 핵심이라 하겠다. 이를 감안하여 주요인물의 선행과 그 결과를 표로 보이면 다음과 같다.

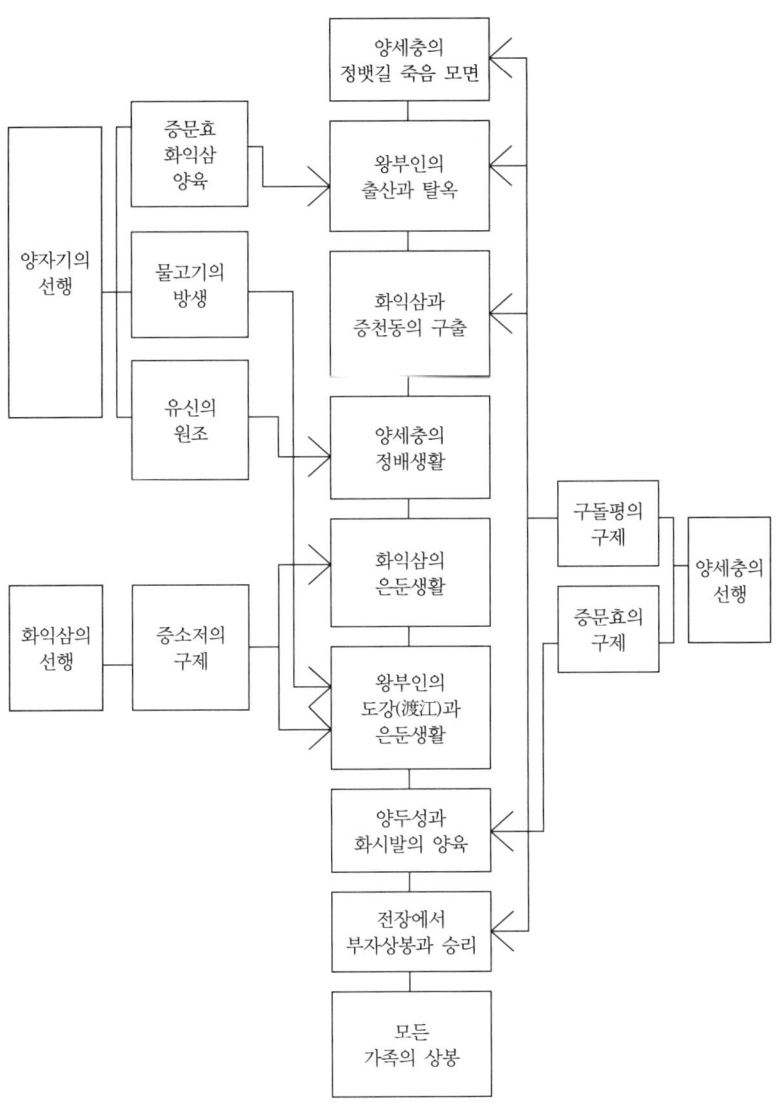

이상의 표에서처럼 이 작품은 양자기·양세충·화익삼의 선행이 동인이 되어 그들에게 닥치는 모든 문제가 해결된다. 양세충에게 도움을 받은 구돌평은 양세충이 유뱃길에서 죽게 되었을 때나 그 부인이 탈옥할 때 돕고, 양씨가로부터 도움을 받은 증문효·화익삼은 양세충의 아들을 살려준다. 양자기에게 도움을 받은 유신은 양세충의 정배생활을 가능하게 하며, 화익삼이 어렵게 살아나 증문효의 아들과 함께 살게 된 것은 화익삼에게 구명된 증소저의 도움 때문이다. 왕부인이 탈옥하여 양자강을 무사히 건너 최참판댁에서 기거하게 된 것은 시부(媤父)가 살려준 용녀 때문이다. 또한 증문효가 자신의 아들 대신 양세충의 아들을 훌륭하게 키운 것은 자신이 양세충의 할고로 살아났기 때문이며, 전장에서 양세충이 부자상봉할 수 있었던 것은 구돌평의 도움 때문이다. 따라서 이 작품은 이러한 관계도를 전제하여 각 인물이 설정되었음을 알 수 있다.

3.2. 사건을 통해 본 인과구조

인물의 관계도를 통하여 이 작품의 전반적인 구조적 특성을 짐작할 수 있다. 인물의 관계가 곧 사건을 구비하는 핵심이고, 이 사건이 전체구조를 지배하기 때문이다. 여기에서는 전체의 사건구성과 앞에서 다룬 인물 간의 인과가 어떻게 작용하는지 살펴 이 작품의 구조적 특성을 부각해 보도록 한다. 작품의 내용을 사건의 단계별로 나누어보면 다음과 같다.

발단부분은 주요인물의 관계를 확인하면서 가장인 양자기의 인간성과 선행을 부각해 놓은 곳이다. 승상 양자기는 어렵게 양세충을 낳았지만, 친구의 두 아들인 증문효와 화익삼이 유리걸식하자 자신의 양자로 들여온다. 그는 친자와 양자에 대한 차별 없이 훈육하여 모두 동자과에 급제시킨다. 이후 증문효와 화익삼을 혼인시키고, 자신의 생일잔치에서는 왕상서를 초대하여 그의 딸 왕소저와 양세충을 결혼시키기로 약속한다. 이 생일잔치에서 양자기는 선물로 들어온 두 마리의 물고기를 방생하여 선인(善因)을 쌓았으며, 또한 친구 유신의 경제적 어려움을 돕는 선행을 베풀기도 한다. 따라서 발단에서는 주요인물을 소개하는 동시에 다음 사건의 인자를 마련해 놓았다.

전개부분은 적대자인 동필적이 등장하여 불운의 단초를 마련하는 일면, 양세충과 화익삼의 선행을 강조하여 사건전개의 토대를 공고히 다졌다. 먼저 적대자인 동필적이 조학·조간과 모의하여 대장군 자리에 올라 양세충과 혼약한 왕소저에게 늑혼을 강요하여 선악대립 구도가 구체화된다. 마침내 양세충은 왕소저와 혼인하여 가정사를 원만히 관장하는 가운데, 화익삼을 시켜 유신에게 빌려준 삼천 냥을 받아오라고 한다. 화익삼은 돌아오는 중에 자결하려던 증소저를 위하여 그 돈을 쾌사한다. 이어서 양세충이 기갈로 죽어가는 구돌평을 구해주는 선행을 베풀고, 역시 사경을 헤매는 증문효를 위해 할고로 완쾌시킨다. 따라서 전개부분은 추후 사건의 줄기를 마련해 놓았음을 알 수 있다. 즉 적대자를 능상시켜 갈등의 인자로 부각하고, 이어서 주요인물의 대가 없는 선행을 제시하여 사건전개의 복선을 마련해 놓았다.

위기부분은 발단부에서 소개되었던 선인형 인물과 악인형 인물 간에 실제적인 갈등이 야기되는 곳이다. 먼저 양세충이 황제에게 무인(武人)인 동필적을 중용하는 것이 문제가 있다고 지적하자, 동필적은 조학·주개 등과 더불어 모반을 도모한다. 하지만 모반의 징후를 조정에서 감지하니 동필적은 그것을 양세충에게 전가하여 유배 가도록 만든다. 나아가 그는 문제의 씨앗을 없애기 위하여 심복인 구돌평에게 양세충을 죽이라고 명한다. 하지만 구돌평은 양세충이 자신의 은인임을 알고 살려주되, 다만 그의 문적만을 취하여 돌아온다. 이 문적을 보던 동필적과 조학은 왕부인의 글을 위조하여 역심을 둔 것처럼 꾸며 투옥시킨다. 또한 그녀가 옥중에서 아들을 낳자 갖은 방법을 써서 죽이려고 하니 증문효와 화익삼이 아이를 바꿔서 살려낸다. 화익삼이 증문효의 아들을 데리고 숨었다가 잡히지만, 구돌평은 그들을 죽이지 않고 살려준다. 이들은 남쪽으로 표착하여 증소저의 도움을 받으며 은거한다. 한편 구돌평의 도움으로 살아난 양세충은 지난날 아버지의 도움을 받았던 유신의 저택에서 기거하고, 구돌평의 도움으로 탈옥한 왕부인은 용녀가 도강(渡江)은 물론 거소를 알려주어 화익삼과 함께 증소저에게 의탁한다. 따라서 위기부에서는 동필적의 간계로 주연인물들이 모두 곤경에 처하지만, 그들이 실행했던 선행이 동인이 되어 모두 그 위기에서 벗어난다.

절정부분은 그간 일방적으로 수세에 몰리던 선인형 인물이 적대자를 극적으로 굴복시켜 통쾌하게 설원하는 곳이다. 여기에서는 양세충·양두성·화시발이 반란을 일으킨 동필적 일당을 일망타진하여 개인이나 가정·국가의 문제를 일거에 해결한다. 증문효가 양두성과 화시발을 출중한 인물로 양육한 가운데, 동필적이 남방에서 반란을 일으킨다. 이에 황제가 동필적을 평정하기 위하여 친정(親征)에 나서지만, 동필적의 위세에 밀려 위기에 빠진다. 이때 양두성·화시발과 류도명으로 개명한 양세충이 가담하여 동필적 일당과 접전을 벌인다. 그러는 가운데 적장 구돌평을 포로로 잡아 양세충과 양두성이 부자지간임이 확인된다. 이후 세 사람이 힘을 합해 동필적의 동생 동필배의 목을 베고 동필적 또한 사로잡는다. 승전을 이끈 다음 화시발이 아버지가 죽은 것으로 생각하여 제사를 지내다가 구경 나온 친부(親父)를 극적으로 상봉한다. 이어서 화익삼과 함께 기거하던 왕부인을 찾아가 모두 재회한다. 끝없이 핍박했던 적대자를 처형함은 물론, 그간 생사도 모른 채 이산했던 가족들의 극적인 재봉으로 절정부를 마련했다.

결말부분은 증천동이 과거급제하여 대흥부에서 친부인 증문효를 만나고, 황도(皇都)로 돌아온 모든 가족이 재회한다. 선인형 인물은 모두 큰 공훈을 세웠기 때문에 각기 높은 벼슬에 올라 정사(政事)를 돌보고, 구돌평만은 한동안 환로(宦路)에서 행복을 맛보지만 동필적의 잔당에게 죽임을 당한다. 결말부에서는 선인형 인물이 그간의 고단함을 벗고 행복을 구가하도록 하여 고전소설의 해피엔딩과 동일하게 갈무리 지었다.

이 작품은 전반적인 구조가 선행과 그 선행에 따른 보은으로 전개되다가 마침내 모든 선인형 인물이 복락을 누리도록 하였다. 그래서 사건전개도 중국작품과는 변별되는 특징이 있다. 중국의 작품은 주요인물이 모두 죽어 사건의 절정이 아이를 빼돌려 양육하는 것이라고 할 수 있지만, 「보심록」은 아이의 구출이 다음 사건을 위한 예비단계에 지나지 않는다. 적대자에게 설원하고 모든 인물이 극적으로 만나는 것에 주안점을 두었기 때문이다. 그러한 사정을 표로 보이면 다음과 같다.

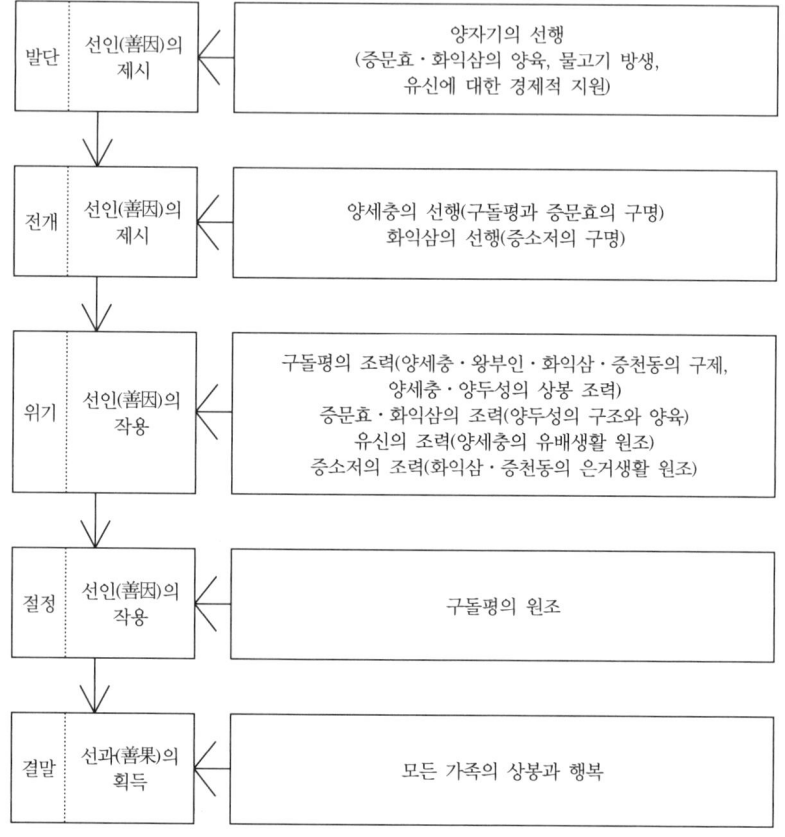

발단	선인(善因)의 제시	양자기의 선행 (증문효·화익삼의 양육, 물고기 방생, 유신에 대한 경제적 지원)
전개	선인(善因)의 제시	양세충의 선행(구돌평과 증문효의 구명) 화익삼의 선행(증소저의 구명)
위기	선인(善因)의 작용	구돌평의 조력(양세충·왕부인·화익삼·증천동의 구제, 양세충·양두성의 상봉 조력) 증문효·화익삼의 조력(양두성의 구조와 양육) 유신의 조력(양세충의 유배생활 원조) 증소저의 조력(화익삼·증천동의 은거생활 원조)
절정	선인(善因)의 작용	구돌평의 원조
결말	선과(善果)의 획득	모든 가족의 상봉과 행복

　위의 표와 같이 이 작품은 전반적으로 선행과 보은, 그리고 선행의 최종적인 결과가 사건의 중추를 이룬다. 발단과 전개에서는 주요인물의 대가 없는 선행을 제시하였다. 양자기가 두 양자를 양육하고, 물고기를 방생하는가 하면, 유신에 대한 경제적 원조를 단행한다. 또한 양세충이 사경을 헤매는 구돌평과 증문효를 구명하고, 화익삼이 자결하려는 증소저를 구하여 사건전개상 복선을 마련한다. 위기부분에서는 양세충 일가의 역경을 다양한 관점에서 그리고 있다. 양세충의 유배와 위기, 왕부인의 투옥과

탈옥, 화익삼과 증천동의 위기와 구출 등을 총체적으로 다루되, 그 위기를 앞에서 도움을 받았던 인물들이 해결하도록 하였다. 따라서 위기부에서는 주요인물에게 절체절명의 상황을 만들고, 그것을 조력자들이 보은하도록 하였다. 절정 및 대단원에서는 그간 적대자로 양씨가문을 지속적으로 핍박했던 동필적과 그 일당을 선인형 인물이 극적으로 복수함으로써 개인이나 국가의 문제를 모두 해결한다. 이어서 발단부나 전개부에서 시행한 선행이 선과로 돌아와 모든 가족 구성원이 재봉하여 행복한 삶을 영위하도록 하였다. 이처럼 이 작품은 철저하게 원인을 먼저 제시하고, 그 원인의 작용으로 위기의 극복은 물론, 개인이나 국가의 안녕을 보장받도록 하였다.

4. 「보심록」의 제작의도와 문학적 효용

「보심록」의 형상화 방식을 살피는 데 기준 척으로 삼을 수 있는 것이 바로 중국의 원화(原話)이다. 이를 기준으로 첨삭의 정도를 파악하면 한국적으로 형상화된 양상을 가늠할 수 있기 때문이다. 작품 자체를 가지고 막연하게 형상화 양상을 검토하는 것보다 기존의 작품에서 특별히 강조한 내용을 찾아내면 그 자체가 작품의 형상화와 깊이 관련될 수 있다. 따라서 『춘추』·『사기』의 원화와 이 원화에 원대의 잡극본을 반영하여 수록한 「조씨부흥」을 염두에 두면서 「보심록」의 형상화 방식을 검토해 보도록 하겠다.

4.1. 형상화 방식과 제작의도

「보심록」은 원화가 중국에서 기원했을지라도 한국에 들어와서 우리의 사정에 맞게 많은 변개를 거쳤다. 특히 중국에서는 그 유통이 희곡에 경도되었다면, 우리나라에 들어와서는 한문본이나 국문본 소설로 유통되어 희곡과는 일정한 거리를 두었다. 국문소설의 경우 기봉이나 군담을 원용하여 『사기(史記)』의 '조세가'나 '조씨부흥'과는 변별성이 뚜렷하다. 이를 전제하면서 이 작품의 형상화 방식을 몇 가지로 나누어 검토해 보도록 한다.

첫째, 인물의 관계를 새롭게 설정했다는 점이다. '조세가'와 '조씨부흥'에서는 인물의 관계 설정이 명료하지 못한 면이 없지 않다. 양 작품에서 주요 등장인물은 조씨가의 수장인 조삭, 친구인 정영, 문객인 공손저구, 그리고 조삭의 무죄를 주장한 한궐과 조삭의 아들인 조무를 들 수 있다. 여기에 악역으로 도안가가 등장하여 조씨가를 주멸할 뿐만 아니라, 아들 조무를 죽이기 위해 혈안이 된다. 그런데 이들의 관계 설정이 모호하다는 점이다. 먼저 도안가가 조삭을 죽여야 할 당위성이 부족하고, 조삭이 죽은 다음에 정영과 공손저구가 갑자기 등장하여 조삭의 아들을 구출하기 위해 희생적으로 활동하는 것도 개연성이 떨어진다. 또한 조삭이 일찍 죽어서 나머지 인물의 관계 설정도 긴밀성이 덜하다.

「보심록」에서는 이와 같은 문제점을 인식하고 인과를 감안하여 인물을 새롭게 설정하였다. 먼저 조삭의 생사문제를 새롭게 설정했다. '조세가'와 '조씨부흥'에서는 조삭이 일찍 죽어 도안가와 팽팽한 긴장관계를 형성하지 못한다. 다만 도안가의 악행에 맞서 정영과 공손저구가 조삭의 아들 조무를 살리기 위해 헌신할 따름이다. 이에 반해 「보심록」에서는 조삭에 해당하는 양세충을 죽이지 않고 정배시켜 복선을 마련해 놓았다. 이렇게 함으로써 도안가에 해당하는 동필적과 양세충의 팽팽한 적대관계가 지속될 수 있다. 실제로 '조세가'나 '조씨부흥'에서는 도안가에 대한 적수가 불명하여 도안가를 징벌하는 데 진도공(晉悼公)이 중추를 맡는다. 반면에 「보심록」에서는 양세충과 그의 아들 양두성이 적수인 동필적을 처형하도록 하여 설원의 인과성을 부각해 놓았다. 이는 양세충을 죽이지 않고 동필적과 적대관계를 유지하도록 하여 가능할 수 있었다.

다음으로 정영과 공손저구의 문제이다. '조세가'와 '조씨부흥'에서는 이들이 갑자기 등장하여 조삭의 아들을 구하기 위해 헌신한다. 공손저구는 정영의 아들을 데리고 숨었다가 일부러 잡혀 죽고, 정영은 도안가에 대한 복수가 완결되자 공손저구를 만난다며 자결한다. 이에 반해 「보심록」에서는 정영에 해당하는 증문효와 공손저구에 해당하는 화익삼이 작품 중반에 갑자기 등장하지 않고, 작품의 모두부터 비중 있게 다루어진다. 그들은 유리걸식하다가 양자기에게 발견되어 양아들로 양육된다. 그래서 그들이 양세충을 돕는 당위성이 확보됨은 물론이거니와 양세충이 죽지 않기 때문에 이들도 모두 마지막까지 살아남아 행복한 삶을 영위한다. 이는 조선후기 영웅소설이나 군담소설의 작화방식을 충실히 따른 결과라 할 수 있다.

또한 선악행을 동시에 수행하는 새로운 인물을 설정하여 사건의 묘미를 살렸다. 이는 '조세가'와 '조씨부흥'에는 등장하지 않는 인물이다. 즉 구돌평을 선악행을 동시에 수행하는 인물로 설정하여 주인공들의 운명을 획기적으로 변환시킨다.[26] 구돌평은 사경을 헤매다가 양세충의 도움으로

---

26) 굳이 중국의 텍스트에서 구돌평과 유사한 인물을 찾는다면 한궐이 해당된다. 그가 조씨가의 조력자로 나오는가 하면, 도안가의 부하로도 등장하기 때문이다.

살아난 인물이다. 그런데 그가 양세충의 적대인물인 동필적의 수하로 들어가 악행을 저지르지만, 은인인 양세충은 물론 그 부인과 아들을 죽음에서 구하기도 한다. 동필적이 양세충 일가를 헤치기 위해 갖은 방법을 써도 구돌평이 그들을 도와 죽음에서 벗어나도록 한다. 따라서 구돌평은 「보심록」이 장편소설로 전개되는 데 핵심적인 역할을 맡고 있는 셈이다. 그가 양세충 일가의 죽음을 미연에 방지하여 작품 후반부에서 다양한 군담과 기봉담이 연출될 수 있도록 했기 때문이다. 이는 작품 전체의 틀을 새롭게 짜기 위해 구돌평을 등장시킨 것이라 할 수 있다.

「보심록」은 이처럼 원작에서 죽은 인물을 살려 활약하도록 했으며, 도움을 주는 인물과 도움을 받는 인물의 관계 설정을 분명히 하였다. 또한 새로운 인물을 창출하여 서사적 긴장감을 제고했을 뿐만 아니라, 주요인물이 죽음을 모면하고 작품 후반부에서 극적으로 복수하도록 고려했다.

둘째, 인과를 중시했다는 점이다. 소설은 생래상 치밀한 앞뒤의 논리가 필요하다. 사건전개도 독자의 상상 속에서 새롭게 갈무리되기 때문에 앞뒤의 인과가 무엇보다 중요하다. 그런데 '조세가'나 '조씨부흥'에서는 앞뒤의 사건이 충분한 인과관계를 구비하지 못한 듯하다. 먼저 도안가가 적대관계이긴 하지만 조씨가를 몰살해야 할 만한 명확한 근거가 없고, 조삭의 아들을 구하는 장면도 극적이기는 하지만 정영과 공손저구가 그렇게 어려움을 무릅쓰고 구해야 할 당위성이 없다. 또한 도공(悼公)이 조삭의 아들을 구하고 후대하는 것도 필연성이 떨어진다. 그런데 이러한 문제를 「보심록」에서는 철저한 인과관계로 해결하고 있다. 인과관계를 확보하기 위하여 먼저 주요 인물들이 선인(善因)을 짓도록 하였다. 양자기는 증문효와 화익삼을 어려서부터 양육하며 끝없는 은혜를 베풀었거니와, 생일선물로 들어온 물고기를 방생하기도 한다. 또한 경제적으로 어려운 친구 유신을 돕는 등 다양한 선인을 쌓는다. 양세충 또한 사경을 헤매던 구돌평을 살려 줄 뿐만 아니라, 증문효의 병을 자신의 인육을 먹여 낫게 한다. 그리고 화익삼은 유신에게 받아오던 삼천 냥을 빚 독촉으로 죽으려던 증소저를 위해 쾌사한다. 이렇게 주요 인물의 선인을 확인한 다음, 이것이 동인이 되어 모든 위기를 극복하도록 만들었다. 즉 양세충이 정뱃길에서 자객에 게 죽을 위기를 맞았을 때 그 자객이 자신이 살려준 구돌평으로 밝혀져 죽음에서 벗어나고, 양세충 부인과 그 아들이 탈옥할 수 있었던 것도 구돌 평과 증문효·화익삼의 도움 때문이다. 또한 증문효의 아들과 화이삼이 죽게 되었을 때도 구돌평이 살려주며, 양세충의 정배생활은 그의 아버지 에게 도움을 받은 유신 때문에 수월할 수 있었다. 구돌평이 살려줘 남방으 로 표착한 화익삼과 증문효의 아들은 지난날 화익삼이 구명해준 증소저의 도움으로 은거하게 되고, 양세충의 부인이 도주할 때 강을 건네주는 것은 방생한 물고기가 변신한 용녀이다. 끝으로 전장에서 양세충과 아들이 극 적으로 상봉할 수 있도록 매개하는 것도 바로 구돌평이다. 「보심록」은 이렇게 '조세가'나 '조씨부흥'에서보다 그 인과를 중시하였다.

셋째, 기봉을 중시했다는 점이다. 「보심록」은 선인형 인물이 이산하여 어려움을 겪다가 마침내 모두 모여 행복을 누리도록 하였다. 이는 '조세가' 나 '조씨부흥'과는 많은 차이를 보인다. '조세가'나 '조씨부흥'에서는 조삭 이 죽고, 조무 어머니의 행방도 묘연하다.[27] 또한 정영이나 공손저구도 죽기 때문에 기봉이 성립될 수 없다. 반면에 「보심록」에서는 조삭에 해당 하는 양세충이 죽지 않기 때문에 그를 중심으로 부인과 아들의 만남은 물론, 형제처럼 지내던 증문효와 화익삼의 만남도 가능하다. 실제로 양세

---

27) 이본에 따라서는 자결하기도 한다.

충은 남방에 정배되어 류도명으로 개명하여 지내고, 그 부인 또한 어렵게 탈옥하여 남방으로 도주한다.[28] 아들 양두성은 화시발과 함께 증문효가 숨어서 기르다가 도사에게 교육을 위탁한다. 그래서 세 식구 모두 생사를 알지 못한 채 떨어져서 지내게 된다. 그러는 중에 동필적이 반란을 일으켜 나라가 존망에 처했을 때 양두성과 화시발이 출정하여 구돌평을 포로로 잡고, 구돌평이 매개가 되어 양세충과 양두성이 부자지간임이 확인된다. 전쟁을 승리로 이끌고 화익삼을 위해 제의를 지낼 때 그곳을 찾은 화익삼을 우연히 만나 양세충의 부인, 즉 양두성의 친모까지 모두 만난다. 귀경해서는 생사를 알지 못했던 증문효와 미리 황도에 와 있던 증문효의 아들 증천동까지 만난다. 이는 조선후기의 기봉류소설과 밀접한 관계가 있다.

　넷째, 군담(軍談)을 중시했다는 점이다. 이는 양세충이나 그 가족의 행복을 다지기 위한 전제조건이기도 하다. '조세가'나 '조씨부흥'에서는 도안가가 장수들을 움직여 조씨가를 몰살하기는 하지만 군담과 관련된 내용이 없다. 하지만 「보심록」에서는 작품 후반에 와서 군담이 큰 비중을 차지한다. 이곳에 이르러 동필적과 양세충·양두성·화시발의 대결이 본격화되기 때문이다. 양세충 일가는 동필적의 모함과 핍박으로 끝없는 도주와 은거생활을 감내해야 했다. 동필적의 모함으로 양세충은 정배를, 그 부인도 도주하여 은거해야만 했다. 뿐만 아니라 그 아들은 증문효에게 의탁해 숨어살아야 했으며, 화익삼 또한 남방의 최참판댁에서 증소저의 도움으로 숨어살았다. 따라서 양세충의 주변 인물은 모두 도주하여 은둔하는 신세를 면치 못한다. 그래서 획기적인 복수를 단행하는 방편으로 양세충과 동필적 사이에 전쟁을 설정하되, 양세충의 주변변인물이 극적으로 승리하

---

28) 왕부인이 동필적을 피해 도주할 때 용녀가 돕는 것은 「이대봉전」에서 이익 부자(父子)가 간신 왕희에게 쫓길 때와 흡사하다.

도록 만든 것이다. 그렇게 해야만 동필적에게 자신들이 당한 핍박을 통쾌하게 설원할 뿐만 아니라, 그 공로로 양세충은 물론 그 주변인물들이 높은 관직에 오를 수 있기 때문이다. 이 군담은 전반적으로 조선후기에 와서 큰 인기를 얻었던 영웅소설의 작화방식을 원용한 것으로 볼 수 있다.

「보심록」은 이처럼 기존의 작품과 변별되는 몇 가지 요소를 가미하여 나름대로 소설로서의 정체성을 확보하였다. 이는 이 작품만이 갖는 독특한 형상화 방식이라고 해도 좋겠다. 지금까지 논의한 것을 표로 보이면 다음과 같다.

「보심록」은 이처럼 '조세가'나 '조씨부흥'과는 일정한 거리가 있다. '조세가'나 '조씨부흥'이 정영과 공손저구의 의리에 주안점을 두었다면, 「보심록」은 양세충의 행동반경에 따라 다양한 인물의 이합을 다루었기 때문이다. 이러한 형상화 방식을 선택하여 「보심록」은 그 나름의 효용과 소설사적 위상을 확보하게 되었다.

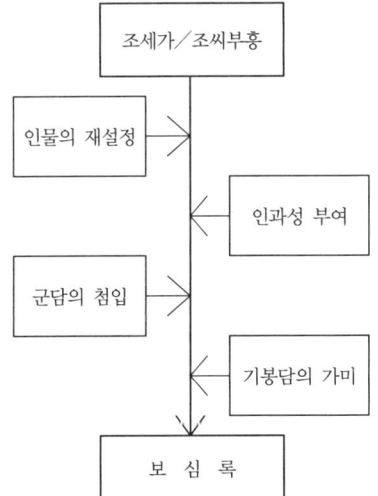

4.2. 문학적 효용

「보심록」은 그 기원이 중국에 있을지라도 한국적으로 확대·재생산되어 그 나름의 가치를 확보하고 있다. 중국의 『춘추』·『사기』 등에 그 연원을 둔 이야기가 기군상에 의해 잡극본 「조씨고아」로 재생산되자 중국 내에서 그를 변용한 다양한 이본이 산출되었다. 18세기에는 유럽 각국의 언어로 번역되어 무대 위에 오르기도 하였고,[29] 일본에서는 가부키의 주요한 레퍼토리이기도 했다.[30] 세계적인 유통을 보였던 이 작품이 우리나라에 들어와서는 공연물보다는 소설로 유통되면서 많은 내용이 부연되었다. 이는 중국의 희곡인 「형차기」·「오륜전비」가 우리나라에 들어와 각기 「왕시붕전」·「오륜전전」의 소설로 유통된 것과 궤를 같이한다. 따라서 그 문학적 가치도 희곡적인 관점보다는 소설에 한정하여 살필 수밖에 없다.

「보심록」은 『사기』의 '조세가', 『동주열국지』의 '조씨부흥'은 물론, 기군상의 「조씨고아」와 현재까지 공연되는 경극 「수고구고(搜孤救孤)」와도 변별된다. 그것은 중국 작품의 번안보다는 원화에 앞뒤의 내용을 보완하거나 서사논리를 갖추어 새로운 작품으로 재창조했기 때문이다. 그런 점에서 「보심록」은 우리 소설사에서 마땅히 관심을 기울여야 한다. 고전소설은 조선후기에 들어와 상품으로 생산·유통되며 공시적으로 확산되었다. 특히 1910년대부터 구활자본이 간행되면서 대량으로 생산·소비되는 단계를 맞는다. 그러면서 소설의 작화방식이나 종류를 다변화하기 위해 노력한다. 그 일환으로 창작의 소재를 중국의 희곡이나 소설에서 찾곤 하였다. 우리의 전통적인 서사방식에 따라 창작한 작품이 이국 취향을 드러내는 것도 바로 그 때문이다. 「보심록」도 그러한 시대적 상황과 어울려 개작·유통된 작품이다. 소재적 원천이 비록 중국에 있을지라도 이 작품에 대해 한국문학적인 관점에서 다양하게 살펴볼 필요가 그래서 있다.

「보심록」의 문학적 자질이 그만큼 남다르다면, 이 작품을 비교문학적인 측면에서 살펴보아야 한다. 이미 말한 것처럼 중국이나 일본, 그리고

---

29) 楊世祥, 『中國戲曲簡史』, 文化藝術出版社, 1989, 135~137쪽.
30) 히라카와 스케히로, 노영희 역, 『동서문명교류의 인문학 서사시』, 동아시아, 2002.

유럽 각국에서 유통된 텍스트는 공연과 관련되어 있다. 중국에서는 주로 잡극이나 지방희·경극으로 유통되었거니와 일본에서도 가부키의 레퍼토리로 활용되었다. 유럽에서는 일찍이 18세기에 번역됨은 물론 공연물로 오르기도 하였다. 따라서 다른 나라에서는 이 작품이 대부분 희곡으로 유통되었음을 알 수 있다. 반면에 우리나라에서는 공연물로 유통되지 않고 독서물인 소설로 개작되었다. 그것도 조선후기에 인기가 높던 군담·기봉소설의 삽화를 끌어들여 새롭게 창작하였다. 이를 전제하면 이 작품을 통해 동아시아 각국의 산문문학의 향유방식을 비교할 수 있거니와 작품에 형상화된 내용을 토대로 텍스트에 대한 비교 연구도 가능하리라 본다. 특히 부연된 내용이나 변이된 주제를 중심으로 각국의 텍스트와 비교·연구하면 문학사회학적인 관점에서 진전된 성과를 거둘 수 있으리라 본다. 이는 이 작품이 갖는 국제적인 위상을 말하는 것으로 보아도 좋다.

5. 결론

이 글에서는 「보심록」의 구조적 특성과 문학적 가치 및 그 효용을 개관해 보았다. 먼저 「보심록」의 계통과 문학적 양상을 조감하고, 이어서 구조적 특성을 인물과 사건을 중심으로 살펴보았다. 끝으로 「보심록」의 토착화된 양상과 문학적 효용을 살펴보았다. 지금까지 논의한 것을 요약·정리하면 다음과 같다.

첫째, 「보심록」의 계통과 유형별 문학적 양상을 개관하였다. 「보심록」의 원화는 『춘추(春秋)』에 있지만, 전문학으로 윤곽을 드러낸 것은 『사기

(史記)』의 '조세가(趙世家)'이다. 원대 기군상은 이 원화를 활용하여 잡극 본「조씨고아(趙氏孤兒)」를 창작하고, 명대에 들어 기존의 내용을『동주 열국지(東周列國志)』의 '조씨부흥(趙氏復興)'에서 수렴하고부터는 다양한 지방희로 유통되었다. 국제적으로는 18세기에 유럽에 전해지고, 일본에 건너가서는 가부키의 레퍼토리가 되었다. 우리나라에 들어와서는 한문본 「조무전(趙武傳)」과 국문본「보심록(報心錄)」·「금낭이산(錦囊二山)」· 「명사십리(明沙十里)」의 소설로 전개되었다. 위의 다양한 작품 중에서 『춘추』·『사기』에 수록된 이야기는 역사사건을 담지한 텍스트라 할 수 있고,『동주열국지』의 '조씨부흥' 및 중국의 다양한 희곡과 한국의「조무 전」은 문학적인 윤색이 상당수 가미된 텍스트라 할 수 있다.「보심록」· 「금낭이산」·「명사십리」는 앞의 작품들과는 달리 주인공이 살아서 활약 하기 때문에 대폭적인 변이를 겪은 유형이라 할 수 있다.

둘째,「보심록」의 구조적 특성을 살펴보았다.「보심록」은 중국의 작품 과는 달리 독특한 구조를 구비하고 있다. 중국의 다양한 작품은 중요인물 인 조삭이 살해됨으로써 사건전개가 단조로울 뿐만 아니라, 조력자들이 어떤 이유로 조씨 집안을 위하여 헌신하는지 명확하지가 않다. 이에 반해 「보심록」은 주요인물의 선행에 따른 인과를 명확히 하고 있다. 즉 양자 기·양세충·화익삼의 이타적(利他的)인 선행이 그들이 위기에 처할 때 마다 선인으로 작용하도록 하였다. 그래서 사건전개도 발단과 전개에서는 선행을 다양하게 제시하여 추후 사건진행의 복선으로 작용하도록 했으며, 위기와 절정에서 선인이 작용하여 주요인물이 절체절명의 위기에서 벗어 나도록 했다. 마침내는 그러한 선인으로 이산했던 인물이 모두 만나 부귀 영화를 누리도록 하였다. 이처럼 이 작품은 철저하게 인과구조를 고려하 면서 재창출된 것이다.

　셋째, 「보심록」의 형상화 방식과 문학적 가치를 고찰해 보았다. 「보심록」은 조삭에 해당하는 양세충이 죽지 않고 복수를 단행하기 때문에 전체적인 작화방식이 달라질 수밖에 없었다. 먼저 인물을 재설정했다는 점이다. 이는 중국 작품에 등장하는 인물의 정체성에 문제가 있음을 인식하고, 선인형과 악인형으로 인물의 관계를 더 치밀하게 설정한 것이다. 그러면서 중국의 작품에는 없었던 선악혼합형 인물을 등장시켜 선인형과 악인형 인물이 유기적으로 엮이도록 하였다. 또한 인과성을 특히 강조했다는 점이다. 중국의 다양한 작품이 희곡으로 유통되어 때로는 인과성이 부족할 수 있었는데, 「보심록」은 모든 사건이 원인과 결과로 귀결되도록 하였다. 이는 독서 위주의 소설에서 요구되는 필수사항이라 할 수 있다. 그리고 중국의 작품과는 변별되게 기봉담을 중시했다는 점이다. 이는 앞에서 말한 것처럼 조삭에 해당하는 인물인 양세충이 죽지 않고 작품의 시말을 통관하며 활동하기 때문이다. 우선 그가 살아있기 때문에 이산한 가족의 만남이 중요하다. 동필적의 모함으로 이산한 가족이 종결부에서 빠짐없이 만나는 것도 바로 그 때문이다. 마지막으로 군담을 첨입했다는 점이다. 중국의 작품에서는 조무가 특별한 행적을 보이지 않고 가문의 영광을 회복하지만, 「보심록」은 양세충은 물론 그의 아들 양두성과 화익삼의 아들 화시발이 동필적의 반란을 평정한 후 높은 벼슬에 오른다. 이는 조선후기 영웅소설의 작화방식을 그대로 원용한 결과라 할 수 있다.

　지금까지 「보심록」의 구조와 형상화 방식을 개관해 보았다. 이 「보심록」 계열의 작품이 중국을 중심으로 다양한 문화권에 유통되었음을 감안하면 국제적인 비교·연구가 더 활성화되어야 하겠다. 그래야만 「보심록」의 문예적 특성을 더 구체적으로 파악하는 성과를 거둘 수 있기 때문이다. 이점은 훗일의 과제로 남겨 더 고민하고자 한다.

1. 서론

조선조가 들어서면서 백성을 교화하여 통치의 수월성을 확보하고자 하였다. 그러한 교화는 유교이념에 입각하여 윤리적인 문화인을 양성하는 것으로 모아졌다. 그래서 조선조 내내 유교이념에 입각한 교화서(敎化書)가 공사 간에 다양하게 간행된 것이다. 그와 관련된 서적으로는 「삼강행실도(三綱行實圖)」·「오륜행실도(五倫行實圖)」·「이륜행실도(二倫行實圖)」·「내훈(內訓)」과 같은 것을 들 수 있다. 뿐만 아니라 효행과 관련된 유교의 「효경(孝經)」이나 불교의 「부모은중경(父母恩重經)」도 다양하게 간행·유포되었다.[1] 실제로 이들은 백성들의 기강을 확립하는 지침서처럼 활용되었다.[2] 문제는 이러한 교화서가 교훈성을 내세우다 보니 경직될 수밖에

---

1) 김진영, 「「부모은중경」의 문학적 성격과 그 의미」, 『불교문화연구』 제6집, 한국불교문화학회, 2005, 193~221쪽.
2) 노태조, 「국역 삼강행실도에 대하여」, 『어문연구』 제11집, 어문연구학회, 1982, 259~277쪽.
   김진영, 「「행실도」의 전기와 판화의 상관성」, 『한국문학논총』 제22집, 한국문학회, 1998, 239~257쪽.

없었다는 점이다. 이러한 문제점을 극복하는 방안 중의 하나가 조선후기에 인기를 모으던 소설을 통해 위와 같은 내용을 다루는 것이다. 즉 위에서 언급한 교훈적 내용을 소설에 담아 효용성을 극대화하는 것이다. 실제로 그렇게 하면 유교적인 강상을 어렵지 않게 설파하는 효과를 거둘 수 있다. 그러한 생각을 반영한 대표작이 바로 「진대방전」이다.3)

「진대방전」은 패륜적인 행위를 서슴지 않던 진대방을 그 어머니가 관가에 알리고, 고을태수가 진대방의 가족구성원 모두를 불러 훈교(訓敎)하자 유교적 이념에 충실한 인간형으로 개과천선한다는 내용이다. 따라서 고전소설 중 조선조의 치민이념을 가장 적극적으로 구현한 작품이 「진대방전」이라 할 수 있다. 그러기에 이 작품을 집중적으로 조명하면, 조선조 윤리나 교훈의 방편, 나아가 교화한 후의 결과 등을 살피는 효과를 거둘 수 있다. 이는 소설의 장르적 개방성을 고찰하는 것이면서 동시에 문학을 통해 윤리이념을 구현하고자 했던 일면도 검토하는 성과를 거두리라 본다.

「진대방전」은 교훈·윤리소설이면서 근대 진입기의4) 세태를 풍자했다는 점에서는 세태·풍자소설의 특징도 있다. 나아가 가정 내의 불화를 관가에 알려 해결했다는 점에서는 송사소설의 성격도 가지고 있다.5) 하지

강미희, 「『삼강행실도』의 아동교육사적 가치 연구」, 『열린유아교육연구』 제10권, 한국열린유아교육학회, 2005, 79~111쪽.
서은아, 「「열녀함양박씨전」의 박씨와 『삼강행실도』: 열녀편의 관계를 통해 본 열녀제작의 심리적 요인」, 『고전문학과 교육』 16집, 한국고전문학교육학회, 2008, 273~296쪽.
3) 「진대방전」은 필사본·방각본·활자본 모두가 전한다. 하지만 기본적인 내용에서는 큰 차이를 보이지 않는다. 작품의 전반이 대방가족의 문제점을 교화하는 것이기 때문이다. 다만 이 글에서는 안성판 16장본을 텍스트로 하였음을 밝힌다.
4) 조동일, 『한국문학통사』 3, 지식산업사, 2007, 9~12쪽.
5) 이헌홍, 『한국송사소설연구』, 삼지원, 1997.

만 이 작품에 대한 연구는 주로 교훈소설적인 측면에 경도되어 있다. 먼저 이 작품의 전반을 개관하면서 교훈에 관심을 기울였는가 하면,[6] 윤리의식 이나 이념을 비중 있게 다룬 논의도 확인된다.[7] 그런가 하면 이 작품의 이본 중에서 필사본을 선택하여 서체에 관심을 기울인 경우도 있다.[8] 이 렇게 볼 때 「진대방전」이 윤리를 제고하는 방법이나 교화적인 내용을 다 양하게 담고 있음에도 불구하고, 이에 대해서 심도 있게 조망하지는 못한 듯하다. 특히 교훈적인 목적성이 강하지만 그 한계 또한 분명한데, 이에 대한 논의가 부족한 실정이다. 따라서 이 작품의 윤리텍스트적 성격과 그 문제점이 무엇인지 검토할 필요가 있다.

2. 작품의 경개와 구도

이 작품은 「내훈」이나 「삼강행실도」·「이륜행실도」·「효경」 등을 염 두에 두고 제작되었다. 그래서 이 작품의 제작 목적은 유교이념을 일반 백성들에게 효과적으로 인지시키는 것이 핵심이라 할 수 있다. 특히 부모 자식이나 형제간에 실천해야 할 윤리나 도덕이 무엇인지 주입하는 것이

---

6) 송성욱, 「진대방전 연구」, 『학술지』 35, 공군사관학교, 1994, 45~61쪽.
이현국, 「「진대방전」의 전반적 성격」, 『국어국문학연구』, 연거재신동익박사 정년 기념논총 간행위원회 1995.
조재현, 「「진대방전」 연구」, 국민대학교 대학원 석사논문, 1998.
7) 김현미, 「한글필사본 「진대방전」 서체 연구」, 원광대학교 대학원 석사학위논문, 2005.
이태문, 「윤리 의식의 중세적 형상화-「진대방전」을 중심으로」, 『연세학술논문집』 27, 연세대학교대학원총학생회, 1998, 24~55쪽.
8) 박은정, 「「진대방전」에 나타난 이념의 위상과 이본 생성 동인」, 『한민족어문학』 제47집, 한민족어문학회, 2005, 81~116쪽.

중요했다. 이는 가족 구성원 모두가 유교덕목에 맞게 생활해야 함을 강조한 것이기도 하다. 문제는 그러한 윤리적 명분을 어떻게 하면 재미있으면서도 효과적으로 교육하느냐에 달려있다.

2.1. 작품의 경개

「진대방전」은 독특한 구조를 통해 윤리·교화의 의도에 부합하도록 하였다. 즉 사건을 크게 세 단계로 나누되, 도입부에서는 패륜(悖倫)의 문제를 심각하게 부각하고, 전개부에서는 문제점에 대한 모범적인 사례를 전고(典故)를 들어 설파한 다음, 종결부에서는 문제가 해결된 조화로운 세계를 제시해 놓았다.9) 따라서 전체구조가 문제제기-해결책 적시-해결의 결과로 짜여 있다. 이를 구체적으로 살피기 위하여 작품의 내용을 개조식(個條式)으로 정리하면 다음과 같다.

[1] 도입부(문제의 제기)
① 명문거족의 만득자(晩得子)로 태어난 진대방이 패륜행위를 서슴지 않는다.
② 부모의 훈육에도 아랑곳하지 않고 더 많은 문제를 야기한다.
③ 양가녀와 혼인했지만 그 부인도 무도(無道)하게 굴며 진대방과 협잡(挾雜)하여 시어머니와 시동생을 내쫓는다.
④ 시어머니가 며느리인 양녀를 찾아가 훈계하였으나 오히려 시어머니가 모진 욕을 하며 협박했다고 남편에게 거짓으로 고한다.

---

9) 고전소설의 구성을 5단이나 6단으로 보는 것이 일반적이다. 하지만 이 작품은 사건 전개상 3단으로 보는 것이 자연스럽다. 이에 대해서는 후술을 참조하기 바란다.

⑤ 진대방이 부인 말만 믿고 어머니를 찾아가 힐난하자 그 어머니가 전후
사실을 관가에 고한다.

[2] 전개부(해결책 적시)

① 고을태수가 백행의 근간이 효행임에도 목민지장(牧民之長)으로서 백성들
에게 그것을 제대로 가르치지 못했음을 자책하며 대방 어머니를 전고로
써 훈교한다.

①-1. 문왕의 어머니인 태임이 수대(受胎)히였을 때 태교에 난달랐음을
말한다.

①-2. 맹모(孟母)가 아들에게 허언(虛言)하고도 도리(道理)를 생각해 약속
을 이행함은 물론, 삼천지교를 실천하고, 결혼한 맹자에게 내외도
리(內外道理)에 대해 훈육한 것을 말한다.

①-3. 최순이 나무하러 간 사이에 친구가 찾아오자 그 어머니가 손가락
을 입에 넣으니 최순이 이상한 느낌을 받고 집으로 찾아왔다고
말한다.

①-4. 왕릉의 어머니가 자식의 공명을 위하여 자신의 목숨을 기꺼이 버렸
음을 말한다.

①-5. 전처자식을 사랑한 진문구의 후처 목강은 남편이 죽자 어머니로
인정받지 못하면서도 득병한 장남을 진심으로 구환하여 전처자식
들을 개오시켜 어진 선비로 만들었음을 말한다.

①-6. 태수는 세상 사람이 삼강오륜을 모르고 주색과 도박에 빠진 것을
개탄하고, 어머니에게 자식이 어렸을 때 그릇됨을 고치지 못한 것
에 대해 말하니 어머니가 눈물을 흘리며 고두사죄(叩頭謝罪)한다.

② 고을 태수가 인의예지(仁義禮智)와 삼강오상(三綱五常)의 중요성과 형제
간의 돈독한 우애를 말하면서 아우를 훈육한다.

②-1. 한나라 등우가 전란을 당하여 죽은 형의 자식을 살리고자 자기 자식
을 죽게 한 것을 말한다.

②-2. 한나라 목용이 부모를 여의고 세 동생과 지내되 모두 결혼하고는
사이가 좋지 않자 스스로 방에 들어가 제 몸을 치며 책하여 그 이후
로 네 형제가 종신토록 화목했음을 말한다.

②-3. 고을 태수가 공맹의 뜻을 배우지 못하고 물욕만 탐하는 세태를 비판
하니 대방의 아우가 눈물을 흘리며 사죄한다.

③ 고을태수가 며느리에게 부도(婦道)에 대해 장황하게 설명하고 전고를 들
어 훈육한다.

③-1. 진효부는 16세에 남편이 수자리에 나가 죽자, 개가(改嫁)를 마다하
고 시어머니를 28년 간 봉양하여 나라에서 정문을 내렸다고 말한다.

③-2. 16세인 영씨는 정혼자가 일찍 죽자 유문에 들어가 며느리 도리를
다하며 삼상(三喪)을 받들고 종신토록 그 집을 섬기니 나라에서 정
문을 세웠다고 말한다.

③-3. 장의부는 이오의 아내로, 남편이 수자리를 살다가 그곳에서 죽자
시부모 봉양을 모두 마치고 남편의 유골을 찾아와 장사지냈다고
말한다.

③-4. 정씨는 남편이 일찍 죽고 시어미를 봉양하던 중 하루는 큰 범이
시모(媤母)를 물어가려 하자 죽기로 항거해 살렸다고 말한다.

③-5. 백씨는 남편이 어질지 못하여 형제 불화하고 친구만 좋아하자 돼지
를 잡아 주검처럼 꾸며 남편에게 친구의 박대와 동생의 걱정을 경험
하도록 하여 천지간에 형제의 우애가 으뜸임을 드러냈다고 말한다.

③-6. 태수가 물욕의 추구와 남에게 아부하는 세태를 비판하고, 아녀자의
칠거지악을 말하니 며느리인 양녀가 복복사죄(僕僕謝罪)한다.

④ 고을태수가 대방에게 부모가 낳고 기를 때 고생한 것과 그 은혜 갚기가

어렵다고 말하면서 훈계한다.

④-1. 대순(大舜)의 완악한 부친과 은악(隱惡)한 모친이 그를 죽이려 하자 대순이 극진히 효행하여 간악(奸惡)한 곳에 들지 않았다고 말한다.

④-2. 자로(子路)가 살아서나 죽어서나 지효(至孝)로 부모 섬김을 잊지 않았다고 말한다.

④-3. 왕상은 계모의 참소로 아버지의 사랑을 잃었지만, 계모가 병들어 잉어와 새고기를 먹고자 할 때 천지를 감동시켜 구하고, 계모의 명대로 실과(實果)를 끝까지 지켰다고 말한다.

④-4. 강혁이 어머니와 함께 피난하다가 도적에게 잡히자 어머니만은 살려달라고 애걸하여 모자 모두가 목숨을 건지고, 그 효성에 나라에서 곡식 천 석을 하사했다고 말한다.

④-5. 정난은 일찍 부모를 여의어 봉양치 못함을 슬퍼하다가 나무로 어버이를 새겨 혼정신성(昏定晨省)하더니 이웃의 장숙이 그 목상을 헤치자 그를 죽이는데 효행이 인정되어 나라에서 정문을 내렸다고 말한다.

④-6. 맹종은 병중인 노모가 한겨울에 죽순(竹筍)을 찾자 대밭에서 통곡하여 구했다고 말한다.

④-7. 반종이 아버지를 업고 피난하다가 도적에게 잡히자 자신은 죽이되 아버지만은 살려달라고 사정하여 모두 죽기를 면하고, 그 효행에 나라에서 효자정문을 내렸다고 말한다.

④-8. 유검누가 벼슬을 버리고 병든 아버지를 봉양하면서 북두칠성께 그 병을 대신하고자 발원하니 아버지가 한 달 더 살았다고 말한다.

④-9. 숙검이 하늘에 어머니의 병이 낫기를 비니 문득 공중에서 정공등으로 빚은 술이 효험이 있다 말하자, 한 노인이 정등공을 구해준 후 간곳이 없었다고 말한다.

④-10. 오이가 늙은 어미를 지효로 섬길 때 익일이면 자신이 벼락에 맞아 죽는다고 신령이 알리니 그는 어머니가 걱정되어 들판에 나가 벼락 맞기를 기다리지만, 그 효성이 지극하여 살려주었다고 말한다.

④-11. 원각이 조부의 대소변을 받아내고 음식을 떠먹이는데, 아버지의 명령대로 조부를 지게에 실어 내다버린 다음, 지게를 가져와 훗날 아버지가 노쇠하면 쓰겠다고 하니 아버지가 깨달은 바가 있어 조부를 모셔와 잘 섬겼다고 말한다.

④-12. 진긍이 십삼 대 칠백 식구(食口)가 화목하게 조석 밥을 먹으니, 그를 본받은 그 집 개도 하나라도 오지 않으면 밥을 먹지 않게 되었고, 이를 임금에게 아뢰니 나라에서 은백을 사급(賜給)했다고 말한다.

④-13. 태수의 말에 대방은 삼강과 오륜을 알지 못하고 강상에 범한 죄를 후회하고 사죄한다.

[3] 종결부(해결의 결과)

① 태수의 말에 감복한 네 사람이 깊이 반성하면서 백배사례하자 그들이 마음을 고친 것으로 보고 방면한다.

② 집으로 돌아온 네 사람은 효행과 우애를 실천하여 가정이 화목하고 흥성하게 된다.

③ 대방이 효자로 일국에 유명하게 되자 천자가 효자 정문을 세우고 벼슬을 내린다.

④ 대방이 벼슬에 나아간 지 일 년이 못돼 강릉 태수를 제수받자 효로 으뜸을 삼고 인의예지와 삼강오륜으로 백성을 다스린다.

⑤ 대방의 아들과 딸도 효행이 있어 남취여가(男娶女嫁)로 대대 벼슬하되 충효로 으뜸을 삼는다.

위에서 보는 바와 같이 이 작품은 소설적인 구성이 다소 떨어짐을 알 수 있다. 『삼강오륜』이나 『내훈』을 두루 알리기 위한 방편으로 소설적인 구성을 일부 원용했기 때문이다. 따라서 사건의 앞뒤 논리도 명확하지 않을 뿐만 아니라, 극적 긴장감도 반감될 수밖에 없다. 사건구성도 발단에서 위기·전개를 지나 절정과 결말에 이르는 소설의 보편적인 구성법에서 벗어나 있다. 단지 당시에 성행하던 소설에서 도입부와 종결부를 원용하고 전개부에서 해이해진 강상문제를 강조했을 따름이다.

2.2. 작품의 구도

「진대방전」은 위와 같은 사정 때문에 전반적으로 단조로운 구조를 갖게 되었다. 그런데 이러한 구조가 오히려 윤리선양의 관점에서는 더 효과적일 수 있다. 단순한 구조를 통해 전달하고자 하는 내용을 더 밀도 있게 인지시킬 수 있기 때문이다.[10] 그것도 유교적인 관점에서 모범이 될 만한 사례를 중심으로 형상화하여 더 그러하다. 이러한 점을 염두에 두고 작품의 구조를 제시하면 다음과 같다.

---

10) 3단구성은 단순한 사실전달에 유용하다. 3단구성을 통해 문제의 제기와 처방, 그리고 결과를 효과적으로 기술할 수 있기 때문이다. 이에 대해서는 후술을 참조하기 바란다.

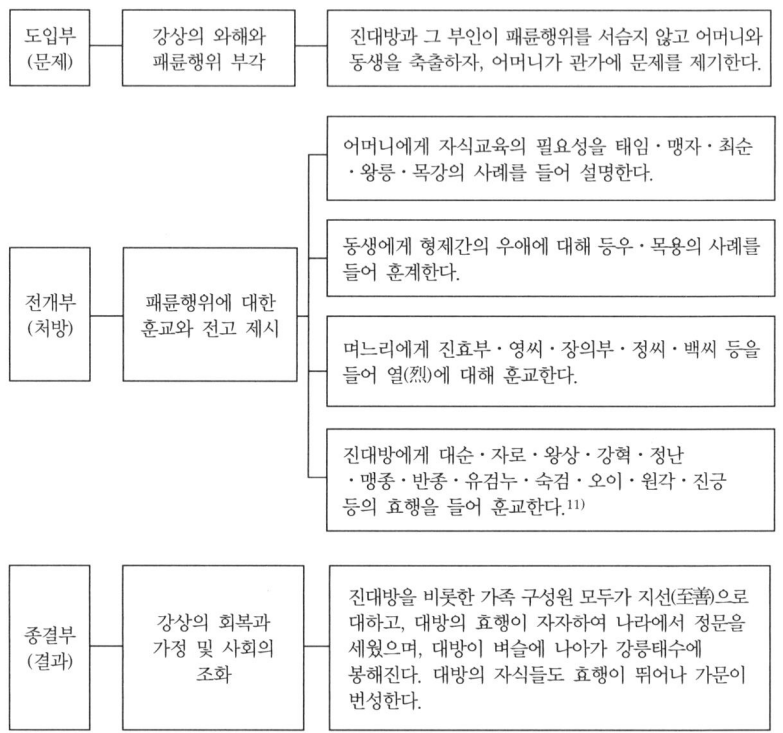

도입부에서는 강상이 무너진 심각성을 진대방 가정을 중심으로 부각해 놓았다. 즉 진대방 가족을 내세워 윤리와 기강이 무너진 실태를 심각하게 드러냈다. 특히 부모자식 간에 소통과 신뢰가 무너진 사정을 집중적으로 부각해 놓았다. 이 모든 상황 때문에 삼강오륜이 실현될 수 없어 금수와 같은 처지가 되었다고 했다. 제대로 배우지 못한 자식과 며느리가 윤리와 기강을 무시하고 무도하게 행동하는 것을 문제 삼은 것이다. 이렇게 유교의 기본적인 이념이 무너졌기 때문에 이를 원상 복귀시켜야 할 당위성이

---

11) 유검누·숙검·오이·원각·진긍은 비교적 이야기 구조를 갖추었는데, 이들에서 초월적 담론의 특성을 확인할 수 있다.

생겼다. 즉 가족구성원을 삼강오륜을 바탕으로 새로운 사람으로 태어나게 할 필요가 있었다. 그러한 방편이 다음에 살필 태수의 훈교(訓敎)이다.

전개부에서는 고을태수가 일방적으로 훈교한다. 즉 진대방 가족을 모두 관아로 불러들인 후 어머니·동생·며느리·진대방에게 차례로 전고를 들어 훈교한다. 어머니에게는 자식교육의 중요성을, 동생에게는 형제간의 우애를, 며느리에게는 아녀자의 부도를, 아들에게는 부모에 대한 효행을 말하고 있다. 따라서 전개부는 극적 갈등보다는 태수가 진대방 가족의 문제점을 개선하기 위하여 모범적인 사례를 들어 훈계할 따름이다. 윤리나 강상의 모범적인 사례를 통해 네 사람이 모두 반성하며 윤리적인 사람, 도덕적인 인간이 되기를 바란 것이다. 실제로 태수의 훈계로 네 사람은 그간의 과오를 뉘우치고, 새사람이 되고자 다짐한다. 이는 단조로운 구도이되, 이 작품이 윤리강상을 설파하는 데는 유용하다 하겠다. 그래서 도입부와 종결부는 전개부를 위해 존재하는 것처럼 보인다. 양방 액자형태로 자리하며 내부의 태수 이야기에 초점이 놓이도록 했기 때문이다. 그런 점에서 전개부는 윤리서사의 중핵과도 같다.

종결부에서는 태수가 훈교한 결과로 가속 구성원 모두가 개오하여 지선(至善)으로 생활하고, 그 보답이 모든 사람에게 미치는 이상적인 사회를 만들어 놓았다. 등장인물 모두가 삼강오륜·인의예지를 실천하여 당시의 지배층이 선망하는 사회가 되기를 바란 것이다. 이는 치민의 효과를 극대화한 것으로, 그만큼 윤리의식을 강조한 것이기도 하다. 후술하겠지만 이것은 역설적으로 당시 사회의 윤리기강이 심각하게 와해되어 있음을 반증하는 것이기도 하다.[12] 이상의 내용을 간략하게 표로 보이면 다음과 같다.

---

12) 이 작품에서는 중세적인 윤리관·치민의식을 가지고 통치의 수월성을 강조하고 있지만, 이미 당시 사회는 개인주의로 넘어가는 과도기에 접어들어 이러한 윤리교

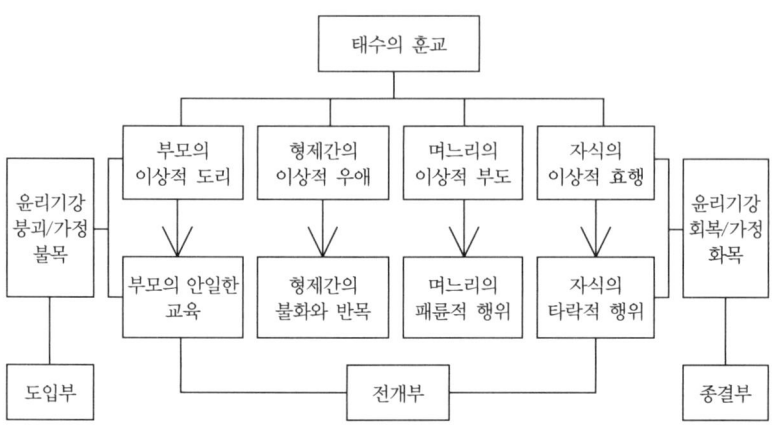

　위의 표에서 보는 바와 같이 이 작품은 전체적으로 단순한 구도를 보인
다. 먼저 도입부에서 가정 내의 윤리기강이 무너진 상황을 적시한 다음,
그 해결책으로 유교적인 강상을 올바르게 인식시키고자 하였다. 전개부에
서 고을태수는 먼저 어머니에게 부모의 이상적인 도리를 설파한다. 그러
자 그 어머니가 바람직한 인물로 변신한다. 같은 이치로 동생에게도 유교
적인 우애를 말하자, 그 또한 지선(至善)의 인물로 변한다. 며느리에게도
전고를 들어 유교적인 부도(婦道)를 말하자, 그녀 역시 모범적인 며느리로
바뀐다. 마지막으로 장남에게 바람직한 인간상을 말하자, 그 또한 유교이
념에 충실한 인물로 바뀐다. 따라서 전개부에서는 태수가 말한 대로 진대
방 가족의 부정적인 행위가 일시에 시정된다. 부정적인 요소가 모두 소거
되어 윤리적·유교적인 측면에서 모범적인 가족으로 다시 태어났다. 이어
서 유교적인 통치이념에 따라 모두 복락(福樂)을 누리는 것으로 마무리지

─────────────

육은 공허한 메아리가 될 수밖에 없었다. 이상적인 백성을 만들기 위해 윤리텍스트
를 내세웠지만, 조선전기처럼 유용하지는 못했다. 따라서 조선후기의 사회를 생각
하면 의도한 성과를 제대로 거두었는지 의문이다.

었다. 그래서 이 작품은 내부에서 다룬 강상이 이야기의 핵심이라 할 수
있다.

3. 서사적 모순과 윤리텍스트적 성격

윤리서사는 강한 목적성을 띠게 마련이다. 그 목적성을 작품에 용해시
켜 쾌감을 통해 구현하는 경우도 있고, 표면적으로 부각하는 경우도 있다.
전자의 경우 내용을 통해 숭고미나 쾌락미를 맛보면서 그 이면에 놓인
의도를 간파하도록 한 것이고,[13] 후자의 경우 주제를 심각하게 다루지
않고 의도한 것을 표면적·훈계적으로 드러낸 것이다.[14] 「진대방전」은
후자에 해당되는 윤리서사이다. 작자가 의도한 내용을 기왕의 단편전기
(短篇傳記)를 끌어들여 설명·훈계방식으로 다루었기 때문이다. 그래서
이 작품은 단순한 구조를 띨 뿐만 아니라, 앞뒤 논리도 어긋나는 경우가
없지 않다. 이러한 점을 감안하여 이 장에서는 「진대방전」의 특성을 일반
서사와 견주어 살핀 다음, 윤리텍스트적 성격을 짚어보도록 하겠다.

3.1. 구조적 모순

소설은 서사장르이기 때문에 기본적으로 논리적인 갈등을 조성해야 한
다. 논리적 갈등을 유발하고 해결하는 과정에서 독자는 다양한 간접경험

---

13) 대부분의 소설은 이러한 방식을 택하고 있다. 이른바 형상화를 통해 작가가 의도한
주제를 서사구조 속에 용해시킨 것이다.
14) 교화류의 단편전기가 이와 같은 특성을 보인다. 의도한 내용을 우회하지 않고 직설
적으로 전달하려는 목적성 때문이다.

을 겪게 된다. 일반적으로 고전소설의 갈등은 선악대립으로 촉발되지만, 그 나름대로 원인과 결과를 치밀하게 안배하여 독자의 관심과 흥미를 끌어낸다. 그런데 「진대방전」은 갈등이 치열하지 못할 뿐만 아니라 그다지 논리적이지도 못하다. 그것은 이 작품이 전체의 내용을 유기적으로 연결한 심층주제를 염두에 두지 않고 옴니버스식으로 단편서사를 나열했기 때문이다. 다만 여기에서는 모순되는 내용을 몇 가지 짚으면서 일반서사와 변별되는 점을 확인해 보도록 한다. 이는 다음 항에서 살필 윤리텍스트적 성격을 파악하기 위한 전제이기도 하다.

「진대방전」은 도입부·전개부·종결부의 연결이 자연스럽지 못하다. 앞에서도 보았듯이 이 작품은 크게 세 단계로 나뉜다. 첫 단계에서는 패륜에 대한 문제를, 두 번째 단계에서는 패륜행위에 대한 대안을, 세 번째 단계에서는 개오(改悟)한 인물에 대한 보상을 담고 있다. 그런데 이 세 단계의 연결이 그렇게 치밀하지 못하다는 점이다. 첫 단계인 도입부에서는 아버지를 일찍 여읜 진대방이 어머니에게 효행하지 않고 노름과 주색에 빠진 문제를 제기했다. 또한 그 부인도 무도하여 어머니를 제대로 섬기지 않고 남편을 기만하는 문제를 제시해 놓았다. 이럴 경우 다음 단계에서는 이들의 패륜이 극대화되고, 쫓겨난 어머니와 동생이 갖은 고생을 겪다가 성공해서 몰락한 진대방을 개오시키는 것이 일반적일 수 있다. 그런데 이 작품에서는 전개부에서 갈등이 심화되지 못했을 뿐만 아니라, 선인형 인물의 역경을 치밀하게 다루지도 않았다. 게다가 악인형 인물에 대해서도 특별한 치죄가 따르지 않는다. 모든 인물에게 윤리를 강조하고 화해의 장을 마련하여 서사적 긴장감이 현격하게 떨어지고 말았다.

사실 도입부에서 문제가 되는 인물은 진대방과 그 부인이다. 그래서 이 둘의 문제점을 다음 단계에서 집중적으로 부각하고, 인물 간의 갈등을 통해 해결의 실마리를 찾아야 한다. 하지만 정작 다음 단계에서는 문제인물인 진대방과 그 부인은 물론, 피해자인 어머니와 그 동생에게까지 장황하게 훈교한다. 그래서 도입부에서 제기된 이야기의 실마리와 전개부의 내용 간에는 모순이 생기고 말았다. 실제로 도입부에서는 어머니에 대한 문제가 제시되지 않았으며, 더욱이 동생은 거명조차 되지 않았다. 그런데 전개부에 들어와 갑자기 어머니와 동생을 주요한 훈계의 대상으로 내세워 일반적인 서사논리에서 크게 벗어나고 말았다. 오롯한 서사를 염두에 두었다면 이렇게 앞뒤 논리가 일그러지는 일은 극히 드물다. 이는 역으로 이 작품이 당시에 일반적인 고전소설의 작법을 따르지 않고, 소설의 창작방법을 일부 원용하여 윤리적인 내용을 다양하게 설파한 결과라 할 수 있다. 서사를 통한 미감의 체득보다는 윤리의식을 고양할 목적성 때문에 교육적인 담론이 된 것이라 할 수 있다. 이는 자연스럽게 이 작품이 농밀한 서사를 고려하기보다는 윤리의식 고취를 목적으로 창작·유통되었음을 말하는 것이기도 하다.

　작품의 전개부와 종결부의 연결도 부자연스럽기는 매한가지이다. 이 작품의 핵심인 전개부에서는 고을태수가 진대방의 네 식구를 일방석으로 훈교한다. 그런데 오륜을 어긴 문제를 지적하고 고사를 들어 이야기한 것만으로 모두 선한 인물로 변하고 있다. 일반적으로 주연인물들이 마지막 부분에 이르러 행복을 보장받는 데는 그 나름의 개연성을 가지고 있다. 빼어난 문재(文才)로 선망의 대상이었다든지, 전장(戰場)에서 무공을 세웠다든지, 선심으로 이타행위를 실천했다든지 하는 등의 개연성을 마련한 다음에 그 결과로 행복이 주어지는 것이다. 그런데 이 작품에서는 태수의 이야기에 감복한 네 사람이 별다른 과정 없이 곧바로 선한 인물로 변모하고, 그들에게 상당한 보상이 주어진다. 보상할 개연성이 부족함에도 불구하고 대대로 벼슬하며 충효를 실천하도록 했다. 사건을 상당히 비약하면서 종결부를 마련하여 일반적인 서사에서 상당히 일탈되어 있다. 이 또한 윤리를 선양해야 할 목적성 때문이라 하겠다.

3.2. 인물설정의 모순

「진대방전」은 인물의 행위와 훈교 내용이 논리적으로 연결되지 않는다. 앞에서도 말한 것처럼 이 작품은 조선 전기의 주요한 교화서를 대폭적으로 수렴하여 형상화할 것이다. 그래서 작자가 의도한 것은 윤리의식을 고양하기에 적절한 전개부의 전기(傳記)를 효과적으로 인지시키는 것이라 하겠다. 그러한 목적 때문에 인물의 행위와 무관한 내용까지 전개부에서 다루게 되었다. 실제로 도입부를 감안할 때 전개부에서는 진대방과 그 부인의 행위에 대한 문제점을 집중적으로 부각하고, 그들을 개오시키면 문제가 해결될 수 있다. 그렇게 해야만 앞뒤의 논리에도 문제가 생기지 않는다. 그래서 도입부에서 문제를 야기하지 않은 어머니나 동생을 장황하게 훈교한 것은 적절치 못하다. 도입부에서 보인 인물들의 행위에 초점을 맞추어 전개부를 마련해야 하는데, 다양한 윤리의식을 드러내려고 하다 보니 그렇게 하지 못했다. 이처럼 이 작품은 인물의 설정이나 그들의 행위에 일관성이 결여되어 서사적인 논리성을 잃고 말았다. 각 인물과 관련된 문제점을 들어보면 다음과 같다.

어머니의 행위와 그에 대한 훈교이다. 진대방의 어머니는 어렵게 아들을 낳았지만 남편이 일찍 죽는다. 진대방의 아버지는 아들이 어렸을 때 지극히 사랑하여 훈육을 제대로 하지 못했다. 그로 인해 진대방은 아버지가 죽은 후에 어머니의 훈육을 무시하고 무뢰배와 어울려 주색과 놀음을 일삼는다. 양씨녀와 결혼하고는 아들 부부가 합심하여 어머니를 배척하는 상황이 벌어진다. 어머니는 아들과 며느리에게 다양한 방편으로 설득했지만 소용이 없었다. 어쨌든 어머니는 아들의 개오를 위해 다양한 노력을 기울인다. 그런 점에서 어머니가 문제를 촉발한 주체가 될 수는 없다. 그럼에도 불구하고 전개부에서는 고을태수가 다양한 전거를 들어 어머니에게 자식교육의 필요성을 역설하고 있다. 그러자 그 어머니도 특별한 잘못이 없음에도 고두사죄하며 스스로 반성한다. 이처럼 인물의 행위와 관련해서 볼 때 어머니에 대한 훈교는 앞뒤의 인과성을 벗어난 것이라 할 수 있다.

동생에게 우애를 강조한 것은 문제가 더 심각하다. 도입부에서는 동생이 보인 행위가 전혀 나타나 않는다. 다만 지문에 어머니와 함께 내쫓김을 당했다는 정도만 언급된다.[15] 그래서 고을 태수가 그를 불러 형제의 우애를 말하는 것은 어울리지 않는다. 형의 패륜적 행위에 그 동생이 대응하며 갈등을 고조시켰을 때 전개부에서 그의 잘못을 지적해야 한다. 그런데 형과의 갈등은커녕 행위조차 언급되지도 않은 상황에서 그를 불러 훈교하는 것은 생경할 수밖에 없다. 앞뒤의 논리노 맞지 않을 뿐만 아니라, 인물의 행위를 중심으로 서사해 나가는 소설의 장르적 특성과도 거리가 있다. 아무래도 이는 전개부에서 다양한 가정윤리를 강조하여 빚어진 기현상이라 할 수 있다.

양씨녀에 대한 훈교도 그녀의 행위와 일정한 거리가 있다. 양씨녀가 야기한 문제는 시모(媤母)에게 불효하거나 남편을 기만한 것이다. 그럼에도 인용한 전거의 상당수는 남편을 향한 절개가 큰 비중을 차지한다. 수자

---

15) 그 동생은 도입부에서 존재조차 확인되지 않는다. 다만 어머니를 내쫓을 때 동생도 함께 내쫓겼다고만 언급되어 있다.

리 나간 남편을 기다리며 시부모를 봉양한다든지, 정혼자(定婚者)가 죽자 절개를 생각해 시가(媤家)에 들어가 시부모를 봉양한다든지 하는 내용이 주종을 이룬다. 따라서 시모에게 불효하고, 남편에게 궤변(詭辯)하고 방탕한 생활을 일삼았던 양씨녀의 행위와 일정한 거리가 있다. 특히 칠거지악이나 여성이 지켜야 할 법도를 장황하게 설명한 것은 전개부에서 보인 양씨녀의 행위와 크게 관련이 없다. 이는 전개부에서 여성이 지켜야 할 덕목을 가능한 한 다양하게 제시하고자 하여 나타난 결과이다.

진대방은 도입부에서 부모의 뜻을 거스르면서 방탕한 생활을 일삼았다. 특히 문제가 되는 것은 아버지가 죽은 후에 어머니에게 불효하고 아내의 말만 믿고 편벽되게 행동한 것이다. 그래서 그가 보인 행동을 볼 때 훈교에서 중요하게 다루어야 하는 것은, 어머니에 대한 불효와 제대로 수행하지 못한 가장 역할이다. 그럼에도 전개부에서는 가장으로서의 문제에 대해서는 열두 화소 중 진궁 한 화소에만 그쳤고, 대부분 효행과 관련된 것으로 묶었다. 물론 효행과 관련된 것도 문제는 여전하다. 진대방의 행위가 그 어머니에 대한 불효가 핵심임에도 불구하고, 전개부에서는 아버지에게 효행한 내력을 다수 밝히고 있다. 즉 반종·유검누·원각에서는 아버지에게 효행한 사례를 들어 앞에서 제기한 문제와 동떨어진 처방을 내리고 말았다. 이 또한 가정 내에서 아들·가장의 역할을 복합적으로 드러낸 결과라 하겠다.

이상에서 보는 바와 같이 이 작품은 전반적인 구조가 긴밀성을 확보하지 못했을 뿐만 아니라, 개별적인 인과도 결여되어 있다. 이는 다른 소설 작품이 가능한 한 논리를 갖추어 수용층에게 공감을 사려했던 것과 변별된다. 이런 점에서 이 작품은 소설의 탈을 썼을 뿐 서사논리와는 일정한 거리가 있다.

3.3. 윤리텍스트적 성격

「진대방전」은 앞에서도 살핀 바와 같이 일반서사에서 중시하는 앞뒤 논리가 상당수 결여되어 있다. 소설을 표방하면서도 정작 소설적인 논리에서 벗어나 있다는 점이다. 아무래도 서사성보다는 윤리텍스트를 염두에 두어 그러한 결과를 초래한 것으로 보인다. 이처럼 어긋난 서사문법은 이 작품의 윤리텍스트적 자질을 반증하는 것으로 보아도 좋겠다. 여기에서는 내용과 구조를 중심으로 윤리텍스트적 성격을 살펴보도록 하겠다.

3.3.1. 내용상의 성격

먼저 이 작품이 갖는 윤리텍스트적 성격을 작품내용을 통해서 확인할 수 있다. 일반적으로 독자는 소설을 읽으면서 다양한 생각을 대입·감상하곤 한다. 그런데 이 작품은 일반서사에서처럼 그렇게 복합적인 생각을 요하지는 않는다. 의도한 핵심을 표면에 그대로 노출시켜 놓았기 때문이다. 그러한 내용은 작품의 대부분을 차지하는 고을태수의 이야기이다.

실제로 이 작품은 대부분의 내용이 태수의 일방적인 훈교와 관련되어 있다. 서사적 긴밀성이 떨어지더라도 유교적 이념을 설파할 만한 내용이면 망라주의식으로 모아놓아 전반적으로 윤리서·교화서의 그것과 동일하게 되었다. 말하자면『삼강행실도』나『오륜행실도』·『내훈』과 같이 강상의 모범이 될 만한 단편적인 전기(傳記)를 수록하여 서사성보다는 설명적 전달성에 중점을 둔 작화가 되었다. 그래서 문제를 야기하여 관아에 잡혀온 인물, 즉 진대방과 그 부인, 어머니와 동생은 서당의 학동과 다름이 없게 되었다. 이는 또한 예화를 들어 잘못을 시정했기 때문에 일반송사소설의 그것과도 차이가 있다.

이 작품의 중심 내용인 태수의 이야기는 문제가 되었던 진대방과 부인은 물론, 그의 어머니와 동생에게까지 다양한 전고를 들어 훈계하는 것이다. 그런데 이러한 내용은 이미 조선전기의 교화서에 수록·전승되던 것이기도 하다. 그래서 이미 윤리를 고양할 목적에서 간행·유포된 것을 재인용한 것에 지나지 않아 이 작품은 그 자체로써 윤리텍스트의 성격을 가질 수밖에 없다. 작자의 창작의식의 발로보다는 기왕의 것을 재수록하면서 또 다른 교화서를 만들었기 때문이다.

다만 같은 내용을 다루되 일반교화서와 「진대방전」의 서술문체만은 변별된다. 『삼강행실도』를 위시한 일반교화서는 간명한 문체라서 건조한 느낌을 준다. 즉 충효열의(忠孝烈義) 등에 남달랐던 인물의 특정 행위만을 부각하여 건조한 문체가 될 수밖에 없었다. 이러한 문제를 극복하면서 교화내용을 대중에게 효과적으로 각인시키기 위해서는 당시에 대중적으로 인기를 모았던 소설문체에 주목할 필요가 있었다. 실제로 태수는 일반교화서와는 달리 구연하듯이 네 인물에게 유교적인 강상을 말하고 있다. 이는 소설의 연행과 흡사한 것으로, 서사전개를 화자와 청자가 구비된 이야기판의 그것과 흡사하게 만들었다. 이는 유교적인 강상을 효과적으로 인지시키기 위한 방편 중의 하나라 할 수 있다.

이 작품은 어머니를 통해서 자식에게 지켜야 할 도리나 자식에 대한 교육의 중요성을 말했다. 그래서 부모자식 간의 윤리를 강조한 담론이라 할 수 있다. 동생을 통해서는 형제지간의 윤리를 말하고 있다. 가정윤리 중 동기간의 우애를 비중 있게 생각한 것이다. 다음으로 양씨녀를 통해서는 부녀자가 지켜야 할 윤리덕목을 말하고 있다. 전반적으로 여성이 시가에서 엄수해야 할 윤리덕목을 강조하였다. 진대방을 통해서는 자식이 지켜야 할 윤리덕목을 밝히고 있다. 어떠한 경우든 자식이 부모에게 효행해야 마땅하다고 보았다. 그래서 이 부분의 내용은 부모는 자식에게 훈육을, 자식은 부모에게 효행을, 그리고 자식 간에는 우애를 강조한 담론이라 할 수 있다.

이와 같은 내용을 일반소설에서도 주요하게 다룬다. 문제는 일반소설에서는 모든 것을 뭉뚱그리지 않고 하나만을 특화해서 서사적 인과를 통해 형상화한다는 점이다. 즉 충이나 효, 또는 열이나 우애를 내세워 주제로 설정하거나, 이들보다 하위류로 주제를 내세워 작품을 형상화한다. 그런데 이 작품에서는 그러한 것을 감안하지 않고 유교윤리를 선양할 만한 것은 모두 모아 놓았다. 그래서 이 작품은 긴밀한 서사성보다는 윤리적 교화성에 더 큰 비중을 둔 것이라 할 수 있다. 소설을 가장하면서 윤리적 덕목을 나열하여 새로운 윤리텍스트가 되도록 한 것이다.

3.3.2. 구성상의 성격

앞에서도 말한 바와 같이 이 작품은 전체구성에서도 윤리텍스트적 성격을 찾을 수 있다. 일반적으로 소설은 특정한 시공간에서 몇몇의 인물들이 인과적인 갈등을 조성한다. 인물을 소개하고 인물들이 갈등을 야기하는 곳을 대체로 발단과 전개라고 한다. 그리고 그러한 갈등이 심화·확대되다가 정점에 이르렀을 때를 위기와 절정이라고 말한다. 마침내 모든 인물의 갈등이 해소되고 최종적인 결과가 도출되는 곳을 하강과 결말이라고 한다. 일반소설은 대체로 이러한 구성을 따른다.

그런데 진대방전은 소설의 5단 구성을 충족하지 못하고 있다. 소설에서 핵심으로 다루는 위기와 절정이라고 할 만한 것이 없기 때문이다. 진대방의 생장을 발단으로, 그의 패륜행위를 전개로 본다면, 태수의 장황한 훈교를 위기와 절정으로 보아야 한다. 그런 다음 마지막의 해피엔딩을 결말로

볼 수 있다. 그런데 태수의 훈교는 윤리적인 사항을 개황적·병렬적으로
설명하고 있어 극적 긴장감을 조성하거나 갈등을 고조한 것으로 보기 어
렵다.

그래서 이 작품은 5단구성보다는 3단구성인 발단·전개·결말로 보는
것이 합리적이다. 3단구성 중에서도 특히 주목되는 것이 바로 전개부이다.
이 전개부에서 이 작품에서 의도한 바 핵심을 장황하게 서술해 놓았기
때문이다. 만약 이 전개부가 이 서사의 중추라면, 이 작품은 전체적으로
액자구조와 흡사하게 된다. 도입부의 내용은 전개부를 이끌기 위한 전제
이고, 종결부는 전개부에서 교화된 인물의 후일담처럼 처리할 수 있기
때문이다. 쉬운 이해를 위해 이를 표로 보이면 다음과 같다.

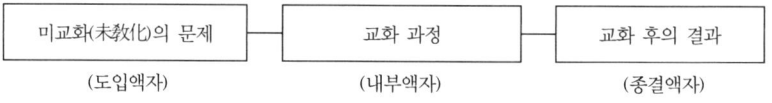

위의 표에서 보면 이 작품의 전반적인 구성을 쉽게 짐작할 수 있다.
먼저 도입부에서는 진대방과 그 부인의 패륜적인 행위를 집중적으로 부각
해 놓았다. 유교적인 덕목이나 윤리를 실천하지 않아 생길 수 있는 문제를
우선 제시한 것이다. 이를테면 미교화(未敎化)의 문제점을 부각하기 위해
진대방과 그 부인이 필요했던 것이다. 그런 다음 전개부에서 유교 덕목을
모범적으로 실천한 전고(典故)를 다양하게 들고 있다. 즉 가정 내의 유교
윤리를 부모와 아들, 시부모와 며느리, 형제의 측면에서 기술하였다. 이는
문제적 인물에 대한 치유과정이기도 하다. 유교윤리나 강상을 인지시켜
미교화에서 교화의 세계로 끌어들인 것이다. 따라서 교화와 관련된 내용
을 다양하게 기술한 전개부가 이 작품에서 의도한 바 핵심이라고 할 수

있다. 그런 다음 종결부에서는 교화 후의 결과를 말하고 있다. 즉 유교의 강상을 제대로 실천했을 때 주어지는 보상을 과장적으로 다루고 있다. 이는 강상이 충족된 유교사회의 이상을 구현해 놓은 것으로 볼 수 있다. 물론 이렇게 될 수 있었던 데에는 전개부에서 교화과정을 충실히 이행했기 때문이다.

이 작품이 이렇게 3단구성을 마련한 것은 효과적인 교화텍스트를 염두에 둔 결과라 하겠다. 복잡한 과정을 거치지 않고 문제제기, 문제에 대한 치유, 치유 후의 결과를 다루기에는 3단구성이 유용하기 때문이다. 따라서 이 작품은 전체의 구성에서도 교화텍스트적 특성을 확인할 수 있다.

4. 윤리서사적 효용과 한계

「진대방전」은 유교입국을 내세운 조선조 내내 강조되었던 삼강오륜 등의 윤리덕목을 다양하게 수렴해 놓은 작품이다.[16] 그것도 교화서를 표방하지 않고, 당시의 대표적인 문학장르인 소설을 통하여 가시적·표면적으로 드러냈다. 조선조의 사회에서는 이러한 윤리덕목을 매우 소중하게 인식하고 있었다. 다만 그러한 윤리덕목을 어떻게 하면 대중에게 효과적으로 인지시키느냐가 문제였다. 이를 감안하면 대중적 인기를 얻었던 소설을 원용하여 유교적인 이념이나 윤리의식을 고취시킨 「진대방전」이야말로 새로운 형태의 교화서라 할 만하다. 실제로 「진대방전」은 교화서적

---

16) 이러한 의식은 이미 고려조부터 있었다. 김부식의 『삼국사기』도 그러한 성향이 없지 않다. 특히 고려 말 신진사대부들은 이러한 의식이 확고했는데, 이들이 조선을 건국하면서 표면적으로 부각된 것이라 할 수 있다.

특성 때문에 부녀자나 상층부에서 부담 없이 읽을 수 있었고,[17] 그것이 100여 종이 넘는 이본을 낳는 동인이기도 했다. 이렇게 볼 때 「진대방전」은 문학의 쾌락적 기능보다는 교훈적 기능에 비중을 두면서 당시의 계몽문학・교훈문학처럼 유통되었음을 알 수 있다. 이는 조선전기부터 지속되었던 유교이념을 시대상황에 맞게 윤리텍스트로 변용했음을 의미하는 것이기도 하다.

앞에서 본 것처럼 이 작품은 조선전기부터 지속되었던 유교적인 윤리 기강을 다양하게 드러냈다는 점에서 교화서적 성격이 강하다. 문제는 이 작품에서 내세운 윤리가 과연 당시의 상황과 부합하느냐 하는 점이다. 이 작품이 대중적으로 확산되던 조선후기 특히 18~20세기는 중세에서 근대로 이행하는 과정이기 때문에 사회적으로 많은 변화를 겪는다. 경제적으로는 중인이나 상민이 크게 진출하여 부를 축적하는 경우가 많았고, 양반층에서도 궁핍한 생활을 벗어나지 못하는 경우가 흔했다.[18] 그러면서 화폐의 가치가 도덕관념을 흐트러뜨리는 일이 자주 발생했다. 그러한 사정을 「흥부전」・「왈자타령」・「옥단춘전」 등에서 확인할 수 있다. 「진대방전」에서도 목민장이 누차 반복하는 것 중의 하나가 당시 사람들이 "물욕만 탐한다"는 것이다. 물질의 비중이 높아지면서 전통적인 도덕관념이 희박해져만 가는 상황이 조선후기 사회에서 벌어지고 있었다. 그래서 전통윤리를 강조하는 것은 어찌 보면 공허하게 들릴 소지가 없지 않았다.

역설적으로 전통적인 기강이 해이해져 이와 같은 작품이 필요했는지도 모른다. 잘 아는 것처럼 조선후기는 임진왜란을 겪으면서 많은 변화가

---

17) 조선조 여인의 언간에서 이 작품을 두고 「내훈」과 대등하다고 말한 것으로 보아 당시에 이 작품을 교화서처럼 부담 없이 읽지 않았을까 한다.
18) 김진영, 「고전소설의 문화적 전통과 현대적 계승방안」, 『한국언어문학』 제56집, 한국언어문학회, 2006, 93~124쪽.

있었다. 특히 중인이나 상민이 부상하여 경제계에서는 물론, 문화계에서도 역동적으로 활동했다. 하지만 지배층은 조선후기를 조선전기의 상황과 달리 생각하지 않았다. 굳건했던 중세적인 질서가 유지되기를 여전히 바랐기 때문이다.[19] 임진왜란 이후에도 왕통이 계속된 것만 중시할 뿐 사회가 다변화되는 것에는 관심이 적었다. 중인이나 상민이 경제활동에 나서 상업화·도시화가 날로 진척되고, 백성들의 다수는 근대적인 소시민을 지향하고 있었지만,[20] 지배층은 보수적인 명분에 사로잡힌 경우가 많았다. 백성들이 자각하여 실용성을 앞세우고, 경제성을 따지다 보니 전통적인 가치관이나 윤리관이 흔들릴 수밖에 없는 상황이었다. 상층부에서는 이러한 상황을 못마땅하게 생각하여 유교적인 관점에서 교화에 더 집착하게 된다. 그렇게 해서 「진대방전」과 같은 작품이 등장하여 남녀상하를 막론하고 애독될 수 있었던 것으로 보인다.

문제는 다변화되고 실용성을 추구했던 하층민들에게 이러한 유교적인 강상이나 윤리로는 설득력을 가질 수 없었다는 점이다. 앞에서도 보았지만 이 작품에서 다룬 내용은 관념적이고, 때로는 맹목적·초월인 경우가 많다. 따라서 이러한 내용으로 새로운 사회실서·동치질서를 바런하는 것은 중세적인 이념을 강요하는 것에 지나지 않는다. 이 작품이 향유되던 시기는 이미 중세에서 벗어나 근대를 지향하고 있었는데, 중세적인 이념이나 덕목만을 강조하면 설득력을 갖기 어렵다. 그보다는 실용성을 접목하고, 실천 가능한 범주에서 교화하는 것이 더 유용할 수 있었다. 하지만 그러한 것과는 거리가 있어서 이 작품은 윤리교화서로서의 한계를 드러낼

---

19) 조동일, 『한국문학통사』 3, 지식산업사, 2007, 9~12쪽.
20) 조선후기는 신분사회이기는 하지만 그 구획이 불명(不明)해지고 말았다. 반면에 가진 자와 못가진 자로 나뉘는 계급사회의 특징을 드러내고 있었다.

수밖에 없었다.

요컨대 「진대방전」은 전통적인 교화서류의 경직됨을 벗어나 당시에 성행하던 소설의 외장을 쓴 새로운 교화서로 제작되었다는 점에서는 평가할 만하다. 문제는 비록 소설적인 구조를 통해 전통적인 교화서의 내용을 수렴했을지라도 시대상황에 맞지 않는 내용이 다수를 차지하여 한계를 드러내고 있다는 점이다. 실용성·경제성이 중시되는 사회적 조류를 무시한 채 이념적·관념적·초월적인 내용을 담아 기왕의 교화서류와 마찬가지로 중세적인 보수성을 벗어나지 못한 것이다.

5. 결론

지금까지 「진대방전」의 윤리서사적 특성을 살펴보았다. 먼저 작품의 경개와 구도를 살핀 다음, 일반서사와 변별되는 구조와 윤리텍스트적 성격을 검토하였다. 이를 바탕으로 이 작품의 윤리서사적 특성과 한계에 대해 검토해 보았다. 지금까지의 논의를 요약·정리하는 것으로 결론을 대신하고자 한다.

첫째, 「진대방전」의 경개와 구도는 윤리텍스트로 보아야 전반적으로 자연스러울 수 있다. 이 작품은 크게 도입부와 전개부 및 종결부로 나뉜다. 도입부에서는 진대방의 패륜행위를, 전개부에서는 고을태수의 훈교를, 종결부에서는 윤리와 기강이 확립된 이상사회를 다루었다. 이렇게 3단구조를 통해 전개부의 내용을 효과적으로 인지시키고자 했다. 전개부에서 고을태수가 진대방 가족에게 말하는 전고(典故)가 교화의 핵심이 되도록 한 것이다. 따라서 이 작품의 전체구도는 윤리교화서를 염두에 둔 것으로 보아야 하겠다.

둘째, 「진대방전」은 일반서사에서 요구되는 논리가 결여되어 있다. 일반적으로 서사문학은 앞뒤의 논리를 담보하여 독자의 요구에 부응하려고 한다. 특히 독서 위주의 서사는 논리가 정연해야 독자에게 설득력을 가질 수 있다. 하지만 이 작품은 전체구조에서 볼 때 도입부와 전개부, 그리고 종결부의 연결이 자연스럽지 못하다. 도입부에서 제기되지 않은 문제를 전개부에서 다루었는가 하면, 전개부 각 내용에서도 인과관계가 많이 떨어진다. 그리고 전개부와 종결부가 긴밀하지 못하여 논리적인 비약도 확인된다. 인물설정에서도 부자연스럽기는 매한가지이다. 도입부에서 거명되지 않은 인물이나 피해자에게도 전개부에서 가해자와 똑같이 장황하게 훈교하여 논리적인 설득력을 잃고 말았다. 이는 전개부에서 교훈적인 내용을 다양하게 인지시키는 데 주안점을 둔 결과라 할 수 있다.

셋째, 「진대방전」은 윤리텍스트적인 성격이 아주 강하다. 이 작품은 내용이나 구조를 볼 때 윤리텍스트적 성격이 농후하다. 내용에서는 전통적으로 계승되던 전고를 활용하여 윤리교화서의 특성을 분명히 했다. 즉 부모와 자식의 윤리, 형제의 윤리, 아녀자의 부덕과 관련된 전고를 다양하게 설파해 전통적인 교화서의 그것과 큰 차이가 없게 되었다. 그리고 구조적인 측면에서도 윤리텍스트적인 성격을 확인할 수 있다. 이 작품은 3단구조로 되어 있는데, 이 3단구조가 액자구조와 흡사하다는 점이다. 이는 내부액자인 전고를 효과적으로 인지시킬 목적 때문이라 하겠다. 그래서 발단부는 내부액자를 유도하는 도입액자와 같고, 종결부는 내부액자에서 교화된 인물의 후일담을 다룬 종결액자와 흡사하다. 이렇게 3단구조의 겸비는 일반소설의 그것과 변별되는 것으로, 이는 윤리기강을 선양할 목적 때문에 빚어진 결과라 할 수 있다.

넷째, 「진대방전」은 개신된 윤리서사이지만 그 한계 또한 분명하다. 이 작품은 전통적인 윤리서의 내용을 수렴하면서도 태수의 이야기를 통해 전달하는 방식을 택했다. 즉 소설적인 문체를 원용하여 전통적인 윤리기강을 말한 것이다. 그래서 경직된 교화서라는 이미지를 상당수 벗을 수 있었다. 그런 점에서 이 작품은 조선후기의 상황에 맞게 개신된 윤리서라고 말할 만하다. 하지만 다룬 내용의 대부분이 전통적인 것에서 벗어나지를 못했다. 즉 관념적·이념적·초월적·맹목적인 내용이 다수를 차지하여 윤리교화서로서의 기능을 충분히 발휘했을지 의문이다. 이미 이 작품이 유통되던 시기는 실용성·경제성·인과성을 따지는 사회였다. 그런데이 작품에서는 보수적인 내용만을 강조하여 현실과 동떨어진 처방을 내리고 말았다. 그런 점에서 이 작품은 새로운 형태의 윤리서를 지향했지만, 내용에서는 전통적인 관념에서 벗어나지 못해 일정한 한계를 가질 수밖에 없다.

1. 서론

이 글은 「춘향전」을 중심으로 고전소설 교육의 다양화 방안을 모색하기 위한 것이다. 「춘향전」을 비롯하여 「구운몽」과 「허생전」 등은 중고등학교 교재에 실린 대표작이다. 잘 아는 것처럼 「구운몽」은 서포가, 「허생전」은 연암이 지은 작품이다. 그래서 대중적인 유변(流變)이 작자미상인 「춘향전」보다 어려울 수 있다. 「춘향전」의 경우 작자미상에다 전래하던 설화를 바탕으로 형상화된 적층문학이라는 점에서 대중취향성이 강하고, 문학적인 변폭(變幅) 또한 다양할 수 있다. 그래서 다른 작품보다 「춘향전」을 중심으로 고전소설 교육의 다양화 방안을 모색하는 것이 효율적일 수 있다.

그 동안 「춘향전」에 대한 교육 방안이나 교육적 가치를 논의한 것이 상당수여서 연구사로 정리할 필요가 있을 정도이다.[1] 특히 교육대학원의

---

1) 장원석, 「구성주의 이론을 적용한 「춘향전」 교육의 실제」, 『국어교육연구』 제32집, 국어교육학회, 2000, 27~54쪽.
권순긍, 「문제제기를 통한 고소설 교육의 방향과 시각 : 『고등학교 국어』 교과서

석사논문에서 「춘향전」을 반복적으로 다루어 그 성과를 주목할 만하다.
이들 논의는 교육현장에서 활용할 수 있도록 교수-학습 지도안을 구안하
거나 교육방법론을 모색하는 데 관심을 기울였다.[2] 그럼에도 불구하고
이러한 성과가 교육현장에서 실제로 얼마나 유용하게 쓰이는지에 대해서
는 더 고민할 필요가 있다.

　이를 감안하여 이 글에서는 「춘향전」이 통공시적으로 유통되면서 보여
주었던 제반 현상을 다룸으로써, 이 작품이 단순히 소설에 국한되지 않고
다양한 문화예술로 향유되었던 양상을 파악하고자 한다. 이를 토대로 고
전소설을 문학교육의 목표에 맞게 교육할 수 있는 방안을 모색해 보도록

　　소재 「구운몽」·「춘향전」·「흥부전」을 중심으로」, 『고소설연구』 제12집, 한국고
　　소설학회, 2001, 415~444쪽.
　　서승아, 「모티프를 중심으로 한 서사교육의 지평 : 「춘향전」의 혼사장애 모티프를
　　근저에 두고」, 『새국어교육』 제77호, 한국국어교육학회, 2007, 707~726쪽.
　　류수열, 「국어과 교육과정의 지역화 시론 : 「춘향전」과 「정읍사」를 중심으로」, 『한
　　국언어문학』 제68집, 한국언어문학회, 2009, 187~208쪽.
　　신원기, 「「춘향전」 작품군을 활용한 서사 갈래 학습 방안」, 『한국문학논총』 제53
　　집, 한국문학회, 2009, 199~230쪽.
　2) 비교적 근래의 것을 들어 보면 다음과 같다.
　　손민경, 「고등학교 교과서에 나타난 「춘향전」의 교육내용과 소규모 학습방안 연
　　구 : 7차 국어·문학 교과서를 중심으로」, 성신여자대학교 대학원 석사논문, 2006.
　　장유섭, 「「춘향전」 교육 방법 연구 : 제7차 교육과정의 문학문화 교육의 목표와
　　관련하여」, 연세대학교 대학원 석사논문, 2007.
　　정향심, 「상호텍스트성을 활용한 「춘향전」 교육 연구」, 숙명여자대학교 대학원 석
　　사논문, 2007.
　　조새봄, 「판소리계 소설 「춘향전」의 효과적 교육 방안 연구 : 생성과정을 중심으로」,
　　인하대학교 대학원 석사논문, 2007.
　　백혜진, 「「춘향전」 교육 방법 연구 : 2000년 이후 「춘향전」 공연예술을 중심으로」,
　　연세대학교 대학원 석사논문, 2008.
　　한래경, 「이본 활용을 통한 「춘향전」 교육 연구 : 「남원고사」와 완판 84장본 「열녀
　　춘향수절가」를 중심으로」, 연세대학교 대학원 석사논문, 2009.
　　임성렬, 「열 이야기를 통한 전통 정서 교육 연구 : 「춘향전」과 「변강쇠가」를 중심
　　으로」, 동국대학교 대학원 석사논문, 2010.

하겠다. 실제로 「춘향전」은 텍스트 자체로서는 소설이지만, 향유・유통 과정에서는 문화예술과 긴밀한 관계를 맺어 왔다. 따라서 이러한 실태를 온전히 파악한 후 교육기재로 활용하면, 문학교육의 다양한 목표에 부합 되는 교육 방안을 강구할 수 있을 것으로 본다.

이를 감안하여 이 글에서는 먼저 문학교육의 목표와 「춘향전」의 교수-학습실태를 전반적으로 짚으면서, 문제점이 무엇인지 확인하도록 한다. 이어서 「춘향전」이 전승되면서 구현했던 문화예술적 양상을 종합적으로 검토한 후, 고전소설 교육의 다양화 방안을 전통・융복합의 관점에서 찾 아보도록 하겠다. 이러한 논의가 순조롭게 진행되면 적어도 고전소설이 대중의 문화나 예술로 기능했던 양상이 파악되고, 나아가 고전소설 교육 의 바람직한 방향까지 모색할 수 있으리라 본다.

2. 문학교육의 목표와 「춘향전」의 교수-학습 실태

「춘향전」은 그 자체로서 문학과목의 내용체계에 상당부분 호용되고 있 다. 제7차 교육과정의 문학과목 내용체계 중에서 문학의 본질, 문학의 수 용과 창작, 문학과 문화, 문학의 가치 및 태도와 관련된 사항을 「춘향전」의 형성・전승과정에서 얼마든지 읽어낼 수 있기 때문이다. 그래서 「춘향전」 의 문예적 실상을 제대로 밝히는 것은 고전소설 교육의 다양화 방안을 강구하는 것과 상통할 수 있다. 이를 전제하면서 제7차 교육과정상의 문학 교육의 목표와 「춘향전」의 교수-학습 현황을 살펴보도록 한다.

2.1. 문학교육의 목표

제7차 교육과정에서 문학영역의 교육목표는 문학을 통해 다양한 것을 학습하는 데 있다. 문학작품을 일방적으로 이해하는 데에 그치는 것이 아니라 문학의 창작과 수용, 문학과 문화의 관계, 문학을 통한 자아의 성장 등 문학과 관련된 제반사항을 다루고 있다. 문학을 학습대상으로만 생각하지 않고 문학을 통해 전인교육이 가능하도록 한 것이라 하겠다. 먼저 문학영역 교육목표를 제시하면 다음과 같다.

제7차 교육과정의 문학영역 교육목표

문학의 수용과 창작 활동을 통하여 문학 능력을 길러, 자아를 실현하고 문학 문화 발전에 능동적으로 참여하는 바람직한 인간을 기른다.

가. 문학 활동의 기본원리와 문학에 대한 체계적인 지식을 이해한다.
나. 작품의 수용과 창작활동을 함으로써 문학적 감수성과 상상력을 기른다.
다. 문학을 통하여 자아를 실현하고 세계를 이해하며, 문학의 가치를 자신의 삶으로 통합하려는 태도를 지닌다.
라. 문학의 가치와 전통을 이해하고 문학 활동에 능동적으로 참여하여 문학문화 발전에 기여하려는 태도를 지닌다.

위의 표에서 주목되는 것은 '문학활동의 기본 원리 숙지', '문학적 감수성과 상상력의 고양', '문학을 통한 자아성장', '문학의 가치와 전통의 이해', '문학 문화 발전에 기여' 등이다. 이들을 생각할 때 학생들에게 문학을 종합적으로 학습시키기 위한 것이 핵심이라 할 수 있다. 문제는 이 모든 것이 「춘향전」과 관련될 수 있지만, 특히 주목되는 것은 '문학의 가치와 전통의 이해', '문학 문화 발전에의 기여'이다. 다른 항목은 모든 문학에 보편적으로 적용되기에 여기에서는 이 두 가지 사항에 대해서만 집중적으로 살펴보도록 한다.

첫째, 문학의 가치와 전통의 이해이다. 문학의 가치는 다양한 관점에서 살필 수 있다. 문학작품의 구조적·심미적 가치를 내세울 수도 있고, 수용미학적인 관점을 중시할 수도 있다. 물론 오랜 세월 동안 대중적인 인기를 끌었던 「춘향전」의 경우 전자의 측면에서 살필 수도 있다. 중층적인 구조를 통해 주제의 다면성을 드러낼 수 있기 때문이다. 하지만 「춘향전」의 경우 그보다는 광범위하게 유통된 전통을 더 주목해야 하겠다. 후술하겠지만 이 작품이 문학을 기본으로 다양한 문화예술로 전승·향유되어 왔기 때문이다. 이는 이 작품이 구현했던 문예적 실상을 수용미학적인 관점에서 살피는 것이기도 하다. 이 작품은 다양한 문학과 문화예술로 유통되면서 수용층의 욕구에 부응해 왔다. 이를 전제하면 이 작품은 작품 자체의 심미성 못지않게 수용되는 과정에서 그 진가가 발휘된 것으로 볼 수 있다.3) 이는 문학의 가치나 전통을 교육하는 데 「춘향전」이 그만큼 유용함을 말하는 것이기도 하다.

둘째, 문학 문화 발전에의 기여이다. 「춘향전」은 조선후기에 대중적인 인기를 모았던 대표적인 작품이다. 실제로 이 작품은 다양한 장르로 변용되면서 조선후기 대중문화의 모범을 보였다. 그런 관계로 이 작품은 국민정서에 뿌리내린 민족문화와 다름없게 되었다. 이러한 전통 때문에 다양한 분야에서 선호하는 콘텐츠가 될 수 있었던 것이다. 일찍이 문학이나 미술·음악계에서 이 작품을 선용하였거니와 작금에 이르러서는 무용이나 연극의 공연예술,4) 매체를 활용한 영상예술로까지5) 그 변폭이 확장되

---

3) 허왕욱, 『고전문학교육론』, 보고사, 2005, 72~77쪽.
4) 이미원, 「현대극의 「춘향전」 수용」, 『춘향예술의 양식적 분화와 세계성』, 박이정, 2004, 119~137쪽.
5) 김수남, 「'춘향영화'의 제작사와 양식적 특징」, 『춘향예술의 양식적 분화와 세계성』, 박이정, 2004, 139~184쪽.

었다. 이와 같은 전통 때문에 「춘향전」은 문학의 가치나 문학활동의 진면 목을 이해하는 데 유용하거니와 궁극적으로는 문학활동을 통해 문학 문화를 발전시키는 데도 도움이 된다. 이는 「춘향전」의 다양한 전승방편과 문예적 다면성이 제7차 교육과정 문학교육의 목표와 상통함을 의미하는 것이다. 특히 고전문학 교육에서의 목표가, 작품을 통해 당대의 삶과 정서를 이해하고, 오늘의 관점에 맞게 작품을 재해석하는 것이라고 했을 때 「춘향전」이야말로 그에 잘 부합하는 작품이라 할 수 있다.

2.2. 「춘향전」의 교수-학습 실태

「춘향전」이 문예의 복합체로 오랫동안 그리고 광범위하게 유통되어 그에 대한 연구도 다양하게 진척되었다. 하지만 현장교육에서는 문학장르에 한정하는 것이 대부분이다. 즉 판소리계 소설로 특정하여 교육하는 것이 일반적이다. 「춘향전」이 수록된 단원은 '전통의 계승과 창조'이다. 여기에는 「춘향전」과 함께 '건축과 동양정신'이 실려 있다. 하나는 무형을 통해, 하나는 유형을 통해 전통을 교육하기 위한 것이라 할 수 있다. 먼저 이 단원의 학습목표를 보면 다음과 같다.

1. 우리문화의 전통을 창조적으로 계승 발전시키는 능력과 태도를 기를 수 있다.
2. 전통의 창조적 계승을 위해 창의적으로 표현하는 태도를 기를 수 있다.
3. 전통을 창조적으로 계승함으로써 국어를 발전시키려는 태도를 기를 수 있다.

이상에서 보듯이 '전통의 계승과 창조'에서는 전통을 계승하고 발전시키는 능력과 창의적인 표현력에 주안점을 두었다.

첫 번째의 목표는 우리문화의 전통을 익히고, 그러한 전통을 계승·발전시킬 수 있는 능력 배양이 핵심이다. 그런데 「춘향전」은 전통을 고수하는 일면, 지속적으로 변이·발전하여 교수학습에 유용한 면이 없지 않다. 이 작품이 그만큼 다양하게 변화하면서 문예의 복합체로 기능해 왔기 때문이다. 따라서 근현대에 이르기까지 지속적으로 변모한 「춘향전」의 다양한 모습을 교육하면, 자연스럽게 전통을 창조적으로 계승·발전시켰던 양상을 익힐 수 있다.

두 번째 학습목표에서는 전통의 창조적 계승을 위해 창의적인 표현 태도가 중요하다고 보았다. 이 또한 「춘향전」의 작품내용이나 유통과정을 통해 확인할 수 있다. 작품내용에서 이미 산문과 운문이 교직되어 있거니와 다양한 표현과 문체, 그리고 어휘를 통해 상하민중의 언어양상을 살필 수 있기 때문이다. 문학 외적으로는 음악·미술·무용·연극·영화 등으로 변전(變轉)되면서 예술적인 다양성을 보였거니와 수용과정에서는 민중의 생활이나 여가문화로 기능해 왔던 것노 사실이다. 이처럼 「춘향전」은 가용한 방편을 모두 동원하면서 표현의 묘미를 살렸기 때문에 전통의 계승과 창의적 표현을 익히는 데 좋은 본보기가 될 수 있다.

세 번째 목표는 전통의 계승과 국어의 발전이다. 역시 이 목표도 「춘향전」을 통해 상당수 달성할 수 있다. 「춘향전」의 국문표현이 조선후기의 언어현상을 짚어보는 데 유용하기 때문이다. 실제로 「춘향전」은 한문과 국문을 막론하고 상하민중의 언어를 잘 담고 있다. 특히 국문본에서 우리의 언어문화를 발양하여 국어발전을 익히는 데도 도움이 된다.

다음은 「춘향전」의 학습내용이다. 앞에서 살핀 단원 목표에서는 「춘향전」이 유통과정에서 문화예술로 변전되어 전통문화의 계승이나 전통의 창의적인 발현에 유용함을 보았다. 이를 염두에 두고 「춘향전」의 학습내용을 살펴본다.

1. 「춘향전」의 전체 내용의 줄거리를 말할 수 있다.
2. 「춘향전」에 나오는 인물의 성격을 말할 수 있다.
3. 「춘향전」에 나타나는 갈등의 관계를 찾아낼 수 있다.

위의 학습내용은 아주 간명하다. 교과서에 수록된 내용이 작품의 후반부라는 점에서 전체내용을 숙지한 후 작품구성의 핵심 인자를 익히도록 했기 때문이다.

첫 번째 내용에서는 「춘향전」의 전체 줄거리를 숙지하도록 했다. 앞에서 말했듯이 교과서에는 앞의 내용을 요약·정리한 다음, 후반부의 변사또 생일연, 암행어사 출도, 몽룡과 춘향의 극적 대면, 행복한 결말 등을 실었다. 그래서 앞의 내용에 대해서는 상세히 살필 수 없어 전체 내용을 균형있게 숙지할 것을 강조하고 있다. 물론 작품 전체를 숙지해야 다음의 학습내용을 효과적으로 소화할 수 있다.

두 번째 학습내용은 「춘향전」에 나오는 인물의 성격을 파악하는 것이다. 「춘향전」은 조선후기의 다양한 인물군상이 전형화되어 있다. 각기 자신이 처한 신분이나 직위에 따라 행동하기 때문이다. 또한 작품의 사건에 따라 춘향의 절개와 지조, 변사또의 탐관오리적 행태, 이몽룡의 목민관적 처사가 잘 배치되어 있다. 그래서 등장인물을 통해 조선후기의 인물군상을 짚어볼 수 있다. 따라서 두 번째 학습내용에서는 작품에 등장하는 인물형을 심미적·구조적 차원에서 파악·이해하는 것이라 할 수 있다.

　세 번째 학습내용은 갈등관계를 익히는 것이다. 즉 사건을 통해 빚어진 각 인물 간의 문제를 당시의 신분제도나 인간관계의 측면에서 숙지하는 것이다. 춘향과 몽룡의 관계, 몽룡과 월매의 관계, 춘향과 변사또의 관계 등을 통해 첨예하게 대립된 당시의 사정을 이해하고, 그것이 던지는 의미가 무엇인지 찾아내는 것이다. 이 또한 인물과 마찬가지로 작품의 구조에 중점을 두어 「춘향전」을 교육하는 것이다.

　이상에서 보는 바와 같이 「춘향전」의 학습내용은 문학, 특히 고전소설에 한정되어 있다. 그것도 작품내용을 익히거나 작품의 구조를 통해 인물의 특성 및 갈등관계를 이해하는 데 주안점을 두었다. 물론 교육현장에서는 이러한 내용에 현장의 상황, 교수자의 재량에 따라 부가적인 것이 교육될 수 있다. 가령 기초학습으로 「춘향전」의 창작배경이나 근원설화를 익히고, 「춘향전」과 판소리의 관계에 대해 교습할 수 있다. 여기에 작품의 주제나 문학사적 위상을 통공시적으로 교육하는 일면, 현대의 영상물을 교육기재로 활용할 수도 있다.

　문제는 현행 교육과정의 목표나 단원학습 목표에서 표방한 '문학의 문화적 이해', '문학의 창조적 계승', '문학과 인접 분야와의 관계' 등이 세내로 교육되지 않고 있다는 점이다. 특히 「춘향전」 단원의 교육내용에서는 고전소설, 그 중에서도 작품내용의 일부만을 학습대상으로 밝혀 협소한 인상을 지울 수 없다. 이제 「춘향전」이 조선후기 이래 보여주었던 제반 문화예술 현상을 익힐 수 있도록 교육 내용을 조정할 필요가 있어 보인다. 그렇게 할 때 제7차 교육과정이나 해당 단원에서 밝힌 교육목표를 수월하게 달성할 수 있기 때문이다.

3. 「춘향전」의 전승방편과 문예적 다면성

「춘향전」은 다양한 방법으로 유전되면서 문학은 물론 문화와 예술로 전승되어 왔다. 그것이 가능했던 것은 「춘향전」이 대중적인 지지 아래 복합적으로 향유·유통되었기 때문이다. 실제로 「춘향전」은 구비와 문헌을 통해 유통되었거니와 음악·미술·무용 등의 예술로도 전승되었다. 그런가 하면 가정 내의 여가나 공동체의 생활문화로도 활용되어, 우리 고전소설 중 가장 다양한 전승체계를 갖게 되었다. 문학에서 출발한 원텍스트가 이웃의 장르로 확장되면서 멀티유즈의 본보기를 보여 준 대표적인 사례라 할 만하다. 여기에서는 그러한 모습을 좀 더 구체적으로 살펴보도록 한다.

3.1. 전승 방편

「춘향전」은 가용한 방편을 모두 동원하여 대중성을 획득했다. 「춘향전」이 공시적으로 확장되던 조선후기에는 상당수의 백성이 문맹을 벗어나지 못했다. 따라서 부득이하게 그러한 민중에게 접근하기 위하여 「춘향전」을 비롯한 고전소설은 구비유통이 활성화되었고, 나아가 미술이나 음악·연극 등으로도 전승되었다. 20세기에 들어와서는 기존의 유통방편을 유지하는 일면, 새로운 기기의 등장으로 매체유통이 활성화되었다. 이제 이러한 사정을 차례로 살펴본다.

첫째, 「춘향전」은 원형적인 텍스트가 구비로 유통되었다. 그것은 이 작품이 설화를 바탕으로 형상화되었기에 필연적인 일이라 하겠다. 먼저 가창과 음영으로 유통되었다. 구비유통에서는 짧은 민요나 시조는 물론 잡가처럼 중간 정도의 길이도 있었고, 서사시형으로 장형에 속하는 것도 있었다. 「춘향전」은 담백하게 이야기하는 강담형태로도 유통되었다. 이미 「춘향전」의 근원설화로 박색터설화를 비롯해 관탈민녀형설화, 암행어사설화, 신원설화(伸寃說話)가 있어 그를 입증하고 있다. 뿐만 아니라 「춘향전」 자체를 암송 구연하거나 설화처럼 요약하여 강담하는 경우도 얼마든지 가능했다. 이 강담유형은 식자능력이 없는 사람들이 「춘향전」을 향유하는 보편적인 방법이기에 그만큼 공시적인 파급력도 클 수 있었다. 「춘향전」은 가무형태(歌舞形態)로 유통되기도 하였다. 특히 음악과 무용이 어우러진 가무극(歌舞劇)으로 연행되는 경우가 많았다. 무극형태(舞劇形態)로 연행되는 「춘향전」은 행위예술로 전승된다는 점에서 현대에 와서 더 보편화될 수 있었다. 이는 그만큼 「춘향전」의 인지도가 높아 춤으로만 표현해도 극적 효과를 기대할 수 있어서 가능한 것이다. 「춘향전」은 이야기와 노래가 엇섞인 강창을 통해서도 유통되었다. 대표적인 것이 판소리 「춘향가」이다. 판소리는 중국이나 일본의 강창예술처럼 노래와 이야기를 중첩한 공연예술이다. 「춘향전」이 판소리의 대표적인 레퍼토리인 섬을 감안하면 강창을 통해서 대중예술로 확고한 지위를 확보한 것으로 이해할 수 있다. 「춘향전」은 이처럼 다양한 구비전승을 통해 통공시적인 위상을 굳건히 할 수 있었다. 따라서 「춘향전」의 구비전승 방편을 올바로 이해하면, 고전문학의 유통양상을 종합적으로 살피는 성과를 거둘 수 있다.

둘째, 「춘향전」은 다양한 문헌으로 유통되었다. 필사본으로 유통되다가 대중적인 호응을 얻자 영리적인 방각본으로 유통되었다. 필사본은 개인적인 취향이 반영되어 다양한 이본과 광범위한 분포도를 보인다. 그런가 하면 목판본은 그 생래상 대량유통과 함께 판본으로 정착시켰다는 점에서 「춘향전」을 정형화하는 데 크게 기여했다. 목판본은 영리목적 때문에 때로는 작품내용이 첨삭되어 서사적 변개를 야기하기도 했다. 구활자본이 도입되고부터는 「춘향전」의 문헌유통이 더욱 보편화되었다. 그것은 얼마 되지 않는 지면에 「춘향전」 한 편을 모두 수록할 수 있는 강점 때문이다. 특히 구활자본은 육전본·딱지본 등으로 불리면서 전국의 장터에서 주요 상품으로 유통되어 「춘향전」을 문헌으로 확장시키는 데 크게 공헌하였다. 그럼에도 불구하고 상업성을 내세워 원형텍스트를 훼손하는 문제가 없지 않았다.

셋째, 그림으로 유통되었다. 어느 나라건 초기의 종교서사는 그림으로 유통되는 것이 보편적이다. 문맹인을 감안해서 포교사업을 펼쳐야 했기 때문이다. 그러한 전통은 오랫동안 지속되어 문학을 그림으로 표현하는 관행이 생겼다. 우리의 경우 고려의 불화는 물론 조선의 유교적인 훈교화(訓敎畵)가 그를 증명한다. 불화의 경우 변상도(變相圖)라 하여 포교를 염두에 두었거니와 유교의 훈교화는 강상이나 치국이념을 효과적으로 선양하기 위한 것이었다. 이제 인기있는 일반 이야기문학에도 그림을 병치시키는 경우가 발생했다. 「춘향전」의 경우 대중적인 인지도 때문에 일찍이 민화형(民畵型)의 「춘향전도(春香傳圖)」가 그려졌을 뿐만 아니라, 근현대로 오면서 교육용으로 다양한 그림을 활용했다. 이는 문학을 시각예술화한 것으로, 대중적인 파급 또한 가속화될 수 있었다.

넷째, 공연을 통해 유통되었다. 「춘향전」은 이미 구비유통 과정에서 연행물로 활용되었다. 그러한 전통은 조선후기 연행예술의 한 축을 담당했던 판소리에 와서 훨씬 더 입체화된다. 판소리로 유통되면서 「춘향전」은 문학적인 토대 위에 다양한 음악과 짓에 따른 볼거리가 가미되어 연극성까지 확보하게 된다. 그렇기 때문에 판소리 「춘향가」가 공연의 주요한

레퍼토리가 될 수 있었고, 이것이 문인들의 관심사가 되어 기록되는 일도
빈번했다. 이와 같은 전통은 20세기에 들어 창극(唱劇)이나 뮤지컬·오페
라·무용·연극 등의 공연물로 유통되는 자양이 될 수 있었다. 21세기
들어서도 공연을 통한 「춘향전」의 수용이 여전했다. 창극의 경우 국립창
극단에서 거의 매년 공연하거니와 뮤지컬이나 오페라도 지속적으로 공연
된다. 무용의 경우 자치단체나 문화예술단체에서 종종 무용극(舞踊劇)으
로 공연하고 있다. 더욱이 연극은 전통극을 표방하는 경우가 있는가 하면,
현대의 상황에 맞게 퓨전극으로 공연되는 것도 상당수이다.

다섯째, 「춘향전」은 대중적인 인지도에 걸맞게 매체텍스트로 꾸준히
변모되었다. 20세기 초에는 라디오매체를 통해 대중적인 연속극으로 유통
되었다. 다수의 인물이 배역을 맡아 연기하면서 청각적 효과를 극대화한
것이다. 매체를 통해 유통되었기 때문에 시나리오는 기존의 소설과 많은
차이를 보일 수 있다. 매체텍스트에 부합되도록 각색이 불가피했기 때문
이다. 그런가 하면 「춘향전」은 텔레비전 매체의 주요한 레퍼토리이기도
했다. 텔레비전에서는 특집극으로 방영된 것이 있는가 하면,[6] 17회의 미
니시리즈로 방영되기도 했다.[7] 이 「춘향전」은 또한 영화산업이 일반화되
면서 영화의 주요한 대상이 되었다. 이미 1923년 하야카와 고슈에 의해
영화로 만들어진 이래 최근의 「방자전」에 이르기까지 약 20여 편의 작품
이 산출되었다. 이렇게 「춘향전」이 매체텍스트로 유통될 수 있었던 것은
그만큼 「춘향전」에 대한 인식이 남다르고, 또한 「춘향전」이 그만한 변폭
을 내함한 결과라 하겠다.

---

6) KBS, 「춘향전」-추석특집극, 1988.
   KBS2, 「춘향전」-추석특집극, 1994.
7) KBS, 「쾌걸 춘향」-미니시리즈, 2005.

3.2. 문예적 다면성

「춘향전」은 앞에서 본 바와 같이 가용한 방편을 동원하여 대중성을 확보하였다. 즉 구비로, 문헌으로, 그림으로, 공연으로 유통되면서 각각의 시대상황에 맞게 조응했다. 이처럼 다양한 유통방편을 지향하다 보니 「춘향전」은 더 이상 소설장르에 국한되지 않았다. 소설을 기점으로 이웃한 문학장르는 물론, 음악·미술·연극 등의 예술, 개인이나 가정 그리고 공동체의 문화로 선용(善用)되었기 때문이다.

3.2.1. 문학적 전개

「춘향전」은 그 원형텍스트가 문학이다. 그렇기 때문에 이 작품이 다양한 문학장르로 확산되는 것은 자연스러운 일이다. 먼저 「춘향전」은 시가장르로 변모되었다. 이러한 시가장르에는 지식층이 창작한 한시에서부터 민요적인 국문시가까지 다양하다. 지식층에서는 「춘향전」이 판소리로 공연되는 것을 관람하고 관극시를 남겼다. 윤달선의 「광한루악부」가 대표적이다. 특히 「광한루악부」는 장편의 한시로 「춘향전」의 내용을 체계적으로 담아 주목된다. 그 외에 개인적인 의취에서 지은 한시가 문집에 수록되기도 했다. 국문시가형으로는 「춘향요」를[8] 비롯하여 「십장가」·「집장가」·「형장가」 등으로 유통되었거니와 경기도의 십이잡가 중의 하나인 「소춘향가」는 유흥과 관련되기도 했다.

다음으로 설화로 유전될 수 있었다. 이미 「춘향전」의 근원설화가 대중적으로 확산·유전되었거니와 「춘향전」이 축약·서사되어 설화로 변용

---

8) 울릉군, 『울릉군지』, 울릉군지편찬위원회, 2007.

될 수도 있었다. 「춘향전」과 관련된 대표적인 설화는 관탈민녀형설화, 암행어사설화, 염정설화, 신원설화 등을 들 수 있다. 관탈민녀형설화는 도미설화나 지리산녀 설화 등을 들 수 있고, 암행어사 설화는 박문수 설화를 들 수 있다. 그리고 염정설화는 성세창과 같이 기생이 선비를 동정한 이야기나 박색설화의 일부를 들 수 있으며, 신원설화는 박색설화 중에 춘향의 원혼을 달래는 것이 해당될 수 있다.

「춘향전」은 소설로 진가를 발휘했다. 「춘향전」은 소설로 유통되면서 수십 종의 이본을 남겼다. 먼저 이 작품은 국한문본을 막론하고 필사본이 다양하다. 대중적인 인기 때문에 국문필사본이 많지만, 식자층까지 가세하여 한문필사본도 다수 남겼다. 그런가 하면 대량유통을 위해 전라도나 서울·경기 지역에서 목판본으로 간행하였다. 이들은 동일한 내용을 전국으로 광역화하는 데 일조했다. 그러던 것이 구활자본이 들어옴으로써 문헌유통이 폭발적으로 늘어났다.

「춘향전」은 희곡으로도 전승되었다. 이 작품의 희곡성을 살피기 위해서는 판소리 「춘향가」에서부터 확인해야 한다. 판소리가 음악성이나 문학성 못지않게 연극성이나 희곡성까지 담보되어 있기 때문이나. 실제로 판소리 「춘향가」는 상당수의 내용을 창자가 등장인물화하여 연기하기 때문에 희곡성이 반영되어 있다. 그러면서도 여전히 소설적인 시각을 견지하여 판소리 창본은 희곡과 소설의 경계에 서 있는 장르라 할 수 있다.[9] 판소리의 이러한 전통 때문에 어렵지 않게 창극의 극본으로 변용될 수 있었고, 근현대에 들어와 희곡으로 개작될 수 있었다. 대표적인 것이 유치진의 「희곡대춘향전」(1936), 장혁주 「희곡춘향전」(1938), 정관수·한덕영

---

9) 홍순일, 『판소리창본의 희극정신과 극적 아이러니』, 박이정, 2003, 116~177쪽.

의 「창극조대춘향가」(1954), 현재명의 「가극 춘향전」(1964) 등을 들 수 있다. 물론 「춘향전」은 현재에도 희곡으로 각색·공연되는 인기 작품이다.

「춘향전」은 평론으로도 변모되었다. 통시성을 갖는 고전문학 대부분이 그러하듯이 이 작품 또한 오랜 유통과정에서 다양한 평가가 이루어졌다. 특히 판소리로 연창되던 사정이 관극시에서 거론·평가되거나 식자층들이 「춘향전」을 새롭게 쓰면서 이 작품이 갖는 문예적 특성이나 비교문학적 가치를 거론하였다. 이는 「춘향전」의 평론에 해당하는 것이라 할 수 있다. 관극시에서는 극을 보고 느낀 소회뿐만 아니라, 자신의 식견을 가미하여 작품을 새롭게 정리하기도 하였다. 그러한 것으로 유진한의 「만화본춘향가(晩華本春香歌)」, 송만재의 「관우희(觀優戲)」, 신위의 「관극시(觀劇詩)」, 장지완의 「광한루시(廣寒樓詩)」, 윤달선의 「광한루악부(廣寒樓樂府)」, 이유원의 「관극팔령(觀劇八令)」 등을 들 수 있다. 모두 「춘향전」을 중심에 두고 그것의 의미나 변이태를 거론하여 평론의 관점에서 주목할 만하다. 또한 「춘향전」을 개작하면서 다양한 의견을 개진하여 문학론을 구축한 「수산광한루기」도 주목되는 바가 크다. 이 작품에서는 식자층들이 「춘향전」의 감상법은 물론, 내용에 대한 긍부정론, 중국 「서상기」와의 비교문학론까지 펼쳤다. 이외에도 국한문본을 막론하고 작품내용이나 유통에 따른 평가를 작품 말미에 첨기(添記)한 것도 평론적 성격을 드러내거니와 현재 유통되는 「춘향전」에 대한 평가 또한 평론의 범주에서 살필 만하다.

3.2.2. 예술적 전개

「춘향전」은 예술로도 전개되었다. 이미 이 작품이 문학의 범주를 벗어나 다양한 방편으로 유통되어 주변의 예술과도 친연관계를 맺은 것이다.

더욱이 이 작품이 공시적으로 확장된 조선후기에는 문학뿐만 아니라 음
악·미술·연극·무용 등의 대중예술이 상당한 위세를 떨쳐 상호간에 영
향을 주고받는 것이 자연스러운 일이었다.

「춘향전」은 음악으로 전개되었다. 「춘향전」은 다른 고전소설과 마찬가
지로 구비유통되었다. 그런데 이 구비유통 상황이 다양한 음악을 수반하
게 마련이다. 시가형인 민요나 잡가 등에서는 가창음악과 결부될 수 있으
며,10) 장형의 한시는 음영을 통해 향유되어 왔다. 이 중에서 특히 주목되
는 것이 판소리인 강창유통이다. 판소리 강창이 다양한 성악적 기교에
기악까지 가세하기 때문이다. 그래서 판소리는 문학이나 연극성 못지않게
음악성이 주목되는 바가 크다.

「춘향전」은 미술로 전개되었다. 이 작품은 상하민중 모두가 애호했다.
그래서 향유층이 상당히 광범위하고, 그것을 다루는 분야 또한 제한이
없었다. 이미 이 작품의 배경인 광한루가 건축물로 미술의 세계를 드러내
거니와 작품의 유통에서도 다양한 미술과 연계되었다. 먼저 이 작품이
간행될 때 미술과 연계된다. 딱지본이라 불리는 구활자본에서 「춘향전」
의 내용을 표지화로 그려 시각적인 효과를 도모했기 때문이다. 그런가
하면 「도상옥중화」와 같은 작품에서는 작품의 곳곳에 해당 내용을 그림으
로 배치하여 작품 감상을 돕기도 한다. 이 작품은 특히 그림과 서사내용이
일목요연하게 병치됨으로써 「춘향전」의 내용을 이해·감상하는 데 효과
적인 면이 없지 않다. 그러던 것이 아예 회화만으로 「춘향전」의 내용을
표출하게 되었다. 잘 아는 「춘향전도」와 같은 민화(民畵)가 그것이다. 민
화에서는 「춘향전」의 주요 장면을 그렸는데, 이는 이 작품에 대한 관심이

---

10) 김진영, 『한국서사문학의 연행양상』, 이회문화사, 1999, 143~166쪽.

남달랐기 때문에 가능할 수 있었다. 이렇게 「춘향전」은 유통과정에서 시각예술로 변환되며 문예적인 편폭을 확장해 나갔다.

「춘향전」은 무용으로 전개되었다. 가창이나 강창연행에서는 짓에 의한 행위가 수반된다. 가창의 경우 노래와 함께 춤사위가 자연스럽게 수반되고, 강창의 경우 등장인물의 짓에 따른 춤사위가 병행된다. 강창에서는 판소리창자가 등장인물이 처한 심정, 갈등 상황을 배우가 되어 짓으로 표현한다. 또한 신명난 장면을 경쾌하게 연창하는 부분에서도 실감나는 무용을 구사한다. 이러한 전통 때문에 현대에 들어와서 판소리를 무극(舞劇)으로 공연할 수 있었던 것이다. 실제로 요즈음에도 무용계에서는 이 작품을 활용한 공연이 적지 않다. 이른바 '춘향전무용'으로 공연되는 것이 그것이다. 이는 문학작품인 「춘향전」이 행위예술로 전개되었음을 의미하는 것이다.

「춘향전」은 연극으로도 전개되었다. 이 작품은 연극의 주요한 레퍼토리이기에 공연물로서 주목되는 바가 크다. 그러기에 다수의 문인이 판소리 공연을 보고 관극시를 남긴 것이다. 근자에 들어와 연극으로 공연되는 것도 저간의 사정이 반영되었기 때문이다. 특히 판소리 공연은 연극성을 다수 함유하여 연극 공연의 추형(雛形)과도 같다. 판소리 공연은 창자가 등장인물화하여 공연하기에 소설의 그것과는 성격이 다르다. 즉 창자의 연기가 돋보여 연극·희곡에 경도된 인상이 짙다.[11] 이러한 전통 때문에 어렵지 않게 창극으로 변모되어 연극적 실상을 드러낼 수 있었다. 그래서인지 「춘향전」은 현대의 연극에서도 주목되는 대상이다. 전통극을 표방하는 경우도 있지만, 퓨전극을 내세워 시류에 부합하였기 때문이다. 대표

---

11) 김진영, 『고전소설의 전통과 변이』, 태학사, 2006.

적인 것이 「신춘향전」·「탈선춘향전」·「변」 등이다. 이렇게 연극을 통한 유통은 「춘향전」이 공연예술로 변전(變轉)된 사정을 말하는 것이다.

「춘향전」은 영상으로도 전개되었다. 이 작품은 고전소설의 대표작 중의 하나이기에 현대영상물로 쉽게 개변되었다. 일찍이 텔레비전의 특집극이나 미니시리즈를 통해 전통극과 퓨전극으로 여러 차례 방영되었거니와 영화에서도 전통을 살리거나 현대물로 변개하여 상영되었다. 텔레비전에서 방영된 작품들은 단막극으로 끝나는 경우가 많은데, 이때는 고전소설의 내용에 큰 변화를 주지 않았다. 반면에 미니시리즈로 방영된 것은 현대적인 안목에 맞게 작품내용을 획기적으로 변용하여, 전달하는 주제도 차이가 생겼다. 그런가 하면 영화로 상영된 작품들은 1920년대에서 1980년대까지는 「춘향전」의 근간 줄거리에 주안점을 둔 반면, 1990년대 이후부터는 시대의식이나 관점의 변이 때문에 혁신적으로 개작한 것이 대부분이다. 이러한 작품들은 「춘향전」을 영상예술로 거듭 태어나게 했다는 점에서 주목되는 바가 크다.

3.2.3. 문화적 전개

「춘향전」은 대중문화로 각광받았다. 이미 문학에서 강력한 대중흡인력을 갖추고 있던 터에 그것을 강담이나 강독은 물론 강창으로 연행함으로써 대중들의 여가문화에 획기적으로 기여했기 때문이다.[12]

「춘향전」은 먼저 개인의 여가생활, 레크리에이션의 대상이었다. 「춘향전」을 비롯한 고전소설은 다수의 필사본과 활자본이 전한다. 이들 문헌텍스트는 식자능력이 있는 개인이면 어디서든지 향유가 가능하다. 특히 개

---

12) 김진영, 「고전소설의 문화적 전통과 계승」, 『고전소설의 전통과 변이』, 태학사, 2006, 337~366쪽.

인독자는 파한을 위해, 문예적 욕구를 위해, 여가시간의 선용을 위해 「춘향전」을 읽었다. 이는 개인의 생활문화 콘텐츠로 「춘향전」이 활용되었음을 의미하는 것이다.[13]

「춘향전」은 개인을 넘어 가정 내에서도 읽혔다. 마치 요즘의 드라마나 영화처럼 소설을 읽고 즐기면서 시간을 보낸 것이다. 이는 한 사람이 자족적으로 읽는 것과는 차원이 다르다. 그것은 읽는 사람의 감정이나 표정, 때로는 행동이 수반될 수 있어 들을 거리에 볼거리가 가미되었기 때문이다. 그만큼 복합적인 상황에서 「춘향전」을 수용한 것이다. 그래서 가정 간에서 읽는 「춘향전」은 적어도 가족구성원의 집단적인 문화기재로 작용한 것이라 하겠다. 노부모의 파한을 위해, 자녀의 교육을 위해, 온 식구의 오락을 위해 「춘향전」이 활용된 것이다. 그래서 이때의 「춘향전」은 가족구성원의 생활문화로 활용된 것이라 할 수 있다.

「춘향전」은 강담이든, 설서(說書)든, 판소리에 의한 강창(講唱)이든 간에 불특정 다수를 전제한 연행이 일반적이었다. 이는 「춘향전」이 대중문화・공동체문화로 작용해 왔음을 의미하는 것이다. 실제로 이 작품은 강담형태로 가족이나 마을공동체 내에서 활용됨은 물론, 전문적인 낭송에 의해 특정 마을을 중심으로 유통되기도 하였다. 이 전문적인 낭송가들은 일정한 보수를 전제하여 기교를 중시할 수밖에 없었다. 그래서 음색은 물론이거니와 음의 강약・장단・고저를 감안하며 연행에 임했다. 이렇게 목소리에 음악적 기교를 주어 낭송하는 일면, 작품 내용이나 주인공의 상황을 사실적으로 묘사하는 부분에서는 다양한 표정 연기를 보이기도 했다. 여기에 몸짓이 가미되어 그야말로 연행문학의 진미를 맛볼 수 있게

---

13) 고길섶, 「국어교육의 전환, 언어문화교육론으로」, 『이제, 문화교육이다』, 문화과학사, 2003, 200~205쪽.

했다. 이러한 공연을 보기 위해 부호가에서는 낭송인을 초빙하거나 상주하도록 하였다. 따라서 「춘향전」을 비롯한 고전소설이야말로 공동체문화의 좋은 기재가 될 수 있었다. 연행을 통해 여가를 선용함으로써 공동체의 유대감이 강화되고, 개인적으로는 문예적 욕구가 충족되면서 극적 정화까지 맛볼 수 있었기 때문이다. 더욱이 판소리로 공연되는 「춘향가」는 이미 확고한 대중문화로 자리잡아 청관중을 울리고 웃기는 대표적인 공연물이 되었다. 잘 아는 것처럼 판소리는 창자의 강창연행에 고수가 반주와 함께 추임새를 가미하고, 여기에 청관중도 함께 극의 진행에 일조하여 상당히 융통적인 공연이라 하겠다. 특히 창자는 공연작품의 인물에 맞게 행위까지 보여 단순히 듣기만하는 공연물의 차원을 넘어섰다. 듣는 일면 창자의 너름새와 현장의 분위기를 동시에 수용하여 입체적인 상황에서 「춘향전」을 감상한 것이다.[14] 자연스럽게 청관중은 「춘향전」을 복합적으로 수용하면서 문예적인 욕구나 오락적인 욕구를 해소할 수 있었다. 그렇기 때문에 「춘향전」은 연행유통을 통해 주선후기의 대중문화로 자리잡게 되었고, 그것이 지금의 유용한 문화콘텐츠가 되는 자양이었던 셈이다.

4. 「춘향전」을 통한 소설교육 방안과 그 효용

「춘향전」은 중고등학생들이 교양보다는 입시를 위해서 읽는 작품이다. 그래서 중고등학생을 대상으로 하는 고전소설 강독자료마다 「춘향전」이 항상 머리를 장식하곤 한다. 그것은 이 작품이 고전적 가치뿐만 아니라

---

14) 황혜진, 「「춘향가」 수용자의 즐거움」, 『춘향전의 수용문화』, 월인, 2007, 177~179쪽.

교육적 의미가 남다르기 때문이라 하겠다. 다만 이 작품을 어떻게 하면 효과적이면서도 입체적으로 교육하느냐가 관건이다. 이를 감안하여 여기에서는 앞에서 다룬 「춘향전」의 문예적 실상을 바탕으로 교육 방안을 모색해 보고자 한다. 특히 교육의 다양화 방안을 생각하되, 전통과 융복합의 측면에서 집중적으로 살펴보도록 한다.

4.1. 전통으로서의 소설교육

「춘향전」은 유진한의 만화본 「춘향가」로 처음 모습을 드러냈지만, 실은 그 이전부터 유통되어 왔다. 근원설화가 상당히 소급되기에 적어도 소설이 공시적으로 확장되던 17세기 이전부터 유통되었을 것으로 짐작된다. 이 작품은 외형으로는 여성의 정절을, 내면으로는 인간해방을 다루어 상하민중 모두에게 각광받을 수 있었다. 특히 애정담과 방해담, 그리고 징치담이 유기적으로 엮여 극적 정화를 적절히 맛볼 수 있다. 이러한 요인 때문에 이 작품이 오랜 세월 동안 광범위하게 유통되면서 고전으로서 확고한 지위를 다지게 된 것이다. 실제로 「춘향전」에는 문학으로서의 전통뿐만 아니라 문화·예술적 전통도 함께 녹아 있다. 따라서 이 작품을 중심으로 다양한 방면에서 전통교육을 시행할 수 있다.

먼저 문학적 전통에 대한 교육이다. 「춘향전」은 조선후기에 소설시대가 일반화되자 몇몇의 설화를 활용하여 소설로 형상화된 작품이다. 또는 무가에서 판소리로 전이되고, 판소리 창본이 소설로 변개되었을 개연성도 충분하다. 어쨌든 양자 모두 구비문학에서 소설이 파생된 것임에는 틀림없다. 그런 점에서 「춘향전」의 문학적인 연원은 구비문학인 셈이다. 이 작품은 판소리 창본이나 판소리계 소설로 안착된 다음 대중적인 파급력이 가속화되었다. 이 작품이 대중문학으로 위세를 떨치자 식자층에서도 관심을 가져 판소리공연을 관람하거나 소설을 읽는 일이 보편화되었다. 그들이 남긴 관극시나 소설평을 통해 그 사정을 알 수 있다. 그러기에 「춘향전」을 활용한 현대문학 작품이 시나 소설로 지속될 수 있었던 것이다. 이를 감안할 때 「춘향전」은 구비문학, 국한문의 기록문학을 막론하고 오랜 전통과 광범위한 향유층이 확보되었음을 알 수 있다. 그래서 「춘향전」을 통해 우리문학의 전통을 비교적 명료하게 교육할 수 있다.

다음으로 예술적 전통에 대한 교육이다. 「춘향전」은 문학적 전통을 확보한 일면, 예술적인 전통 또한 주목할 만하다. 이미 설서나 강창이 동양의 성악으로 주목되거니와 유통과정에서 다양한 시각예술과도 관련되었기 때문이다. 그런가 하면 연극에 의한 공연예술과 매체에 의한 영상예술로도 그 영역을 확장하였다. 먼저 「춘향전」은 음악과 관련된다. 전문낭독자인 전기수 등이 다양한 성악적 기교를 부렸거니와 판소리에 와서는 그러한 것이 더욱 입체화되어 마치 중국의 제궁조(諸宮調)와 같은 위상을 갖게 되었다. 또한 단순할지라도 북으로 장단을 맞춰 기악까지 가미되었다. 이러한 전통은 창극을 거쳐 현대극에 이르기까지 유시되어 「춘향전」을 둘러싼 음악적 전통이 유구함을 알 수 있다. 또한 「춘향전」은 시각예술과도 관련된다. 「춘향전」에 나오는 건축이나 조각·공예 등을 현실적으로 재현했는가 하면, 작품의 주요장면을 표지화나 민화로 표출하였기 때문이다. 나아가 그림을 병치하면서 작품을 전개한 「도상옥중화」와 같은 작품도 등장했다. 「춘향전」은 공연예술로도 전개되었다. 이미 강담이나 설서·강창 등으로 연행 및 공연되는 상황이었기에 공연예술과는 불가분리의 관계에 있었다. 특히 판소리공연은 희곡성·연극성이 상당수 함유되어 주목된다. 그러한 전통이 후대의 창극이나 무용극 등에 영향을 끼쳐

현대의 다양한 연극으로 공연될 수 있었다. 「춘향전」은 근현대에 이르러 다양한 영상예술로 부활하였다. 이는 오랫동안 공연물로 유전되어 온 전통 때문에 가능할 수 있었다. 그래서 텔레비전이나 영화에서 일찍이 주목하여 「춘향전」을 영상물로 재창출한 것이다. 이처럼 「춘향전」은 그 유전 과정에서 다양한 예술적 전통을 확보하였다. 이는 「춘향전」이 함장(含藏)한 가치를 제대로 교육하면 우리의 예술적 전통을 수월하게 교육할 수 있음을 의미하는 것이다.

마지막으로 문화적 전통에 대한 교육이다. 앞에서도 말한 바와 같이 「춘향전」은 다양한 문화로 기능해 왔다. 문자해독력이 있는 개인은 여가 선용이나 문화에 대한 욕구 해소를 위해 국한문의 「춘향전」을 읽곤 하였다. 이는 「춘향전」이 개인적인 생활문화의 콘텐츠로 기능했음을 뜻하는 것이다.[15) 그런가 하면 가정 내에서 다수의 사람이 모여 이 작품을 읽기도 했다. 이때에는 한 명이 작품을 읽고 다수의 사람이 듣는 형태로 향유되어 이른바 연행으로 「춘향전」을 수용한 것이다. 그래서 개인독자가 스스로 소설을 향유하는 것과는 달리 현장론·연행론이 가미되어 훨씬 복합적인 상황에서, 그리고 입체적인 미감을 맛보면서 「춘향전」을 수용할 수 있었다.[16) 요즈음 가족 간에 드라마를 시청하는 것과 같이 여가문화의 기재로 「춘향전」이 활용된 것이라 하겠다. 마침내 「춘향전」은 대중문화로서 불특정 다수를 위해 공연되기도 하였다. 판소리는 말할 것도 없거니와 설서 유통도 대중문화적인 특성을 갖는다. 이는 불특정 다수가 「춘향전」에 대한 문화를 공유하도록 하여 주목된다. 이처럼 「춘향전」에는 다양한 문화

15) 권순긍, 『고전소설의 교육과 매체』, 보고사, 2008, 36~40쪽.
16) 임재해, 「구비문학의 연행론, 그 문학적 생산과 수용의 역동성」, 『구비문학의 연행자와 연행양상』, 박이정, 1999, 30~35쪽.

적 자질이 확보되어 이 작품을 중심으로 교육이 이루어지면, 적어도 우리의 생활문화나 대중문화를 교육하는 성과를 거둘 수 있다. 이상의 내용을 표로 보이면 다음과 같다.

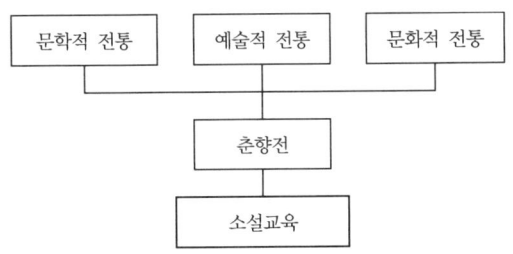

이상에서 보는 것처럼 「춘향전」은 다양한 전통을 확보하고 있다. 이 작품은 문학에서 발원하여 이웃한 장르로 변전(變轉)되어 갔다. 그래서 문학적인 전통과 함께 문화·예술적인 전통까지 담보된 것이다. 따라서 「춘향전」의 수월한 교육은 위와 같은 사정을 염두에 둘 때 가능할 수 있다. 즉 「춘향전」을 둘러싼 현상을 인지하고, 각각의 장처를 살려 교육기재로 활용해야 교육의 수월성이 제고될 수 있다. 거듭 말하지만 「춘향전」은 문학으로만 존재하지 않았다. 비록 문학이 본령으로 확고한 지위와 전통을 고수했을지라도, 그에 상응하여 문화나 예술이 항시 병치되어 왔다. 그렇기 때문에 춘향예술·춘향문화라는 말이 어색하지 않은 것이다. 이를 전제하면 「춘향전」을 활용한 고전소설 교육에서는 문학·예술·문화적 전통을 전제하는 것이 유용할 수 있다. 그렇게 해야 「춘향전」 교육이 수월해질 뿐만 아니라, 우리의 전통에 대한 인식도 분명해질 수 있기 때문이다.

4.2. 융복합으로서의 소설교육

요즈음 이공계열을 중심으로 융복합에 대한 관심이 고조되고 있다. 또한 인문사회계열에서도 학제적 논의나 학문적 통섭을 강조하고 있다. 그런데 이러한 내용은 지금에 와서 돌발적으로 나타난 것이 아니다. 이미 오래 전부터 그러한 전통이 확립되었을 뿐만 아니라, 현상적으로 실현되었기 때문이다. 그 대표적인 사례가 「춘향전」을 비롯한 고전소설의 전승과정에서 확인된다. 앞에서도 살핀 바와 같이 「춘향전」은 원형이 문학이지만, 유전과정에서 다양한 문화예술과 조응해 왔다. 내용의 효율적인 전달이든, 심미감의 다양한 표출이든 간에 이웃한 장르에 기대어 문예의 복합체를 이루었다. 「춘향전」을 포함한 고전소설 교육에서 이러한 면모를 강조하면 문학의 유통사까지 이해하게 된다.

첫째, 문학장르 간 융복합을 통한 소설교육이다. 「춘향전」은 생래적으로는 서사문학을 표방했다. 하지만 유통과정에서는 서사성만을 내세울 수 없게 되었다. 때로는 신명난 노래로, 때로는 연극의 대본으로 재편되며 효율성을 제고해 왔기 때문이다. 그래서 「춘향전」은 서사문학을 근간으로 이웃한 문학장르와 넘나들며 융복합을 이루었다. 먼저 서정장르에 「춘향전」을 담았다. 이는 서사문학과 서정문학의 융복합을 의미하는 것이다. 실제로 「춘향전」은 민요형으로 「춘향요」가 있을 뿐만 아니라, 가창형의 「소춘향가」, 한문서사시형의 「가사춘향가」 등으로 변용되었으며, 판소리 「춘향가」는 서사적 내용에 시가적 표현을 지향했다. 이렇게 문학장르 간 융복합을 이루면서 「춘향전」은 대중들의 기호에 부응한 것이다. 그래서 「춘향전」 교육에서는 문학적 복합체라는 사실을 인식시키는 것이 중요하다.

둘째, 문학과 예술의 융복합을 통한 소설교육이다. 「춘향전」을 비롯한 고전소설은 문학임에도 불구하고 다양한 예술과 조응했다. 이는 문학과 예술의 융복합이라 할 수 있다. 앞에서 거론했듯이 「춘향전」은 음악이나 미술을 끌어들여 유통에서 활력을 찾았다. 먼저 음악은 가창·설서·강창 등의 성악이 핵심적으로 기능했거니와 때로는 기악이 가세하여 역동성을 더했다. 이와 같은 전통은 현대의 공연에서도 마찬가지이다. 또한 미술은 작품 내용을 그림으로 형상화하는 경우도 있고, 연행배경을 조화롭게 장식하기도 하면서 전승에 힘을 실었다. 「춘향전」은 소설로서 맹위를 떨쳤을지라도 대중들에게 다가가기 위해서 연극과 긴밀한 관계를 유지했다. 판소리도 연극적 요소가 많지만, 창극이나 현대극과 만나 소설과 연극이 하나처럼 유통되었다. 이는 「춘향전」과 연극의 융합이라 해도 좋다. 더욱이 영상매체가 보편화되자 「춘향전」은 영상예술을 끌어와 새롭게 변모했다. 드라마나 영화가 그것으로, 이는 「춘향전」의 문화적 전통 때문에 쉽게 변모될 수 있었다. 실제로 「춘향전」이 영상매체와 조화를 이룰 때 현대적 계승도 용이할 수 있다. 이처럼 「춘향전」은 다양한 예술과 혼연일체가 되어 유통되었다. 이러한 사정을 전제하면서 고전소설을 교육할 필요가 그래서 있다.

셋째, 문학과 문화의 융복합을 통한 소설교육이다. 예나 지금이나 스토리텔링의 핵심에는 이야기문학이 자리잡고 있다. 마찬가지로 「춘향전」도 긴장되고 흥미있는 서사전개 때문에 여러 분야에서 활용하는 문화콘텐츠이다. 빼어난 문학일수록 문화로 변용·향유되는 것은 보편적인 현상이다. 「춘향전」이 조선후기의 대표적인 고전소설로 상하민중에게 상당한 영향을 끼쳤기에, 이 작품이 여가문화·생활문화·대중문화의 콘텐츠로 활용되는 것은 아주 자연스러운 일이다. 이는 문화와 소설의 융복합이라 해도 좋다. 실제로 「춘향전」은 유통과정에서 개인의 문화적인 욕구를 충족시켰을 뿐만 아니라, 가정 내에서는 여가선용의 생활문화로 기능하기도 했다. 특히 불특정 다수에게 공연되어 집단문화나 대중문화로 크게 명성을 얻었다. 이처럼 「춘향전」은 개인·가족·집단에게 생활이나 여가문화로 기능해 왔다. 따라서 「춘향전」을 교육하기 위해서는 이러한 사정을 전제해야 효과적일 수 있다. 이상의 내용을 표로 보이면 다음과 같다.

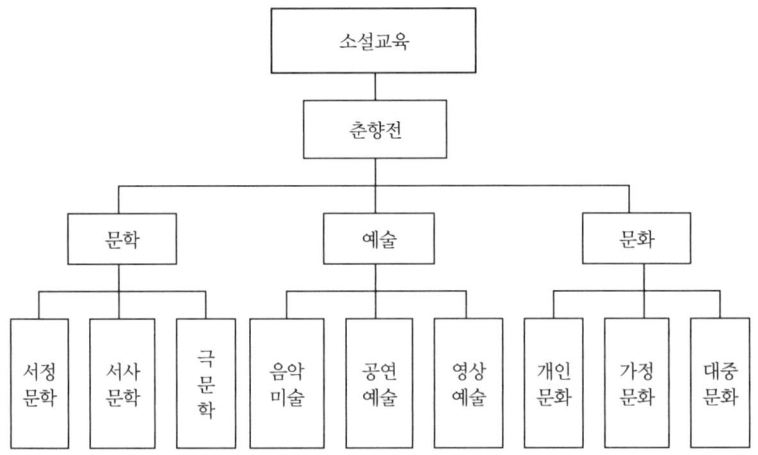

위의 표에서 보는 바와 같이 「춘향전」은 그 차체가 서사문학이면서도 이웃한 서정문학이나 극문학과 긴밀한 관계를 맺어 왔다. 주변에서 성행하던 문학장르와 총화(總和)되어 대중적인 파급력을 제고하기 위해서이다. 그런가 하면 주변의 예술을 끌어들이기도 했다. 유통과정에서 음악과는 분리의 관계를 맺었거니와 미술 또한 서사내용을 효과적으로 표출하거나 대중적인 이미지 제고를 위해 종종 활용되었다. 또한 연극이나 매체를 통해 공연예술이나 영상예술로 변용되기도 하였다. 이것은 음성 및 문자

예술인 문학이 시청각의 예술과 복합적으로 연계된 것이라 할 수 있다. 한편으로 「춘향전」은 문화의 주요한 콘텐츠가 되어 개인은 물론 가정에서 향유되기도 하였다. 이렇게 「춘향전」은 문학·예술·문화와 연계되어 하나이면서 여럿, 여럿이면서 하나인 문예적 실상을 잘 보이고 있다. 이는 「춘향전」의 문화예술적인 변폭이 그만큼 컸음을 의미하는 것이다. 「춘향전」 교육에서 위와 같은 사정을 충분히 숙지할 때 「춘향전」이 함장(含藏)한 의미를 종합적으로 파악할 수 있거니와 교습방안이 다변화되어 교육의 수월성까지 담보될 수 있다. 이는 문학의 교수-학습 방법 중 콘텍스트 중심 접근, 실체 중심 접근과도 상통하는 것이다.

5. 결론

이 글에서는 원론적인 수준에서 「춘향전」을 중심으로 고전소설 교육의 다양화 방안을 모색해 보았다. 먼저 제7차 교육과정 문학교육의 목표와 「춘향전」의 교수-학습 현황을 개관한 다음, 「춘향전」의 전승방편과 문예적 다면성을 고찰하였다. 이어서 소설교육의 다양화 방안으로 전통으로서의 소설교육, 융복합으로서의 소설교육을 제시·검토하였다. 지금까지 논의한 것을 요약·정리하면 다음과 같다.

첫째, 문학교육의 목표를 살펴보았다. 문학교육의 목표에서는 '문학활동의 원리 숙지', '문학적 감수성과 상상력 고양', '문학을 통한 자아성장', '문학의 가치와 전통의 이해', '문학 문화 발전에 기여' 등을 주요하게 내세운다. 앞에서도 말했듯이 「춘향전」은 문예의 복합체로 유전되어 위에서

열거한 내용과 대부분 호응된다. 그 중에서도 '문학의 가치와 전통', '문학 문화 발전'과 관련해서는 특기할 만큼 잘 부합된다 하겠다.

둘째, 「춘향전」의 교수학습 현황을 검토해 보았다. 여기에서는 단원의 학습목표와 학습내용을 고찰한 후 교수학습 실태를 살폈다. 먼저 학습목표에서는 '전통의 창조적 계승과 발전 능력 배양', '전통 계승을 위한 창의적 능력 배양', '전통의 계승과 국어발전 의지 함양' 등을 다루고 있다. 그런데 「춘향전」의 경우 전통을 창조적으로 계승하는 일면, 전통을 발전시킬 능력과 표현 능력의 배양, 그리고 국어 문화를 발전시키는 태도의 함양 등에서 유용하다. 그럼에도 불구하고 수록 단원의 학습내용에서는 작품의 전체 줄거리와 인물, 그리고 소설의 갈등만을 주요한 학습내용으로 명시하여 앞에서 제시한 문학교육의 목표나 단원의 학습목표와 이질성을 갖게 되었다. 교육목표나 학습목표를 위해서는 「춘향전」을 문학적인 안목보다는 문예적 복합체라는 사실을 제대로 인식하고 교육할 필요가 있다. 그럼에도 불구하고 교수학습에서는 문학, 특히 판소리계 소설로 특정함으로써 「춘향전」이 구유(具有)했던 문예적 실상을 온전히 교육하지 못하고 있다. 따라서 「춘향전」의 복합문예적(複合文藝的) 실체를 교육할 수 있도록 학습내용이 조정될 필요가 있다.

셋째, 「춘향전」의 전승방편과 문예적 다면성을 살펴보았다. 「춘향전」은 조선후기를 대표하는 문학작품이라서 다양한 방편으로 유통되어 왔다. 먼저 가창·강담·강창 등의 구비문학으로 유통되면서 대중성을 강화하였다. 이어서 한문 및 국문의 문헌으로 유통되었다. 국한문본을 막론하고 모두 필사·방각·활자본으로 유통되어 부동문학이 기록문학이 되게 했다. 「춘향전」은 그림으로도 유통되었다. 작품내용에 그림을 병치하는가 하면, 표지화나 민화로 유통되어 문학이 시각예술이 되도록 했다. 그리고 공연을 통해서도 유통되었다. 설서(說書)나 판소리뿐만 아니라 현대의 무극(舞劇)이나 연극으로 유통되어 문학과 공연예술이 상통하도록 했다. 그리고 텔레비전·영화 등의 영상매체를 통해서는 문학이 영상예술로 확장되도록 했다. 이러한 전승방편을 타고 「춘향전」은 시가·설화·소설·희곡·평론 등으로 변용되었다. 또한 예술적으로는 음악·미술·무용·연극·영상 등으로 확장되었으며, 문화적으로는 개인·가정·집단의 생활·여가문화의 주요한 콘텐츠가 되었다.

넷째, 「춘향전」을 중심으로 소설교육의 다양화 방안을 강구해 보았다. 먼저 전통으로서의 소설교육이다. 「춘향전」은 문예적 복합체로 유전되었다. 그래서 문학·예술·문화가 총화되어 있다. 특히 유통과정에서는 이들 상호간에 영향을 주며 통시성을 확보하였다. 이를 감안하면 「춘향전」을 통해 다양한 전통을 교육할 수 있다. 즉 문학적 전통, 예술적 전통, 문화적 전통을 교육할 수 있다. 다음으로 융복합으로서의 소설교육이다. 「춘향전」은 소설이면서 이웃한 문학장르와 융복합을 이루었다. 시가·설화·희곡·평론으로 변용되면서 '춘향문학'의 외연을 확장해 나갔다. 「춘향전」은 또한 문학이면서 예술과 융복합을 이루었다. 음악·미술·연극·영상이 그것이다. 뿐만 아니라 「춘향전」은 위의 여러 요소가 복합적으로 작용하면서 개인·가정·공동체의 문화로도 기능했다. 따라서 「춘향전」 교육에서는 이러한 사정을 고려할 필요가 있다. 그렇게 할 때 「춘향전」의 실체가 부각되고, 소설교육의 의미도 배가될 수 있기 때문이다.

고전소설의
유통과 쓰임

고전소설의 유통과 생활

1. 서론

이 글은 충청북도 영동군 학산면 서산리의 민옥순을 중심으로 고전소설의 유통과 구연사례를 분석함으로써, 20세기 중반까지 고전소설이 가정 내에서 애호되었던 양상을 파악함과 동시에 여성 구연자로서 민옥순이 갖는 의미를 고찰하는 것이 주목적이다.

고전소설은 구연을 통해서 다양한 기능을 발휘할 수밖에 없었다. 조선후기까지 다수의 백성이 문맹임을 감안하면[1] 다양한 구연이 고전소설을 대중화하는 데 크게 기여했기 때문이다. 따라서 대중적인 관점에서 보면 고전소설의 역사는 구연의 역사라고 해도 과언이 아니다. 이와 같은 전통은 적어도 대중매체가 보급되기 이전까지 보편적인 현상이었다.[2] 물론

---

1) 조선총독부가 1930년에 실시한 조사에서는 문맹률이 78% 정도였고, 1958년에 이르러서야 22.1% 정도로 내려간다.(김종서 편, 『한국 문해교육 연구』, 서울: 교육과학사, 2001)
2) 우리나라는 1927년 최초로 방송국이 설립된 후 1935년 부산에 지방방송국이 설립되었다. 이후 광복될 때까지 전국에 16개 지방방송국이 있었다. 그리고 1961년에 텔레비전방송국을 개국하였고, 1980년에는 컬러 방송이 시작되었다.(박인규, 「한

대중매체가 보급되었을지라도 고전소설은 1960년대까지는 그 자체로서 주요한 오락·문화의 수단으로 작용해 왔다. 광복 이후에도 수요가 여전하여 구활자본의 인쇄·유통이 지속된 점을 보아서도 족히 짐작할 수 있다.[3] 이 시기의 고전소설이 대중적으로 어떻게 구연·유통되었는지 파악하는 것은 고전소설의 말류적 현상을 짚어보는 일이기 때문에 중시된다. 특히 이 글에서처럼 여성 구연자(口演者)를 통하여 소설의 구연사례나 유통양상을 살피게 되면, 소설의 향유방식을 가정을 중심으로 밀도 있게 파악하는 성과를 거둘 수 있으리라 본다.

지금까지 고전소설의 구연자나 구연상황에 대해서는 다각적인 논의가 있었다. 고전소설이 대중적인 구연을 토대로 광포화(廣布化)되었기 때문에 이에 대한 논의도 그만큼 축적된 것이다. 소설의 독자와 청자,[4] 그리고 낭송 및 연행과 관련된 논의가 이에 해당된다 하겠다.[5] 또한 현재의 구연

국방송의 역사와 유산」, 『현상과인식』 27, 한국인문사회과학원, 2003, 조항제, 『한국방송의 역사와 전망』, 한울, 2003)

3) 구활자본의 간행이 성행을 이룬 것은 1910~1930년 사이이지만 광복 이후에도 여전히 구활자본을 간행한 사례가 있다.(이주영, 『구활자본 고전소설 연구』, 도서출판 월인, 1998, 178쪽)

4) 김동욱, 「이조소설의 작자와 독자에 대하여」, 『장암지헌영선생 화갑기념논총, 호서문화사, 1971, 43~83쪽.
임형택, 「18·19세기 이야기꾼과 소설의 발달」, 『독서생활』, 1976, 139~142쪽.
김진세, 「고소설의 작자와 독자」, 『한국고소설론』, 아세아문화사, 1991, 53~71쪽.
김일렬, 「한문소설의 독자」, 『고소설의 저작과 전파』, 아세아문화사, 1994, 45~57쪽.
김현룡, 「중국소설의 독자」, 위의 책, 아세아문화사, 1994, 405~416쪽.
이창헌, 「고소설의 유통양상에 대한 일고찰」, 『한국서사문학사의 연구』, 중앙문화사, 1995, 1701~1725쪽.

5) 임형택, 「漢文短篇과 講談師」, 『창작과비평』 49호, 창작과비평사, 1978, 105~119쪽.
황인덕, 「고전소설의 암송 구연고」, 『논문집』 38호, 충남대학교 인문과학연구소, 1991, 63~101쪽.
김진영, 「고전소설의 낭송과 유통에 대하여」, 『고소설연구』 1집, 한국고소설학회, 1995, 63~94쪽.

자를 찾아 구연 텍스트나 구연상의 특징을 살핀 논의도 일부 확인할 수 있다.[6] 하지만 고전소설 구연자와 관련된 실증적 논의는 대부분 남성에 국한된 면이 없지 않다. 따라서 이 글에서 여성 구연자를 다루는 것은 그 자체로써 의미가 있을 뿐만 아니라, 가정 내에서 벌어졌던 소설의 구연과 향유방식을 다양한 관점에서 밝히는 계기가 되리라 본다.

이에 이 글에서는 고전소설 구연자인 민옥순의 가계를 개괄적으로 검토하면서 소설구연의 동인을 살펴보고, 이어서 민옥순의 사례를 중심으로 소설의 유통과 구연에 대해 검토하도록 하겠다. 마지막으로 여성 구연자인 민옥순이 갖는 의미를 몇 가지 관점에서 짚어보고자 한다.

2. 가계와 소설구연의 동인

민옥순이 출생한 영동군 학산면 인골은 지리적으로나 문화적으로 고전소설을 쉽게 접할 수 있는 곳이 아니다. 그럼에도 불구하고 그녀가 비교적 여러 작품을 알게 된 것은 이야기꾼인 아버지의 기질이나[7] 어머니의 훈육

_____, 「고전소설의 연행양상 고찰」, 『국어국문학』 125, 국어국문학회, 1999, 279~303쪽.

조도현, 「고전소설의 연행과 장르 변개 양상-사설시조와의 상관성을 중심으로」, 『우리말글』 33, 우리말글학회, 2005, 217~242쪽.

김진영, 「고전소설의 문화적 전통과 계승방안」, 『한국언어문학』 56, 한국언어문학회, 2006, 93~124쪽.

6) 김균태, 「고소설 강독사 정규헌의 사례 고찰」, 『공연문화연구』 10, 한국공연문화학회, 2005, 379~302쪽.

7) 민옥순의 아버지 민기호 씨는 어려서부터 극빈(極貧)하여 여러 곳을 떠돌아다녔다고 한다. 이와 같은 경험 때문에 많은 이야기를 접할 수 있었고, 그것이 가족은 물론 다른 사람에게 구연하는 자산이었던 셈이다. 인골에 살 때는 가족이나 동네사람에게 설화나 고전소설을 구연해 주었으며, 살목으로 이주해서도 사랑방에 나가

방법과 무관하지 않다. 따라서 여기에서는 민옥순의 가계와 소설구연의
동인에 대해 간략하게 검토해 보고자 한다.

2.1. 가계

민옥순은 1936년 충청북도 영동군 학
산면 범화리 인골에서[8] 아버지 민기호
씨와 어머니 홍일순 씨 사이에서 5남매
중 셋째로 태어났다. 위로는 오빠가 둘이
고 아래로는 여동생이 둘이다. 그녀는 정
규교육을 받은 바 없지만, 부모님의 도움

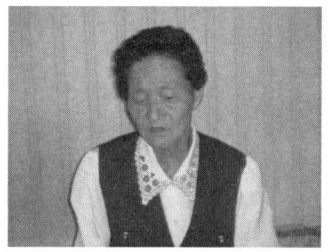

[사진1] 민옥순

으로 고전소설(유충렬전)을 익히면서 한글을 깨우쳤다. 특히 인골에서 10
대 중반까지 자라면서 아버지를 통해 다양한 이야기와 함께 고전소설을
익히게 되었다. 하지만 한국전쟁의 발발로 인골에 소개령(疏開令)이 내려
지자 살목(상시)으로 이주한 후 농사를 지을 때만 인골을 찾았다. 산간마
을에 살았을지라도 그녀의 아버지가 숯을 구어 영동 장에 내다 팔거나
소거간꾼으로 활동하여 외부의 문화를 접하는 데는 유리한 조건에 있었
다. 특히 아버지가 고전소설 읽기를 좋아하여 그녀는 어려서부터 아버지
의 낭송을 들으면서 소설을 익힐 수 있었다. 아버지를 따라 인골에서 살목
으로 이주하여 살다가 성주골의 여기열 씨에게 21세에 시집와서 7남매를
두었다. 자식들에게는 고전소설보다는 짤막한 옛날이야기를 자주 구연해
주었다고 한다.

이야기를 곧잘 구연했다고 한다.
8) 인골은 약간의 거리가 있는 집까지 합쳐 다섯 가구가 살았다고 한다.

민옥순은 학산면 이외 지역에는 거주한 적이 없는 학산면 토박이다. 그녀는 학산면 범화리 인골에서 태어나 10대 중반에 범화리 살목으로 이주한 후 역시 학산면 서산리 성주골로 시집와서 살다가 마을은 달라졌지만 여전히 서산리에 거주하고 있다. 그래서 그녀가 대외적인 문물을 접한 주요 통로는 학산면에 서는 5일장이 전부였던 셈이다. 따라서 민옥순이 소설을 구연하는 방법은[9] 부모의 영향을 받았을지라도, 다른 지역과 무관하기 때문에 나름대로 독창성을 확보한 것으로 볼 수 있다.

2.2. 소설구연의 동인

민옥순이 고전소설을 익히고 구연한 데에는 그만한 계기와 동인이 있었다. 우선 그녀가 어렸을 때 거주했던 인골의 지리적인 특징이 한몫을 했다. 그녀가 어렸을 때 거주했던 인골은 지리적으로 다른 지역과 동떨어져 있었다. 더욱이 인골에는 다섯 가구가 살았지만 그나마 두 가구와 세 가구가 어느 정도 거리를 두고 모여 있었다. 따라서 민옥순이 살았던 인골은 다른 지역과 격리된 곳이나 마찬가시었나. 이것이 오히려 그녀가 소설을 익히고 구연하는 데 좋은 조건이 되었음은 물론이다. 당시만 해도 여가가 생겼을 때 특별히 소일할 만한 대상이 없었기 때문에 아버지가 자주 읽던 소설을 익히는 데 더 집중할 수 있었다.

민옥순이 소설을 익히는 데 직접적으로 영향을 준 것은 바로 그녀의

---

9) 민옥순의 구연에서 특징적인 것은 책을 보고 낭송할 때를 제외하고는 작품의 주요 부분만을 구연한다는 점이다. 마치 판소리에서 주요 눈대목을 강창(講唱)하는 것처럼 특정 대목을 선택하여 구연한다. 하지만 그녀는 판소리 공연을 관람한 적이 없다고 한다. 이는 그녀가 소설을 읽으면서 나름대로 감명 깊은 곳을 익히고 그것을 암송 구연하면서 나타난 특징이라 하겠다.

아버지이다. 민옥순의 아버지는 어려운 생활을 감내하면서도 적극적으로 삶을 개척하여 인골에 터전을 잡을 수 있었다. 물론 이렇게 터전을 잡는 데는 아버지를 중심으로 집안 식구들 모두가 농사와 부업에 헌신적으로 매달렸기 때문이다.[10] 그녀의 아버지는 학산 장을 중심으로 소거간꾼으로 활동하였다. 소거간꾼을 하다 보니 자연스럽게 학산을 중심으로 한 외부의 문물에 밝을 수밖에 없었고, 이것이 그대로 딸 민옥순에게 영향을 준 것이다.

민옥순 아버지의 주요한 여가생활 중의 하나가 바로 고전소설을 읽고 감상하는 것이다. 민옥순의 아버지는 학산장에 가서 소거간으로 돈을 벌었고, 그것으로 생활필수품을 구입했는가 하면, 자신의 여가생활에서 필요 품목이었던 고전소설을 구득(求得)하기도 했다. 그가 구독했던 고전소설은 구활자본으로 대부분 1900년대 초중반에 간행한 것이다. 주요 작품은 「심청전」・「춘향전」・「장화홍련전」・「구운몽」・「사씨남정기」・「유충렬전」 등이다. 문제는 이 소설을 구득한 것에 만족하지 않고 그것을 틈나는 대로 낭송했다는 점이다.

민옥순 아버지의 소설 읽기는 당시에 보편적이었던 낭독(朗讀)일 수밖에 없었다. 더욱이 그들이 거주했던 인골은 세대가 많지 않아 주변 사람들의 시선을 의식하지 않고 소설을 낭송(朗誦)할 수 있었는데,[11] 아버지의 이러한 낭송이 민옥순에게 절대적인 영향을 주었다. 인골에서 아버지가 소설을 즐겨 읽을 당시 민옥순은 아직 한글을 깨치지 못했다. 그래서 그녀가 소설을 접하기 위해서는 다른 사람의 낭송이 필수적이었다. 이 역할을

10) 민옥순의 아버지 민기호는 두 아들을 데리고 농사를 짓는 일면, 숯 굽기와 소거간을 하여 논을 구입하는 등 인골에서는 가장 풍족했다고 한다.
11) 민옥순의 아버지는 동네사람에게도 이야기나 소설을 구연해 주었다. 그가 인골에서 소설을 읽은 것은 마을 사람들의 문화생활에 일조한 것이라 할 수 있다.

아버지가 자연스럽게 맡았기 때문에 그녀는 소설의 세계에 눈을 뜰 수
있었다. 나아가 소설을 듣고 감상하는 것에 그치지 않고 자신도 아버지의
독법을 그대로 익혀 구연하는 능력을 갖게 되었다. 그래서 그녀는 한글도
모르면서 소설의 내용을 모두 기억하고, 그 내용을 토대로 오빠에게 암송
구연(暗誦口演)을 시행하기도 하였다. 실제로 그녀는 아버지가 자주 읽던
「옥루몽」을 모두 외워 그것을 오빠에게 암송 구연하고, 오빠가 그것을
받아써서 상하권으로 두 책을 만들었다. 이 필사본은 주요한 내용을 간추
려 다섯 책을 두 책으로 줄였기 때문에 나름대로 이본적 특성을 가지고
있다. 민옥순이 이렇게 소설을 암송할 수 있었던 것은 아버지가 그만큼
소설낭송이 잦았음을 말하는 것이기도 하다.

민옥순이 소설을 익히는 데는 어머니의
역할 또한 컸다. 그녀의 어머니도 국문을
깨쳐서 소설을 애독했던 독자이다. 어머니
는 「구운몽」이나 「심청전」 등을 자주 읽었
다. 지금도 민옥순이 소장한 책 중에는 어
머니 책이라고 표기된 「구운몽」이 있다. 문
제는 어머니가 소설을 혼자 읽을 때도 있지
만, 때로는 자식들을 위해서 읽어주었다는
점이다. 어머니가 소설을 읽는 것은 아버지
가 출타하고 없을 때 주로 이루어졌다. 그

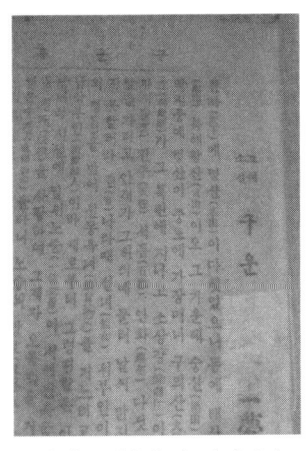

[사진2] 민옥순의 어머니가
애독했던 「구운몽」

녀의 어머니가 자식들을 앉혀 놓고 훈육(訓育)의 방편으로, 또는 오락의
수단으로 소설을 읽은 것이다.12) 그래서 어머니의 소설구연이 자식들에

---

12) 앞에서도 말했듯이 민옥순이 「옥루몽」을 구연하고 오빠가 그것을 받아쓴 것을
    보면, 그녀의 오빠 또한 소설에 남다른 관심이 있었음을 알 수 있다. 실제로 민옥

게도 영향을 준 것으로 볼 수 있다. 민옥순은 어머니가 소설을 구연할 때 가장 적극적인 청중(聽衆)이기도 했다. 어머니가 「심청전」을 구연할 때 심청이 상인에게 팔리는 장면이나 인당수에 투신하는 곳에서는 슬피 울기도 하였다. 오빠들은 그러한 기색을 보이지 않았지만, 그녀만은 슬픔을 못 이겨 감정을 그대로 토해냈다고 한다.13) 가정 내의 구연에서도 구연자와 청중의 관계가 설정된 것처럼 보이는데, 이를 통해 그녀는 소설의 내용은 물론 구연방식을 쉽게 익힐 수 있었다.14)

　민옥순이 소설을 익혀 구연하게 된 데에는 이야기에 대한 그녀의 강한 호감과 탁월한 기억력도 일조하였다. 그녀는 어려서부터 이야기 듣기를 무척 좋아했다. 그래서 지금도 학산 인근의 전설은 물론이거니와 다수의 민담을 구연하기도 한다.15) 이야기를 좋아하다 보니 자연스럽게 소설에도 큰 관심을 가질 수밖에 없었다.16) 특히 아버지가 읽는 소설에 남다른 관심을 가져 수시로 듣고 감명을 받곤 했다.17) 장편인 「옥루몽」을 한글도 모른 채 암송 구연할 수 있었던 것도 바로 이 때문이라 하겠다. 물론 그녀

순은 자신의 오빠도 소설에 관심이 있었다고 확인해 주었다. 이렇게 가족 구성원 모두 소설에 관심을 두어 그녀가 소설을 익히고 그것을 구연하는 데 도움이 되었다.

13) 소설구연에서 청관중의 극적인 반응은 조선조의 문헌에서 확인된다.(李德懋, 『雅亭遺稿』'銀愛傳,『正祖實錄』傳奇 十四年 八月 戊午條 "古有一男子 鍾街烟肆聽人 讀稗史 至英雄最失意處 忽裂眦 噴沫 提截煙刀 擊讀史人立斃之")

14) 물론 민옥순이 소설을 구연하는 데 크게 영향을 끼친 것은 그녀의 아버지이다. 아버지가 이야기나 소설구연의 중심축을 이루고, 어머니는 단지 그에 대한 보조적 위치에 있었을 따름이다.

15) 황인덕, 「이야기꾼의 사례 고찰~민옥순」, 어문연구학회 제250차 정기발표논문집, 1~21쪽. 2007년 9월 29일.

16) 이는 그녀의 아버지가 이야기를 거쳐 소설에 몰입했던 사정과 궤를 같이한다고 볼 수 있다.

17) 한글을 깨치고는 아버지의 소설책을 읽느라고 시간가는 줄 몰랐다고 한다.

의 남다른 총기가 있어 그러한 일이 가능할 수 있었다. 그녀는 어려서부터 이야기를 들으면 잘 기억하는 능력이 있었다고 하는데, 이야기에 대한 호감과 남다른 기억력이 작용하여 고전소설을 자연스럽게 구연한 것으로 볼 수 있다. 이렇게 민옥순은 스스로 이야기를 좋아했고, 나아가 그것을 기억하는 능력이 탁월했기 때문에 고전소설의 구연자로 거듭 날 수 있었다.

민옥순이 친가에서 이미 소설 구연능력을 갖추었기 때문에 시집온 후 시가(媤家)에서 어렵지 않게 소설을 구연할 수 있었다. 그녀의 시가에서는 시아버지가 소설 읽기를 즐겨하였다. 그가 애독했던 소설은 「삼국지」·「옥루몽」 등이다. 하지만 나이가 들어 병약해지자 며느리를 불러 소설을 읽도록 하였다. 때로는 시아버지 친구가 찾아와 며느리가 구연하는 소설을 함께 듣기도 하였다. 따라서 민옥순이 본격적으로 다른 사람을 위해 소설을 구연한 것은 출가 이후라고 할 수 있다.

이상에서 보는 바와 같이 민옥순은 이야기를 선호했던 집안에서 출생하여 아버지와 어머니의 소설 구연을 체험할 수 있었고, 나아가 그것을 다른 사람을 위해 구연했기 때문에 지금까지도 소설 구연 능력을 갖게 된 것이라 하겠다. 즉 가족 구성원 모두가 고전소설을 통해 문화생활을 영위했기 때문에 그녀도 그에 부응하여 소설의 주요한 수용자가 되었음은 물론, 타고난 기억력으로 수용한 이야기를 구연한 것이라 할 수 있다.

3. 소설의 유통과 구연 사례

민옥순은 고전소설을 주요한 여가수단으로 삼았던 집안에서 출생하여 소설의 내용은 물론 구연방법까지 자연스럽게 익혔고, 그것을 친가와 시가에서 구연하여 20세기 중반에 소설이 어떻게 유통되었는지 가늠할 수 있게 한다. 특히 구연 작품의 구득(求得)은 물론 소설의 유통 내역이나 소설 구연의 실제적 사례를 파악하는 데 도움이 된다. 여기에서는 그녀가 소설을 입수하는 과정이나 구연 사례, 그리고 구연의 실태와 작품으로 나누어 검토해 보도록 하겠다.

3.1. 소설의 유통

조선후기는 상품경제·화폐경제가 일반화되자 자연스럽게 고전소설도 당시의 중요한 문화상품으로 유통될 수 있었다.18) 이는 고전소설이 그만큼 대중적인 애호를 받았기 때문에 가능할 수 있었다. 따라서 고전소설은 구비나 문헌유통을 통해서 대중적인 기반을 더욱 공고히 다질 수 있었다. 구비유통에서는 구연이 일반화되었고, 문헌유통에서는 필사나 활자본을 구독(購讀)이나 차람(借覽)하는 것이 보편화되었기 때문이다. 이를 전제하면서 민옥순의 경우를 통하여 고전소설이 어떻게 유통되었는지 살펴보도록 하겠다.

---

18) 문학작품이 대중적인 지지를 얻으며 상품으로 대량 유통된 것은 소설이 처음이 아닌가 한다. 시가문학이 사대부층을 중심으로 향유되었을지라도 여전히 상품성과는 거리가 있었던 반면, 소설은 조선후기에 이르러 범국민적 지지를 받다 보니 필사본·판본 형태의 상품으로 유통되기에 이른다.

3.1.1. 구독하기

민옥순이 소설을 확보하여 읽을 수 있었던 방법은 아버지가 구득한 것을 활용하는 것이다. 조선후기의 목판본은 판본의 특성상 분량이 많을 수밖에 없었고, 이로 인해 가격이 비싸 일반인들이 소설을 구독하기가 쉽지 않았다. 그렇지만 구활자본은 분량의 감소로 인해 가격이 상대적으로 저렴해져 고전소설이 대중적으로 확산되는 데 큰 도움이 되었

[그림3] 민옥순이 소장한 「장화홍련전」

다. 딱지본·육전본으로 일컫는 구활자본은 대중적인 가격을 감안하여 6전인 것도 있지만, 실제로는 수십 전에 이르는 것도 있었다.[19] 1931년 당시 쌀 한 가마의 가격이 4원임을 감안하면[20] 대체로 소설 한 권이 쌀 한 말 값보다는 싸서 관심을 갖는 사람이라면 구득하는 데 큰 어려움이 없었을 것으로 본다. 고전소설이 비록 일부의 한학층에게 여선히 비판받았을지라도 대중적인 인기의 여세를 몰아 대량생산과 유통이 가능하게 되었고, 상당수의 국민이 그것을 필요에 따라 구독하기에 이르렀다.

민옥순이 소장하고 있는 소설은 오빠가 필사한 것을 제외하고는 모두 구활자본이다. 이 구활자본을 그녀가 직접 구입한 것은 아니다. 아버지와 어머니의 필요에 의해 구입한 것을 그녀가 소장하며 읽은 것이다. 이는

---

19) 일례로 1931년 태화서간본을 보면, 「심청전」 25전, 「유충렬전」 35전이었다.(김장동, 『우리소설이란 무엇인가』, 태학사 1996, 25쪽)
20) 김장동, 『우리소설이란 무엇인가』, 태학사 1996, 25쪽.

민옥순의 아버지가 소거간꾼으로 활동하면서 학산 장을 왕래하다가 거리에 진열해 놓은 것을 구입해온 것이다. 어쨌든 이 활자본은 비교적 후대에 속하는 것이기에 어느 정도의 경제적 여건만 되면 구입할 수 있었다. 구활자본이 이미 대중서사를 지향하면서 대량생산되는 시대였고, 그것을 판매하는 장시(場市)가 전국적으로 일반화되어 구입하는 데 어려움이 없었다. 이는 당시에 고전소설이 대중적인 문화상품으로 유통되었던 일면이기도 하다. 민옥순의 경우 이와 같은 사정을 확인해주는 좋은 사례라 할 만하다.

3.1.2. 차람하기

조선후기에 오면 소설 수요층이 증가함에 따라 소설을 대여해 주는 전문점이 나타나기 시작한다. 요즘에 만화책이나 소설을 대여해 주는 것처럼 고전소설을 대여해 주는 것이 일반화된 것이다. 그런데 이러한 차람(借覽)의 경우는 대가를 지불할 경제적 여건이 확보되어야 하고, 또한 많은 사람이 운집한 곳이어야 적당하다. 그러기에 시골에서는 영리적인 대여보다는 비영리적인 차람이 더 큰 비중을 차지할 수밖에 없었다. 이른바 돌려 읽기나 빌려 읽기가 서민대중 사이에서 더 일반적이었다. 이는 영리적인 세책(貰冊)보다 아는 사람에게 빌려 읽기가 더 오래되었다는 기왕의 사료를 통해서도 짐작할 수 있다.21)

민옥순의 아버지가 거주한 곳은 영동의 학산, 그 중에서도 산간마을인 범화리 인골이기 때문에 대여점을 통하여 소설을 확보하기란 불가능한 일이었다. 그래서 자신이 구입하지 못한 소설을 읽으려면 아는 사람을

---

21) 『중종실록』 9월 12일자에는 「설공찬전」이 문자나 언어로 전파되는 문제점을 지적하고 있다. 문자나 언어로 퍼진다는 것은 필사나 구연을 통해 확산되었음을 뜻하는 것이다.

통해 빌리는 수밖에 없었다. 실제로 그녀의 아버지는 필요한 책을 인근 사람에게 자주 빌려서 읽었다. 특히 매곡면의 부잣집에는 소설이 궤짝으로 가득했는데, 그 집에서 민옥순이 아버지의 심부름으로 소설을 빌려오기도 했고, 자신도 그것을 읽느라고 시간 가는 줄 몰랐다고 한다. 단권으로 된 것은 구입해서 읽을 수도 있었지만 여러 책으로 된 것은 구입하기도 어려워 빌려보는 경우가 많았다고 한다.[22] 그렇지만 소설을 빌리는 것도 쉬운 일만은 아니어서 부잣집에서도 특별한 인연이 없는 한 소설을 빌려주지 않았다고 한다. 그런데 민옥순의 아버지가 거간꾼으로 활동하고, 또 이야기꾼으로 널리 알려졌을 뿐만 아니라 민옥순 역시 소설에 대한 남다른 애착을 보였기 때문에 그녀에게만은 특별히 소설을 빌려주었다고 한다.

물론 빌려온 소설은 아버지가 좋아했던 「삼국지」·「옥루몽」 등 여러 책으로 된 작품인데[23] 그것을 감상하는 사람은 아버지 한 사람에 국한되지만은 않았다. 아버지가 소설을 한정된 공간에서 낭송을 통하여 향유했기 때문에 자

[그림4] 친정아버지가 자주 빌려 보던 「삼국지」

---

22) 민옥순의 경우도 단권으로 된 책은 아버지가 구입한 것을 읽을 수 있었지만, 여러 책으로 된 경우에는 빌려서 읽을 수밖에 없었다. 실제로 조선후기의 세책점에서도 단편보다는 장편을 선호했다. 이는 한 종류의 책으로 고객을 장기간 확보할 수 있었기 때문이다.

23) 민기호가 읽었던 책은 「능라도」·「명사십리」·「박씨전」·「사씨남정기」·「삼국지」·「숙영낭자전」·「신유복전」·「어룡전」·「옥루몽」·「유문성전」·「유충렬전」·「장끼전」·「장화홍련전」·「춘향전」·「홍길동전」·「화룡도실기」 등인데 이는 민옥순이 읽은 것이기도 하다.

연스럽게 집안 식구 모두가 감상자의 범주에 들 수 있었다. 더욱이 민옥순은 후에 한글을 깨쳐 소설을 직접 읽었기 때문에 자연스럽게 그녀도 아버지의 이름을 빌려 소설을 빌려 볼 수 있었다. 이렇게 민옥순이나 그 아버지 모두 읽고 싶은 책이 있으면 인근에서 빌려 읽을 정도로 소설에 대한 관심이 남달랐음을 알 수 있다.

3.1.3. 필사하기

고전소설을 애호했던 사람들은 소설의 내용을 이해하는 데서 머물지 않고 해당 작품을 소장하고픈 욕구가 있게 마련이다.[24] 또한 소설을 한 번 읽고 마는 것이 아니라 두고두고 읽으면서 감상하는 것이 당시의 감상법이라고 할 때[25] 자신의 책이 필요한 것은 당연한 일이다. 그래서 한글을 아는 사람은 책을 빌려서 자신이 직접 필사하기도 하고, 그렇지 못할 때에는 다른 사람을 시켜서 필사하기도 하였다.[26]

민옥순의 경우도 어린 나이에 자신만의 작품을 소장하고픈 욕구가 있었다. 그래서 아버지가 읽던 작품을 오빠를 시켜 직접 필사하기에 이른다. 아버지가 읽던 「옥루몽」은 장편이라서 빌려보는 데도 번거로웠을 뿐만 아니라, 구입해서 소유하기에는 더더욱 한계가 있었다. 그래서 필사하여 자신만의 텍스트로 간직했던 것이 아닌가 한다. 그녀가 현재 소장하고 있는 필사본은 아버지가 낭송할 때 들어서 기억했던 내용을 오빠에게 암

---

24) 이는 필사본 소설의 말미에 소설을 베끼게 된 내력과 그것을 소중히 다룰 것을 당부한 말에서 짐작할 수 있다.

25) 이 점은 「구운몽」을 민옥순의 어머니 책이라고 한 것으로 보아 짐작할 수 있다. 고전소설을 수용함에 있어서 새로운 내용에 탐닉할 수도 있지만, 익히 아는 내용을 반복 수용하는 것 또한 얼마든지 가능한 일이다.

26) 가정 내에서 유통되는 국문소설의 경우 아녀자들이 필사한 이본이 다수이다. 그 외에 세책점에 팔기 위하여 전문적으로 활동하는 필사자도 있었다.

[사진5] 민옥순의 「옥루몽」 암송 구연본

송 구연하고, 오빠가 그것을 필사했다는 점에서 새로운 버전의 이본이라 할 만하다. 더욱이 다섯 책으로 된 원본에서 스스로 판단하기에 중요한 부분만을 발췌하여 두 책으로 필사하였기 때문에 독창성을 확보한 이본이라

할 수 있다. 민옥순은 이렇게 한글도 모르면서 자신의 책을 소유하고픈 마음에 오빠에게 필사를 부탁하여 새로운 이본을 만들기도 하였다.

이 필사본은 모두 상·하 2책으로 목판본처럼 광곽(匡郭)을 흉내내기도 했는데, 전체적으로 알아보기 쉽게 또렷한 글씨로 썼다. 펜을 사용하여 붓글씨보다는 한 면에 들어가는 분량이 많아 책이 그렇게 두껍지는 않다. 이 필사본은 그녀가 한글도 모르는 10여 세의 소녀 때 암송 구연한 것이라서 구사한 단어도 명료하지 못하고 텍스트에서도 구비적인 특성을 다수 확인할 수 있다.27) 그렇지만 이 작품은 특이하게노 고선소설의 구언본이라는 점에서 의미가 있을 뿐만 아니라, 적어도 20세기 중반까지 필사유통의 단면을 확인해 준다는 점에서 주목할 만하다.

3.2. 소설구연의 사례

민옥순 친가의 가족 구성원 모두가 소설을 즐겨 읽었고, 또한 시가의

---

27) 일례로 필사한 「옥루몽」의 제목은 「옹유몽」이다. 만약 한글을 알아서 구활자본을 그대로 베꼈으면 이와 같은 현상은 발생하지 않았을 것이다.

시아버지가 소설을 읽거나 듣기를 좋아하여 그녀를 중심으로 고전소설의 구연 사례를 다양한 관점에서 찾아볼 수 있다. 즉 소설을 구연하는 다양한 유형을 민옥순의 행동반경에 따라 확인할 수 있다. 실제로 양가를 중심으로 어느 경우에 소설을 구연했는지 파악이 가능한데, 대체로 파한을 중심으로 하되 그 이면에는 국문의 습득, 즐거운 노동, 자녀의 훈육과 관계된 목적이 내재되어 있다.

3.2.1. 파한을 위한 구연

어떤 상황이든 소설을 감상하는 것은 문화생활의 일부임에는 틀림없다. 그래서 민옥순의 가족도 생활문화의 한 방편으로 소설을 감상한 것으로 볼 수 있다. 민옥순 아버지의 경우 거간일이 없을 때나 농사일을 하지 않을 때에는 여가생활의 상당수를 소설읽기로 소진하였다. 혼자 읽을 때도 있지만, 때로는 아들과 그 친구들을 위해서 읽기도 하였다. 아버지가 이렇게 소설을 자주 낭송했기 때문에 어린 딸이 아버지가 읽는 소설을 듣고 외울 수 있었던 것이다.

민옥순의 아버지가 이렇게 소설을 즐겨 읽은 것은 스스로 향유하기 위한 것도 있고, 가족 구성원이나 동네사람들이 함께 즐겨 듣도록 하기 위한 측면도 있다. 문제는 이러한 소설 읽기가 바로 파한을 위한 방편이었다는 점이다. 앞에서도 말한 것처럼 그녀가 거주했던 인골은 인적이 드문 곳이다. 그래서 볼거리나 들을거리, 감상거리를 찾기가 쉽지 않았다. 그러한 상황에서 한가한 시간을 소일하는 방편으로 소설 읽기를 선택한 것이다. 그녀의 말에 따르면 농번기에는 정신없이 일을 해야 하기 때문에 여가가 없었지만, 농한기에는 다소의 시간이 주어져 그때 주로 소설을 읽었다고 한다. 그래서 민옥순의 아버지가 소설을 읽은 것도 큰 틀에서 보면 파한을

위한 것으로 볼 수 있다. 나아가 그
녀가 시집오기 전에 소설을 읽거나
구연한 것, 그리고 어머니가 「구운
몽」을 즐겨 읽은 것도 대부분 재미
이면에 파한을 위한 목적이 있었다.

특히 그녀가 출가한 다음에 소설
을 구연한 것은 파한을 위한 것이
대부분이다. 민옥순이 출가해서 소
설을 구연할 수 있었던 것은 시아버
지가 소설 애독자였기 때문이다. 시
아버지는 주로 「삼국지」·「옥루몽」

[그림6] 시아버지가 애독했던 「삼국지」

을 즐겨 읽었지만, 젊어서 반민특위와 관련된 고문으로 병약하게 평생을
보내야 했다. 그래서 소설을 끈기 있게 읽지 못하고 건강이 허락하는 대로
틈틈이 읽을 수밖에 없었다. 시아버지가 소설을 읽다가 힘들 때는 며느리
인 민옥순을 불러 소설을 읽으라고 청했다. 민옥순이 시아버지의 파한을
위하여 고전소설의 구연자로 나선 셈이다. 이렇게 소설을 읽어주면 시아
버지는 그것을 감상하다가 잠에 들곤 하였다. 또한 이웃 마을인 학촌에서
시아버지의 친구가 오면 두 분을 위해 소설을 구연하기도 하였다. 이는
소일을 위해, 또는 재미를 위해 소설을 읽은 것이면서 동시에 효행을 위해
소설을 구연한 것이기도 하다. 그렇지만 시아버지나 그 친구는 심심함을
더는 차원에서 소설을 들은 것이기도 하다.

3.2.2. 국문습득을 위한 구연

국문소설은 한문소설보다 대중적인 인기를 더 끌 수 있었다. 국문본이

한문본보다 해독이 쉬울 뿐만 아니라 부녀자나 서민 대중까지 수요층으로 포섭할 수 있었기 때문이다. 물론 국문을 알고 소설을 구독하는 경우가 대부분이지만, 역으로 국문을 모르면서 소설을 접하다가 국문을 깨치는 경우도 얼마든지 있었다. 민옥순의 경우는 후자에 해당된다. 민옥순은 소설을 접하면서 국문을 깨치고, 나아가 당시에 필요한 주요한 지식을 소설을 통해서 얻었다.

민옥순은 국문을 터득하여 소설을 읽기도 전에 관심이 있던 작품을 암송 구연하는 능력을 보였다. 이러한 능력은 그녀가 국문을 익히는 데 좋은 조건이 되었다. 국문의 제자원리를 소설의 내용에 대입하면서 글자를 터득할 수 있었기 때문이다. 실제로 민옥순은 소설을 처음 접할 때에는 국문을 전혀 알지 못했다. 다만 아버지의 영향을 받아 작품내용을 암기할 뿐이었다. 그런데 이러한 그녀의 기억력이 국문을 익히는 자양이 되었음은 물론이다. 익히 아는 소설의 내용에 한글의 자모를 대입하면서 제자 원리를 터득했기 때문이다.

사실 그녀가 국문을 익히는 데 결정적으로 작용한 것은 부모님의 훈육 방식과 국문소설 「유충렬전」이다. 그녀의 아버지는 국문의 제자원리를 도표로 그리고 그것을 「유충렬전」[28]과 대입하여 한글을 익히도록 했다. 이미 아는 내용을 대하면서 그에 제자원리를 적용하다 보니 어렵지 않게 국문을 터득할 수 있었다. 필요한 경우에는 이미 한글을 알고 있던 어머니의 조언과 지도가 따랐음은 물론이다. 그래서 그녀는 「유충렬전」과 함께 국문을 익혀, 결국은 국문소설이 국문학습서로 작용한 셈이다. 당시로서는 국문학습서를 구입하기가 쉽지 않았을 터인데, 그 역할을 고전소설이

---

28) 민옥순이 소장한 이본은 표지에 '충렬전'으로 되어 있다.

대신한 것이라 하겠다. 이는 조선조에 「오륜전비」·「박통사」·「노걸대」 등이 중국어 학습서가 된 것처럼[29] 국문소설이 국문학습서로 활용된 것이다.

3.2.3. 노동을 위한 구연

고전소설의 구연은 다양한 측면에서 이루어짐은 이미 조선조의 문헌을 통해서 확인된다. 부모의 파한을 위해,[30] 식구들의 오락을 위해[31] 구연되었던 사정이 다양한 전적에서 확인되기 때문이다. 어느 경우든 소설이 여가를 보내는 데 유익한 수단으로 작용한 것만은 틀림없다. 그런데 민옥순의 친가에서는 특이한 구연을 보여 주목되는 바가 있다. 바로 소설 구연이 노동의 수고를 덜기 위하여 이루어졌다는 점이다.

노동의 기능과 관련된 문학하면 으레 노동요를 연상하기 마련이다. 그런데 민옥순의 친가에서는 한편에서는 소설을 구연하고 또 다른 한편에서는 노동하는 방식으로 소설이 향유되었다.[32] 민옥순의 경우 어려서부터

---

29) 성호경, 「중국희곡이 한국의 극문학에 끼친 영향에 대한 고찰」, 『국어국문학』 121, 국어국문학회, 1998, 139~168쪽.

30) 趙聖期, 『拙修齋集』卷十二, "大夫人聰明睿哲 於古今史籍傳奇 無不博聞慣識 晩又好臥聽小說 以爲之睡遣閒"
李圭景, 『五洲衍文長箋散稿』卷七 小說辨證說, "閭巷間流行者 只有九雲夢 西浦金萬重所撰……世傳西浦竄荒時 爲大夫人消愁 一夜製之"

31) 홍희복 『제일기언』 序. "내 웃고 대왈…(중략)…다만 긴 밤과 한가흔 아츰에 노친을 뫼시고 병처와 즈부 녀으를 거느려 흔번 보고 두번 닑어 그 강개 상쾌흔 곳의 다드라는 서로 일커러 탄상ㅎ고 그 담쇼 희해흔 곳에 다드라는 또흔 일장 환쇼ㅎ면 이 족히 쓰인다 홀 거시니 그 엇지 무용이라 ㅎ리오. 늬 일즉 실학ㅎ야 과업을 닐우지 못ㅎ고 흰당을 뫼셔 한가흔 째 만흐므로 셰간의 뎐ㅎ는 바 언문쇼셜을 거의 열남ㅎ니……"

32) 이는 조선조에도 쉽게 찾을 수 없는 사례이다. 일부의 경우 낮에는 일하고 저녁에는 관솔불을 밝혀 소설을 읽었다는 기록이 있을 따름이다.(申緯, 『警修堂集』 冊九, 李樵夫序. "余所居 隔籬丈餘 有李姓樵夫者 晝入山採樵 夜輒然松明 讀傳奇以爲樂")

갖가지 농사일을 해야만 했다. 당시에는 들일은 물론 가정 내에서도 닥치는 대로 일을 할 수밖에 없었다고 한다. 그 일 중의 하나가 겨울철 농한기에 주로 이루어지는 가마니 짜기였다. 이 가마니 짜기는 집안에서 이루어질 수

[그림7] 민옥순의 「삼국지」 낭송

밖에 없다. 특히 겨울에 해야 하는 일이기 때문에 안방이나 사랑방을 가리지 않고 여유 공간의 실내면 충분했다. 이렇게 실내공간에서 가족 간에 노동을 하다 보니 소설을 구연하는 것도 가능할 수 있었다. 장시간 실내에서 노동을 하되, 모두 가족 구성원이기 때문에 거리낌 없이 한 사람이 소설을 구연하여 지루함을 덜어준 것이다.

실제로 민옥순은 아주 민첩하게 가마니를 짰다고 한다. 그것도 상대와 정확하게 박자를 맞추어가며 짜야 했는데 주로 올케와 짝이 됐다고 한다. 그런데 그 옆에서 소설 읽기를 좋아했던 아버지가 고전소설을 구연해준 것이다. 아버지가 적당한 거리를 두고 소설을 구연하면 노동공간이 실내라서 자연스럽게 모든 사람이 감상하게 된다. 이렇게 하면 소설의 이야기를 추적하느라 노동의 고통이 상쇄될 뿐만 아니라, 소설을 구연하는 리듬에 맞추어 가마니를 직조할 수도 있다. 물론 이러한 구연이 가능했던 것은 민옥순이나 그 아버지, 그리고 가족 모두가 기질적으로 이야기를 좋아했던 공통분모가 있었기 때문이다. 그래서 가장이 일하지 않으면서 소설을 구연하는 것도 자연스럽게 용인될 수 있었던 것이다. 어쨌든 가장이 노동보다는 소설 구연을 선호한 것을 보면, 민옥순 가족의 소설에 대한 남다른 애정을 확인할 수 있다.

3.2.4. 훈육을 위한 구연

고전소설은 거시적인 줄거리가 대부분 유교의 강상(綱常)과 어울리는 교육적인 내용을 담고 있다. 충·효·열·우애 등이 대부분의 소설에서 큰 비중을 차지하기 때문이다. 그래서 고전소설의 구연은 재미를 아우르면서 교육적 기능을 일정 부분 담당하게 마련이다. 민옥순의 집안에서도 소설을 향유하면서 직간접으로 교육적인 목적을 어느 정도 염두에 두었다.

먼저 국문소설을 애독하면서 국문교육을 실시했다는 점이다. 앞에서도 말한 것처럼 민옥순은 어렸을 때 한글을 알지 못했지만 이야기나 소설을 기억하는 능력만은 뛰어났다. 이러한 사정을 잘 알고 있었던 그녀의 부모는 「유충렬전」을 교본삼아 딸에게 국문을 가르쳤다. 한글의 자모를 도표로 그린 다음 제자 원리를 「유충렬전」의 내용과 대입하면서 익히도록 했다. 이미 민옥순이 소설의 내용을 잘 알고 있었기 때문에 글자의 원리만 알면 한글을 익히는 데 큰 어려움이 없었다. 이는 실질적인 교육이면서 효과 또한 뛰어난 방법이라 할 만하다. 이렇게 볼 때 국문습득에 있어서 고전소설이 아주 유용한 기재로 삭용했음을 알 수 있다.

다음으로 고전소설의 구연을 통해 윤리교육을 실시했다는 점이다. 다수의 고전소설에는 교훈적 내용이 담겨 있기 때문에 그것을 효율적으로 인지시키면 훌륭한 윤리교육이 가능할 수 있다. 민옥순이 자주 읽었던 소설은 아버지의 영향으로 「옥루몽」·「삼국지」·「유충렬전」 등 남성 중심의 소설이었지만, 어머니의 영향으로 여성 중심의 소설인 「사씨남정기」·「춘향전」·「장화홍련전」·「심청전」 등도 애독했다. 그래서 이와 같은 작품을 읽으면서 「사씨남정기」에서는 가정 내의 화목을, 「춘향전」에서는 여성의 정절을, 「장화홍련전」에서는 부모자식 간의 역할 관계를, 「심청전」

에서는 지극한 효행을 익힐 수 있었다.

실제로 민옥순의 어머니는 「심청전」을 자식을 위해서 직접 구연하기도 하였다. 이는 다른 작품보다 윤리적인 측면에서 도움이 될 것으로 판단했기 때문이다. 이렇게 어머니가 구연할 때 그녀는 작품내용에 깊이 몰입하여 슬픔을 이기지 못해 울기까지 했다고 한다. 심청의 효행과 가련한 신세가 도덕적인 충격으로 다가오고, 이것이 심성교육에 도움을 준 것으로 볼 수 있다. 이는 어떠한 교육기재를 활용하는 것보다 효율적인 윤리교육이라 할 만하다. 감정정화를 통한 윤리의식의 고양이라는 점에서 그만큼 교육적인 효과도 배가될 수 있었기 때문이다. 이로 볼 때 고전소설은 윤리교화서와 같은 구실을 담당하면서 대중에게 유통되었음을 알 수 있다.

3.3. 구연의 실태와 작품

민옥순은 고전소설의 주요 작품을 두루 알고 있었다. 하지만 젊었을 때 암송하던 작품도 이제는 기억력이 떨어져 책을 보면서 낭송하는 것이 대부분이다. 그렇지만 사전에 준비하지 않았음에도 불구하고 일부 작품의 경우 특정대목을 암송 구연하기도 했다. 구연할 때는 차분한 어조로 낭송하는 편이어서 특징적인 것은 많지 않았다. 다만 여기에서는 구연할 때의 전반적인 상황과 구연 작품에 대해서 살펴보도록 하겠다.

3.3.1. 구연 실태

필자는 민옥순을 찾아가 안방에 앉아서 소설에 관한 여러 가지 이야기를 들었다. 친정에서의 소설읽기, 시가에서의 소설읽기 등을 들은 후 그녀가 소장한 책을 직접 확인하였다. 그런 다음 책의 내용에 대해 이야기하면서 몇몇 작품의 구연을 부탁드렸다. 그러자 「춘향전」 중 춘향이 매 맞는 대목을 암송 구연하였고, 이어서 「옥루몽」·「삼국지」를 책을 보며 낭송하였다. 청중이 단조롭고 처음 만나는 사람들이라서 그녀의 구연은 다소 긴장되었지만, 시간이 지나자 그러한 상황에 크게 개의치 않는 분위기였다. 그럴지라도 전반적인 분위기가 활기찬 구연상황이 조성되지는 못했다.

먼저 구연하는 민옥순의 표정이다. 처음 「춘향전」의 일부를 구연할 때에는 긴장된 탓에 얼굴에 큰 변화를 보이지 않았다. 그도 그럴 것이 춘향의 매 맞는 부분만을 구연하다 보니 서사내용에 따른 감정의 기복이 나타날 수 없었기 때문이다. 대체로 차분하게 앉아서 두 손을 모으고 시선을 아래로 향한 채 암송 구연에 임해 주었다. 그리고 다른 작품을 낭송할 때는 안경을 쓰고 글자를 확인해야 하기에 다양한 표정연기를 구사하기가 힘들었다. 아무래도 시간을 가지고 오랫동안 구연을 부탁드려야 될 사항인 듯했다. 이 글에서는 우선 민옥순의 가계를 중심으로 소설의 유통과 구연 사례에 주안점을 두었기 때문에 구연텍스트와 구연자의 관계에 대해서는 훗일을 기약할 수밖에 없다.

다음으로 표정연기가 그러하듯이 짓에 의한 행동연기도 단조롭게 구사되었다. 암송 구연하는 상황에서는 내용을 기억하는 데 집중하는 듯했다. 혹여 암송하는 내용을 기억하지 못할까봐 노심초사하는 모습도 보였다. 그래서 암송하는 내용에 맞게 다양한 동작으로 뒷받침하지는 못했다. 고전소설을 구연한 지 오래이고, 그래서 내용을 기억하는 것이 급선무라서 빚어진 현상인 듯하다. 하지만 왕성하게 소설을 구연했을 때에는 소설의 내용을 이미 숙지하였기 때문에 그에 수반된 짓도 지금과는 사뭇 달랐을 것으로 본다. 지금은 다만 두 손을 모으고 몸을 약간 앞뒤로 흔들면서 박자를 맞추어 구연에 임해 주었다. 책을 보며 낭송할 때에도 책의 내용을 파악하는 데 신경을 써서 특별한 동작을 구사하기가 어려웠다. 더욱이 두 손으로 책을 잡고 허리를 굽혀 낭송해야 하기에 단조로운 몸짓이 될 수밖에 없었다.

끝으로 민옥순은 소설을 구연할 때 일정한 리듬을 반복해서 구사하였다. 음색(音色)은 나이(72세)에 비해 카랑카랑하고 분명한 편이지만, 음의 고저와 장단을 단조롭게 하여 소설을 낭송하였다. 암송 구연에서는 그래도 다양한 음색과 기교를 수반했지만, 책을 보면서 낭송할 때는 비교적 일정한 음색으로 구연하여 음악적 기교도 단조로웠다. 역시 왕성하게 구연하던 때와는 거리가 있는 듯했다. 소설을 취미삼아 틈틈이 읽던 것도 이제 수십 년이 지났기 때문에 어떤 구연상황이든 모두 내용에 집중하는 모습이다. 내용을 체득한 상태에서 다양한 기교가 자연스럽게 수반되어야 하는데 세월의 무게만큼이나 그러한 기교가 무뎌진 것으로 보인다.

3.2.2. 구연 작품

민옥순은 아버지와 어머니의 영향으로 고전소설을 익히고, 또 그것을 다른 가족에게 구연했기 때문에 생각보다 여러 편의 소설을 알고 있었다. 아버지에게 영향을 받은 대표작은 「옥루몽」이다. 「옥루몽」은 그녀가 어렸을 때부터 아버지의 구연을 듣고 외우던 것인데, 독법 또한 아버지의 그것을 모방했음은 물론이다. 이외에 아버지의 영향으로 그가 구연한 작품은 이웃 면에서 빌려다 읽곤 했던 「삼국지」, 그리고 남성 중심의 영웅소설인 「유충렬전」 등을 들 수 있다. 특히 「삼국지」는 친정아버지는 물론, 시아버지까지 즐겨 읽던 작품이기도 했다. 민옥순은 위와 같은 작품을 시아버지나 그 친구를 위하여 자주 구연해 주곤 하였다.

또한 어머니의 영향으로 자주 접했던 고전소설은 「사씨남정기」·「춘향전」·「장화홍련전」·「심청전」·「구운몽」 등이다.[33] 이 작품들은 가정소설·애정소설·이상소설 등의 성격 때문에 여성 중심으로 독자가 형성되기 마련이다. 다만 「구운몽」은 남녀 독자 모두가 큰 부담 없이 애독했던 작품이라 할 수 있다. 그런데 이 작품을 그녀의 어머니가 자주 읽었기 때문에 민옥순도 그 내용은 물론 독법까지 익히는 데 도움이 되었을 것으로 본다. 「구운몽」 이외에 그녀의 어머니가 큰 영향을 준 작품은 「심청전」을 들 수 있다. 이는 교훈적인 측면에서 어머니가 아이들에게 구연해 주던 작품이었기 때문이다.

위에서처럼 민옥순은 다수의 고전소설을 소장하거나 알고 있었으며, 필요에 따라서는 어느 작품이든 구연할 수 있었다. 물론 암송 구연은 젊었을 때 읽고 외웠던 「옥루몽」과 지금도 일부 내용을 외우고 있는 「춘향전」이 대표적이라 할 수 있다. 암송 구연의 경우 소설 듣는 재미를 배가할 수 있기 때문에 낭독 위주의 구연과는 큰 차이를 보일 수 있다. 하지만 지금은 낭독 위주로 구연하는 것이 대부분이다. 문제는 그녀가 고전소설 읽는 전통적인 독법을 숙지하고 낭독한다는 점이다. 그래서 위에서 거론한 작품 이외에 어느 작품을 대하더라도 낭송 구연하는 데는 큰 어려움이 없다. 실제로 민옥순은 구활자본에 나오는 '·' 나 합용병서도 큰 부담없이 소화하고 있다. 따라서 민옥순이 이미 낭송의 리듬을 타고 소설 읽는 방법을 체득한 상태이기에 구연 작품 또한 특별하게 한정되지는 않는다. 다만 그녀가 자주 접했던 작품들이 아무래도 큰 부담 없이 구연할 수 있는 텍스

---

33) 물론 이러한 작품에 대해 어머니의 영향으로 단정 짓는 것은 문제가 있다. 아버지 또한 이들 작품을 읽었기 때문이다. 다만 작품의 성향이 남성보다는 여성에 가까워 이렇게 구분했을 따름이다.

트라 하겠다.

4. 소설의 구연과 그 쓰임

고전소설은 대중적인 구연을 통하여 굳건한 생명력을 확보할 수 있었다. 민옥순을 중심으로 한 고전소설의 유통 및 구연도 실은 그런 점에서 다양한 의미를 가질 수 있다. 다만 여기에서는 여성 구연자로서, 그것도 암송 구연이 어느 정도 가능하다는 점에서 그 의미를 검토한 다음, 민옥순의 소설 구연이 갖는 의미를 소설사와 문화사의 측면에서 살펴보도록 하겠다.

첫째, 민옥순이 여성 구연자로서, 그리고 암송 구연이 가능하다는 점에서 중요한 의미를 가질 수 있다. 먼저 여성 구연자의 측면에서 중시된다. 조선후기에 오면 소설의 종류가 천여 종으로 늘어나고[34] 그에 부합하여 아녀자들도 소설의 수요층으로 급부상하게 된다. 그래서 사대부가의 아녀자들이 소설읽기에 매혹되어 가정사를 돌보지 않아 문제가 되기도 하였다.[35] 그렇지만 여성 구연자로 주목할 만한 대상은 거의 나타나지 않고 있다. 대부분 중인 이하 출신의 전문 낭독자가 큰 비중을 차지하는 가운데, 일부의 사대부가에서 아녀자들의 소설 읽기가 확인될 따름이다. 이는 당시에 소설을 읽는 것이 떳떳하지 못하기에 음성적으로 유통된 때문이라

---

34) 蔡濟恭, 『樊巖集』 女四書 序. "近世閨閣之競 以爲能記事者唯稗說 是崇日加月增 千百其種 僧家以是淨寫 凡有借覽輒收其直以爲利 婦女無見識 或賣釵釧 或求債銅 爭相貫來 以消永日"

35) 李德懋, 士小節, 卷之八 婦儀 "諺飜傳奇 不可耽看 廢置家務 怠棄女攻 至於興錢而 貫之 沈惑不已 傾家産者有之"

하겠다. 실제로 아녀자를 중심으로 가정 내에서 소설을 읽는 것은 얼마든지 가능한 것이고, 또한 그것이 소설 유통의 한 축을 담당한 것만은 틀림없다. 그럴지라도 이와 같은 사정이 잘 밝혀지지 않았는데, 민옥순의 사례를 통하여 그를 짐작할 수 있게 되었다. 민옥순의 가정에서는 부모자식 간, 형제자매 간, 시부와 며느리 사이에서 고전소설이 구연되었던 사정을 잘 보여주고 있다. 특히 어머니가 지식에게, 여동생이 오빠에게, 그리고 며느리가 시아버지에게 고전소설을 구연한 것은 아녀자가 주요한 구연자로 기능했음을 의미한다. 따라서 적어도 그녀의 사례를 통하여 고전소설이 부녀층을 중심으로 가정 내에서 활성화되었던 일면을 확인할 수 있다.

다음으로 민옥순이 고전소설을 암송 구연하고 있다는 점이다. 암송 구연하는 작품의 수는 많지 않지만, 어렸을 때 「옥루몽」·「춘향전」을 암송 구연한 것은 그 나름대로의 의미를 가지고 있다. 고전소설은 유통을 통하여 새로운 버전으로 이본이 양산된다. 물론 이본의 산출에 크게 작용한 것은 필사하면서 필사자의 의견이 개입되는 것이다. 이와 마찬가지로 출판업자의 성향에 따라 후대의 이본이 양산될 수도 있다.[36] 문제는 이와 같은 이본은 특정한 대본을 바탕으로 가감하는 것이기 때문에 소폭의 변용을 가져올 수밖에 없다. 하지만 암송 구연은 내용의 가감이 자유롭고, 전체내용의 핵심이나 중요한 장면을 부각하기가 쉬워 독특한 이본을 산출할 수 있다.[37] 민옥순이 암송 구연한 「옥루몽」이 비록 후대의 것일지라도 그러한 점에서 의미 있는 이본이라 할 만하다. 이 이본이 말 그대로 내용의 출입이 자유로운 구연 텍스트, 즉 연본(演本)이라는 점에서 더욱 그러

---

36) 최운식, 『한국고소설연구』, 보고사, 2006, 185~190쪽.
37) 실제로 민옥순이 구연하고 그 오빠가 필사한 이본은 원본의 다섯 책에서 대폭적으로 줄어들어 두 책이 되었다.

하다.

둘째, 고전소설사의 통시적인 차원에서 주목되는 바가 크다. 고전소설은 조선후기에 와서 대중적인 인기를 누리며 대표적인 산문문학으로 자리매김하였다. 그렇지만 신소설·근대소설에 자리를 내준 후 이제는 한낱 학습용이나 연구용으로 읽히는 신세가 되었다. 그래서 때로는 고전소설의 통시적 맥락이 절연(絶緣)된 채 신소설·근대소설이 그 자리를 매운 것처럼 인식하는 경향도 없지 않았다. 하지만 민옥순의 사례를 통해 볼 때 고전소설은 적어도 20세기 중반까지 그 자체의 서사미학(敍事美學)으로 대중적인 인기를 확보하고 있었다. 대부분의 텍스트가 비록 구활자본이긴 하지만, 그렇다고 이들이 고전소설로서의 자질이 훼손된 것은 아니다. 구활자본이 내용의 정형화나 축약 등으로 부정적인 면이 없지 않지만, 고전소설을 대중문학으로 확산하여 다수의 민중이 고전소설로서 문화생활을 영위할 수 있도록 했다는 점에서는 긍정적으로 평가해야 마땅하다. 이런 점에서 민옥순을 중심으로 한 소설의 구연과 유통은 고전소설이 그 자체로서 상당한 설득력을 가지며 20세기 중반까지 애호되었음을 알 수 있다. 이는 신소설이나 근대소설이 등장했을지라도 고전소설 또한 유구한 전통을 유지한 채 여전히 성세하였음을 의미하는 바라 하겠다. 그러던 것이 대중매체가 일반화되면서 여가선용을 위한 상품으로 고전소설은 더 이상의 효력을 발휘할 수 없게 된 것이다.[38] 따라서 민옥순을 중심으로 한 소설의 향유는 고전소설이 여전히 성행하면서 20세기 중반까지 유통되었음을 의미하는 것이라 하겠다.

---

38) 얼굴을 대면하고 고전소설을 구연하지는 않았지만, 그러한 전통은 라디오 매체를 통하여 계승된 면이 없지 않다. 1970년대까지도 고전소설이 라디오 드라마로 상당한 인기를 끌었기 때문이다.

셋째, 고전소설의 문화사적 의미를 확인할 수 있다. 고전소설은 산문문학이면서도 묵독(默讀)보다는 낭송이나 구연을 통하여 대중과 더욱 친숙해졌다. 따라서 문맹이라 하더라도 다른 사람의 구연을 통해 고전소설을 얼마든지 접할 수 있었다. 이러한 점에서 고전소설은 당시의 중요한 생활문화의 수단이라 할 만하다.[39] 글을 아는 사람은 자신이 선호하는 작품을 선정하여 구매나 차람을 통하여 읽게 되는데, 그것이 대부분 한가한 시간에 이루어져 고전소설이 여가선용의 방편으로 작용했음을 알 수 있다. 대중매체가 보급되기 이전에는 여가시간에 특별히 소일할 만한 대상이 없었다. 바로 이러한 상황에서 개인독자는 소설을 읽으면서 문화생활을 영위한 것이다. 이는 민옥순의 사례를 통해서도 족히 확인되는 사항이다. 민옥순도 여가가 있을 때는 소설을 즐겨 읽었는데, 당시로서는 차별화된 문화생활을 향유한 것이라 할 만하다.

　앞에서도 말한 것처럼 고전소설은 구연을 통해서 대중적으로 활성화되었다. 한 사람의 구연자가 개인 또는 집단에게 구연함으로써, 자신은 물론 주변 사람에게도 고전소설의 세계를 펼쳐 보인 것이다. 이는 개인차원의 독서가 아니라 집단으로 고선소설을 향유하여 고진소설이 공동체문회의 주요한 대상이었음을 알 수 있다. 실제로 고전소설의 내용에다 구연자가 구사하는 다양한 볼거리는 그 자체로서 감상거리가 될 법한데, 이를 한적한 시간에 향유한다는 점에서, 그것도 새로운 세계를 접할 수 있게 한다는 점에서 좋은 문화거리가 아닐 수 없다. 민옥순을 중심으로 보았을 때, 아버지나 어머니가 자식에게, 며느리가 시부(媤父)에게, 여동생이 오빠에게 고전소설을 구연하여 결국은 공동으로 소설을 향유한 결과가 되었는데,

---

39) 김진영, 「고전소설의 문화적 전통과 계승방안」, 『한국언어문학』 56, 한국언어문학회, 2006, 93~124쪽.

이는 고전소설이 가족공동체의 주요한 문화기재였음을 뜻하는 바라 하겠다.

5. 결론

지금까지 영동군 학산면 서산리의 민옥순을 중심으로 고전소설의 유통 및 구연에 대해서 살펴보았다. 먼저 구연자인 민옥순의 가계를 개괄한 다음, 민옥순이 고전소설을 연행하게 된 동인을 살펴보았다. 이어서 민옥순을 중심으로 고전소설의 유통실태와 구연양상을 세부항목을 설정해 검토하였고, 다음으로 민옥순의 소설구연이 갖는 의미를 확인해 보았다. 지금까지 논의한 것을 요약·정리하면 다음과 같다.

첫째, 민옥순은 고전소설을 애호했던 가정에서 태어났기 때문에 자연스럽게 고전소설을 익히고 구연할 수 있었다. 민옥순은 아버지 민기호 씨와 어머니 홍일순 씨 사이에서 1936년에 태어나 21세에 여기열 씨에게 출가했다. 민옥순의 아버지와 어머니는 고전소설을 즐겨 읽던 독자라서, 그러한 내력이 그대로 민옥순에게 이어졌다. 아버지는 「옥루몽」·「삼국지」 등을, 어머니는 「심청전」·「구운몽」 등을 즐겨 읽었는데, 소설 작품은 물론 구연방식까지 그녀에게 영향을 주었다. 그녀의 오빠 또한 소설을 즐겨 들었을 뿐만 아니라 민옥순이 구연하던 「옥루몽」을 필사하기도 하였다. 따라서 민옥순이 소설을 익히고 구연하게 된 동인은 바로 고전소설을 즐겼던 가족의 내력에서 확인할 수 있다. 출가한 이후에도 시아버지가 소설 읽기를 즐겨서 자신이 직접 소설을 구연해 주기도 하였다. 이렇게 양가의 집안이 소설을 즐겼기 때문에 그녀가 자연스럽게 고전소설의 세계에 몰입하면서 구연능력을 갖게 된 것이다.

둘째, 민옥순의 사례를 통해 볼 때 20세기 중반까지도 고전소설의 유통이 활발했음을 알 수 있다. 고전소설의 장르적 단절은 신소설이나 근대소설이 등장하고부터라고들 언급한다. 하지만 민옥순의 사례를 통해서 볼 때 고전소설은 조선후기의 방식대로 적어도 20세기 중반까지 애호되었음을 알 수 있다. 민옥순의 친가와 시가의 상황을 볼 때 이 시기에도 여전히 고전소설을 구독(購讀)했으며, 구독이 여건상 어려울 때는 차람(借覽)하여 이야기에 대한 욕구를 충족했다. 또한 자신이 소유하고 싶은 작품은 직간접으로 필사하여 두고두고 감상하기도 하였다. 따라서 민옥순의 사례를 통해 볼 때 고전소설의 유통이 비록 구활자본이기는 하지만 여전히 성행하였음을 알 수 있다. 그러던 것이 대중매체의 보급이 일반화되면서 더 이상 애호의 대상이 되지 못했을 따름이다.

셋째, 민옥순의 친가와 시가를 통해 볼 때 소설 구연의 용도가 다양했음을 알 수 있다. 고전소설은 다른 장르에 비해 재미가 있었기 때문에 조선후기에 와서 크게 활성화되있다. 소설의 재미를 대중적으로 확산하는 데 주요했던 것이 바로 구연이다. 이 구연의 상황을 민옥순의 가정을 통해 어느 정도 파악할 수 있다. 민옥순의 친가나 시가에서는 다양한 목적에서 소설을 구연하였다. 먼저 소설의 구연에서 일반적인 파한을 위한 목적이 있었다. 민옥순의 친정아버지나 어머니, 그리고 시아버지가 소설을 읽은 것은 대부분 파한을 위한 것이었다. 그리고 민옥순의 아버지가 가족을 위해 구연한 것이나, 민옥순이 시아버지를 위해 구연한 것도 알고 보면 모두 파한을 염두에 둔 것이다. 그리고 국문습득을 위해서 소설을 활용하기도 했다. 민옥순은 이야기를 천성적으로 좋아해서 많은 작품을 기억하고 있었다. 그런 그녀를 위해 부모는 그녀가 익히 알고 있는 「유충렬전」을 활용하여 국문을 습득하도록 지도하였다. 또한 노동의 고단함을 덜기 위하여 소설을 구연하기도 하였다. 민옥순과 올케가 가마니를 짤 때 문지방을 목침삼아 아버지가 고전소설을 구연하곤 하였다. 이렇게 하면 소설의 내용을 추적하느라 노동의 고통이 상쇄됨은 물론, 가마니 직조 시의 박자까지 맞출 수 있어 도움이 된다. 마지막으로 자녀의 훈육을 위해서 소설을 구연하기도 하였다. 고전소설의 다수에는 교훈성이 내재되어 있기 때문에 소설을 향유하는 자체로써 윤리교육이 가능하다. 그런데 민옥순의 어머니가 자녀를 위해 「심청전」을 구연하여 심성교육의 일면을 확인할 수 있다. 민옥순은 어머니가 소설을 구연할 때 가장 적극적으로 반응했는데, 이는 교육효과가 그만큼 뛰어났음을 말하는 것이기도 하다.

넷째, 민옥순의 소설구연이 갖는 의미를 짚어볼 수 있다. 민옥순은 드물게 여성 구연자로 가정 내에서 소설을 구연하였다. 고전소설의 구연은 조선후기에 일반화되었지만, 구체적으로 확인할 수 있는 것은 남성 구연자가 대부분이다. 여성이 고전소설의 유통 및 구연에서 일축을 담당했음에도 불구하고 이에 대한 구체적인 내역은 확인하기 쉽지 않았는데, 민옥순을 통해서 가정 내에서 부녀자를 중심으로 소설이 활성화되었던 사정을 짐작할 수 있다. 그리고 민옥순은 소설을 암송 구연했을 뿐만 아니라, 그것을 필사형태로 소장하여 독특한 이본의 형성과정을 살펴볼 수 있게 한다. 이 이본은 구연본, 즉 연행텍스트라는 점에서 주목할 만하다.

민옥순을 중심으로 볼 때 고전소설은 적어도 20세기 중반까지 대중문화적인 자질을 확보한 채 유통되었다. 신소설이나 근대소설이 등장한 이후에도 고전소설이 대중적으로 애호되었음을 알 수 있는데, 다만 대중매체가 일반화되면서 그러한 맥락이 끊기고 만다. 따라서 민옥순을 중심으로 고전소설사의 말류적 현상을 짐작할 수 있되, 그것이 생각보다 활성화되었음을 알 수 있다. 그리고 고전소설이 개인의 문화생활에서 중요한 기재임은 물론, 가족 구성원에게 구연되면서 가족의 공동체문화로 작용한 점도 중시된다. 민옥순의 친가나 시가에서 고전소설이 문화생활의 중요한 수단으로 활용된 것이 그러한 사정을 잘 말해준다.

고전소설의 유통과 생업

1. 서론

고전소설은 조선후기에 들어와서 서민들이 가장 애호하는 문학장르가 되었다. 이처럼 대중적인 수용이 증폭되자 그에 상응하여 경제적인 유통도 수반되었다. 소설이 더 이상 문화적인 소양으로만 읽히지 않고 경제상품으로 유통된 것이다. 고전소설의 경제적 유통은 소설을 공시적으로 확산하는 일면, 내용이나 형식에도 많은 변화를 초래했다. 실제로 서사문학을 일별할 때 조선후기의 소설은 유통방법이나 수용층의 측면에서 주목되는 바가 크다. 이는 모두 소설의 경제적 유통과 무관하지 않다.

고전소설은 다른 장르와는 다르게 문화상품으로 각광받으며 유통되었다.[1] 그래서 고전소설의 속성을 올바로 이해하기 위해서는 유통과 경제의 관계를 제대로 해명해야 한다. 그것이 고전소설이 조선후기에 들어와서 대중소설·민중소설 나아가 통속소설로 유통된 사정을 밝히는 길이기 때

---

1) 물론 창가집도 활자본으로 유통되었다. 하지만 그것은 고전소설보다 늦은 20세기 중반에 와서의 일이다.

문이다. 조선후기는 자본주의의 맹아기로 상품경제와 화폐경제가 부각되면서 문화나 예술분야에서도 많은 변화를 가져왔다. 이러한 변화는 동아시아 각국의 사정이 다르지 않았다.[2)] 고전소설도 그러한 조류에 부응하여 구연이든 문헌이든 간에 경제문제와 연결될 수밖에 없었다. 고전소설이 그만큼 사회경제적으로 복합적인 유통망을 확보하고 있었던 셈이다.

그래서인지 고전소설의 유통에 대한 문제는 다양한 관점에서 논의되어 왔다. 개별 작품은 물론이거니와 유통 전반의 문제를 세세하게 다루었기 때문이다.[3)] 그러는 중에 구비유통과 문헌유통으로 세분하여 논의하였는가 하면,[4)] 그것의 교육적인 효용까지 타진하기도 하였다.[5)] 뿐만 아니라 유통과정에서 이웃한 장르와의 관계도 몇 차례에 걸쳐 거론되었다.[6)] 그러한 논의를 통해 고전소설의 유통양상이 어느 정도 구명된 것이 사실이다. 하지만 자본을 중심에 두고 고전소설을 바라보는 관점은 여전히 부족해 보인다.[7)] 한・중・일 모두 17~18세기는 자본주의의 맹아기로 자본이 삶

---

2) 중국의 경우 16~17세기인 가정(嘉靖)・만력(萬曆) 기간에는 농업생산성의 확대, 수공업의 발달, 방직산업의 번성 등으로 자본주의의 맹아기로 거론되거니와 일본도 에도막부 시대로 이때 교통・상공업의 발전, 시정인(市井人)의 대두, 화폐 경제의 성립, 도시의 출현이 촉진되었다.

3) 유탁일,「고소설의 유통구조」,『한국고소설론』, 아세아문화사, 1991.
  사재동,『한국문학유통사의 연구』, 중앙인문사, 1999.

4) 류탁일,『한국문헌학연구』, 아세아문화사, 1989.
  _____,『완판 방각소설의 문헌학적 연구』, 학문사, 1981.
  김진영,「고전소설의 연행양상 고찰」,『국어국문학』 125, 국어국문학회, 1999, 279~303쪽.

5) 김진영,「고전소설의 유통양상과 문학교육에서의 활용 방안-제7차 교육과정 중학교 국어교과를 중심으로」,『어문연구』 66, 어문연구학회, 2010, 97~122쪽.

6) 조도현,「고전소설의 변개 양상」, 충남대학교대학원 박사학위논문, 2001.

7) 이민희,「17~18세기 고소설에 나타난 화폐경제의 사회상」,『정신문화연구』 통권 114, 한국학중앙연구원 한국학대학원, 2009, 129~154쪽.
  최호석,「방각본 출현의 경제성 시론」,『우리어문연구』 15, 우리어문학회, 2004,

의 방식에 많은 영향을 끼친다. 고전소설이 상품화되어 대중적으로 유통
된 것도 그와 무관하지 않다. 그런 점에서 자본과 경제를 중심으로 고전소
설의 유통문제를 깊이 있게 짚어보는 것도 유의미한 일이 될 수 있다.

이에 이 글에서는 고전소설의 경제적 유통과 그 의미를 살펴보고자 한
다. 먼저 고전소설의 구연유통과 생업의 문제, 그리고 문헌과 산업유통의
실태를 검토한 다음 그 의미를 몇 가지로 나누어 조망하고자 한다. 그렇게
함으로써 고전소설의 장르적 속성이 부각됨은 물론, 지금까지도 대중예술
로 끝없이 재생산되는 동인을 어느 정도 밝힐 수 있으리라 본다.

2. 구연에 의한 생업적 유통

고전소설은 불가피하게 대중적인 구연을 통해 유통될 수밖에 없었다.
많은 사람이 문맹이었음은 물론이거니와 정태적(情態的)인 독서수용보다
는 구연에 의한 동태적(動態的)인 수용이 문예미감의 측면에서 더 유효했
기 때문이다.[8] 특히 17~19세기 동안에는 전문적인 구연사가 등장하여 경
제적인 목적에서 소설을 구연하곤 하였다. 이들은 소설의 문예미(文藝美)
나 서사미(敍事美)를 중시하기보다는 청중의 통속적인 요구에 부응할 수
밖에 없었다. 그것이 자신의 경제적인 이익과도 깊이 관련되기 때문이다.
이러한 이유로 조선후기에 들어와 고전소설은 통속성·대중성이 강화될
수밖에 없었다. 다만 여기에서는 구연유통을 크게 기식형(寄食型) 생업과

361~389쪽.
8) 김진영, 「고전소설의 연행양상 고찰」, 『국어국문학』 125, 국어국문학회, 1999,
279~279쪽.

요전형(邀錢型) 생업으로 나누어 살펴보도록 한다.

2.1. 기식형 생업유통

고전소설은 생업유통을 통해 대중적인 인지도는 물론 상하민중을 아우르는 보편문학이 될 수 있었다. 문맹률이 높았던 당시를 감안하면 전문적으로 소설을 구연해 주는 강담사·강독사·강창사야말로 소설유통의 주축이라 해도 과언이 아니다.[9] 실제로 이들 중 상당수는 탁월한 연행능력을 가지고 여러 곳을 돌아다니며 기식했는가 하면, 한 곳에 오랫동안 상주하면서 소설을 구연하곤 하였다. 이 기식형 생업도 경제적인 의도하에서 소설을 활용했음은 물론이다. 18~19세기 기록을 토대로 기식형 생업유통을 살펴보도록 한다.

> 우리 금곡(金谷) 하의도 김호슈(金戶主)는 언문을 잘 ㅎ여 결복(結卜)을 마련ㅎ며 고담(古談)을 박남ㅎ기로 호슈(戶主)룰 ㅎ연디 십여 년의 가계 부요ㅎ고 성명이 혁혁하니 사나희 되어 비록 진셔룰 못ㅎ나 언문이나 잘ㅎ면 일촌 중 횡힝홀 너이다.[10]

위의 인용문은 김호주가 고담을 잘하여 가정이 부요해진 사정을 말하고 있다. 특히 언문에 능통했다는 점을 통해 그가 구연한 것이 국문소설임을 알 수 있다. 그는 소설을 구연하여 경작지를 마련할 정도로 남다른

---

9) 임형택, 「18·9세기 '이야기꾼'과 소설의 발달」, 『한국학논집』 제2집, 계명대학교 한국학연구소, 1975, 67~86쪽.
10) 『韓國古典文學全集』, 「要路院夜話記」-교합본(보성출판사, 1978, 462쪽(李樹鳳, 『要路院夜話記 硏究』, 太學社, 1984, 29쪽 재인용)

연행능력이 있었다. 더욱이 고전소설을 잘 읽는 것으로 부요해짐은 물론 이름까지 빛났다고 했다. 그만큼 소설 구연이 경제적인 효과가 컸음을 의미한다. 그는 10여 년간 소설을 읽어준 결과 일촌(一村) 중에서 횡행할 정도가 되었다. 이는 고전소설을 활용한 경제활동이 그만큼 유효했음을 의미하는 것이기도 하다.

　몇 해 전 얼굴에 눈썹을 그리고 분을 바르며 여인들의 언문체를 익히던 십여 세 된 상놈이 있었다. 그는 패설을 잘 읽을 뿐더러 목소리도 어인과 흡사했다. 홀연 자취를 감추었는데, 알고 보니 여장을 하고서는 사부가를 드나들면서 진맥을 하기도 하고 방물장수 노릇도 하고 패설도 잘 읽어주곤 하였다.[11]

이 인용문의 주인공은 여성스러운 목소리에 여장(女裝)을 하고 여인들의 언문체를 익혔다고 했다. 그는 이를 밑천 삼아 사대부가를 드나들며 진맥을 짚거나 방물장수로 활동하면서 패설을 읽었다고 한다. 언문체라는 말에서 알 수 있듯이 국문소설이 주요한 여행텍스트였음을 알 수 있다. 문제는 남성이 여성으로 변장하고 부녀자들을 대상으로 연행하면서 생활했다는 점이다. 이는 소설을 읽어줌으로써 많은 아녀자들을 유인하고, 그곳에서 다양한 물건을 팔아 경제적인 이득을 취한 것으로 볼 수 있다. 또는 소설 읽는 것으로 특정한 가정에 기식하면서 생업을 꾸려나간 것으로 해석할 수도 있다. 이는 그가 아녀자들과 어울려 생활했을 뿐만 아니라, 그들과 동침까지 한 것에서 짐작할 수 있다. 그러는 중에 문제가 불거지자

---

11) "頃年 一漢常 自十餘歲 畵眉粉面 習學女人諺書體 善讀稗說 聲音如女人矣 忽不知居處 變爲女服 出入士夫家 或稱知脈 或稱方物興商 或以讀稗說"(『大東稗林』 '具樹勳 二旬錄)

판서 장붕익이 그를 죽임으로써 사태를 진정시키고자 하였다. 이로 볼 때 그는 사대부가를 드나들며 기식했던 전문적인 구연자라 할 수 있다.

이자상은 그 이름은 알 수 없으나 총명강기하여 여러 가지 술서(術書)를 읽지 않은 것이 없고, 또한 패관제서(稗官諸書)에도 밝아 어록문자(語錄文字) 계통에 두루 통했다. 가난하여 스스로 생계를 꾸밀 수 없어 혹 재상가에 출입하여 소설을 잘 읽는다는 칭찬을 들었다. 만년에는 군문두과(軍門斗科)를 얻었으며 예로부터 아는 집에 기식하는 경우가 많았다.[12]

이자상은 패관제서나 어록문자 계통에 두루 밝았을 뿐만 아니라, 그것을 다른 사람에게 읽어주는 재주 또한 남달랐다. 그래서 재상가에서도 그를 불러 소설을 즐겨 들은 것이다. 재상가에서 그를 부른 것은 소설을 읽는 것에 만족하지 않고 구연을 통해 다양한 미감을 맛보기 위함이라 할 수 있다. 물론 그러한 미감을 창출하는 것이 이자상의 재능이었으며, 그것이 그가 재상가에서 기식할 수 있었던 밑천이기도 했다. 그래서 그의 궁핍한 경제문제를 해결해준 것이 바로 소설 구연인 셈이다. 조선후기에 나타난 광작(廣作), 상품경제, 화폐경제 등으로 인하여 재주 파는 것으로 생업을 삼는 사람이 많아졌는데, 이자상도 그러한 부류에 해당된다 하겠다. 다만 당시에 인기가 높던 소설을 활용한 것이 다른 사람들과 달랐을 뿐이다.

---

12) "李子常忘其名 聰明强記 諸種術書無不閱覽 又嫺於稗官諸書 凡係語錄文字 盡爲通曉 貧不能自資 或出入宰相門下 以善讀小說稱 晚年得軍門斗科 多寄食於知舊之家"(劉在建『里鄕見聞錄』)

이업복은 청지기 무리였다. 어려서부터 언문으로 된 패관소설을 썩 잘 읽었다. 그 목소리는 마치 노래하듯 했다가 노한 듯하기도 하고, 웃는 듯했다가 슬픈 듯하기도 했으며, 또는 호탕한 호걸의 모습을 짓기도 하다가 이내 완미한 미인의 자태를 짓기도 하였으니, 이는 모두 소설의 경지에 따라 모습을 연출한 까닭이었다. 당시의 부호들이 모두 그를 초청해서 그의 글 읽는 소리를 즐겨 듣곤 하였다. 어떤 한 아전 부부가 있었다. 그들은 이업복의 기량을 몹시 탐하여 그를 먹여 기르며 마치 친척처럼 대우하여 그가 집안에 드나드는 것을 허락하였다.[13]

이업복은 말이나 행동에서 남다른 연행 능력을 구유한 청지기이다. 그는 구연 작품에 등장하는 인물처럼 연행하여 극적 긴장감을 조성하곤 하였다. 따라서 부호가에서 그 재주를 보기 위하여 이업복에게 소설을 읽히곤 한 것이다. 그의 재주를 특별히 사랑한 아전부부는 그를 친척처럼 대하며 수시로 왕래케 함은 물론 기식하는 것도 마다하지 않았다. 모두 이업복의 남다른 소설 구연능력 때문에 가능한 일이다. 이는 고전소설의 구연과 생업문제가 긴밀하게 엮여 있음을 의미하는 것이기도 하다.

2.2. 요전형 생업유통

화폐경제가 활성화되자 소설의 거리공연도 일반화될 수 있었다. 불특정다수에게 소설을 구연하여 경제적인 목적을 달성할 수 있었기 때문이

---

13) "李業福傔輩也 自童婥時善讀諺書稗官 其聲或如歌 或如怨 或如笑 或如哀 或豪逸而作傑士狀 或婉媚而做美娥態 皆隨書之境 而各逞其態也 一時豪富之類 皆招而聞之 有一吏胥夫婦 酷貪此技 哺養業福 遇如親黨 許以通家"(『靑邱野談』卷四 '失佳人數歎簿倖)

다. 거리공연에서는 청관중이 궁금한 부분을 듣기 위해 너도나도 엽전을
던져주고, 연행자는 그것으로 생계를 꾸려 나갔다. 이제 소설의 구연유통
에 화폐가 개입하여 가정 중심의 유통과 차이가 생겼다. 물론 부호가에서
도 소설구연의 대가로 돈을 지불했을 개연성이 없지 않지만, 요전형 생업
에서는 불특정다수에게 재능을 선보이고 그 대가로 돈을 거두어들인다는
점에서 차이가 있다. 이와 같은 유통은 전업적인 생업과 밀접한 관계가
있다. 다음의 예문을 보자.

　　전기수는 동대문 밖에 살고 있었다. 언문소설을 구송하였는데, 그것은 「숙
향전」·「소대성전」·「심청전」·「설인귀전」 등이었다. 초하룻날은 첫째 다
리에서, 둘째 날은 둘째 다리에서, 사흘날은 이현(梨峴)에서, 나흘날은 교동
(校洞) 입구에서, 닷새 날은 대사동 입구에서, 그리고 엿새 날은 종로 앞에다
자리를 정하곤 하였다. 이처럼 거슬러 오르다가 7일째가 되면 아래로 거슬러
내려가고, 내려갔다가 거슬러 올라오고 거슬러 올라갔다가 또 내려가서 한
달을 마친다. 또 달이 바뀌면 전과 같이 했다. 읽는 솜씨가 훌륭했기 때문에
청중이 겹겹이 싸인다. 대개 이야기가 아주 들을 만하고 긴장되는 대목에
이르러서는 문득 멈추고 소리를 내지 않는다. 그러면 사람들은 하회(下回)가
궁금해서 다투어 돈을 던진다. 이것을 요전법(邀錢法)이라 한다.[14]

위의 인용문은 전기수의 활동내역을 종합적으로 다루고 있다. 고전소
설의 구연종목, 구연시기와 장소 등을 구체적으로 기술한 다음, 구연자의

14) "叟居東門外 口誦諺課稗說 如淑香蘇大成沈清薛仁貴等傳奇也 月初一日坐第一橋
下 二日坐第二橋下 三日坐梨峴 四日坐校洞口 五日坐大寺洞口 六日坐鐘路前 朔上
旣自七日 沿而下 下而上 上而又下 終其月也 改月亦如之 而善讀故 傍觀圍圍 讀至
最喫緊甚可聽之句節 忽默而無聲 人慾聽其下回 爭以錢投之 曰此乃邀錢法云"(趙秀
三, 『秋齋集』 第七, 記異 '傳奇叟')

연행능력이 특출하여 들을 만하다고 했기 때문이다. 그런데 감동지처(感動之處)에 이르러서 갑자기 구연을 중지하면 많은 청관중이 다음 내용이 궁금하여 돈을 던진다고 했다. 이러한 수금방법을 요전법이라고 했다. 그래서 불특정다수를 대상으로 한 구연은 화폐경제가 일반화된 후에 활성화되었을 것으로 보인다. 이 요전형은 안정적으로 생업을 보장받으면서 구연하는 기식형과는 다소의 차이가 있다. 기식형이 일정한 대가가 전제된 가운데 구연이 이루어진다면, 요전형은 자신의 구연능력에 따라 그날그날의 수입이 달라지기 때문이다. 그래서 요전형 구연자는 상업이나 경세적인 원리에 더 충실해야만 했다. 재능을 어떻게 보이느냐에 따라 수익에 차이가 날 수 있기 때문이다. 이와 같은 요전형은 다음과 같은 것도 해당될 수 있다.

세상에 이언비리가 많이 있는데 내가 밤을 밝혀 이를 살펴보니 곧 인본(印本)인 「소대성전」이었다. 그것은 장안의 담뱃가게에서 부채를 치며 낭독하던 책이 아니던가.[15]

떠도는 소문에 의하면 종가(鍾街) 담뱃가게 앞에서 사내 하나가 소사 패설 읽는 것을 듣다가 영웅이 가장 실의하는 대목에 이르자 갑자기 눈을 부릅뜨고 거품을 해 물더니 담배 써는 칼로 패사 읽는 사람을 찔렀다. 그는 선 채로 그 자리에서 즉사했다.[16]

---

15) 人有以諺稗來 爲余消長夜者 視之 乃印本 而曰蘇大成傳 此其京師煙肆中 拍扇而朗讀者歟(金鑢,『藫庭叢書』卷28, 鳳城文餘 27쪽, 諺稗)

16) 諺有之鍾街烟肆 聽小史稗說 至英雄失意處 裂眦噴沫 提折草劍 直前擊讀的人立斃之(『正祖實錄』十四年(庚戌), 八月 戊午條)

위의 두 인용문도 요전형 생업유통과 관련될 수 있다. 인용문에 나오는
구연자는 모두 장안에서 불특정다수를 대상으로 소설을 구연하고 있다.
첫 번째 인용문의 전기수는 담뱃가게 앞에 자리를 잡고 부체를 소도구
삼아 「소대성전」을 구연하였다. 그리고 두 번째 인용문에서는 「임장군전」
을 실감나게 구연하다가 구연상황에 몰입한 청중에 의해 횡액을 당하고
만다. 문제는 두 구연자 모두 대중의 왕래가 많은 담뱃가게 앞에서 경제적
인 이익을 목적으로 소설을 구연했다는 점이다. 즉 소설에 매료된 사람들
에게 돈을 거두어들일 목적으로 소설을 구연한 것이다. 이는 떠돌이 놀이
패의 공연처럼 소설구연으로 생업을 삼았던 사정을 짐작할 수 있다. 다음
의 인용문도 요전형 생업과 관련될 수 있다.

묘중 앞에는 무뢰자며 건달이 수천이어서 시끄럽기가 시험장 같았다. 창
이나 봉술을 익히거나 주먹을 단련하며 말을 타며 유희하는 흉내를 내다가도
앉아서 「수호전」을 읽는 사람이 있으면, 여럿이 들러 앉아 듣는데, 그는 머리
를 두드리거나 코를 벌름거리는 꼴이 눈에 사람이 보이지 않는 듯했다. 대목
은 와관사가 불에 타는 부분이었고, 암송하는 책은 「서상기」였다. 글은 한
자도 모르면서 입맛 따라 익살스럽게 잘도 읽었다. 한편 우리나라에서도 동
쪽 거리의 가게 앞에서 「임장군전」을 구송하다가 잠시 중단하고 두 사람이
비파를 타는데 한 사람은 징소리를 내는 것과도 흡사하다.[17]

위의 인용문에서는 중국고전소설의 구연장소, 구연자, 구연방법 등을

---

17) 廟中無賴遊子數千人 鬧熱如場屋 或習槍棒 或試拳脚 或像盲騎瞎馬爲戲 有坐讀水
湖傳者 衆人環坐聽之 擺頭掀鼻旁若無人 看其讀處則火燒瓦官寺 而所誦者 乃西廂
記也 目不知字而 口角溜滑 亦如我東巷肆中 口誦林將軍傳讀者乍止則 兩人彈琵琶
一人響疊鉦(朴趾源, 『熱河日記』, 渡江錄, 關帝廟記, 影印本 66~67쪽)

살핀 뒤 그와 같은 것이 우리나라에서도 있음을 밝히고 있다. 특히 우리나라의 경우에는 가게 앞에서 「임장군전」을 구연하다가 잠시 멈추고 악기를 연주하는 상황을 기술하고 있다. 그런데 이 악기연주는 구연자가 잠시 쉬는 시간이면서 동시에 요전하기 위한 것일 수 있다. 극적인 장면에서 서사전개를 중단함으로써 하회에 대한 궁금증을 증폭시키고, 악기를 연주하면서 구연의 대가를 요구한 것으로 볼 수 있다. 이러한 요전형 구연에서는 고전소설이 생업의 한가운데 있었음은 물론이다.

3. 문헌에 의한 산업적 유통

조선후기에 들어와서 고전소설의 수요가 팽창하자 문헌유통이 활성화된다. 처음에는 필사에 의한 유통이 개인 소장이나 경제적인 이윤을 위해 이루어지다가 방각업소에서 목판으로 대량 생산하기에 이른다. 하지만 목판으로는 팽창하는 수요를 감당할 수 없어 구활자본으로 저가·대량 유통을 단행한다. 문헌유통은 필사본 일부를 제외하고는 모두 경제적인 이윤을 창출하기 위한 것이다. 그래서 고전소설은 문예적인 목적에 의해 유통되던 단계를 벗어나 경제적인 이윤, 특히 자본의 논리에 따라 유통되는 상황을 맞게 되었다. 그러한 사정을 문헌의 생산과 전파, 그리고 상업과 상품의 측면에서 살펴보도록 한다.

3.1. 문헌의 생산과 상업적 유통

잘 아는 것처럼 조선후기에 들어와서 경제적인 이윤을 위해 고전소설을 문헌으로 성책(成冊)·판패(販賣)하였다. 실제로 17세기부터 고전소설은 다른 문학장르와는 달리 상거래를 위한 문화상품으로 상당한 인기를 얻었다. 그래서 책을 간행하는 전문출판사는 물론, 세책점 등에서 전래하던 소설이나 각색한 작품을 성책하여 대중적인 텍스트를 양산했다. 물론 이들의 유통은 문예욕의 충족보다는 상품으로 판매하여 경제적인 목적을 달성하기 위함이었다. 이를 감안하여 여기에서는 문헌 유통을 크게 판본과 필사본으로 나누어 유통사례를 검토해 보도록 한다.

첫째, 판본의 생산과 상업적 유통이다. 이 유통은 아주 오래 전부터 있었을 것으로 보인다. 우리나라의 경우 목판인쇄술의 전통이 시기적으로 상당히 소급되기 때문이다. 하지만 관판(官版)이나 사판(寺版)보다는 사판(私版), 특히 조선후기의 방각소(坊刻所)에서 경제적인 목적하에 고전소설을 적극적으로 간행·유포시켰다. 그러한 사정을 극단적으로 보이는 사례를 아래 인용문에서 확인할 수 있다.

일찍이 들으니 중주의 학구들이 모여서 이야기를 하다가 문득 술과 고기 생각이 났다. 그들 중 한 사람은 이야기 줄거리를 부르고 다른 한 사람은 그것을 받아쓰고 몇 사람은 판각을 하여 두 세 편의 소설을 지어 서사에 팔아 고기를 마련하여 먹고 마시면서 놀았다고 한다.[18]

---

18) 李德懋, 『青莊館全書』 上 「嬰處雜稿」, "嘗聞 中州村巷學究 聞聚談話 卽席欲酒肉 則一人呼訴說 一人寫 幾人板刻 居然成二三冊 賣於書肆 沽酒肉以遊云"

위의 내용은 소설을 간행하게 된 동인, 간행하는 방법, 간행한 작품의
유통 등에 대해 기술하고 있다. 먼저 젊은 학구들이 유흥경비를 위하여
소설을 간행하고자 한다. 그리고는 한 사람이 줄거리를 말하고, 다른 사람
은 그것을 받아쓰고, 몇 사람은 판각해서 책을 만든다. 이는 소설을 간행
하는 과정을 그대로 따른 것이라 할 수 있다. 물론 만든 책은 서사(書肆)에
팔아 목적한 뜻을 이룬다. 이 인용문은 방각소에서 책을 간행한 후 그것을
세책점 등에 판매하는 과정을[19] 과장적으로 그린 것이라 할 수 있다. 어쨌
든 이 인용문에서는 필요한 경비를 소설을 간행·판매하는 것으로 충당하
고 있다. 특히 소설을 지어서 인쇄하는 것으로 경제적인 목적을 달성했다.
전문적인 상업이라고는 할 수 없어도 상업적 유통의 사정을 응축해서 보
여준 사례로 이해할 만하다. 다음은 상업적인 목적에서 구활자본을 간행
하는 경우이다.

근리칙 박는 법이 편흠을 짜라 칙답지 못혼 칙이 만히 나는즁 녜젼부터
널리 힝ㅎ던 칙을 구태 일흠을 밧고고 수연을 고치되 흔이 쥬옥을 변하야
와록을 만들어 뎍업는 리를 톰ㅎ'난재 만뜨니 엇지 한신치 아니ㅎ리오 우리가
이를 개연히 넉이여 크게 이 폐단을 고칠 쇠를 홀식 먼져 넷칙 가운디 가히
견홀만흔 것을 가리혀 수연과 글의 잘못된 것을 바로 잡으며 올치 못흔 것을
맛당토록 고치여 이 류젼소설이란 것을 니오니 수연은 넷맛이 식로우며 글은
원법에 마지며 칙은 얌젼하며 갑슨 싼지라 수히군ㅈ쇠셔는 다힝히 깃븜으로
마지시기를 쳔만 바라ㄴ이다.[20]

---

19) 유동춘, 「20세기 초 구활자본 고소설의 세책유통에 대한 연구-장서각 소장본을
중심으로」, 『장서각』, 한국학중앙연구원, 2006, 제15집, 171~188쪽.
20) 류젼소설 심청젼, 신문과, 1913, 서문.

위의 내용은 기왕에 간행한 십전소설의 문제점을 지적하면서 육전소설의 간행 목적을 밝히고 있다. 특히 기왕의 작품에서는 고전소설 본연의 모습을 심하게 훼손했을 뿐만 아니라, 경제적인 이윤을 지나치게 취한 것이 문제라고 비판하고 있다. 그러면서 육전소설은 저렴할 뿐만 아니라 그 내용도 바로 잡아 옛 맛이 그대로 있다고 했다. 이어서 많은 사람이 이 책을 구입하여 읽기를 권하고 있다. 이는 일종의 광고로, 자신들의 이익을 위해 소설 구매를 촉구한 것이라 하겠다. 이러한 간행은 고전소설의 대량 유통, 즉 도매업과 관련된 출판이라 할 수 있다. 다음과 같은 내용도 판본의 생산과 상업적 유통사례라 할 만하다.

여러분! 긔억하십시요. 이것이 여러분께 꼭 부탁입니다. 여러분께서는 어느 째든지 본 서관에서 발행한 소셜을 애독하여 쥬시니 대단히 감사합니다. 그런데 이제 꼭 한 가지 부탁할 말삼이 잇슴니다. 그것은 이 소셜을 다 보신 후에는 반다시 …(중략)… 또 자미잇는 소셜이 산갓치 싸엿사오니 그저 여러분께서 생각 나시는 소셜이 잇거든 쥬문만 하시면 갑싸게 신속히 쥬문하여 쥬십시요.21)

위의 인용문은 방각본 출판사에서 자사의 고전소설과 신속한 서비스를 광고하고 있다. 이처럼 많은 출판사가 소설의 제작과 도소매업을 겸하고 있었다. 이는 소설을 제작하고 판매하는 전문 출판업이라 할 만하다. 고전소설의 상업적 유통은 목판본에서 비롯되었지만 구활자본에 와서 크게 활성화된다. 그만큼 다양한 계층에서 고전소설을 수용하여 고전소설은 상업유통의 유용한 아이템이 되었다.

21)「슈명삼국지권지4」 3판 권말 광고, 박문서관, 1928, 217쪽.

둘째, 필사본의 생산과 상업적 유통이다. 고전소설의 모든 작품이 목판이나 활판의 상품으로 유통된 것은 아니다. 대장편의 경우 경제성이 떨어져 판본으로 간행하는 데 한계가 있었기 때문이다. 방각업자들은 적당한 분량으로 한 책 또는 몇 책으로 간행하여 이윤을 극대화하였다. 유통회전을 빠르게 하여 소기의 목적을 거두기 위한 것이다. 그래서 수십 책으로 간행해야 하는 대장편소설은 대부분 필사에 의존할 수밖에 없었다. 즉 서사에서 필사자에게 의뢰해 성책(成冊)한 다음 대여를 통해 이윤을 추구한 것이다. 필사본으로 성책하는 과정 또한 경제적인 목적을 달성하기 위한 것임은 물론이다. 주문자가 있고, 그 주문에 맞게 필사하여 대가를 받는 필사자가 있었기 때문이다. 그러한 사정을 다음의 인용문을 통해 확인할 수 있다.

> 요즈음 규방(閨房)에서 서로들 다투듯 능사(能事)로 삼는 것 중에 기록할 만한 것이 패설(稗說)다. 그 수가 날마다 늘고 달마다 불어나서 그 수효가 천백(千百) 종에 달하기에 이르렀다. 서쾌(書儈)에서는 이러한 책을 깨끗이 필사하여 빌려 주고는 그 값을 받아 금세 이익을 취한다. 부녀들은 견식이 없는 터라 비녀나 팔찌를 팔거나 아니면 빚을 얻어서 서로 다투어 빌려가서 긴 날을 소일하곤 한다.[22]

위의 인용문은 아녀자들이 소설을 빌려보는 문제와 그러한 소설을 필사하여 구비한 사정, 그리고 아녀자들이 견식 없이 세간을 팔아 소설을 얻어 보는 문제를 다루었다. 특히 쾌사에서는 소설을 베껴 빌려주고 금세

---

22) "近世閨閣之競 以爲能記事者唯稗說 是崇日加月增 千百其種 儈家以是淨寫 凡有借覽輒收其直以爲利 婦女無見識 或賣釵釧 或求債銅 爭相貫來 以消永日"(蔡濟恭, 『樊巖集』 女四書 序)

이익을 취한다고 했다. 그런데 필사본, 즉 대여텍스트를 만드는 사람이
다름 아닌 전문필사자라 하겠다. 몰락양반 등의 식자층에서 소설을 정서
(淨書)하여 세책점에 판매하는 것으로 생업을 삼고, 세책점은 그것을 구입
해 빌려줌으로써 이윤을 얻은 것이다. 그래서 필사본에서도 상업적인 유
통을 확인할 수 있다. 그러한 것으로 다음을 더 들 수 있다.

 스름이 세상의 나매 노왕과 용문만 못ᄒ면 엇지 스름이라 이르리요 위지
식츙이니라. 아마도 긋진 수연을 보건듸 용문젼이 또 잇나보오 오셔낙자가
만ᄉ오니 눌너 보옵.[23]

위의 내용은 「소대성전」의 '후언'으로 「용문전」을 은연중에 소개하고
있다. 이는 「소대성전」의 결말을 전제로 「용문전」이 이루어졌기 때문이
다. 그래서 두 작품은 마치 원작 및 속편과 같아 자매처럼 유통될 수 있었
다. 그런데 필사자가 「소대성전」을 마치고 「용문전」을 암시하는 것은 그
것마저 읽기를 권한 것이라 하겠다. 이는 다음에 읽을 소설을 광고한 것이
라 할 수 있다. 이로 볼 때 필사자는 소설 베끼는 것으로 생업을 삼은
듯하다. 그래서 이 또한 소설의 상업적 유통과 무관하지 않다. 뿐만 아니
라 다음과 같은 필사본의 후기는 상업적 유통과 관련이 깊어 보인다.

 경인 이월 초ᄉ일 필셔ᄒ노라 이 칙이 얼마난 아니되나 극히 보암즉 ᄒ기
로 벗겨쓰나 글씨 흉괴ᄒ고 횡즈낙셔 만ᄒ니 보ᄂ니마다 슬퍼 눌너 보게
하옵소셔 경인년 원월붓터 이월초순가지 칙 셰권 벗겨스며 명수정젼과 유츙
녈젼과 즈치가라.[24]

23) 필사본(26) 「소대성전」, 『한글필사본고소설자료총서』, 昨晟社, 1986, 150쪽.

위의 인용문에서는 40여 일 만에 소설 세 권을 필사했다고 했다. 특히 필사자는 많은 작품을 필사했을 뿐만 아니라, 보는 이마다 살펴 눌러보기를 희망하고 있다. 달리 말하면 자신이 소유하기 위해서가 아니라 다른 사람이 읽기를 전제한 필사라 하겠다. 그런 점에서 이 필사자 또한 상업적 유통을 전제하면서 소설을 베낀 것으로 볼 수 있다. 아무래도 "되지 못한 글시로 등셔ᄒ엿ᄉ오니 그듸로 눌너 보시요"(필사본(17)「박씨부인젼」, 오성사, 1986, 191쪽) 등과 같이 읽기를 권한 후기는 전문필사자가 판매를 목적으로 베낀 것이라 할 수 있다. 물론 이것은 서사나 세책점 등에 판매하기 위한 것이기에 필사자는 상업적인 소설유통의 주체라 할 수 있다.

3.2. 문헌의 전파와 상품적 유통

고전소설은 필사나 판본으로 문헌화된 후 대중적으로 확산되어 나갔다. 그 확산의 근저에는 경제적인 이윤이 자리하고 있다. 즉 서쾌나 보부상 및 방물장수가 소설을 상품으로 판매하여 경제적 이윤을 추구한 것이다. 서점이나 세책점이 득정지역에서 소설을 유통시켰다면, 이들은 소설유통을 광역화하는 데 일조했다. 따라서 여기에서는 정착형 전파와 이동형 전파로 나누어 상품적 유통을 살펴보도록 한다. 정착형이 한 곳에 상주하면서 소설을 판매하거나 대여하여 이윤을 추구했다면, 이주형은 각 고장을 떠돌아다니며 소설을 상품으로 판매한 것을 말한다.

첫째, 정착형 전파와 상품적 유통이다. 이에는 소설을 대여하는 세책점과 판매하는 서사(書肆)를 들 수 있다. 세책점에서는 활자본이나 필사본을

---

24) 필사본(88)「정수정견」,『한글필사본고소설자료총서』, 昨晟社, 1986, 241~242쪽.

구비해 놓고 대여를 통해 경제적인 효과를 도모하였다. 서사에서는 출판사에서 대량생산한 소설을 도매로 구입하여 상품으로 판매하였다. 먼저 책을 대여하는 사정을 보면 다음과 같다.

> 한글로 번역한 이야기책을 보는 데 빠져서 집안일을 내버려 두고 여자의 할 일을 게을리 해서는 안 된다. 그것을 돈을 주고 빌려다 읽고, 이에 빠지고 혹하기를 마지않아 집안의 재산을 기울이는 사람까지 있다.[25]

위의 내용은 세책점을 통해 소설을 빌려와 읽었던 사정을 부정적으로 그리고 있다. 즉 아녀자들이 소설을 읽느라고 가정 일을 등한히 해서는 안 된다면서 돈을 주고 소설을 빌려 읽는 문제를 지적하였다. 물론 아녀자들에게 소설을 빌려 준 곳은 영리를 목적으로 하는 세책점이다. 그래서 이 세책점은 특정지역을 대상으로 소설을 전파시키면서 자신들의 이익을 챙긴 것으로 볼 수 있다. 다음의 인용문도 사정이 비슷하다.

> 세책가도 상당수가 있는 바 여기에는 특히 소설이나 창가책 같은 범속한 책들의 인본(印本) 또는 사본이 갖추어져 있고, 대개는 한글로 씌어진 것들이다. 이런 집의 책은 서점에서 팔고 있는 것보다도 더 잘 간직되고 또 종이도 더 좋은 데다가 인쇄한 경우가 많다. 책을 비는 값은 꽤 싸서 하루 한 권에 10분의 1~2문 정도이며, 때로는 현금이나 물건을 이를테면 돈으로 몇 냥, 물건으로 화로나 냄비 따위를 보증으로 받는 일도 있다. …(중략)… 이 직업은 이익은 박하지만 점잖은 일로 인정되어 있는 까닭에 영락한 양반들이 자진해서 택하는 생업(生業)이 되었다.[26]

---

25) "諺飜傳奇 不可耽看 廢置家務 怠棄女攻 至於與錢而貰之 沈惑不已 傾家産者有之" (李德懋, 士小節, 卷之八 婦儀)

이 인용문에서는 소설대여에 대한 제반사정을 알 수 있다. 대여하는 책의 종류와 상태, 대여료와 대여료의 지급방법, 대여업주의 신분 등을 구체적으로 밝히고 있기 때문이다. 특히 주목되는 것은 세책 비용이 많지 않다는 점과 돈이 없을 때는 물건을 담보로 잡히기도 했다는 점이다. 이는 소설유통이 곧 경제활동과 밀접하게 관련되어 있음을 말하는 것이다. 즉 수요와 공급이 적정한 수준에서 이루어지고 있음을 보이는 사례라 할 수 있다. 특정지역에 위치하면서 많은 사람들이 소설을 읽도록 했다는 점에서 이 또한 정착형 상업유통이라 할 만하다.

다음과 같은 것은 소설의 도소매업과 관련된 것으로 다량의 소설을 보유하고 판매한 정착형 상품유통이라 할 수 있다.

> 本 書林이 新舊書籍數萬種과 四百種小說을 一層大擴張ᄒᆞᆸ고 都賣散賣ᄒᆞ오니 書冊購覽ᄒᆞ실 諸氏ᄂᆞᆫ 勿論多小ᄒᆞ시고 …(중략)… 注文試觀ᄒᆞ시면 特別割另과 迅速酬應ᄒᆞᄂᆞᆫ 眞否를 確實히 可判ᄒᆞ실 터이오니 本 書林을 捨ᄒᆞ시고ᄂᆞᆫ 他道가 無ᄒᆞᆷᄂᆡ다.[27]

위의 내용은 한 출판사의 권말 광고이다. 이와 같은 권말 광고는 다른 출판사에서도 유사하게 시행하였다. 출판사는 자신들의 책을 서점에 도매로 보급하기도 하고 직접 소매로 판매하기도 하였다. 도매업은 주로 우편으로 주문받곤 하였는데, 이는 출판사에서 직접 보급하는 데 한계가 있었기 때문이다. 어쨌든 이러한 출판사도 자신들이 제작한 책을 도소매하면서 소설을 경향 각지로 유통시켜 정착형 상품유통과 무관하지 않다. 물론

---

26) 모리스꾸랑 저 / 박상규 역, 『한국의 서지와 문화』, 신구문화사, 1974, 18쪽.
27) 「김희경전」 권말 광고, 廣文書市.

그들이 제조업을 경영하여 문헌의 생산과 상업적 유통의 주체가 될 수 있지만, 생산한 책을 소비자에게 판매한 것을 감안하면 상품적 유통과 무관할 수만은 없다.

둘째, 이주형 전파와 상품적 유통이다. 이주형은 여러 곳을 이동하면서 고전소설을 상품으로 판매한 것을 들 수 있다. 서쾌와 방물장수 그리고 보부상 등이 소설을 대량으로 구매하여 이윤을 남기고 판매하는 것이 대표적이라 하겠다. 특히 보부상은 방방곡곡을 돌아다니며 고전소설을 보급하여 소설의 광역화에 일조했다. 그 중 서쾌에 대한 기록을 보면 다음과 같다.

> 들으니 서울 의금부 북쪽에 사는 책 거간꾼 박의석(朴義碩)이란 자가 여러 곳에 있는 책들을 반값에 사서 온 값으로 판다고 하더라.[28]

위의 인용문은 의금부의 북쪽에 거처하는 서쾌(書儈)가 서적을 유통시킨 사정을 말하고 있다. 여러 곳의 책을 반값에 사서 제 값으로 판매한 내용을 밝히고 있다. 이는 다른 지역에서 서적을 구입한 다음 자신이 거처하는 지역에 가져와 책을 판매하되, 이동에 따른 비용을 더하여 높은 값으로 판매한 것이라 할 수 있다. 그런 점에서 이 인용문의 박의석은 특정지역의 책을 다른 지역으로 확산하는 데 일조한 것으로 볼 수 있다. 즉 소설을 전파하되 상품으로 유통시켜 경제적인 목적을 달성한 것이다.

고전소설을 상품으로 유통시킨 주체는 방물장수나 보부상, 그리고 책만 취급하는 책장수 등 아주 다양하다. 방물장수나 보부상은 책뿐만 아니라 다양한 물품을 공급하는 상인이다. 그들은 고전소설의 인기가 높아지

---

28) 宣祖元年(1568) "聞京中義禁府北 有冊儈名朴義碩 凡諸處書冊無不半價買 而全價賣云"

자 그것을 주요 상품으로 취급하였다. 그래서 이들의 상권이 미치는 곳마다 고전소설이 유통될 수 있었다. 이들은 제대로 된 길조차 없는 산골까지 오가면서 고전소설을 판매하여 소설의 공시적 확장에 크게 기여하였다.[29] 그만큼 이들이 복잡하면서도 정치한 유통망을 구비하여 소설의 전파도 가속화될 수 있었다. 물론 이때의 고전소설은 활자본이 주요 상품이었다. 책장수들은 도매업소에서 다량의 책을 구입한 후 적당한 거리를 오가며 소매로 팔았다. 이들의 중개 때문에 고전소설이 상품으로서 소비자에게 문제없이 도착할 수 있었다.

4. 경제적 유통과 그 쓰임

조선후기에 들어와서 한글사용이 보편화되자 문학의 향유계층에도 큰 변화가 생긴다. 조선전기까지가 귀족 중심의 한문학이 주류였다면, 조선후기는 아녀자나 하층민이 국문문학의 주요 향유계층으로 부상하면서 대중성을 표방하게 된다. 이렇게 된 데에는 경세적인 사정과도 무관하지 않다. 조선후기에 들어서 상공업의 발달이나 광작(廣作), 그리고 화폐경제의 활성화로 중인이나 상민계층에서 부를 축적하였고, 그들이 여항인으로 대중문화를 주도했기 때문이다. 이러한 조류를 타고 고전소설도 대중문학으로 크게 발전할 수 있었다. 특히 국문소설을 중심으로 소설을 향유하는 계층이 급증하면서 생계나 이윤을 앞세운 소설 유통이 활발해졌다. 문학이 성정이나 문예적 욕구의 표출을 넘어 상품으로까지 취급되자 문학에

---

29) 권미숙, 「20세기 중반 책장수를 통해본 활자본 고전소설의 유통양상-경북 지역을 중심으로」, 『고전문학과 교육』 제20집, 한국고전문학교육학회, 2010, 402쪽.

종사하는 전문 직업인이 생겨난 것이다. 조선전기 작자 위주의 문학에서
유통과 수용자 중심의 문학으로 변한 것이다. 이는 경제활동을 중심에
두고 문학을 바라보았기 때문에 가능했던 것이다. 이러한 점을 전제하면
서 경제적 유통의 의미를 몇 가지로 나누어 살펴본다.

첫째, 고전소설의 수용자문학화이다. 잘 아는 것처럼 경제나 자본을 앞
세운 고전소설 유통은 이윤을 추구하기 마련이다. 그를 위해서는 소설의
내용이 수용층의 기호에 부합해야 한다. 수용층의 오락적 취향, 문예적
욕구 등을 충족시켜야 소설의 수요가 증가하고 경제적인 목적도 달성될
수 있기 때문이다. 그래서 소설의 구연유통에서 청관중의 인기에 부합하
는 내용이 선호되고, 문헌유통에서도 대중의 기호에 맞는 내용이 증폭될
수밖에 없었다. 실제로 소설의 구연자는 수용층의 취미에 부합하는 내용
은 확대하고, 그렇지 않은 내용은 축소하기 마련이다. 구연을 거친 고전소
설에서 오락성·대중성이 돋보이는 이유도 거기에 있다. 그런가 하면 필
사나 판본에서도 수용층이 선호하는 내용을 첨입하여 통속성이 강화되었
다. 이는 작자가 자신이 의도한 것을 고도로 형상화한 조선전기의 작품과
는 변별되는 요소라 하겠다.[30] 자본주의의 맹아기인 조선후기에 유통된
소설은 불가피하게 경제적인 논리를 따를 수밖에 없었고, 그러한 요인으
로 수용층의 기대치를 작품 속에 전격적으로 담게 된 것이다. 그래서 조선
후기의 대다수 고전소설은 작자나 제작자의 목소리보다는 수용층의 기대
에 값하는 내용이 큰 비중을 차지하게 되었다. 이는 구연자나 문헌제작자
들이 수용층의 기호에 맞게 내용을 개변한 것이기도 하다. 그래서 우리의
고전소설은 수용층의 문학, 즉 수용자소설 또는 독자소설이 될 수밖에

---

30) 예를 들면 김시습의 『금오신화』나 신광한의 『기재기이』 등은 작자의 고민이 배어
　　있는 지식층문학이라 할 수 있다.

없었다.

둘째, 고전소설의 통속문학화이다. 앞에서 살핀 것처럼 작자소설은 작자의 창의가 돋보일 수 있지만, 수용자 중심의 독자소설은 창의보다는 대중의 관심사가 소설에 수렴되기 마련이다. 그래서 이 수용자 중심의 소설은 필연적으로 통속성을 띨 수밖에 없다. 실제로 고전소설의 수용층은 일부를 제외하고는 대부분 서민층이라 할 수 있다. 문제는 이들이 구연이나 독서의 주요계층으로 부상하자 이들의 기호에 맞는 내용이 작품에 대폭 반영되었다는 점이다. 그래서 경제적인 목적에서 유통된 작품들은 그 정도의 차이가 있을지언정 통속문학적인 성격을 가질 수밖에 없었다. 이는 소설을 읽거나 들으면서 쉽게 이해해야 할 필요성 때문이기도 하다. 실제로 상품으로 유통된 작품은 대중의 기호나 수용능력에 부합해야만 했다. 그래야 판매나 세책이 확대되고, 수익 또한 늘어나기 때문이다. 그러는 가운데 통속소설적인 특성은 점차 강화될 수밖에 없었다. 활자본의 경우 대중적인 기호에 부합하고자 작품의 내용을 전도(顚倒)했는가[31] 하면 당시에 인기가 있던 신파극의 대화기법을 차용하기도 하였다. 이처럼 고전소설의 경제적 유통에서는 수요의 증대를 모색할 수밖에 없었고, 그 수요 증대의 방책 중 하나가 대중의 기호나 수용능력에 맞는 작품을 양산하는 것이었다. 그러는 중에 고전소설은 미적 가치를 추구하기보다는 흥미 위주의 쉬운 문학을 지향하여 통속문학·대중문학적인 성격이 강화될 수밖에 없었다.

셋째, 고전소설의 대중예술화이다. 고전소설의 경제적 유통은 결국 수용자 중심의 문학을 지향하여 대중문학이나 통속문학적 속성을 드러낼

---

31) 이를테면 작품에서 가장 극적인 부분을 작품의 모두(冒頭)에 배치하여 관심을 끌곤 하였다. 이는 기존의 작품을 각색하되 대중취향을 감안한 것이라 할 수 있다.

수밖에 없었다. 그러는 과정에서 고전소설은 민중의 오락물·교양물처럼 기능해 온 것이 사실이다. 때로는 독서물로, 때로는 공연물로 유통되면서 민중의 문예욕을 대변해 온 것이다. 실제로 고전소설은 조선후기 민중의 대표적인 문화요, 예술로 기능해 왔다. 고전소설이 파한은 물론, 여가선용의 주요한 대상이었기 때문이다.[32] 특히 다중 앞에서의 구연은 소설의 흥미에다 구연자가 구사하는 볼거리가 가미되어 민중의 문예로 거듭날 수 있었다. 이는 구연 과정을 통해 고전소설이 민중에게 깊이 각인된 사정을 말하는 것이라 하겠다. 고전소설의 주요 작품이 시대를 거듭해서 민중 예술로 재창출되는 것도 바로 그러한 요인 때문이라 하겠다. 즉 고전소설이 경제적인 목적에서 대중연예물로 전승되어 왔기 때문에 현대의 대중예술로 거듭날 수 있었던 것이다.

이상에서 보는 바와 같이 고전소설은 자본주의 맹아기인 조선후기에 경제논리에 맞게 변용되었다. 그러는 과정에서 작자 중심의 문학보다는 수용자 중심의 문학으로 발전할 수 있었고, 이것이 순문학보다는 서민층의 통속문학으로 유통되도록 하였다. 이러한 문학적인 특성으로 인하여 고전소설은 대중이 선호하는 문학에서 문화예술로 변전할 수 있었고, 그것이 지금까지 대중예술로 거듭날 수 있었던 동인이기도 했다.

5. 결론

지금까지 고전소설의 경제적 유통을 사례 중심으로 고찰해 보았다. 먼

---

32) 김진영, 「고전소설의 문화적 전통과 계승방안」, 『한국언어문학』 56, 한국언어문학회, 2006, 93~124쪽.

저 구연에 의한 생업적 유통과 문헌에 의한 산업적 유통을 검토한 다음, 경제적 유통의 의미를 몇 가지로 나누어 살펴보았다. 이상의 논의를 결론 삼아 요약하면 다음과 같다.

첫째, 고전소설의 구연에 의한 생업적 유통을 살펴보았다. 고전소설은 대중적인 구연을 통해 공시적으로 확산될 수 있었다. 그러한 유통의 주체가 바로 소설 구연자라고 할 수 있다. 이 구연자들은 생업을 위하여 고전소설을 적극적으로 활용하였다. 생업의 방식에 따라 이들을 크게 둘로 구분할 수 있다. 하나는 기식형 생업유통이고, 다른 하나는 요전형 생업유통이다. 전자는 소설을 익살맞게 구연하여 재상가나 부호가에 기식하는 경우이고, 후자는 거리나 가게 앞에서 불특정다수를 대상으로 소설을 구연하면서 경제적 이익을 추구한 것이다. 이처럼 고전소설은 생업의 주요 수단으로 활용되어 조선후기의 경제나 자본과 밀접할 수밖에 없었다.

둘째, 고전소설의 문헌에 의한 산업적 유통을 고찰하였다. 고전소설은 구연유통에 머무르지 않고 산업으로 유통되기도 하였다. 수요의 급증과 그에 맞는 공급책을 모색하는 과정에서 출판업이나 유통업이 개입된 것이다. 이 또한 두 가지로 나누어 검토할 수 있다. 하나는 문헌의 생산과 산업적 유통이고, 다른 하나는 문헌의 전파와 상품적 유통이다. 전자가 책을 제조하는 것이라면 후자는 책을 유통시키는 데 주안점을 둔 것이다. 물론 양자가 명확하게 구획되는 것은 아니지만, 고전소설이 제조업과 유통업을 통해 확산된 것만은 틀림없다. 산업적 유통은 다시 판본과 필사본으로 구분할 수 있으며, 상품적 유통 또한 정착형과 이주형으로 나눌 수 있다. 고전소설은 이러한 구도 속에서 경제나 자본의 논리에 따라 변개·유통될 수밖에 없었다.

셋째, 고전소설의 경제적 유통과 그 의미를 조망해 보았다. 고전소설의 경제적 유통은 작품 내외적으로 많은 변화를 가져왔다. 먼저 경제적 목적을 달성하기 위하여 수용층의 기호를 대거 수렴하다 보니 고전소설이 작자 중심의 문학보다는 수용자, 즉 독자 중심의 문학이 되도록 했다. 독자 중심의 문학을 지향하여 고전소설은 미적 추구보다는 민중의 흥미와 기호에 영합하게 되었다. 고전소설이 민중문학·통속문학적인 성격이 강화된 것도 바로 그 때문이다. 민중의 기층문학으로 유통되었기 때문에 고전소설은 대중의 문화예술로 쉽게 변용될 수 있었고, 지금에 이르기까지 계속해서 대중예술로 각광받는 것도 그러한 토양 때문이라 하겠다.

고전소설의 유통과 교육

1. 서론

이 글은 고전소설의 전통적인 유통방편을 활용하여 문학교육에서의 활용방안을 모색하기 위한 것이다. 고전소설은 오랫동안 광범위하게 유통되면서 대중문화로 우뚝한 지위를 확보하였다. 더욱이 누천년 누적된 다양한 서사내용은 문화콘텐츠로 활용하기에 적절한 면이 없지 않다. 시공을 초월하여 영상매체로 재생산되는 것도 바로 그러한 사정 때문이다. 이렇게 고전소설은 장구한 시간, 광범위한 지역에서, 그리고 다양한 서사내용으로 전승되었기 때문에 그 유통방편이 아주 복합적일 수 있다. 특히 조선후기의 소설유통은 소설교육과도 밀접한 관계가 있어 주목된다.

조선후기에는 상당수의 민중이 문맹이었다. 그래서 이들이 소설을 수용하는 방편은 연행을 통해서만 가능했다. 즉 다른 사람이 책을 읽든, 이야기를 하든, 노래를 하든 해야 소설을 수용할 수 있었다. 그래서 연행자는 교습자, 청중은 학습자와 흡사한 면이 없지 않았다. 이를 감안하여 고전소설의 유통방편을 현행 교육과정의 교육목표에 맞게 응용하는 것도 가능하리라 본다.

고전소설은 조선후기의 대표적인 대중문화였다. 문화생활의 곳곳에서 고전소설이 콘텐츠로 활용되었기 때문이다.[1] 하지만 현행의 교육과정에서는 고전소설을 전통적인 기재로 가르치기보다는 국어교육의 수단으로 쓰는 경우가 적지 않다. 교육대상이 아니라 교육방편으로 활용하는 것이다.[2] 그래서 많은 학생들이 고전소설을 온전하게 인식하지 못하고 파편화된 부분만을 학습하게 된다. 자신이 읽은 작품이 고전소설인지조차 모르는 이유도 바로 거기에 있다. 이러한 문제를 해결하기 위해서는 고전소설의 유통방편을 활용하여 교육하는 것이 바람직할 수 있다. 그것이 전통문화를 익히면서 동시에 소설을 이해하는 일거양득의 효과를 거둘 수 있기 때문이다. 물론 이러한 교육이 고전소설의 정체성을 올바르게 습득하는 방안이기도 하다.

지금까지 고전소설의 교육 방안에 대해서는 다양한 관점에서 논의해 왔다. 특히 작품의 구조적·심미적 특성을 익히거나 문학과 사회·인물·역사 등의 관계를 해명·교육하고자 노력해 왔다. 이제는 이러한 것과 아울러 학생들이 주도적으로, 그리고 유의미한 방법으로 고전소설을 익히는 방안을 모색할 필요가 있다.[3] 그 방법 중의 하나가 바로 고전소설의

---

1) 김진영, 『고전소설의 전통과 변이』, 태학사, 2006, 337~370쪽.
2) 예를 들어 중학교 국어교과서에 수록된 「홍길동전」·「토끼전」·「박씨전」의 경우도 작품의 본질보다는 주변적인 것에 주안점이 놓여있다. 「홍길동전」은 사회를, 「토끼전」은 고전의 맛과 멋을, 「박씨전」은 문학 감상에 초점이 놓여 있다.
3) 이와 같은 논의는 다양하게 전개되었다. 주요 논의를 보면 다음과 같다.
    김승호, 「고전소설교육에 있어 기대지평의 확장 모색」, 『고전의 문학교육적 이해』, 이회, 2000, 87~116쪽.
    배수찬, 「고전문학교육 연구의 방향 설정을 위한 시론-고전의 패러디 문제를 중심으로」, 『선청어문』 32, 선청어문학회, 2004, 251~277쪽.
    서유경, 「디지털스토리텔링을 활용한 고전소설교육 설계」, 『고전문학과 교육』 10,

전통적인 유통방편을 활용하는 것이다. 당시에 이미 효과적인 연행과 수용을 전제하면서 문학활동이 이루어졌기 때문이다. 다만 오늘의 관점에서 응용 가능한 방법을 찾아 시행하는 것이 관건이라 하겠다.

이에 이 글에서는 고전소설의 효과적인 교육 방안으로 전통적인 유통방편에 관심을 기울이고자 한다. 먼저 고전소설의 유통배경을 검토한 다음, 유통양상을 몇 가지 유형으로 나누어 고찰하고자 한다. 이를 바탕으로 중학교 국어과 학습에서 이 방법의 응용방안을 모색해 보도록 하겠다. 이와 같은 논의가 제대로 이루어지면 적어도 고전소설의 정체성이나 문화적 성격을 이해하고, 나아가 고전소설의 효율적인 교습방안도 강구될 것으로 본다.

2. 고전소설의 유통배경

고전소설은 조선후기에 들어와 공시적으로 확장된다. 그래서 설화시대에서 소설시대로 본격적으로 신입하는 시기가 비로 조선후기라 하겠다.[4] 고전소설이 이렇게 조선후기에 들어와 수요가 확장된 데에는 사회문화적인 환경의 변화 때문이라 하겠다. 임병양란을 거친 후 중인이나 상민 계층에서도 부를 축적하여 문예의 주요한 계층으로 부상했거니와 몰락한 양반

한국고전문학교육학회, 2005, 53~79쪽.
허왕욱, 「고전산문교육의 성찰과 전망」, 『고전문학교육론』, 보고사, 2005, 69~98쪽.
신선희, 「디지털시대의 고전문학 교육-고전서사 관련 교과목 운용사례를 중심으로」, 『이화어문논집』, 24·25, 이화어문학회, 2007, 133~158쪽.
전영숙, 「중학교 교실에서 한국고전문학 읽기」, 『고전문학과 교육』 16, 한국고전문학교육학회, 2008, 31~63쪽.
4) 조동일, 『한국문학통사』 3권, 지식산업사, 2007, 89~94쪽.

중에서는 생계를 위해 문학의 창작 및 유통에 종사하기도 하였다.[5] 여기에 중국의 잡극본(雜劇本)이나 전기(傳奇) 등의 희곡은 물론 소설이 유입되어 우리 문학계에 충격을 주기도 하였다.[6] 무엇보다도 일반 민중들이 소시민화(小市民化)되면서 문학의 주요한 수용층으로 부상했다는 점이다. 그래서 조선후기는 조선전기의 아려한 문화와는 달리 다양한 분야의 문예가 대중지향성을 갖게 되었다. 특히 조선후기의 대중문화로 우뚝한 지위를 확보한 고전소설에 대한 수요가 폭발적으로 늘어났다. 물론 그러한 변화에 대응하고자 소설의 보급 및 향유방법도 다각화될 수밖에 없었다. 이를 전제하면서 고전소설의 유통에 한정하여 그 배경을, 소설 수요의 확대와 공급의 다각화라는 측면에서 살펴보도록 한다.

2.1. 고전소설 수요의 확대

조선후기에는 고전소설의 수요가 폭발적으로 늘어난다. 앞에서도 말한 바와 같이 조선전기는 귀족문화가 발전한 반면, 조선후기는 문학이나 예술의 각 방면에서 대중성이 크게 고양된다. 문학에서는 구비문학을 향유하던 상당수의 민중이 기록문학에 관심을 갖게 되었다. 그것은 조선후기에 들어와 국문이 문학의 창작 및 수용의 주요한 수단이 되었기 때문이다.[7] 국문문학이 일반화되자 문학의 유통에도 획기적인 변화가 생긴다. 국문의 경우 말과 글에서 오는 괴리를 극복하여 기록문학이 곧바로 구비

---

5) 김일렬, 『고전소설신론』, 새문사, 1993, 45~56쪽.
   최운식, 『한국고소설연구』, 보고사, 1997, 77~100쪽.
6) 성호경, 「중국희곡이 한국의 극문학에 끼친 영향에 대한 고찰」, 『국어국문학』 121, 국어국문학회, 1998, 139~168쪽.
7) 김진영, 앞의 책, 340~343쪽.

문학으로 유통될 수 있었다. 즉 가창 및 낭송유통이 용이해져 문맹인들도 그것을 어렵지 않게 수용할 수 있게 되었다.

실제로 국문문학의 부각으로 다양한 장르에서 서민층의 의중이 작품에 반영되었다. 시조에서는 사설시조가 서민의 애환을 담아내었고, 가사에서는 평민이나 내방가사가 그러한 역할을 맡았다. 그런가 하면 극문학·연희문학도 탈춤과 판소리를 중심으로 대중성을 표방하게 된다. 특히 고전소설의 경우 상층부에서 전기소설을 중심으로 문장력을 자랑하던 것에서 세속적인 리얼리티를 반영하면서 대중소설로 크게 성행하였다.

조선후기는 이렇게 다양한 문학이 국문으로 인해 구비와 기록을 넘나들며 대중성을 확보하게 된다. 그 중에서도 고전소설은 가정이나 사회·국가 등의 문제를 첨예한 갈등으로 핍진하게 그려 대중에게 상당한 인기를 얻었다. 앞에서도 말한 것처럼 국문문학은 어렵지 않게 구연 및 연행될 수 있었다. 그래서 글자를 모르는 사람도 그러한 연행을 통해 문학의 주요한 수용층으로 부상할 수 있었다. 이것이 소설의 수요를 급증시키는 동인 중의 하나였다. 물론 그러한 이면에는 알게 모르게 일반민중이 근대의 소시민으로 진일보한 사정이 반영되어 있다.

2.2. 고전소설 공급의 다각화

앞에서 말한 것처럼 조선후기에는 국문문학이 일반화되면서 일반민중이 문학의 주요 향유층으로 부상하게 된다. 이들이 그렇게 변화할 수 있었던 데에는 임병양란 이후 사회의 전반적인 상황이 근대를 지향했기 때문이다.[8] 이것은 우리뿐만이 아니라 동아시아 전반의 문제라 할 수 있다. 문제는 구비문학을 주로 향유했던 일반민중이 문학에 대한 관심을 기록문

학으로 옮기기 시작했다는 점이다. 실제로 이때는 기록문학이 구비문학의
특장을 준용하면서 공시적으로 확산되어 나갔다. 고전소설이 다양한 분야
에서 콘텐츠로 활용될 수 있었던 동인도 여기에서 찾을 수 있다.

고전소설은 구비유통이 활성화되자 그에 호응하여 다양한 공급방법을
모색하게 된다. 즉 일반민중의 대다수가 문맹임을 감안하여 구비문학의
전승방식을 따르면서 다양한 공급방법을 강구한 것이다. 이는 또한 고전
소설이 다양한 문예로 확산되는 계기이기도 했다. 고전소설은 구비문학의
유통방편, 즉 가창·강담·낭송·강창은 물론이거니와 연극으로도 유통
되었다. 가창은 소설의 삽입가요를 노래로 부르기도 하고, 작품내용 전체
를 요약해 노래로 부르는 경우도 있었다. 강담은 이야기하듯이 구연하는
것으로 설화의 구연방법과 크게 다를 것이 없었다. 낭송은 문헌텍스트를
가지고 대중에게 구비문학처럼 연행하여 강담과는 많은 차이가 생겼다.
그래서 낭송은 기록문학과 구비문학의 특성을 동시에 구유하게 되었다.[9]
강창은 텍스트를 모두 암송하여 연행하기 때문에 구비문학적인 성격을
갖는다. 여기에 창자의 다양한 표정 및 연기로 인하여 연극성이 강화되었
다. 행위적 요소가 가미되어 강담과 연극의 중간자적 성격을 갖게 된 것이
다. 연극에서도 고전소설을 텍스트로 활용하여 주목된다. 특히 무당들이
연행한 무극(巫劇)에서 고전소설을 활용하는 경우가 있었다.[10] 이러한 전
통 때문에 창극이나 현대극으로 어렵지 않게 재창출될 수 있었거니와 영

---

8) 조동일은 한국문학사의 시대구분에서 조선후기를 '중세에서 근대로의 전환기'로
   설정하였다.(조동일 『한국문학통사』 3, 지식산업사, 2007, 9~12쪽)
9) 김진영, 「고소설의 낭송과 유통에 대하여」, 『고소설연구』 1집, 한국고소설학회,
   1995, 63~95쪽.
10) 동해안에서 공연되는 「심청무가」나 제주도의 「이공본풀이」·「삼공본풀이」 등이
    주목된다.

상물로의 각색도 거칠 것이 없었다. 또한 구비문학과 관련된 유통 중의 하나가 그림이다. 그림이 문맹인에게 효과적으로 접근할 수 있는 강점이 있었기 때문이다. 대부분의 종교에서 그림을 포교의 방편으로 애용한 것도 그러한 사정 때문이다.

고전소설은 대중의 수요에 부응하면서 기록문학으로도 왕성한 유통을 보였다. 일부의 식자층이 소설을 완독물(玩讀物)로 애용하는 일이 잦아졌기 때문이다. 소설을 수용하는 식자층의 증가로 소설이 주요한 문화상품으로 대두된 것이라 하겠다. 고전소설이 문헌으로 유통되는 데 일조한 것 중의 하나가 바로 낭송이다. 낭송이 문헌텍스트를 전제하면서 왕성하게 연행되었기 때문이다. 많은 사람들이 소설을 향유하고자 했지만 소설을 접할 수 있는 방식은 다른 사람의 연행뿐이었다. 이 연행텍스트의 필요성 때문에 문헌유통도 활발해질 수 있었다. 필사나 목판 유통의 상당수는 그러한 사정이 반영되어 있다.[11] 구활자본의 경우도 식자층의 독서물인 일면 낭송의 텍스트로 활용되기도 하였다.

3. 고전소설의 유통양상

고전소설은 문학적인 유통을 보이는 가운데 다양한 예술과도 친연관계를 맺어 왔다. 문학으로는 구비문학과 기록문학으로 양분·전승되었지만, 이들이 명확하게 구획되는 것은 아니다. 구비문학이 기록문학으로, 기록

---

11) 필사본의 경우 어떤 것은 자주 넘겨도 글씨가 마멸되지 않도록 손가락이 닿는 곳을 공백으로 남겨 놓았다. 이것은 반복된 독서이거나 돌려가며 읽었던 징표라 할 수 있다.

문학이 구비문학으로 변전(變轉)되는 것이 일반적이기 때문이다. 그리고 예술적 유통에서는 시각예술, 공연예술, 영상예술로 유통되었다. 시각예술에서는 미술이, 공연예술에서는 판소리나 연극이, 영상예술에서는 텔레비전이나 영화가 대표적이다. 물론 문학과 예술적 유통이 총화되어 고전소설이 조선후기의 대중문화로 우뚝한 지위를 확보한 것 또한 사실이다. 그래서 고전소설은 소설을 넘어 문화예술의 핵심 주체로 부각될 수 있었고, 그것이 지금도 변함없이 재생산되는 자양이라 하겠다. 다만 이 절에서는 문학과 예술로 나누어 유통양상을 검토해 보도록 한다.

3.1. 문학적 유통

고전소설은 그 자체가 문학이기 때문에 자연스럽게 문학적 유통이 중심을 이룬다. 이 문학적 유통은 구비와 문헌을 겸하여 부득이 구비유통과 문헌유통으로 나누어 검토할 필요가 있다.

첫째, 고전소설은 다양한 구비유통으로 대중성을 확보하였다. 가용한 방편을 동원해야만 급증하는 수요에 부응할 수 있었기 때문이다. 이에 해당하는 것으로 가창에 의한 시가적 유통,[12] 강담에 의한 서사적 유통을 들 수 있다. 먼저 가창에 의한 시가적 유통이다. 고전소설은 이미 전기소설에서부터 시가가 서사에서 주요한 기능을 담당해 왔다. 그래서 고전소설의 유통에 따른 시가적(詩歌的) 전개가 생소한 것만은 아니다. 다양한 고전소설 작품에 이미 삽입가요가 들어 있기 때문이다. 이들은 「춘향전」의 '금준미주(金樽美酒)'시처럼 유통에서 의미를 갖는 경우도 허다했다.

---

12) 가창은 노래이기 때문에 음악과도 관련된다. 그래서 성악적인 측면에서 검토하여 예술성까지 살필 수 있다.

그런가 하면 대중적으로 유통되던 소설들이 민요형으로 변개되는 것도 다수 확인되어, 고전소설은 당시의 대중문예인 시가장르와도 적절히 호응했음을 알 수 있다.

다음은 강담에 의한 서사적 유통이다. 강담은 오래 전부터 서사문학의 주요 전승방편이었다. 신화의 경우 서사시 시대가 끝나고 강담 위주로 유통되었거니와 전설이나 민담 또한 강담을 통해 대중적으로 확산되었다. 역사에 대한 이해, 문학에 대한 감상의 방법이 바로 이 강담에 의한 것이었다. 그래서 고전소설의 근원설화도 모두 이와 같은 빙법으로 유통되었거니와 소설작품으로 형상화된 뒤에도 이 강담 유통이 여전하였다. 이러한 강담은 낭송이나 강창과는 달리 원텍스트를 고수하는 정도가 약해 이야기의 변폭(變幅)도 그만큼 클 수밖에 없었다.

둘째, 고전소설은 설화와는 달리 문헌, 즉 기록문학이 본령이다. 유통과정에서는 다양한 구비적 방편을 원용했을지라도 궁극적으로는 기록문학이라는 점에서 설화와 변별된다. 더욱이 생산층에서는 경제적인 목적을 위해 다양한 문헌으로 소설을 광포화시켰다. 이 문헌유통의 원초적인 형태는 물론 필사본이다. 필사를 통해 고전소설이 기록문학으로 정착되었기 때문이다. 하지만 필사는 시간이 오래 걸리고, 대량생산이 어려워 유통에 한계가 있었다. 그래서 세책점에 대필해 주는 것을 제외하고는 개인적인 소장을 위해 필사하는 경우가 많았다. 필사본이 성행하고 소설이 대중적인 인기를 얻자 목판본이 등장한다. 공교육의 교재를 간행하던 방각(坊刻) 업자들이 당시에 유행하던 고전소설을 간행한 것이다.[13] 고전소설이 비로소 한정된 범주 내에서나마 대량생산과 유통의 길을 걷게 되었다. 실제

---

13) 「삼설기」나 「구운몽」이 초기에 간행된 목판본이다.

로 방각업자들의 경우 고전소설을 방각본으로 유통시키면 이익이 크게 확대되었다. 다양한 고전소설이 목판 방각본으로 유통될 수 있었던 것도 그러한 이유 때문이다. 방각본은 대량생산되는 상품이면서도 여전히 고가의 문화상품이었다. 상당수의 사람들은 방각본 소설을 구득해 소유하는 것이 여전히 난망한 일이었다. 방각본 소설을 일정한 대가를 받고 빌려주는 것도 그래서 성행했다. 더욱이 이 방각본 소설을 토대로 다양한 필사본이 산출되기도 했다. 그러던 것이 구활자본이 들어오자 고전소설도 가격에서 어느 정도 경쟁력을 확보하게 된다. 구활자본이 육전본 등으로 불린 것처럼 비교적 저렴하게 대량 생산되었기 때문이다. 이 시대에 와서야 고전소설은 비로소 문헌유통의 전형을 보였다고 해도 과언이 아니다.

문헌유통과 관련하여 주목되는 것이 낭송이다.[14] 낭송은 기본적으로 책에 있는 이야기라는 전제를 두고 연행된다. 비록 낭송자가 암송 구연할지라도 청중은 그것이 책과 관련되어 있다고 생각한다.[15] 그래서 낭송은 문헌유통과도 깊은 관계가 있다. 실제로 상당수의 문헌은 낭송을 위한 텍스트로 활용되었다. 필사본은 물론이거니와 방각본도 낭송유통의 좋은 대본이었다. 심지어는 후대의 구활자본도 낭송유통의 텍스트로 활용되었다.[16] 그래서 낭송유통이 문헌유통을 활성화시키는 동인이기도 하였다. 사실 문맹인들이 기록문학을 수용하는 방법은 다른 사람의 낭송을 듣는 것뿐이다. 그래서 낭송유통은 기록문학적인 특성을 보이는 일면, 낭송자

---

14) 낭송은 설서(說書)라 하여 동양의 음악계에서도 관심의 대상이다. 특히 성악의 범주로 이들을 다루어 넓게는 예술과도 관련된다.

15) 그래서 글을 모르는 사람이 책을 형식적으로 펴놓고 암송 구연하는 경우도 생겼다.(조수삼, 『秋齋集』, 紀異)

16) 민옥순의 경우가 이에 해당된다.(김진영, 고전소설의 유통과 구연 사례 고찰-영동군 학산면 민옥순을 중심으로」, 『한국언어문학』 제63집, 한국언어문학회, 2007, 213~235쪽.

의 다양한 표정과 연기가 가미되고, 청중 또한 연행의 일원으로 가담하여 구비유통의 특성까지 겸비하게 되었다. 그만큼 문헌과 구비의 특성을 아우른 것이 낭송이다. 그럴지라도 문헌텍스트를 전제한 논의라는 점에서 문헌유통의 범주에서 다루어야 하겠다.

3.2. 예술적 유통

고전소설은 그 자체로서는 문학, 특히 서사문학이 본령이다. 하지만 이들이 대중적인 파급력을 확보하자 이제 문학의 범주를 넘어 이웃한 예술 장르에까지 파동을 일으켰다. 특히 조선후기 이래 서민대중의 예술과 깊이 관련되면서 유통을 다각화하였다. 그 대표적인 것이 시각예술, 공연예술, 영상예술이다. 시각예술은 고전소설을 그림으로 형상화한 것으로 조선조부터 지속되었으며, 공연예술은 조선조에 판소리나 무속으로 유통되던 전통이 변화를 거듭하면서 지금까지 이어오고 있다. 그리고 영상예술은 기계문명이 발달한 20세기 초반부터 지금까지 지속되고 있다.

첫째, 시각예술은 아주 다양할 수 있다. 선과 색 중심의 회화에서부터 형체 중심의 조각이나 공예·건축도 이에 해당되기 때문이다. 다만 여기에서는 고전소설이 도상(圖上)으로 전개된 것에 한정하여 살피고자 한다. 그것이 고전소설을 쉽게 이해하도록 보조한 주요한 시각예술이었기 때문이다. 문학을 그림으로 그리는 전통은 아주 오래되었다. 그래서 고전소설도 그러한 전통을 원용한 것이라 할 수 있다. 이때의 그림은 문맹인을 위한 것이기도 하고, 문예적인 표현 욕구의 다각화이기도 하다. 조선후기의 상황에서는 전자보다는 후자일 가능성이 높지만, 여전히 문맹인이 많았음을 상기하면 꼭 그렇지만도 않다. 그림유통의 대표적인 사례는 구활자본의 표지화라 할 수 있다. 그 전 까지는 표지에 그림을 그리는 일이 거의 없었다. 그린다 해도 단색으로 간결·소박할 수밖에 없었다. 하지만 딱지본인 구활자본에 오면 원색적인 그림이 그려지기 시작한다. 이는 작품의 내용을 부각하기 위한 방편이기도 했다.[17] 그런가 하면 서사내용을 그림으로 표출하기도 하였다. 즉 작품을 제작하면서 글과 그림을 병치시킨 것이다. 글로만 보는 단조로움을 그림을 통하여 상쇄하

[그림1] 세창서관본 「여장군전」 표지

려는 의도로 볼 수 있다. 또는 「삼강행실도」처럼 글을 잘 모르는 사람이 그림을 통해 서사내용을 숙지할 수 있도록 감안한 것이기도 하다. 이와 같은 전통은 구활자본이 성행하던 시기에 나타났는데, 대표적인 것이 「도상옥중화(圖上獄中花)」와 같은 작품이다. 이 작품은 제목을 통해 알 수 있듯이 그림을 중시하여 작품 곳곳에 배치해 놓았다. 실제로 이 작품은 서사내용에 비견되는 그림을 조화롭게 배치하여 상당한 묘미를 갖추고 있다. 읽는 「춘향전」과 보는 「춘향전」이 병행되도록 한 것이다.[18]

작품의 전승과는 별개로 제작된 그림도 다수 확인된다. 고전소설의 주요한 작품이 그림으로 유전된 경우가 그것이다. 「구운몽」·「춘향전」·

---

17) 김장동, 『우리 소설이란 어떤 것인가』, 태학사, 1996, 24~25쪽.
18) 김진영, 「「춘향전」의 삽화양상과 그 의미-「도상옥중화」를 중심으로」, 『고소설연구』 4, 한고소설학회, 1998, 329~349쪽.

「삼국지연의」가 대표적인 작품이다. 이들은 작품내용의 주요부분을 10여 폭에 담아 서사내용의 요체를 모두 부각하고 있다. 이미 변상도가 그러한 기능을 담당하며 그림연행을 선보였는데, 고전소설에서도 그러한 궤적을 밟은 것으로 볼 수 있다. 이 그림은 문학은 물론 회화적인 감상도 가능하다. 특히 그림을 짚어가며 앞뒤의 서사내용을 부연설명하면 한 편의 소설을 읽는 효과를 거둘 수도 있다. 실제로 회화가 여러 폭이라서 그림연행으로 활용하기에 적절한 면이 없지 않다. 이러한 그림을 바탕으로 고전소설을 향유하면 시청각적인 미감을 얻을 수 있다.

[그림2] 「九雲夢圖」(기메박물관 소장)

둘째, 고전소설은 다양한 공연을 통해 유통되었다. 앞서 살핀 문헌유통의 낭송 또한 공연적인 특성을 다수 함유하고 있다. 하지만 문헌을 전제한 것이기에 여기에서는 판소리의 강창과 근자에 들어 공연되는 연극만을 살펴보도록 한다. 먼저 판소리는 고전소설을 연행예술로 유통시킨 대표적인 장르라 하겠다. 판소리 열두 마당을 통해 알 수 있듯이 고전소설은 이 판소리를 통해 공연예술로 승화될 수 있었다. 잘 아는 것처럼 판소리는 문학성·음악성·연극성을 모두 아우른 공연예술이다. 바로 이러한 공연에서 고전소설의 다수 작품이 텍스트로 활용된 것이다. 판소리가 구비적인 속성 때문에 창자의 취향에 따라 비고정체면에서 더늠이 실현되지만,

고정체면의 경우 고전소설의 문헌텍스트와 크게 다를 것이 없다. 이를 감안하면 판소리는 고전소설을 공시적으로 확산하는 데

[그림3] 평양감사부임도 중 판소리 공연(서울대박물관 소장)

일조한 것으로 볼 수 있다. 실제로 그림에서 보듯이 다수의 청중이 모인 가운데 판소리를 공연해 왔다. 판소리계 소설이 일군을 이루며 대중성을 확보한 것도 이러한 사정 때문이라 하겠다.

고전소설은 근현대의 연극에서도 자주 활용되었다. 창극에서 이미 판소리의 일인다역(一人多役)을 서구적인 관점에 맞게 일인일역(一人一役)으로 조정하여 공연하였다. 창극은 판소리 텍스트를 대부분 차용하면서 공연방식에 변화를 주었다. 이는 전통을 상당수 받아들이면서 변화를 꾀한 것이라 할 수 있다. 이에 비해 근현대의 연극에서는 전통성을 살린 것이 있는가 하면, 파격적인 퓨전극도 다수 확인된다. 내용변화와 마찬가지로 연극의 형태도 전통적인 마당극이 있는가 하면, 원전을 새롭게 각색한 내용을 무대극으로 올리기도 했다. 고전소설 중에서 연극으로 각색된 작품을 보면 「춘향전」·「심청전」·「흥부전」과 같이 판소리로 공연되었던 작품이 많다. 또한 「구운몽」이 무용극이나 마당극으로,19) 「운영전」이 「상사몽」으로,20) 소설 「설공찬전」이 연극 「설공찬전」 등으로21) 공연되기도 했다. 이외에도 다수의 작품이 연극의 텍스트로 활용되었음은 물론이

19) 설성경, 「「구운몽」의 현대적 계승-무용극과 마당극을 중심으로」, 『배달말』 27, 배달말학회, 2000, 347~369쪽.
20) 극단여행자, 「상사몽」, 사다리아트센터, 2007. 10.
21) 이해제 연출, 「설공찬전」, 남산아트홀, 2010, 1월.

다. 이처럼 고전소설은 판소리나 근현대의 연극으로 공연되면서 대중예술로 향유되었다.

셋째, 고전소설은 20세기에 들어와 영상예술로 꾸준히 유통되고 있다. 이는 고전소설이 이미 오랫동안 누적된 콘텐츠적 자질에다 조선후기부터 다양한 연행을 통해 연본적인 성격이 강화되었기 때문이다. 실제로 이들은 연행을 통한 문화적 전통을 다양하게 확보하고 있다. 따라서 이들이 영상매체의 시나리오로 각색되는 것은 아주 자연스러운 일이라 할 수 있다. 그럴지라도 고전소설 그 자체로서

[그림4] 「방자전」(2010)

는 이미 사멸한 장르나 마찬가지이다. 그래서 이제 고전소설을 문예적인 욕구충족을 위해 읽는 일이 거의 없다. 지금에 와서는 전공자로서, 그리고 시험을 대비하는 수험생으로서 읽을 따름이다. 이는 특수한 사정으로 읽는 것이기에 조선후기의 상황과는 그게 다르다. 하지만 고전소설에는 현재에도 유용한 스토리텔링의 핵심화소가 상당수 자리잡고 있다. 그래서 이러한 요소를 현대적인 안목으로 재해석하고, 나아가 재창작하는 일도 얼마든지 가능하다.

고전소설은 다양한 유통으로 시각적인 효과를 도모했지만, 19세기말까지는 여전히 보는 것보다는 듣거나 읽는 것 중심으로 수용되었다. 그러던 것이 영상매체를 통해 보고 즐기는 문학이 되었다. 이처럼 보는 문학이 되자 참신한 영상을 더 중시하게 되었다. 일부의 작품에서 원전을 잘 살리면서 영상에 초점을 맞춘 것도 그러한 사정 때문이다. 하지만 21세기에

들어와서는 원전보다는 현대적으로 재해석한 작품들이 주종을 이루고 있다. 원전은 이제 제목이나 소재, 더 나아가 영감을 주는 위치로 밀리고, 상상적인 창의가 더 중시되는 상황이 되었다. 이는 텔레비전 드라마나 영화에서 모두 나타나는 현상이다.

4. 유통방편과 문학교육적 쓰임

4.1. 유통방편에 의한 문학교육의 필요성

고전소설은 유구한 역사가 말하듯이 우리의 대표적인 대중문화로 자리매김해 왔다. 특히 고전소설은 작자가 명료하여 고정된 텍스트만을 수용하는 현대소설과는 달리 개인적인, 또는 집단적인 의사가 반영되어 민중들의 이상과 꿈이 적층된 민족문화적(民族文化的) 특성까지 아우르고 있다. 그래서 고전소설의 다층적인 유통양상이나 중층적인 구조를 제대로 이해하면 우리의 전통문화를 숙지하는 효과를 거둘 수 있다. 특히 고전소설이 복합적인 구연이나 공연을 통해 대중문화로 우뚝 섰던 사실을 상기할 필요가 있다. 실제로 고전소설은 구비나 공연유통을 통해 대중과 호흡했기 때문에 조선후기의 대표적인 문화로 발전할 수 있었다. 그래서 고전소설의 교육에서 전통적인 유통방편을 활용하면 조선후기 문화는 물론, 문학을 효과적으로 감상하는 일거양득의 성과를 거둘 수 있다.

하지만 현행 교육과정에서는 이와 같은 문제를 깊이 인식하지 못한 것 같다. 유통방편과 흡사하게 교습하는 경우일지라도 그것을 소설유통의 전통과 결부시키지 못하는 문제가 없지 않다.[22] 이는 고전소설을 교육하면서도 고전소설의 특징이나 문학관습을 도외시한 것과 마찬가지이다. 이러한 문제로 고전소설이 어떠한 장르인지 알지 못하는 학생들이 발생하게 된 것이다. 더욱이 중학교에서는 고전소설을 교육의 주 대상으로 삼기보다는 교육의 방편으로 활용하는 경우가 많다. 고전소설 작품을 중심으로 발생 가능한, 그리고 교육할 만한 대상을 찾는 것이 아니라, 이미 정해진 주제에 고전소설의 특정 부면을 대입하는 것이다. 그래서 고전소설의 본질에 대한 교육이 소홀해져 장르에 대한 인지도가 크게 떨어졌다.

문제를 극복하기 위해서는 고전소설 작품의 내용을 비중있게 생각하는 일면, 그것의 유통상황도 면밀하게 교육할 필요가 있다. 우리의 고전소설이야말로 유통을 통해 진면목을 발휘했기 때문에 더욱 그러하다. 중국소설은 작자가, 일본소설은 출판업자가, 그리고 우리의 고전소설은 독자가 주도했던 점을 상기할 때[23] 우리의 경우 유통에 많은 관심을 기울여야하겠다. 고전소설의 교육현장에서도 전통적인 유통방편을 적극적으로 원용할 필요가 그래서 있다. 그것이 고전소설의 진면목을 이해함과 동시에 우리 문화에 대한 실상을 세내로 인식하는 길이기 때문이다.

22) 윤여탁 외,『교육연극 100년사』, 서울대학교출판부, 2006.
낸시 킹 지음, 황정현 옮김,『창조적인 언어사용능력을 위한 교육연극 방법』, 평민사, 2006.
권상우,「영상시대의 문학교육-소설과 영화의 관계를 중심으로」,『문학교육학』15 (한국문학교육학회, 2004, 155~178쪽.
권순긍,『고전소설 교육과 매체』, 보고사 , 2007.
23) 조동일,『한국문학통사』3, 지식산업사, 2007, 196~210쪽.

4.2. 유통방편의 문학교육적 쓰임

앞에서도 말한 것처럼 고전소설은 다양한 방법으로 유통되었다. 고전소설에 대한 폭발적인 수요를 충족하기 위해서는 가용한 방법을 동원해야만 했기 때문이다. 더욱이 고전소설이 조선후기의 대표적인 문화상품으로 부각되자, 그에 종사하는 사람들이 고전소설을 다양한 상품으로 내어놓았다. 때로는 문헌을 통해, 때로는 공연을 통해 수용층의 구미에 호응한 것이다. 그러는 과정에서 고전소설은 문학적인 유통은 물론이거니와 주변의 예술장르로 변전(變轉)·유통(流通)되기도 하였다. 이렇게 문학과 예술이 총체적으로 유통되는 과정에서 고전소설은 조선후기의 대표적인 문화로 거듭날 수 있었다. 물론 이러한 유통은 수용층이 고전소설을 재미있으면서도 유용하게 수용할 수 있도록 도왔다. 그래서 유통방편을 원용하여 소설을 교육하면 문학향유의 방법이나 고전소설의 다양성을 이해하는 데 도움이 될 수 있다.

4.2.1. 문학교육의 지향점

고전소설의 유통방편을 문학교육적으로 활용하기 위해서는 중학교 교육과정의 문학교육의 목표나 성취동기, 그리고 교육내용을 살펴보아야 하겠다. 이들을 검토함으로써, 고전소설의 유통방편이 문학교육 방안으로 유용한지의 여부가 확인될 수 있기 때문이다. 이를 위해 먼저 중학교 , 1~3학년 '문학'에 나오는 성취동기를 살펴보도록 한다.[24] 특히 고전소설의 유통방편과 밀접하게 관련되는 것을 1학년에서 3학년까지 확인하도

---

24) 교육과학기술부, 『중학교 교육과정 해설Ⅱ』, 미래엔컬처그룹, 2009.

록 한다.

① 문학작품의 전체적인 정서와 분위기를 파악한다.(1학년 국어과 교육과정)
② 다양한 시각과 방법으로 문학 작품을 해석하고 평가한다.(2학년 국어과
　교육과정)
③ 문학작품에 나타난 사회·문화적 성격과 관련지어 창작동기와 의도를
　파악한다.(3학년 국어과 교육과정)

위에서 보는 바와 같이 문학은 작품 자체뿐만 아니라 작품이 생성·유통된 상황도 중요하다. 실제로 작품이 창작되기 위해서는 사회·문화적인 배경이 전제되어야 하고, 그 작품이 또한 독자들의 호응을 얻어야 생명력을 갖게 된다. 이를 감안하면 작품의 생성과 유통을 포괄한 고전소설의 유통이야말로 다양한 의미를 갖는다 하겠다. 이제 위에서 거론한 것을 중심으로 문학교육의 지향점을 살펴보도록 한다.

첫째, 문학작품의 전체적인 정서와 분위기이다. 여기에서 주요하게 익혀야 할 것은 작품의 정서와 분위기를 파악하고, 그러한 정서와 분위기를 바탕으로 작품을 감상하는 것이다. 물론 그렇게 하기 위해서는 작품의 정서나 분위기를 파악하는 방법도 익혀야 한다. 문학작품에는 창작 당시의 다양한 상황이 녹아 있어, 그것을 숙지할 때 작품의 취지도 제대로 파악할 수 있다. 문학을 이해·감상함에 있어 생산·유통까지를 염두에 두어야 효과적이라는 말이다. 문제는 고전소설의 경우 이러한 정서와 분위기 파악이 쉽지 않다는 데 있다. 독해의 문제도 있지만, 작품이 유통되던 당시의 상황을 쉽게 알 수 없기 때문이다. 하지만 당시의 유통배경을 알게 되면 고전소설의 구성이나 표현, 그리고 주제의 특성을 훨씬 더 효율

적으로 파악할 수 있다. 중학교 국어교과서에 자주 실리는 판소리계 소설의 경우 그 표현이나 주제가 중층성을 갖는데, 이는 유통 상황과 밀접하게 관련된다. 유통방편이 고전소설의 정서나 분위기를 파악하는 데 그만큼 유용하다 하겠다. 이는 중학교 국어과 교육과정상의 성취동기와 유통방편이 상통함을 말하는 것이기도 하다.

둘째, 다양한 시각과 방법으로 문학 작품을 해석하고 평가하는 것이다. 이에는 독자의 지식·경험·가치관과 작품 해석상의 차이를 이해하거나 독자의 인식 수준이나 관심에 따라 작품 감상이 달라짐을 이해하는 것이다. 즉 수용미학적인 관점에서 문학활동을 살피는 것이라 하겠다. 그래서 독자의 눈높이에 맞게 문학적인 표현이나 내용도 다양해질 수 있음을 파악하는 것이 중요하다. 실제로 같은 작품도 수용층의 의식과 가치관에 따라 달라진다. 이는 이미 판소리계 소설에서 잘 드러나고 있다. 같은 작품이라도 상층부에서 인지하는 것과 하층부에서 요구하는 바가 달라, 작품내용이 중층적 의미를 갖게 된 것이다. 이는 정도의 차이가 있을지언정 다양한 이본을 거느린 대부분의 소설이 동일하다. 그래서 수용미학적 관점에서 문학교육을 시행할 때 고전소설의 유통방편이 아주 유용할 수 있다.

셋째, 문학작품에 나타난 사회·문화적 성격과 관련지어 창작동기와 의도를 파악하는 것이다. 여기에서는 문학작품이 사회·문화적 산물임을 이해하거나 창작동기와 의도가 사회·문화적 상황과 관련되어 있음을 파악하는 것이다. 거듭 말하지만 문학은 돌발적으로 창작되는 것이 아니라 당시의 사회적인 문제, 또는 문화적인 현상이 배경이 된다. 문학교육에서 해당 작품과 함께 그것의 생성배경, 유통상황을 종합적으로 파악해야 하는 이유도 여기에 있다. 그런데 고전소설은 다양한 유통방편으로 전승되면서 당시의 문화는 물론, 사회적인 관심사가 총체적으로 녹아들어 주목된다. 특히 구비유통이나 낭송유통을 통해 대중의 관심사가 누적된 적층문학적인 성격이 강하기에, 고전소설을 교육할 때는 이러한 사정을 숙지시키는 것이 작품 감상에 큰 도움이 될 수 있다. 작품 자체에 그러한 사회·문화적인 상황이 고스란히 녹아들어 있기 때문이다.

그 외에도 '역사적 상황이 문학작품에 어떻게 나타나는지에 대한 이해'(1학년 교육과정), '문학작품의 아름다움과 가치 파악'(2학년 교육과정), '문학작품의 인물의 행동을 사회·문화적 상황과 관련지어 파악하기'(2학년 교육과정), '일상의 가치 있는 체험을 문학작품으로 표현하기'(3학년 교육과정) 등의 성취 기준도 고전소설의 유통방편과 연계하여 이해할 수 있다. 이처럼 고전소설의 유통방편은 문학교육에서 활용될 개연성이 충분하다 하겠다.

4.2.2. 활용방안

여기에서 제시하는 교육적 활용방안이 획기적이거나 참신한 것만은 아니다. 이미 다수의 논문에서 나양한 교육빙인 및 학습지도안을 말해 왔기 때문이다.[25] 즉 말하기, 읽기, 그리기, 연극하기, 영상물 보기 등을 산발적으로 활용해 왔다. 하지만 이러한 학습법이 이미 고전소설의 유통에서 있었던, 그래서 고전소설의 문화적 전통으로 확립되었던 사안이라는 점을 전제하지는 않았다. 이제 고전소설을 배우는 학생들이 파편화(破片化)된 제재나 소재만을 익히지 않도록 고전소설의 전통적인 유통방편을 교육에서 적극적으로 응용할 필요가 있다. 그렇게 할 때 소설의 정체성뿐만 아니

---

25) 각 대학의 교육대학원 논문이 특히 그러하다. 현장에서 교육할 때 필요한 방안을 다양한 관점에서 모색했기 때문이다.

라 전통의 체화라는 점에서도 의미를 찾을 수 있기 때문이다. 이를 고려하면서 고전소설의 유통방편 중 주요한 것을 들어 학습방안을 강구해 보고자 한다.

첫째, 구비유통의 문학교육적 활용방안이다. 구비유통에서는 가창과 강담을 대표적으로 살핀 바 있다. 여기에서는 이 둘을 활용한 교육방안을 모색해 보도록 하겠다. 먼저 가창유통이다. 가창은 말 그대로 시가형을 음영하거나 노래하는 것을 말한다. 전통적인 유통에서도 한시는 음영을, 노래는 가창을 했다. 그래서 고전소설과 관련된 시가형을 학생들이 직접 읊조리거나 노래로 불러보는 것도 유용할 수 있다. 우선 삽입시가형으로 「춘향전」의 '금준미주(金樽美酒)' 시와 같은 것을 읊조릴 수 있다. 이 작품은 중국의 「오륜전비」에서 유래했지만, 담긴 의미가 많기에 학생들이 읊조리면서 익힐 필요가 있다. 그리고 같은 「춘향전」의 '십장가'·'집장가' 등을 노래로 불러보는 것도 가능하다. 그 외에 독립된 민요형으로 전하는 「춘향요」·「흥부요」·「옥단춘요」 등과 같은 작품을 노래로 부르며 학습하는 방안도 생각해볼 일이다. 더욱이 대중가요의 악곡에 맞추어 고전소설 작품의 내용을 패러디하는 것도 유용한 방법이 될 수 있다. 문제는 고전소설의 가창 전통이 소설을 향유하는 방법으로 아주 오래되었음을 인식시키는 것이 중요하다.

다음으로 강담유통을 시행해 보는 것이다. 강담은 어느 시기를 막론하고 이야기문학을 향유하는 중요한 방법이었다. 고전소설 교육의 목표나 교육내용에서도 작품의 전체 줄거리를 말하거나 인물이나 사건을 이야기는 것이 주요하게 제시된다. 이를 감안하면 전통적인 강담방법을 문학교육에서 활용하는 것도 바람직해 보인다. 먼저 고전소설 작품의 일정 부분을 숙지한 다음 다른 학생들 앞에서 말하도록 한다. 이는 미리 작품을 선정하고 다수의 학생에게 배정하여 실시하는 것이 좋다. 그렇게 하면 말하는 학생은 준비하는 과정에서 작품을 익힐 수 있거니와 듣는 학생들은 구비유통이 어떠했는지 이해할 수 있게 된다. 더욱이 옛날과 요즘의 소설 수용방식의 동이점을 파악함으로써, 어떠한 점이 소설을 이해·감상하는 데 유용한지 숙지하게 된다. 또한 읽을 때와 들을 때의 차이점도 확인하여 학생 스스로 문학을 향유하는 방식까지 터득할 수 있다.

둘째, 문헌유통의 문학교육적 활용방안이다. 현대의 소설 향유는 개인적인 묵독이다. 아니면 장르를 달리하여 영화나 드라마로 소설의 내용을 접하곤 한다. 하지만 조선후기에는 영상매체가 없는 관계로 소설을 향유하는 방법이 제한될 수밖에 없었다. 물론 식자능력이 있는 개인은 스스로 소설을 읽으며 수용할 수 있다. 이때에도 지금의 소설 감상과는 차이가 있다. 당시에는 소설을 소리 내어 읽으면서 감상했기 때문이다. 더욱이 가정이나 불특정다수에게 소설을 낭송하는 것은 집단적인 감상 및 교육이라 할 수 있다. 따라서 이러한 방법으로 고전소설의 주요 작품을 연행·교육하는 것도 좋은 방안이 될 수 있다. 아직도 설서(說書) 또는 송서(誦書)라 하여 고전소설의 낭송법이 진하기에, 이를 수업시간에 보여준 다음, 그것을 모방하면서 읽는 시간을 가질 수 있다.[26] 그렇게 하면 전통적인 소설의 향유와 현대적 수용의 차이를 익힐 수 있음은 물론, 소설의 향유가 집단의 문화로 기능했던 사정도 알 수 있다. 또한 여러 학생을 두고 연행을 재현할 수 있어 참여 학습이나 자발 학습도 가능할 수 있다.

셋째, 시각예술의 문학교육적 활용방안이다. 고전소설은 다양한 방편으로 시각화를 지향하였다. 예술적인 미감을 증폭하거나 문예욕의 다각적

---

26) 김균태, 「고소설 강독사 정규헌의 사례 연구」, 『공연문화연구』 10, 한국공연문화학회, 2005, 379~402쪽.

인 표출 때문이라 할 수 있다. 그래서 그림이 작품의 표지로, 작품의 내용으로, 나아가 독립된 회화로 유통되었다. 이는 수용층이 고전소설을 입체적으로, 그러면서도 용이하게 수용하는 방안이었다. 이러한 회화를 고전소설 교육을 위해 활용하는 방안도 생각할 필요가 있다. 사실 고전소설의 교육에서는 다양한 그림을 활용할 수 있다. 설명이나 표현의 기재로 그림을 활용할 수 있기 때문이다. 다만 그림을 활용한 교육에서 전통적인 회화, 즉 고전소설 그림을 활용하는 것이 유용할 수 있다.

그림을 통한 문학교육에서 주목해야 할 것이 핵심내용을 그림으로 묘사해 보는 것이다. 소설의 경우 주요사건이나 인물의 행동을 그림으로 그려볼 수 있다. 사건에서는 작품의 전체 줄거리를 말해주고, 학생이 느낀 것을 여러 장의 그림으로 형상화할 수도 있다. 이렇게 그린 그림을 조선후기의 그것과 견주어 보는 것도 유용하다. 조선후기의 회화가 여러 폭이라서 학생들의 그림과 비교하기에 적절한 면이 없지 않기 때문이다. 비교를 통해 두 그림의 동이점이 무엇인지 찾는 과정에서 소설의 내용을 숙지할 수도 있다. 이렇게 하면 상대적으로 어려운 고전소설을 비교적 쉽고 재미있게 교육하는 성과를 거둘 수 있다.

넷째, 공연예술의 문학교육적 활용방안이다. 공연예술을 교육적으로 활용할 만한 것은 판소리와 연극이다. 판소리는 한 사람은 창을, 한 사람은 북으로 반주하는 대표적인 공연예술이다. 이 판소리의 형식을 빌려 학생들이 직접 공연하면 판소리계 소설을 학습하는 데 아주 유용할 수 있다. 이때의 공연은 공연의 본래적인 목적보다는 고전소설이 유통되었던 방식을 체험하는 것이 핵심이다. 그렇게 하면 전통문화를 익히면서 고전소설의 특성을 파악하는 성과를 거두리라 본다. 한편 고전소설을 연극으로 공연하면서 교육할 수도 있다. 어느 시대건 교화적인 내용을 이해시키는 데는 연극이 가장 효과적이다. 연극이 모든 상황을 현전화함으로써 공연내용을 생생하게 익힐 수 있기 때문이다. 그래서 문학교육을 효과적으로 수행하는 방편으로 연극을 활용할 필요가 있다.

그러기에 우리의 교육현장에서도 서구적인 교육연극의 기법을 동원하여 문학교육을 강화하고 있다. 이렇게 교육연극을 활용하면 어려운 문제를 쉽게 이해시킬 수 있을 뿐만 아니라, 학생들이 직접 참여함으로써 문학을 흥미롭게 익힐 수 있다. 실제로 학생들이 고전소설 작품을 실연하면 많은 효과를 거둘 수 있다. 작품내용을 연극 공연에 적합하게 시니리오로 작성해야 하고, 배역 설정은 물론 배경도 마련해야 한다. 여기에 의상이나 다수의 소도구도 갖추어야 한다. 이러는 과정에서 해당 작품을 숙지함은 물론 소설의 유통에서 보여주었던 제반 문화현상을 종합적으로 이해하는 효과를 거두게 된다. 이는 현재 시행하는 교육연극과 다르지 않지만, 그것이 오랜 전통이었다는 사실을 교육할 필요가 있다. 그것이 결국 고전소설의 전승배경, 문화적 전통을 익힐 수 있는 방안이기 때문이다.

다섯째, 영상예술의 문학교육적 활용방안이다. 고전소설의 유통에서 가장 뒤늦게 나타난 유통방편 중의 하나가 영상이다. 이는 20세기 전반에 시작하여 지금까지 지속되고 있다. 현재의 교육이 매체를 통해 다수 이루어짐을 감안할 때 고전소설의 영상작품을 문학교육에서 적극적으로 활용할 필요가 있다.

실제로 요즘의 청소년들은 지면매체로 작품을 대하는 것보다 영상매체로 접하는 것에 더 익숙하다. 그래서 기존에 영상으로 제작·상영된 작품을 고전소설의 교육기재로 활용하는 것이 바람직하다. 물론 시간관계상 영상물 모두를 상영할 수는 없어도 특징적인 장면을 보여주면서 작품을 감상하면 교육적 효과는 그만큼 커질 수 있다. 특히 고전소설을 활용한

창의성 교육에서 유용할 것으로 본다. 고전소설을 활용한 영상물이 원작
보다는 현재적인 관점에 맞게 대폭적으로 변용되었기 때문이다. 즉 원작
에서 제목이나 소재 정도만 차용하고 새로운 버전의 작품을 창출하여 창
의성 교육에서 활용할 만한 가치가 충분하다. 그럴지라도 고전소설의 영
상작품은 역시 고전소설 교육에서 그 진가가 발휘될 수 있다. 전통이든
퓨전이든 고전소설을 원형콘텐츠로 삼았기 때문이다.

5. 결론

　지금까지 고전소설의 유통양상과 문학교육에서의 활용방안을 살펴보
았다. 먼저 고전소설의 유통배경을 살핀 다음, 그 유통양상을 문학과 예술
로 나누어 검토하였다. 이어서 고전소설의 유통방편과 문학교육적 활용방
안을 몇 가지로 나누어 검토해 보았다. 지금까지 논의한 것을 요약·정리
하면 다음과 같다.

　첫째, 고전소설이 조선후기에 성행할 수 있었던 배경을 살펴보았다. 고
전소설은 조선후기에 들어 공시적으로 확장된다. 수요가 그렇게 급증한
것은 정치·사회적인 변화에 경제적인 요인이 가세했기 때문이다. 실제로
경제적인 여유를 가진 계층이 문학의 주요한 수용층으로 부상하였다. 여
기에 구비문학의 주요 향유계층이었던 일반민중이 기록문학의 수용층으
로 부각되면서 국문문학이 성행하게 된다. 고전소설은 이러한 변화에 부
응하면서 대표적인 대중문학으로 발돋움하였다. 특히 소설에 대한 수요가
팽창하자 그에 호응할 만한 다양한 유통방편이 등장하였다. 구비유통의

다변화는 물론이거니와 문헌유통에서 다양성을 갖춘 것도 바로 그 때문이라 하겠다. 더욱이 문학에 한정되지 않고, 이웃한 예술을 원용하여 전승의 폭도 넓어졌다.

둘째, 고전소설의 유통양상을 검토하였다. 고전소설은 조선후기의 대중적인 수요에 부응하여 다양한 유통방편을 모색하였다. 먼저 문학적으로는 구비와 문헌으로 유통되었다. 구비에서는 가창에 의한 시가와 강담에 의한 서사로 유통되었다. 문헌으로는 필사본을 필두로 목판본과 구활자본이 지속적으로 간행되면서 수요에 부응했다. 한편 문헌유통의 한 방편인 낭송은 연행자의 다양한 표정과 행동이 구비적인 상황을 조성했을지라도 텍스트만큼은 문헌을 전제하여 독특한 모습을 보였다. 그런가 하면 시각·공연·영상예술로도 유통되었다. 시각예술은 회화인 그림이 대표적이거니와 공연예술은 판소리나 연극이 주목된다. 20세기에 들어와서는 매체유통, 즉 드라마나 영화가 고전소설을 유통시키는 핵심으로 자리잡았다.

셋째, 고전소설의 유통방편과 문학교육적 활용방안을 고찰하였다. 고전소설은 다양한 문학과 예술로 유통되는 과정에서 우리의 전통문화로 주목받게 되었다. 하지만 현행의 교육과정에서는 고전소설을 학습의 대상으로 삼는 일면, 교육의 수단으로 활용하는 경향이 없지 않다. 그래서 고전소설이 우리의 정신문화를 온축한 주요한 콘텐츠임에도 불구하고 그것을 온전히 교육하지 못하고 있는 상황이다. 문제를 해결하기 위해서는 고전소설의 다양한 유통방편을 교육에서 활용하는 것이다. 그것이 우리 문화에 대한 이해는 물론, 고전소설의 정체성이나 작품상의 특징을 명확하게 교육하는 방법이기 때문이다. 즉 앞에서 거론했던 문학이나 예술적 유통방편을 활용하여 학습지도안을 구안할 때 전통문화와 함께 고전소설을 제대로 숙지할 수 있어 일거양득의 효과를 거둘 수 있다.

참고문헌

○ 고전소설과 양마 화소

『동국이상국집』, 「박씨전」, 『삼국사기』

고영화, 「전설 교육 시론-치마대 전설을 중심으로」, 『국어국문학』 제150호, 국어국문학회, 2008, 183~206쪽.

김나영, 「고전 서사문학에 나타나는 영웅적 특징과 그 의미-주몽신화, 아기장수전설, 홍길동전을 중심으로」, 『돈암어문학』 제13집, 돈암어문학회, 2000, 233~262쪽.

_____, 「신화적 관점에서 본 「박씨전」 소고」, 『고소설연구』 16, 한국고소설학회, 2003, 199~230쪽.

신태수, 「「나무꾼과 선녀」 설화의 신화적 성격」, 『어문학』 제89호, 한국어문학회, 2005, 156~178쪽.

윤경수, 「「박씨전」의 국조신화적 고찰-도해를 중심으로」, 『반교어문연구』 7, 반교어문학회, 1996, 167~197쪽.

이송란, 「신라의 말신앙과 마구장식」, 『미술사논단』 제15호, 2002, 71~106쪽.

장장식, 「아기장수 전설의 의미와 기능」, 『국제어문』 5집, 국제어문학회, 1984, 37~54쪽.

정형호, 「몽골·한국의 말(馬)문화 비교 고찰」, 『중앙민속학』 제8호, 중앙대학교 한국문화유산연구소, 1996, 173~216쪽.

조동일, 『한국문학통사』 2, 지식산업사, 2007.

천진기, 「말에 대한 한국인의 관념과 태도」, 안동대민속학연구소 편 『한국민속과 문화연구』, 형설출판사, 1990.

최운식, 「설화에 나타난 말의 성격과 전승집단의 의식」,『한국설화연구』, 집문당, 1991.

표인주, 「민속현상에 나타난 말(馬)의 상징성」,『비교민속학』 9집, 1992, 197~222쪽.

○ 고전소설과 가묘 화소

김석배, 「「골생원전」 연구」,『고소설연구』 제14집, 한국고소설학회, 2002, 127~151쪽.

김일렬,『고전소설 신론』, 새문사, 2010.

김진영 외,『실창판소리사설집』, 박이정, 2004, 205~223쪽.

김진영, 「서포소설의 갈등과 화합의 의미」,『서포문학의 새로운 탐구』, 중앙인문사, 2000, 171~195쪽.

_____,『고전소설의 계통과 변이』, 태학사, 2006, 45~69쪽.

박영희, 「고전소설에 나타난 죽음인식」,『이화어문논집』 13, 이화어문학회, 1994, 387~404쪽.

박태상, 「『삼국사기』에 나타난 죽음의 제 양상-신라본기 및 열전을 중심으로」, 연세어문학 제12집, 연세대학교 국어국문학과, 1979, 151~186쪽.

송주희, 「고전소설에 나타난 속이기의 서사기법적 연구」, 충남대학교 대학원 석사논문, 2008.

윤승준, 「금시습의 귀신론과『김오신화』-「남염부주지」의 분석을 중심으로, 『국문학논집』 14, 단국대학교, 1994, 253~281쪽.

이태옥, 「고소설에서의 죽음의 의미」,『국어국문학연구논집 제19 · 20합집』, 건국대학교국어국문학연구회, 1995, 309~332쪽.

이현수 · 김수중, 「한국 고전소설에 나타난 죽음의 연구」,『인문과학연구』

13, 조선대학교 인문과학연구원, 1991, 1~22쪽.

정규복·진경환 역주, 「구운몽」, 고려대학교민족문화연구소, 1996, 333~541쪽.

정규식, 「조선 초기 귀신론의 공론적 성격-김시습의 귀신론을 중심으로」, 『동
　　　　남어문논집』, 제28집, 동남어문학회, 2009.

정하영, 「한국고소설에 나타난 죽음 인식」, 『고전서사문학에 나타난 삶과
　　　　죽음』, 보고사, 2010, 11~31쪽.

조동일, 『한국문학통사』 3, 지식산업사, 2007, 597~599쪽.

○ 고전소설과 풍류 화소

구　활, 『바람에 부치는 편지』, 눈빛, 2007.

국사편찬위원회 편, 『그림에게 물은 사대부의 생활과 풍류』, 두산동아, 2007.

김선기, 「홍만종의 저술과 소화론」, 『유학연구』 제1집, 충남대학교 유학연구
　　　　소, 1993, 17~34쪽.

김진영, 『고전소설과 예술』, 박이정, 1999.

＿＿＿, 「음악의 서사적 기능과 그 의미-「구운몽」과 「옥루몽」을 중심으로」,
　　　　『우리말글』 29, 우리말글학회, 2003, 247~268쪽.

김현주, 『고전문학과 전통회화의 상동구조』, 보고사, 2007.

민주식, 「동양미학의 기초개념으로서의 풍류」, 『민족문화논총』 15, 영남대
　　　　민족문화연구소, 1994, 179~221쪽.

박을수 편, 『한국시조대사전』 65, 아세아문화사, 1992.

성범중, 『한문학 속에 남아있는 울산지역의 풍광과 풍류』, UUP, 2005.

손오규, 『조선조 산수문학』, 부산대학교 출판부, 1994.

신은경, 『풍류-동아시아 미학의 근원』, 보고사, 2006, 15~94쪽.

신정일, 『풍류-옛사람과 나누는 술한잔』, 한얼미디어, 2007.

여증동, 「쌍화점 고구 (其三)-대본 해석을 중심으로」, 『국어국문학』, 국어국

문학회, 1971, 1~27.

이문영, 『야유와 풍자로 조선을 뒤흔든 4대 풍류꾼』, 정민, 2005.

정현석 편저, 성무경, 역주, 『교방가요』, 보고사, 2002.

조동일, 『한국문학통사』 2, 지식산업사, 2007, 338~339쪽.

최미정, 「조선 초·중기 여성화자 국문시가와 풍류」, 『어문학』 제64호, 한국
어문학회, 1998, 371~400쪽.

최욱철, 『역사속의 미를 찾아 떠나는 여행 관동팔경』, 강원미래문화연구소,
2007.

최진원, 『국문학과 자연』, 성균관대학교 출판부, 1977.

태을출판사편집부 편, 『한국인의 풍류』, 태을출판사, 2001.

한국정신문화연구원, 『한국민족문화대백과사전』, 23, 631쪽.

한흥섭, 『우리 음악의 멋 풍류도』, 책세상, 2006.

홍인표 역주, 『서포만필』, 일지사, 1990, 388쪽.

황원갑, 『한국의 풍류사』, 청아출판사, 2000.

○ 「용궁부연록」의 내용과 장르인식

김진영, 「불교서사의 작화방식과 전기소설의 상관성(1)」, 어문연구학회, 200
7, 93~124쪽.

김학주, 『중국문학사』, 신아사, 1997.

문범두, 「「최생우진기」의 구조와 의미」, 『어문학』 72, 한국어문학회, 2001,
121~144쪽.

민영복, 「매월당 금시습의 작품과 그 생애-김오신화를 중심으로」, 『중국어문
학논집』 15, 1963, 41~55쪽.

박성진, 「『김오신화』의 방외적 특성 연구」, 강원대학교 대학원 석사논문, 2008.

송주희, 「고전소설에 나타난 속이기의 서사기법적 연구」, 충남대학교 대학원

석사논문, 2007.

안창수, 「「용궁부연록」의 작품세계와 의미」, 『한국문학논총』 53집, 한국문학
회, 2009, 65~99쪽.

유시환, 「『금오신화』와 『전등신화』의 대비고-「수궁경회록」과 「용궁부연록」
을 중심으로」, 동국대학교 대학원 석사논문, 1984.

윤보윤, 「재생서사에 나타난 초월적 조력자의 비교 연구」-불교서사와 고전소
설을 중심으로, 충남대학교 대학원 석사논문, 2006.

이민정, 「조선 초 전기소설의 출현과 소설사적 의의-『김오신화』를 중심으로」,
『동국어문학』, 12, 동국어문학회, 2000, 387~417쪽.

임성래, 「한국문학에 나타난 모험의 의미」, 『대중서사연구』 23호, 대중서사
학회, 2010, 7~31쪽.

임치균, 「「용궁부연록」의 환상 체험 연구」, 『정신문화연구』, 124호, 한국학중
앙연구원, 2011, 7~26쪽.

장덕순, 「몽유록소고」, 『동방학지』 4, 연세대학교동방학연구소, 1958, 131~14
8쪽.

장혜옥, 「『김오신화』와 『가비자』의 비교 연구」, 성균관대학교 대학원 석사논
문, 2007.

선성운, 「문체적 측면에서 본 『금오신화』의 지향과 의미」, 『어문논집』 제57
집, 민족어문학회, 2008, 41~68쪽.

_____, 「「용궁부연록」의 연회와 서사 전개」, 『어문연구』 60, 어문연구학회,
2009, 171~196쪽.

조동일, 『한국문학통사』 2, 지식산업사, 2007.

최재우, 「「최생우진기」의 특성 연구-「용궁부연록」·「수궁경회록」과의 비교
를 중심으로」, 『연세학술논집』, 연세대학교, 2000.

한영환, 「『금오신화』의 비교문학적 연구」, 경희대학교 대학원 박사학위논문,
1984.

○ 「보심록」의 내용과 보은권선

김구용 역,『동주열국지(東周列國志)』6, 솔, 2001.

김기동·전규태 편,『보심록 영영전』, 서문당, 1984.

김영철,『보심록』, 한국문화사, 1995.

인천대학교민족문화연구소 편,『구활자본고소설전집』18, 은하출판사, 1984.

인천대학교민족문화연구소 편,『구활자본고소설전집』20, 은하출판사, 1984.

『춘추』10권, 성공상(成公上), 학민문화사, 1990.

사마천,『사기』권43, 제13 '조세가(趙世家)', 중화서국.

김정규,『중국희곡총론』, 명지대학교 출판부, 2000, 267~271쪽.

양세상,『중국희곡간사』, 문화예술출판사, 1989, 135~137쪽.

이대형, 「19세기 한문소설「조무전」의 연원과 특성」,『동방고전문학연구』
        1, 태학사, 1999, 173~197쪽.

_____, 「조무 이야기의 변이」,『열상고전연구』제16집, 열상고전연구회, 200
        2, 237~261쪽.

김영만, 「「보심록」에 수용된 보은설화 연구」,『한국문학논총』제13집, 한국
        문학회, 1992, 185~210쪽.

김응환, 「우정주제 윤리소설의 연구-「보심록」.「숙녀지기」를 중심으로」,『한
        국학논집』24권, 한양대학교 한국학연구소, 1994, 137~175쪽.

박경화, 「「보심록」연구」, 한국교원대학교 대학원 석사논문, 2006.

동   청, 「조씨고아」,『중국십대고전비극연환화집』, 인민미술출판사.

히라카와 스케히로, 노영희 역,『동서문명교류의 인문학 서사시』, 동아시아,
        2002.

○ 「진대방전」의 내용과 윤리선양

「진대방전」, 안성판본 16장본.

강미희, 「『삼강행실도』의 아동교육사적 가치 연구」, 『열린유아교육연구』 제
　　10권한국열린유아교육학회, 2005, 79~111쪽.

김진영, 「「행실도」의 전기와 판화의 상관성」, 『한국문학논총』 22, 한국문학
　　회, 1998, 239~257쪽.

＿＿＿, 「「부모은중경」의 문학적 성격과 그 의미」, 『불교문화연구』 제6집,
　　한국불교문화학회, 2005, 193~221쪽.

＿＿＿, 「고전소설의 문화적 전통과 현대적 계승방안」, 『한국언어문학』 제56
　　집, 한국언어문학회, 2006, 93~124쪽.

김현미, 「한글필사본 「진대방전」, 서체 연구」, 원광대학교 대학원 석사논문,
　　2005.

노태조, 「국역 삼강행실도에 대하여」, 『어문연구』 제11집, 어문연구학회, 198
　　2, 259~277쪽.

박은정, 「「진대방전」에 나타난 이념의 위상과 이본 생성 동인」, 『한민족어문
　　학』 제47집, 한민족어문학회, 2005, 81~116쪽.

서은아, 「「열녀함양박씨전」이 박씨와 『삼강행실도』: 열녀편의 관계를 통해
　　본 열녀제작의 심리적 요인」, 『고전문학과 교육』 16집, 한국고전문학
　　교육학회, 2008, 273~296쪽.

송성욱, 「진대방전 연구」, 『학술지』 35, 공군사관학교, 1994, 45~61쪽.

이태문, 「윤리 의식의 중세적 형상화」-「진대방전」을 중심으로, 『연세학술논
　　문집』 27, 연세대학교대학원총학생회, 1998, 24~55쪽.

이헌홍, 『한국송사소설연구』, 삼지원, 1997.

이현국, 「「진대방전」의 전반적 성격」, 『국어국문학연구』, 연거재신동익박사
　　정년기념논총 간행위원회 1995.

조동일, 『한국문학통사』 3, 지식산업사, 2007.

조재현, 「「진대방전」 연구」, 국민대학교 대학원 석사논문, 1998.

○ 「춘향전」의 내용과 소설교육

고길섶, 「국어교육의 전환, 언어문화교육론으로」, 『이제, 문화교육이다』, 문
　　　화과학사, 2003, 200~205쪽.
권순긍, 「문제제기를 통한 고소설 교육의 방향과 시각 : 『고등학교 국어』 교
　　　과서 소재 「구운몽」·「춘향전」·「흥부전」을 중심으로」, 『고소설연
　　　구』 제12집, 한국고소설학회, 2001, 415~444쪽.
_____, 『고전소설의 교육과 매체』, 보고사, 2008, 36~40쪽.
기경숙, 「판소리 교육을 위한 문학과 음악의 융합적 모형 연구」, 조선대학교
　　　대학원 석사논문, 2008.
김수남, 「'춘향영화'의 제작사와 양식적 특징」, 『춘향예술의 양식적 분화와
　　　세계성』, 박이정, 2004, 139~184쪽.
김진영, 『한국서사문학의 연행양상』, 이회문화사, 1999, 143~166쪽.
_____, 「고전소설의 문화적 전통과 계승」, 『고전소설의 전통과 변이』, 태학
　　　사, 2006, 337~366쪽.
류수열, 「국어과 교육과정의 지역화 시론 : 「춘향전」과 「정읍사」를 중심으로」,
　　　『한국언어문학』 제68집, 한국언어문학회, 2009, 187-208쪽.
박근혜, 「판소리 문학의 학습자 중심 수준별 교수·학습 방안 연구 : 「춘향」
　　　문학을 중심으로」, 홍익대학교 대학원 석사논문, 2001.
배윤희, 「「춘향전」 교육의 효율적 매체 활용 방안」, 충남대학교 대학원 석사
　　　논문, 2008.
백혜진, 「춘향전」 교육 방법 연구 : 2000년 이후 「춘향전」 공연예술을 중심으
　　　로」, 연세대학교 대학원 석사논문, 2008.
서승아, 「모티프를 중심으로 한 서사교육의 지평 : 「춘향전」의 혼사장애 모

티프를 근저에 두고」, 『새국어교육』 제77호, 한국국어교육학회, 200 7, 707~726쪽.

손민경, 「고등학교 교과서에 나타난 「춘향전」의 교육내용과 소규모 학습방 안 연구 : 7차 국어·문학 교과서를 중심으로」, 성신여자대학교 대학 원 석사논문, 2006.

신원기, 「「춘향전」 작품군을 활용한 서사 갈래 학습 방안」, 『한국문학논총』 제53집, 한국문학회, 2009, 199~230쪽.

양회석, 「중국 월극에서의 「춘향전」 수용」, 『춘향예술의 양식적 분화와 세계 성』, 박이정, 2004, 215~231쪽.

이미원, 「현대극의 「춘향전」 수용」, 『춘향예술의 양식적 분화와 세계성』, 박 이정, 2004, 119~137쪽.

임성렬, 「열 이야기를 통한 전통 정서 교육 연구 : 「춘향전」과 「변강쇠가」를 중심으로」, 동국대학교 대학원 석사논문, 2010.

임재해, 「구비문학의 연행론, 그 문학적 생산과 수용의 역동성」, 『구비문학의 연행자와 연행양상』, 박이정, 1999, 30~35쪽.

장순희, 「고전소설교육을 위한 「열녀춘향수절가」 구성의 오행적 원리 연구」, 부산대학교 대학원 석사논문, 2008.

징원석, 「구성주의 이론을 적용한 「춘향전」 교육의 실제」, 『국어교육연구』 제32집, 국어교육학회, 2000, 27~54쪽.

장유섭, 「「춘향전」 교육 방법 연구 : 제7차 교육과정의 문학문화 교육의 목표 와 관련하여」, 연세대학교 대학원 석사논문, 2007.

정상우, 「「춘향전」 교육 방법 연구」, 연세대학교 대학원 석사논문, 2002.

정향심, 「상호텍스트성을 활용한 「춘향전」 교육 연구」, 숙명여자대학교 대학 원 석사논문, 2007.

조새봄, 「판소리계 소설 「춘향전」의 효과적 교육 방안 연구 : 생성 과정을 중심으로」, 인하대학교 대학원 석사논문, 2007.

한래경, 「이본 활용을 통한 「춘향전」 교육 연구 : 「남원고사」와 완판 84장본

「열녀춘향수절가」를 중심으로」, 연세대학교 대학원 석사논문, 2009.

허왕욱, 『고전문학교육론』, 보고사, 2005, 72~77쪽.

홍순일, 『판소리창본의 희극정신과 극적 아이러니』, 박이정, 2003, 116~177쪽.

황혜진, 「「춘향전」과 순정만화를 통해 본 '낭만적 사랑'의 형성과 변화,『국어
교육학연구』제17집, 국어교육학회, 2003, 171~217쪽.

_____, 「「춘향가」 수용자의 즐거움」,『춘향전의 수용문화』, 월인, 2007, 177~
179쪽.

○ 고전소설의 유통과 생활

신 위, 『경수당집(警修堂集)』 책구(冊九), 이초부서(李樵夫序).

이규경, 『오주연문장전산고(五洲衍文長箋散稿)』 권7 소설변증설(小說辨證
說).

이덕무, 『아정유고』 '은애전(銀愛傳)'.

_____, 사소절(士小節), 권8 부의(婦儀).

『정조실록』, 전기(傳奇) 14년 8월 무오조.

조성기, 『졸수재집(拙修齋集)』 권10.

채제공, 『번암집』 여사서서(女四書序).

김균태, 「고소설 강독사 정규헌의 사례 고찰」,『공연문화연구』 10, 한국공연
문화학회, 2005, 379~302쪽.

김동욱, 「이조소설의 작자와 독자에 대하여」,『장암지헌영선생 화갑기념논
총』, 호서문화사, 1971, 43~83쪽.

김일렬, 「한문소설의 독자」,『고소설의 저작과 전파』, 아세아문화사, 1994,
45~57쪽.

김장동, 『우리소설이란 무엇인가』, 태학사 1996.

김진세, 「고소설의 작자와 독자」,『한국고소설론』, 아세아문화사, 1991, 53~71쪽.

김진영, 「고전소설의 낭송과 유통에 대하여」, 『고소설연구』 1집, 한국고소설
학회, 1995, 63~94쪽.

_____, 「고전소설의 연행양상 고찰」, 『국어국문학』 125, 국어국문학회, 1999,
279~303쪽.

_____, 「고전소설의 문화적 전통과 계승방안」, 『한국언어문학』 56, 한국언
어문학회, 2006, 93~124쪽.

김현룡, 「중국소설의 독자」, 『고소설의 저작과 전파』, 아세아문화사, 1994,
405~416쪽.

성호경, 「중국희곡이 한국의 극문학에 끼친 영향에 대한 고찰」, 『국어국문학』
121, 국어국문학회, 1998, 139~168쪽.

이주영, 『구활자본 고전소설 연구』, 도서출판 월인, 1998.

이창헌, 「고소설의 유통양상에 대한 일고찰」, 『한국서사문학사의 연구』, 중
앙문화사, 1996, 1701~1725쪽.

임형택, 「18·19세기 이야기꾼과 소설의 발달」, 『독서생활』, 1976, 139~142쪽.

_____, 「한문단편과 강담사」, 『창작과비평』 49호, 창작과비평사, 1978, 105~1
19쪽.

조도현, 「고전소설의 연행과 장르 변개 양상-사설시조와의 상관성을 중심으
로」, 『우리말글』 33, 우리말글학회, 2005, 217~242쪽.

최운식, 『한국고소설연구』, 보고사, 2006, 185~190쪽.

황인덕, 「고전소설의 암송 구연고」, 『논문집』 38호, 충남대학교 인문과학연
구소, 1991, 63~101쪽.

_____, 「이야기꾼의 사례 고찰-민옥순」, 어문연구학회 제250차(2007년 9월
29일) 정기발표논문집, 1~20쪽.

○ 고전소설의 유통과 생업

권미숙, 20세기 중판 책장수를 통해본 활자본 고전소설의 유통양상-경북 지역을 중심으로, 『고전문학과 교육』 20집, 한국고전문학교육학회, 2010, 402쪽.

김진영, 「고전소설의 연행양상 고찰」, 『국어국문학』 125, 국어국문학회, 1999, 279~303쪽.

_____, 고전소설의 문화적 전통과 계승방안」, 『한국언어문학』 56, 한국언어문학회, 2006, 93~124쪽.

_____, 「고전소설의 유통양상과 문학교육에서의 활용 방안-제7차 교육과정 중학교 국어교과를 중심으로」, 『어문연구』 66, 어문연구학회, 2010, 97~122쪽.

류탁일, 『완판방각소설의문헌학적연구』, 학문사, 1981.

_____, 『한국문헌학연구』, 아세아문화사, 1989.

_____, 「고소설의 유통구조」, 『한국고소설론』, 아세아문화사, 1991.

모리스꾸랑 저 / 박상규 역, 『한국의 서지와 문화, 신구문화사, 1974.

사재동, 『한국문학유통사의 연구』, 중앙인문사, 1999.

유동춘, 「20세기 초 구활자본 고소설의 세책유통에 대한 연구-장서각 소장본을 중심으로」, 『장서각』, 한국학중앙연구원, 2006, 제15집, 171~188쪽.

이민희, 「17~18세기 고소설에 나타난 화폐경제의 사회상」, 『정신문화연구』 통권114호, 한국학중앙연구원 한국학대학원 청계사학회, 2009, 129~154쪽.

이수봉, 『요로원야화기 연구』, 태학사, 1984.

임형택, 「18・9세기 '이야기꾼'과 소설의 발달」, 『한국학논집』 제2집, 계명대학교 한국학연구소, 1975, 67~86쪽.

조도현, 「고전소설의 변개양상」, 충남대학교대학원 박사학위논문, 2001.

최호석, 「방각본 출현의 경제성 시론」, 『우리어문연구』 15, 우리어문학회, 2004, 361~389쪽.

○ 고전소설의 유통과 교육

교육과학기술부, 『중학교 교육과정 해설Ⅱ』, 미래엔컬처그룹, 2009.
권상우, 「영상시대의 문학교육-소설과 영화의 관계를 중심으로」, 『문학교육학』 15, 한국문학교육학회, 2004, 155~178쪽.
권순긍, 『고전소설 교육과 매체』, 보고사 , 2007.
극단여행자, 「상사몽」, 사다리아트센터, 2007. 10.
김균태, 「고소설 강독사 정규헌의 사례 연구」, 『공연문화연구』 10, 한국공연문화학회, 2005, 379~402쪽.
김승호, 「고전소설교육에 있어 기대지평의 확장 모색」, 『고전의 문학교육적 이해』, 이회, 2000, 87~116쪽.
김일렬, 『고전소설신론』, 새문사, 1993, 45~56쪽.
김장동, 『우리 소설이란 어떤 것인가』, 태학사, 1996, 24~25쪽.
김진영, 「고소설의 상승과 유통에 대하여」, 『고소설연구』 1집, 한국고소설학회, 1995, 63~95쪽.
_____, 「「춘향전」의 삽화양상과 그 의미-「도상옥중화」를 중심으로」, 『고소설연구』 4, 한고소설학회, 1998, 329~349쪽.
_____, 『고전소설의 전통과 변이』, 태학사, 2006, 337~370쪽.
_____, 「고전소설의 유통과 구연사례 고찰-영동군 학산면 민옥순을 중심으로」, 『한국언어문학』 제63집, 한국언어문학회, 2007, 213~235쪽.
낸시 킹 지음, 황정현 옮김, 『창조적인 언어사용능력을 위한 교육연극방법』, 평민사, 2006.
배수찬, 「고전문학교육 연구의 방향 설정을 위한 시론-고전의 패러디 문제를 중심으로」, 『선청어문』 32, 선청어문학회, 2004, 251~277쪽.

서유경, 「디지털스토리텔링을 활용한 고전소설교육 설계」, 『고전문학과 교육』 10, 한국고전문학교육학회, 2005, 53~79쪽.

설성경, 「『구운몽』의 현대적 계승-무용극과 마당극을 중심으로」, 『배달말』 통권 제27호, 2000, 347~369쪽.

성호경, 「중국희곡이 한국의 극문학에 끼친 영향에 대한 고찰」, 『국어국문학』 121, 국어국문학회, 1998, 139~168쪽.

신선희, 「디지털시대의 고전문학 교육-고전서사관련 교과목 운용사례를 중심으로」, 『이화어문논집』, 24·25, 이화어문학회, 2007, 133~158쪽.

윤여탁 외, 『교육연극 100년사』, 서울대학교출판부, 2006.

이해제 연출, 「설공찬전」, 남산아트홀, 2010, 1월

전영숙, 「중학교 교실에서 한국고전문학 읽기」, 『고전문학과 교육』 16, 한국고전문학교육학회, 2008, 31~63쪽.

조동일, 『한국문학통사』 3, 지식산업사, 2007, 9~12쪽.

최운식, 『한국고소설연구』, 보고사, 1997, 77~100쪽.

허왕욱, 「고전산문교육의 성찰과 전망」, 『고전문학교육론』, 보고사, 2005, 69~98쪽.

찾아보기

김진영

충남대학교 문학사·문학석사·문학박사
현재 충남대학교 국어국문학과 교수

개인저서

『고전소설과 예술』(박이정)

『한국서사문학의 연행양상』(이회문화사)

『고전소설의 계통과 변이』(태학사)

『불교담론과 고전서사』(보고사)

『고전소설의 효용과 쓰임』(박문사)

공동저서

『국문학과 불교』(고전문학회)

『서포문학의 새로운 탐구』(중앙인문사)

『불교문학 연구의 모색과 전망』(동국대학교출판부)

『목련전승의 문화사』(중앙인문사)

『불가의 글쓰기와 불교문학의 가능성』(동국대학교출판부)

『다시 보는 고소설사』(보고사) 외에 학술논문 다수

고전소설의 효용과 쓰임

초판인쇄 2012년 06월 13일
초판발행 2012년 06월 27일

저 자 김진영
발 행 인 윤석현
발 행 처 박문사
등 록 제2009-11호

우편주소 (132-702) 서울시 도봉구 창동 624-1 북한산현대홈시티 102-1206
대표전화 (02)992-3253
전 송 (02)991-1285
전자우편 bakmunsa@daum.net
홈페이지 URL://http://www.jncbms.co.kr
책임편집 이신

ISBN 978-89-94024-93-6 93810   정가 24,000원